JN166974

万載狂歌集

江戸の機知とユーモア

大田南畝＝編
宇田敏彦＝校注

角川文庫
24474

目次

解説

「狂歌とは何か」という問い掛けがある。これに対して、「狂体の和歌である」、といったのではなんの答えにもならないだろう。「狂体とは何か」といった疑問が残るからである。否、それ以上に「狂とは何か」という文芸意識上の大問題が、形式上の問題の前により大きく立ちはだかっているからだといってよい。ここではひとまず、「狂」の意識には深く立ち入らず、「狂」は単に「酔狂」だとか「風狂」といった言葉から類想されるものの延長線上に、究極としてある概念だと見ておきたい。それでは「狂体の和歌」とは何かということになるが、ごく一般的には「常識的でない和歌の形態」あるいは「和歌の枠組からはみ出した形態」だといい得ようが、実際には、これほど無意味な定義もない。そこで極めて便宜的に、一定の枠組でもって規定されている和歌とは何か、ということを簡単に振り返って見ながら、そこからはみ出したものとは何であったかを見て行こうと思う。

ここでいう和歌とは、『古今集』以来、代々の王朝文化のもとで育《はぐく》まれてきた伝統的な詩歌の形態をいい、そこには歌に詠まれるべき主題から、歌を詠むための言葉などさまざまな規定があり、それらは歌人たちの主張や時代的な変遷によって多少の変化はあったものの、その総ては「雅《みやび》」の語で定義されるべき基盤に立っていたと見てよい。「狂歌は歌の俳諧なり。今いふ俳諧は連歌の俳諧なり」とは、朱楽菅江《あけらかんこう》が狂歌の作法を論じた『狂歌大体』（寛政十撰、天保十刊）で述べる狂歌の明快な定義である。これを言い換えれば、狂歌は和歌の俗なるもの、非古典的、反古典的な内容や言葉遣いをもつ和歌（大方は三十一文字の形式をもった短歌と考えてよい）だといってよく、ヨーロッパの詩の一体であるパロディーに近縁のものであるといってもよいだろうが、幸便に近世初頭の日本語にはこのパロディーの訳語に似つかわしい「なおし」という言葉があった。『枕草子』を当世風に茶化して『尤《もっとも》の双紙』とし、『伊勢物語』を擬しながらそのことごとくを滑稽化して『仁勢《にせ》物語』と改変するなどのことがなおしで、和歌と狂歌の関係も一種のなおしに他ならないとみることが出来る。となれば、事はやや簡単になる。形式をいかに和歌の形に似せ、いかに滑稽な用語を駆使してみせようとも、その背後に文学的な創造意欲のないものは、これは狂歌といわないのだと定義してみれば、『万葉集』の戯笑歌や『古今集』の俳諧歌などには滑稽の要素や言葉の洒落や遊びのある歌をみることが出来るものの、文学的な創造意欲を掻き立てるものがないので狂歌ではないということが出来、また中世の『太平記』などの軍記物語に散見する落首は、時世風刺が主眼であって文学的でないという点で、狂歌とは遠いところにある産物だといい得よう。

狂歌の流れ

　では、こういった要素を満足させる狂歌が何時始まったか、という狂歌起源論になると、これまた少々厄介な問題がないではないが、菅江がいう「古くは暁月房《ぎょうげつぼう》とていみじき狂歌の好士あり」という言を取って、この頃、つまり鎌倉時代後半にその起源を求めるのが常識的であろう。もっともこれに異論がない訳ではなく、化政期の狂歌壇に威を振るった鹿津部真顔《しかつべのまがお》は、狂歌の権威付けを謀って『古今集』の俳諧歌にその起源を置いたし、またさらに遡って、古代歌謡の一形式の「ひなぶり」（夷振・夷曲などと書く）に求め、『古事記』神代巻に発するとする論もないではなかった。こうした議論も実は根拠のないことではない。というのも、王朝以来、特に暁月房が出た中世には、歌人たちが雅なる和歌を詠む余技、戯れの遊びとして、狂歌同様の「無心の歌」を喜んだに違いないのであるが、その性格上、これらの詠歌は詠み捨てが大原則であったがために、その探索は一大難事であり、文字化されたものを古典の中に求めるとなれば、和歌史上、第一の書たる『古今集』は最も恰好な書物であり、古びを権威付けるには『古事記』に勝るものはなかったからである。

　それはともかく、鎌倉時代から室町時代に掛けては連歌の流行があり、それとともに狂歌を詠むことが盛んに行われたであろうことも容易に想像されるが、これはあくまでも雅な和歌の権威を認めた上でのことである。詠み捨ての原則はそうした意味合いからも厳しく守られていたが、相次ぐ戦乱や慢性的な政情不安は恰好の素材を提供し、狂歌の形を借りた落首の多発や、仏教者や神道者による道歌の隆盛を生み出している。奇行家として知られる禅僧一休の歌と称するものが数多く伝えられるのも、その一端を物語るものといえよう。こうした傾向は戦国時代にも引き継がれ、その遊技的な性格から、肩の凝らない文芸として武将の好むところとなり、天下を統一した豊臣秀吉にも狂歌話のいくつかが伝えられている。

この頃をもって狂歌の誕生期とするのが、公平に見て理にかなった見方と思われるが、その仕掛人は京都の建仁寺に住し、詩文や連歌を嗜《たしな》む高僧として名の高かった雄《ゆう》長老《ちょうろう》で、自ら狂歌史上最初の家集となった『雄長老詠狂歌百首』（天正十七夏成立）を残している。雄長老は当代きっての歌人であった細川幽斎の甥に当たり、文化面での影響力の強い人でもあったので、その周辺には幽斎の門人や多くの文化人が集まり、天下に太平の世が到来したのを謳歌したであろうことは、『新撰狂歌集』（元和頃成立）や噺本《はなし》『醒睡笑』（寛永年間刊）などの書物によってその断片を窺うことが出来る。所謂貞門《ていもん》俳諧の総帥たる貞徳《ていとく》もその一人であったと思われ、俳諧の傍らで狂歌を嗜み、門下にもこれを勧めて、それまでは所詮貴族や高級武士といった上流階級の楽しみに過ぎなかった狂歌を、広く庶民の間に普及させた功績は大きく、それらの集大成が生《せい》白堂行風《はくどうぎょうふう》編の『古今夷曲集《こきんいきょく》』（寛文六刊）であるが、より以上に注目すべきは貞徳に俳諧を学んだ江戸の人、石田未得《いしだみとく》の家集『吾吟我集《ごぎんわが》』である。この書名は『古今和歌集』の捩《もじ》りで、序文も『古今集』のそれを逐語的にパロディー化したもので、その狂歌意識は、後年、江戸の地に花開く天明狂歌と同一基盤に立つものと考えてもそれほど遠くない。

貞徳にも『貞徳百首』の家集があるが、注目すべきはその作品よりは指導力で、その門下からは未得の他、上方の狂歌壇を確立した京都男山《おとこやま》の豊蔵坊信海《ほうぞうぼうしんかい》や、徳川幕府の医官として江戸に出てその名を高めた堺の半井卜養《なからいぼくよう》らが巣立って行った。その後信海門からは由縁斎《ゆえんさい》の号で知られる貞柳《ていりゅう》が出、狂歌師を職業として大坂を中心に狂歌壇を再編し、東は名古屋、西は広島に及ぶ広範な地に多くの門人を集めて浪花《なにわ》ぶり狂歌の全盛を誇ったが、それとは裏腹に、一門の徒には本来狂歌詠みが持つべきはずの古典的教養基盤の欠如が甚だしく、狂歌そのものも質的低下を来たしたばかりか、ついにはその本質さえも見失うに至り、貞柳自身も道歌の復興を提唱するに至っている。

江戸狂歌

江戸において江戸風の狂歌を詠もうという動きをみるようになったのは明和年間で、南畝《なんぽ》が後年その随筆『奴凧《やっこだこ》』（文政一序）に伝えるように、牛込に住んで和学を講じ、歌人としても江戸で評判の高かった内山賀邸《うちやまがていちんけん》椿軒に学ぶ唐衣橘洲《からころもきっしゅう》が、同門、同好の士たる南畝や平秩東作《へずつとうさく》を四谷の自宅に招いて狂歌会を催した明和六年（一七六九）がその濫觴《らんしょう》であった。和文や和歌を学ぶ者たちが、この頃の漢詩文を学ぶ者たちが狂詩文を楽しみとして弄んだと同様に、つれづれの慰みにまったく独立した戯れとして詠じたのがこの期の江戸狂歌の特徴で、上方の影響を受けた前代のそれとは無縁であり、またこの頃には狂歌作法といったものも確立していず、作品それ自体も無心の和歌の伝統に従って詠み捨てが原則であったので、その実態がどうであったかを十分に窺うことは出来ないが、幸いに明和七年の会の記録が『明和十五番狂歌合』として伝わるため、およその詠歌ぶりは垣間見ることが出来る。時代は武家が政権を掌握した江戸時代には珍しい重商主義の時代で、田沼意次《たぬまおきつぐ》を頂点とする経済官僚が政治権力を支配する世の中に移行しつつあり、良きにつけ悪しきにつけて自由な気風と金権主義的な思潮がこの時代を牛耳っていたが、何時の世でも、意を得ない若者にとって、時代は常に閉塞状態であることに変わりはなく、家柄もなく、金もなく、伝手《つて》もなく、ただあるものは己が恃《たの》む学才だけといった状態では、立身出世は望むべくもない時代でもあった。

十八世紀中葉以降、江戸生まれ、江戸育ちの自負を背景として確立された江戸っ子気質や江戸自慢の意識と、江戸語という共通言語の誕生を基盤として、江戸の地に栄えた所謂戯作は都市型文学の典型的なものであり、人の生きることの意義だとか、文芸のあるべき姿とは何かなどといった、文学的営為が本来的に問い、追求すべき物事の本質よりも先に、その枝葉末節にしか過ぎない表現や技巧が先《ま》ずもって問われ、またその巧拙のみがしきりに論議されるといった特徴が著しく、江戸狂歌、特に天明のそれに甚だしかったといってよい。こうした奇妙な文学を生みだした江戸という地の特徴を振り返ってみる要のある由縁である。いうまでもないが、江戸は近世初頭に関東平野に突如として出現した人工都市で、十八世紀には日本第一の大都市であったばかりか、百万を超す大人口を擁して世界にも稀な大都会であった。徳川氏を中心とする武家政権を支える政治の中心都市で、当初はその成立の特殊事情から、文化的にはまったく上方に隷属し、そこに住む人々の半数以上は純然たる消費階級の武士（参勤交代の制度によって出入りが激しかった）や神官、僧侶などであって、それらの人々の生活を支えるために商工業に従事する町人がこれまた諸国から集まり、今日の眼から見れば意外なほどに狭い地域にひしめいていたのが江戸の町の実状で、まさに諸国のごみ溜と称されても不思議のない雑然とした寄合所帯であった。自然地理的にも、日本の文学の伝統を育んで来た京、大坂といった上方とは大きく異なる広大で平坦な空間の地に位置し、上方のウエットな韻文的な自然風土に対してドライな散文的な自然風土は、当然のことのように、江戸人士にそれまでの和歌を中核とする伝統文学に対する違和感を醸成したに違いない。こうした違和感は江戸が都市として成熟するとともに大きくなり、一方、幕藩体制の財政的破綻から参勤交代制が崩壊し、それとともに江戸藩邸で生まれ、江戸の地に育ち、ついに本国を見知らぬ江戸詰めの武士が急増し、町人もまた江戸の町に定着するようになり、ここに武士、町人を問わない江戸っ子意識が生まれるようになって、さらに一層明確に把握されるようになった。この違和感こそが、上方とは異なった江戸狂歌に特有の本歌取の操作を、特徴付けるものとなっている点は注目するに足りる。言葉を代えていえば、本歌の心を取るにしろ、言葉を捩るにしろ、上方の文学風土や自然風土の中にあっては、その伝統の重みが枷となって計測不可能な本歌と狂歌との距離が、江戸にあっては極めて容易に設定出来たため、そのパロディー効果を十全に発揮し得たのだ、ということが出来よう。

日野《ひの》家に入門してわざわざ和歌を学んだ菅江にすらその詠歌集は残らず、一方、狂詩集の刊行によって文壇に登場した南畝に、歴《れっ》とした漢詩文集がありながら、これまた和歌の集がまったくないのは、常識的には奇とするに足ることといってよいだろう。このことを見方を変えて見れば、江戸狂歌はいかにそれが戯れの極致にあろうとも、それまでの上方中心の狂歌が多分にそうであったように、歌人たちやこれに憧れを持つ人々の余技などではなく、狂歌それ自体が完結した文学作品であり、狂歌を詠むこと自体が彼らの紛れもない文学的営為であることの証明であった、といっても決して過言ではなく、その笑いは単に我々の頤を解くためのものではなかった点に注目したい。伝統的な雅な歌題で詠むときは、心、言葉とも狂体を用い、テーマが俗なものであるときは、伝統的な和歌の心や歌語を多用して詠むのがよいというのが、当代の狂歌人の心得であった。

　江戸狂歌はその最盛期が天明年間であったことにより、天明狂歌の名でよばれることも多いが、この奇妙な文学運動は「連」とよぶ結社による活動を基盤として発展して行った。これらの連は多分に地縁的な存在で、一人もしくは複数のリーダーを中心人物とし、例えば牛込周辺の南畝を中心に集まった四方連（山手連とも）、同じく牛込で菅江を総帥とした朱楽連、四谷の橘洲に率いられた四谷連、芝を本拠とした元木網《もとのもくあみ》の落栗《おちぐり》連、芝浜によった浜辺黒人《はまべのくろひと》の芝連、日本橋本町に住んだ大家裏住《おおやのうらずみ》や腹可良秋人《はらからのあきんど》らの本町連、数寄屋橋周辺の鹿津部真顔らのスキヤ連、吉原の加保茶元成《かぼちゃのもとなり》を軸にして集まった吉原連、花道《はなみちの》つらねが歌舞伎俳優を結集した堺町《さかいちょう》連といった具合に、それぞれに地域的な中小会派を結成し、それらが南畝を盟主として仰ぎ、大同団結したのが天明の狂歌壇であったとみればよい。そして今一つ、この連という地域別ともいうべき小会派を中心として発展した江戸狂歌には、大きな特徴があった。というのは、江戸の町の成立上、山の手、下町といった地域差から、この連という組織の構成にも、武家と町人といった江戸特有の階級差が歴然として表れていた。例えば四方連、朱楽連、四谷連の構成メンバーは武家が主体であり、落栗連、芝連は町人が主体で、本町連、吉原連、堺町連は町人だけで成立っているといった具合であったが、にもかかわらず、知識階級たる武家が積極的に庶民階級である町人の世界に溶け込み、一方、町人もまた江戸っ子という共通意識を基盤に、その蓄積した財力によって自らの知的レヴェルの向上に努めるとともに、文化人としての意識を高め、身分的差異を越えてこれといった抵抗感もなく拮抗、融和して活動していたため、上方で貞柳一派が陥ってしまったような、庶民性は大きく獲得したものの、狂歌の文芸性を支える古典世界に対する憧れやそれを維持するために不可欠な教養と創造的意欲を喪失する、ということはなかったのである。そしてさらに、そうしたグループ活動を通してのおのずからなる発明もあった。天明狂歌は人工的な都市に誕生した、笑いを基盤とする人為的な要素の色濃い文学世界で、その技巧として縁語、掛け言葉の使用が多いのは、三十一文字という形式の中では本来無理な散文的な要素の色濃い人事や風俗を詠み込むためで、一首の意味を多義的に展開するための便法に他ならない。特に縁語の技法は多用され、単一な用法ばかりでなく、二重三重の用法もあり、さらにこれが同音異義語などと併用される場合には、ちょっとしたクロスワード・パズル的な展開をもみせてさらに複雑な技巧となるが、往々にして眼高手低の技巧倒れとなることも多い。

とはいえ狂歌は、南畝が「狂歌三体伝授跋」（『四方の留粕《とめかす》』下巻所収、文政二刊）で

「狂歌をよまんとならば、三史五経をさいのめにきり、源氏、万葉、いせすり鉢、世々の撰集の間引菜、ざく／＼汁のしる人ぞしる……其趣をしるにいたらば、暁月房、雄長老、貞徳、未得の迹《あと》をふまず、古今、後撰夷曲の風をわすれて、はじめてともに狂歌をいふべきのみ。いたづらに月をさす指をもて、ゑにかける女の尻をつむことなかれ」と喝破したように、所詮、知識人のものであったことは自明の理で、『万載狂歌集』によって触発された狂歌ブーム（後述）は、天明五年正月刊行の『徳和歌後万載集』によって頂点に達するが、天明三年中、早くも南畝をして「属者狂歌、花見虱ノ如シ」と嘆じさせ、菅江もまた自ら撰に当たった『狂言鶯蛙《おうあ》集』（天明五刊）に「この頃もはら狂歌を世にもてあそびて、殊に戯れたる表徳を云ひ罵るに、言葉はさしたるをかしきふし云出さざりければ」との詞書で、「糞船の鼻もちならぬ狂歌師も葛西みやげの名ばかりぞよき」と詠み、撰歌にいたずらな時を費やさざるを得なかったことを嘆いている。こうした空前の狂歌ブームには、江戸という巨大都市の成熟といった確かに自然発生的な要因が大きく作用しているが、影の立役者として、その特異な洞察力や企画力で、この期の出版事業に多大な影響力のあった新興の板元蔦屋重《つたやじゅう》三郎《ざぶろう》の存在を忘れてはならないだろう。因《ちな》みに『徳和歌後万載集』は『万載狂歌集』の縁もあって須《す》原屋《はらや》伊《い》八《はち》から出版をみたが、『狂言鶯蛙集』はこの蔦屋重三郎によって刊行されている。

これら二書と天明七年に南畝の撰（実態は不詳だが、南畝は途中にて手を放し、鹿津部真顔や宿屋飯盛《やどやのめしもり》、紀定丸《きのさだまる》らがその任に当たったという）によって蔦屋重三郎が刊行した『狂歌才蔵集』辺までは、比較的不偏不党といった観が撰集作業に窺われるが、収集のつかない狂歌ブームを反映し、名ある狂歌師はそれを職業化して、いかにして門人を多く集めるかに狂奔するようになり、狂歌集そのものも自派の威勢を誇るためのものと化して、江戸狂歌もかつて上方の狂歌壇が辿った道を追うこととなる。時流も大きな転換期を迎え、幕府財政の破綻と相次ぐ自然災害の付けが廻って、さしもの権勢を誇った経済官僚の田沼意次が失脚し、保守派のチャンピオンたる松平定信によるアンシァン・レジーム、寛政の改革政治が始まり、政官界に大変動があったばかりか、「出版条例」を軸とする言論統制も行われたため、天明七年七月に狂歌壇のみならず天明文壇の盟主ともいうべき南畝が、一切の文筆活動を放棄して引退し、寛政元年には黄表紙界の両雄たる武家作者の恋川春町《こいかわはるまち》、朋誠堂喜三二《ほうせいどうきさんじ》が改革政治を揶揄したかどで筆禍を蒙《こうむ》り、これまた筆を捨てるなどのことがあり、狂歌壇、否、文壇そのものも大きく様変わりをせざるを得なかったのである。こうした知識階級たる武家作者の退陣によって、文壇では山東京伝《さんとうきょうでん》、狂歌壇では鹿津部真顔、後にその好敵手となる宿屋飯盛らが台頭し、菅江、橘洲は依然として名を連ねてはいるものの、かつてのような華々しい活躍はなく、時代は狂歌とは名ばかりの腰折歌（体をなさない下手な和歌）が横行跋扈する文化・文政期へと移行し、南畝も蜀山人《しょくさんじん》の号で再び文壇に復帰して狂歌を詠み始めて、世上に改めてその名を高めはしたものの、狂歌界の衰退ぶりは最早《もはや》いかんともし難く、狂歌壇はその形骸だけを引っ張って、天保以降の時代へと続くのである。

『万載狂歌集』の撰歌事情

『万載狂歌集』が唐衣橘洲との確執、特に橘洲が南畝や菅江を疎外して『狂歌若葉集』の撰集作業を行ったことから、それと対抗する意図をもって極めて偶発的に生まれたものであることは解題でも触れたが、今少しこの間の事情を詳述すると、その背景には以下のような事柄があったのである。

前にも述べたように、天明の江戸狂歌は橘洲によって興されたかの観があり、橘洲自身にもその自負は当然のことながら大きかったものとみられるが、その温雅で篤実な資質と王朝の文学的残光を慕う気風は、必ずしも江戸の時人の喝采するところではなかったことも冷厳な事実であった。一方南畝はといえば、武士だ、町人だといった分け隔てのまったくない庶民的で陽気な雰囲気と、はじけるような頓知頓才の持ち主であり、その生活態度も自ずから橘洲の隠逸、孤高を望む仕方とは異なって、狂歌仲間はもとより高位高官の人士、富豪、学者、文人、歌舞伎俳優と幅広い交遊関係を持ち、時や所を選ぶことなく、才気の煥発《かんぱつ》するがままに詠み散らすかのごとき南畝は、橘洲を圧倒して江戸狂歌壇の押しも押されもせぬ第一人者となっていたのである。世評は橘洲と南畝の仲違いを狂歌師評判記ともいうべき『狂歌師細見』（天明四刊か）が「間違いの筋」だと伝えるだけで、その真相は皆目不明であるが、生真面目な橘洲が南畝の狂歌を不謹慎だと悪評したことは、『狂歌若葉集』所収の橘洲の「赤良のぬしこのごろざれ歌にすさめがちなるに、甥の雲助（紀定丸）のぬしの歌口を感じて」との詞書を持つ「ざれ歌に秋の紅葉のあからよりはなも高雄のみねの雲助」の歌が如実に示しているといってよい。

その結果が南畝や菅江を除外しての『狂歌若葉集』の撰集作業となったと想像し得る。もっとも橘洲が狂歌集の出版を思い立ったのは天明初め頃からとみられ、その結実したものが『狂歌若葉集』で、天明二年四月二十日に三囲稲荷《みめぐりいなり》で催された会（南畝も菅江も参会）の頃にはすでに編集作業は終了していたようである。南畝がこうした事実を知ったのもこの三囲会の前後で、それとともに急遽『万載狂歌集』の撰歌に当たり、翌三年春正月の刊行に間に合わせたのである。このいささか無理な編集日程を仕組まざるを得なかったのも、もちろん『狂歌若葉集』の刊行予定に対抗する意味合いからのものであった。

このように突然な編集機運の到来と短時日の編集作業にも関わらず、一集が明確な編集意図のもとに首尾一貫し、範を最初の勅撰和歌集たる『古今集』に取り（巻十五の「雑体」で、長歌とあるべきを短歌とするなどはその一端といってよい）、『千載集』をモデルとして見事な勅撰和歌集のパロディーとなり得たのみならず、当代に流行の戯作の一環として、これ自体が見事な読み物として完成度の高い作品となり得たのは、ひとえに南畝の優れた編集癖のなせる業であったと見るのが順当だろう。後年に至って南畝は、『万載狂歌集』成立の一端を『奴凧』（文政八年刊の随筆『仮名世説』にもほとんど同文の記事がある）に「東江先生、八丁堀地蔵橋に居りし時、門人いまだすくなかりしかば……吉原大全といふもの作りしとて、板下のまゝ見せられき……其座にて、池の端須原屋伊八が番頭迂平といふものに逢しが、万載狂歌集の約束して、つひに其書をかきておくれり」と書き留めているが、南畝の記憶違いか、時期が二十年ほど前後しているので信を置き難い。因みに『吉原大全』の刊行は明和五年（一七六八）のことである。

『狂歌若葉集』は大本二冊で、天明三年正月、四谷伊賀町の近江屋本十郎、日本橋通三丁目の前川六左衛門らを板元として出版された。その序を橘洲と置來（内山椿軒の隠名という）が書き、作者はすべてが当代人といってよく、全六十七人、八百四十三首の短歌形式の歌をアトランダムな配列で作者別に並べただけで、しかも各作者の収載歌数には、常識的に見て、公平さを欠くものがあり、南畝や菅江に対する悪感情が剝きだしのものであった。これに対して『万載狂歌集』は体裁こそ半紙本であったが、板元は『若葉集』の板元とは遙かに格上の上野池の端仲町の須原屋伊八他で、赤良、菅江の仮名序、赤良の真名後序、橘《たちばな》やちまた（八衢）自筆の跋を備え、古今の狂歌人二百三十余人の詠歌七百四十八首を、『千載集』の部立《ぶだて》に準じ、旋頭歌《せどうか》や長歌までをも収める徹底ぶりであった。もっとも菅江の仮名序は南畝の書くところであったらしく、文、書体ともに南畝のものである。また、跋を除いて、板下は総て南畝の筆になるものであるが、その跋を書いた橘八衢は書家として名の高い加藤千蔭《かとうちかげ》の狂名であり、この人はまた椿軒よりは一つ格上の歌人でもあった。とはいえ、何分にも急な仕事であったため、解題でも触れたように部立の一部に乱れがあるなどの他、古人の詠歌の撰を、個人撰集である家集に求めた結果もあるにせよ、極めて限られたもの、特に合綴本《がってつぼん》の『堀川狂歌集』にその多くをよったことは、そうしたことの最も著しい徴証といってよいだろう。

『狂歌若葉集』の撰に椿軒の協力のあったことを知っての上と思われるが、これを『千載集』にまつわる『平家物語』の「忠度都落《ただのりみやこおち》」などで著名なエピソード、木曽義仲に攻められて平家一門とともに都落ちする忠度が、途中から危険をおかして都に帰り、時の代表的な歌人たる藤原俊成《しゅんぜい》に自詠の歌いくつかを託し、勅撰集の沙汰があったら、たとえ「よみ人しらず」でもよいから入集《にっしゅう》させて欲しいと頼み込み、俊成が

『千載集』の撰に当たった時、勅勘の身を憚りながらも忠度の希望を入れ、「よみ人しらず」として一首を入集させたことを捩り、椿軒を忠度に見立ててその詠歌を一首「よみ人しらず」として入集させている。大向こうの受けを狙った随分と思い切った趣向立てであるが、こうした仕掛けはまだまだ続き、入集者に狂歌詠みとして知られた所謂狂歌人だけではなく、演劇人、江戸随一の料亭の主人、吉原の妓楼《ぎろう》の主人、遊女、戯作者等々といった具合に江戸の各界の代表的人士を網羅していて、いやが上にも人々の関心を集め、多くの狂歌愛好者を輩出することとなった。その結果はまた、続編を予告した『狂歌若葉集』の追刻が実現をみず、橘洲は一時狂歌壇から離れて逼《ひっ》塞《そく》せざるを得ない状況に追い込まれた反面、天明狂歌壇は赤良、菅江を中核として爆発的な繁栄をみせ、地域的に狂歌人を一覧した名寄『狂歌知足振《しったりぶり》』、もとの木網編の狂歌作法書『浜のきさご』、「吉原細見」を捩った名寄評判記『狂歌師細見』などが続々と出版されて狂歌流行に一段の拍車を掛け、翌四年新春には恋川春町の黄表紙『万載集著微来歴』が出され、天明狂歌は空前絶後のブームを招来して、ここに極まったかの観があった。こうした状況を『狂歌師細見』は「数十軒の本屋、狂歌戯作をちょっと見ると人先へとつて板行にあらはす」といっている。

とはいえ、当代の作者でありながら『万載狂歌集』きりで、その後の『徳和歌後万載集』以下の天明狂歌撰集にその名を見ない作者の多いのも、『万載狂歌集』の特徴の一つであるといってよい。このことは『狂歌若葉集』所収の歌が百九首の多きを数えて収載されることと同様に、この期の狂歌運動を考える上で重要なことと思われるので、特に付記して置きたい。

私事に過ぎないが、有形無形に何かと戯作の心と形についてお教え頂いた濱田義一郎先生に、ついに話ばかりで本書をお目通し頂けなかったのが非常に残念であるが、これも自らの惰情のなせる業でいたしかたがない。こうした怠惰な私を暖かく励まし続けて下さった恩師神保五彌先生、同学の友木村八重子さんの学恩は量り知れず、また編集部の鈴木素子さんの親身のお力添えがなかったなら、本書は未《いま》だに日の目を見ることはなかったに違いないことを思うとき、ここに改めて感謝の言葉もない。記してお礼に代える由縁である。

なお、これはまた徹底的に私事で恐縮ではあるが、本書の完成は多年愛用のパソコン、ピュー太君(三、四世)なくしては考えられなかったことを書き添えて置きたい。当然のことながら本書の収載歌はデーター・ベース化してあるので、フロッピー・ディスクでの提供も可能となっているため、関心のある向きはご連絡を頂きたい。

平成二年三月

宇田敏彦

万載狂歌集

〔解題〕

外題は、上冊に「万載狂歌集　四季　離別／羇旅　哀傷」、下冊に「万載狂歌集　賀　恋雑／釈教　神祇」とある。半紙本二冊で、上冊九巻、下冊八巻（但十三巻を欠く）よりなる。選者を四方赤良《よものあから》（大田南畝《なんぽ》の狂名）と朱楽菅江《あけらかんこう》の両名とするが、実質的に選に当たったのは南畝と考えてよい。上冊に四方赤良と朱楽菅江の署名を持つ二つの仮名序があり、下冊末尾に四方赤良の真名《まな》後序と橘のやちまたと署名のある和文跋を付す。板元には、江戸の須原屋伊八、京都の本家須原屋仕入店、大坂の柏原屋与左衛門の三軒が名を連ねている。底本には初版本と見られる大妻女子大学図書館蔵本を用いたが、上冊の外題に一部剝落があったり、上冊の巻四と巻六にそれぞれ一丁の落丁があったりするので、東京都立中央図書館の加賀文庫蔵本などの諸本によって校合した。

江戸の狂歌人による最初の狂歌撰集で、江戸の当代人の作ばかりでなく、暁月房《ぎょうげつぼう》や貞徳らの古人の狂歌も、それぞれの家集によって採るなどして、古今の狂歌人二百三十余人の歌、七百四十八首を収める。その成立には、江戸狂歌界の先人で、旧知の友でもあった唐衣橘《からころもきっ》洲《しゅう》との確執があり、橘洲が南畝、菅江を除外して『狂歌若葉集』の編集を始めたことを知り、急遽、天明二年四月に撰集作業に入ったものと考えられる。幅広い撰歌態度と企画力に寄せる自信のほどは、王朝時代最後の勅撰和歌集で、源平争乱の数々のエピソードで名高い『千載集』に倣ったその題名や部立、配列に窺《うかが》われ、三河万歳《みかわまんざい》をかすった題名や一首の配列順序などは、それ自体で見事な江戸市井の庶民生活を活写、再構築し、戯作的世界を作り上げていて、狂歌史上、これほど選者の見識と批評眼が透徹した、最も首尾の整った狂歌アンソロジーはないといってよい。しかしながら、何分にも半年という短期間の撰集作業であったため、いかに編集の才に恵まれた南畝とはいえ、いくつかの齟齬《そご》が生じている。古人の作の選択範囲がきわめて限定されたものであったことは、おそらく、南畝がもっとも心を残した所であったろうし、序で部立を巻一から巻十七と数え立てながら巻十三を欠き、本来、巻十五と刻すべき雑体の部を雑歌の下の一部とするほか、上冊の七、八丁の所で一丁落丁があるなどの本作りの上での失敗が見られるが、全体の出来映えからいえば、これらは取るに足りない瑕瑾《かきん》といって差し支えない。事実、大変な評判を取って、ライバルの『狂歌若葉集』を圧倒するとともに、江戸に空前の狂歌ブームを巻き起こすこととなり、南畝がその随筆『奴凧《やっこだこ》』で「此集あまりに行れければ、橘八衢《やちまた》の跋をのぞきて市中に行ふ」というほどに、『万載狂歌集』は好評裡に多くの版を重ねていったのである。

〔凡例〕

一　漢字、仮名とも原本通りの字体での翻刻を原則とするが、特殊な略字体の漢字は現在使われている字体に改め、合字は漢字、仮名とも現行の字体に分割した。また近似した字体による混乱は文脈によって決定した。

二　仮名の反復記号（ゝゞヽヾ〱）は原本のままとするが、漢字の反復を示す踊り字（〃）は「々」に改め、「〱」はそのままとした。

三　原本にある振り仮名、振り漢字はそのまま翻字した。また読みの複雑な漢字には（　）を付けて仮名を振った。

四　明らかに脱字と思われるものには〔　〕を付けて補った。

五　作者の欄及び詞書の欄が空白になっている場合は、前出の歌と同一人の詠、または同じ詞書を持つ歌である。

六　註は各巻での初出の字句に付けるのを原則とした。

七　一首の解が多岐に渡ったり、複雑な場合には、適宜、補足説明や解釈を施した。

八　古歌については出来るだけ典拠を明らかにし、当代の歌については『狂歌若葉集』との異同を示した。

九　出典が歌合の形式を取るものについては、相対する歌及びそれらに対する判と判詞を添えて置いた。勝、負、持《もち》とあるのはその判で、勝、負は優劣を、持は優劣の付け難い場合をいい、判詞はその裁定事由であるが、これには抄訳を付けた。
読みが複雑と思われる作者名には、原則として、各巻初出のさいに振り仮名を振ったが、不詳なものには、便宜的に音読みにして付けた。

とくわかにまんざいしふとハ、きミもさかへてます〳〵ごきけん、あいきやうありけるあらたまの、としとるはしめにふてとりて、りしやうくんがたまの句々をかうべにのせ、あやんがたちをはくやのきしんが、かたなのこしおれにいたるまで、ゆつりはをくちにあちハひ、五ゑふのまつを手にもちろん、よろつのたからたからかに、世にきこえたるくさ〳〵のことのは、かきあつめすといふことなし。

とくわかにまんざい　徳若に万歳。徳若は「常若《とこわか》」の転で、常に若々しく万年も長寿を保つようにとの意を持つ祝詞で、これに『万載狂歌集』の意と三河万歳の意を掛ける。徳若の語は三河万歳の詞章にも用いられるもので、以下諸処に三河万歳の文句を捩《もじ》った語句が使われている。**あいきやう**　愛敬。興趣、面白味。**あらたまの**　新玉の。枕詞《まくらことば》で、年、月、日、夜、春などに掛かる。**りしやうくん**　李少君。中国、漢代の方士（仙術家）。竈《かまど》を祭って長生を求める術で武帝の信任を得た。大変な長寿で、当時、既に七百歳であったといい、古事に精通してしばしば帝に進言し、多くの功績があった。「玉の句々」はこの古事の進言をさし、本書の第一巻、十二巻、十六巻を除く各巻巻頭に、天明以前の狂歌師の歌を置いたことをいうかと思われるが、以下の修辞はきわめて難解であるといわなければならない。山崎美成《よししげ》の随筆『海録』巻二に、次の註《ちゅう》に触れて「りしやうが玉の冠は李将軍の事也、と大田蜀山翁がいはれし也」とあるが、下冊末尾の真名後序に、「李少君之玉ノ得不可ヲ古ル鋏《かね》ノ店ノ端ニ探リ」とあれば、いかがなものか。存疑。**あやんがたちをはく**　三河万歳の語句であるが、意不詳。前記の『海録』にも不詳とするが、柳亭種彦の言として「ある随筆に、あやの小路の鍛冶某の、年ごとに太刀を禁裏へ奉る事あり。それをいひしもの也。あやんといへるは音便なり。その下に、はこんやのゆづり葉といへるも、藐姑射《はこや》のゆづり葉といふを、音便にていひしなるをもて、しるべし」といい、また「あるまなこと表題せる筆記に、綾の小路に定利と云鍛冶あり。禁裏の御儀式に用ひらるゝ太刀は、此定利が打なり。綾の小路にすむゆへに、俗よんで綾が太刀といふ。万歳詞に、あやんがたちをはいて、と唄ふは是なり。是正説なり」とある。天明四年刊行の『狂歌師細見』の跋にも「筆のあやんがたちいれに」とあるが、ここはあやめがたち（菖蒲太刀）の幼児語に転用するか。菖蒲が太刀は菖蒲刀《しょうぶ》ともいい、端午の節句に飾る太刀で、木刀に金銀をちりばめて華美に仕立てたものであるが、元来は、菖蒲を束ねて刀の形にしたもの、または木刀に色紙や布を捲《ま》いたもので、子供たちが帯び歩き、戦の真似事などをした。はくは刀を佩《は》くの意で、これに箔屋《はくや》を掛ける。箔屋は金銀などの箔打を業とする店で、木刀などに箔を置いて真剣に見せかけることなども行った。**きしん** 鬼神。ここは五月飾りとして喜ばれた鍾馗《しょうき》をいうか。**こしおれ** 腰折。まん中辺で折れ曲がった様の意に、腰折歌の意を掛ける。腰折歌は、和歌で上の句と下の句との続き具合いの悪いものをいい、転じて下手な歌をいう。**ゆつりは** 楪《ゆずりは》。常緑の喬木《きょうぼく》で、旧葉が新葉が出てから落ちるので、新旧相譲るに似るとして賞し、親子草ともいって、正月の儀にこれを用いて代々の繁栄を祝う。これを口に味《あじわ》うというのは、楪の樹皮を駆虫薬として用いたことによるか。『海録』にいう藐姑射《はこや》は、藐姑射の山ともいい、中国で不老不死の仙人が住む霊地とされる。**五ゑふのまつ** 五葉の松。松の一種で、比較的短い針葉が五本ずつ束になって小枝に密生するのでこの名があり、江戸では姫小松ともいって、盆栽仕立てとして愛好された。若々しく長生きすることと、子孫繁栄の象徴。**くさく** 種々。品数や等級が様々なこと。

一本のはしらハ一花ひらけ、二本のはしらハ二月、三月、三本の柱ハさんふくのなつ、四本のはしらハ新秋の天、五本のはしらハ梧桐のつゆ、六本のはしらハむつのはな、七本の柱ハなこりをおしみ、八本のはしらハやま川をこえ、九本のはしらハ九相《くそう》をかなしみ、十本の柱ハ十かへりをいはひ、十一本、十二本の柱ハ十一、十二のふたつもしうしのつのもしこすいもし、十三本、十四本の柱ハ十三なゝつなにことによらす、十四まち〳〵とり〳〵のうた、十五本の柱ハ三五の十八短歌の句々、旋頭《せどう》、おり句、廻文の哥、十六本の柱ハいさよふ心の月を観し、十七本のはしらハたちまち神祇の部となれり。あハせて七百あまりの哥、十七の巻柱、かの三神のまもり神、ゐいやつとおつたてたれハ、雨がふれともかミくちす、風かふいてもふきちらす、日ハてるともほしミせにいてす、むしハくふとも反古にならす。

一本のはしら　一本の柱。以下、三河万歳の祝詞の一つ「柱立」の章句により、本書の部立のあり方を述べる。**一花ひらけ**　一輪の花が咲いて、ようやく春になったというほどの意で、花は梅の花である。**さんふく**　三伏。夏の最も暑い期間で、夏至後の第三の庚《かのえ》の日を初伏、第四の庚の日を中伏、立秋後最初の庚の日を末伏という。**梧桐**　青桐の異称。十二葉を生じるといい、その芽の出方から年の正閏《せいじゅん》を知る木といわれた。桐は新秋七月になるとその葉を落とすため、初秋の季語として用いられるが、ここは落葉した桐に置く露の見立てで、秋も深まった意を示し、部立が秋下であることを表す。**むつのはな**　六つの花。雪の異称。雪の結晶が樹枝状六花からなることによる。**九相**　仏教で、人の屍が土灰と化すまでに辿る九つの姿（脹相、壊相、散相など）をいう。**十かへり**　十返。

十回繰り返すことで、一般に、千年に十回花を付けるという松をいい、転じて、長い年月を祝う言葉として用いられる。**ふたつもしうしのつのもし**　二つ文字、牛の角文字。形から出た文字の謎で、恋をいう。**こすいもし**　御推《ごすい》文字。推量の女性語で、お察しの通りというほどの意。**三五の十八**　九々算で三五は十五であるが、これを十八と思い違えることをいい、算用違いや見込み違いをいう。ここは部立が雑体であることをさす。**短歌**　和歌の一体。最も一般的な和歌の形式で、五七五七七の五句よりなり、より以上の句数を持つ長歌に対する。**旋頭**　旋頭歌の略。和歌の一体で、五七七の句形式を持つ片歌を反復した形の六句よりなる。**おり句**　折句。和歌で、仮名文字五字からなる物名などを、各句の頭に一字ずつ読み込むことをいう。**廻文**　上から読んでも下から読んでも、同じように読める詩句や文章をいう。**いさよふ心の月を観し**　十六夜の月に、進もうとして進まぬ、ためらう心の意を掛け、さらに仏教の基本的観法の一つ月輪《がちりん》観（月を描いた軸の前に結跏趺《けっかふ》坐《ざ》して、自らの心が月輪の如しと観ずること）の意を掛けて、部立が釈教（釈迦の教えの意で、仏教のこと）であることを表す。**神祇**　天神（天つ神）と地祇《ちぎ》（国つ神）の意で、神々をいう。**三神のまもり神**　和歌の守護神とされる三神。異説あるが、本書では、住吉神、柿本人麿、玉津島神をいう。**雨がふれとも**　雨が降れども。以下、万歳の章句を捩《もじ》る。**ほしミせ**　干見世。露天で、大道に品物を並べ売る店。多く古本、古着、古道具などを扱った。**反古**《ほご》　字や絵を書き損じたりなどして不用になった紙。

かく舌つゝみうちおハりぬれは、これからそろ〳〵まちやらこの、この〳〵すゑにもよミつたへかたりつたへ、あそこゝからきゝてがまいるハかひてがまいるハ、まいるハ〳〵まいらざらめやも。さくらあめあきらかなる、宝引《ほうびき》のなハもひとふたミつのとし、はるのはしめのうらゝかなる四方赤良しるす。

舌つゝみ　舌鼓。うまい物を食べた時などに舌を鳴らすしぐさをいうが、ここは三河万歳の縁で、舌を鼓を打つように早く回して、次から次へと喋りまくることをいう。**まちやらこの**　三河万歳の囃し言葉で、まっちゃらこともいう。**このくすゑ**　子の子の末。孫子の末の代。**まいるハくまいらざらめやも**　三河万歳の章句の捩り。参らざらめやもは来ないことがあろうか、必ず来るとの意。**さくらあめ**　桜雨。桜の花時に降る雨をいい、雨に天と音を合わせて年号の天明と続ける。**宝引**　正月の遊技の一。籤《くじ》引きの一種で、数本の縄を引かせ、先に橙《だいだい》などの付いたものを当り籤とする。**四方赤良**　編者たる大田南畝の狂名に、東西南北の方角、転じて世の中の意を掛ける。

たはれ歌ハちはやふる神代よりはしまるにもあらす、ひとつとや人の代よりはしまるとしもあらす、ほと〳〵手まりうたにひとしく、ひいふう三河まさいの口つきにかよひて、はらのかハより〳〵に口すさひ、かミのつるおり〳〵にいひいたせるなり。そも〳〵このミち、大目にミろく十年よりして、まちやらこのまてしばしもなくそひろまりける。しかりしよりこのかた、あまたのすき人ミそひともしのミそ吸物に、ちよつと独活《（うど）》めの口かしこく、これミやき野のはきのはし、あれ三輪山の杉のはし、一本のはしを二本にひきさき、三本、四本とかそへたつれは、かの柱の数よりもしけしといへとも、いゑ〳〵にのこれる集のミにして、世の中のうたあまねくゑらへるたくひハ、あらさりけらし。

たはれ歌　戯れ歌。たわむれに作る歌、滑稽な歌の意で、狂歌の一異称でもある。**ちはやふる**　千早振。枕詞で、神や地名の宇治に掛かる。**神代**　『古事記』『日本書紀』が伝える神話で、天地開闢《かいびやく》から鸕鷀草葺不合尊《うがやふきあえずのみこと》迄の神々の時代をいい、その子である神武天皇以後を人代《にんだい》というに対する。**ひとつとや**　手鞠歌の最初の章句。**ほと〳〵**　ほとんど、すんでのことで。**手まりうた**　手鞠歌。手鞠をつく時に唄う歌で、数え唄の形式を取るものが多い。**ひいふう**　一、二。手鞠歌の数の数え方で、これにみと続けて三河万歳の序詞的役割を果たす。**三河まさい**　三河万歳。**口つき**　口付。もののいい様、いい振り。**より〳〵**　時々、折々。**口すさひ**　口遊。興趣のままに詩歌などを吟詠すること。**おり〳〵**　折り紙の鶴を折る意に、折々の意を掛ける。**ミろく十年**　弥勒十年。三河万歳の語句で、後に辰の年と続く。南畝の『仮名世説』などに私年号の一であるとか、陰陽家の説によるものだとする考証がある。**ミそひともし**　三十一文字。短歌の異称。一首三十一文字からなることによる。**ミそ吸物**　味噌吸物。味噌仕立ての吸物。**独活め**　独活芽に独活奴の意を掛ける。独活芽は早春に出る独活の若芽で、紫色をしていて柔らかく匂いがよいので、吸物などのつまとして珍重した。独活は茎が長く大きくても、柔らかいので、独活の大木といって、身体ばかり大きくて、なんの役にも立たない者を譬《たと》えるが、独活奴にはこの意がある。**口かしこく**　口賢く。物のいい方が巧みなこと、口がうまいこと。**ミやき野**　宮城野。陸前国（宮城県）の歌枕の地。仙台市の東方一帯に広がっていた野原で、萩の名所として知られた。萩の箸は八月一日、十五日の月見の宴に用いた。**三輪山**　大和国の歌枕の地三輪（奈良県桜井市）にある山。大物主《おおものぬし》神を祭る大神《おおみわ》神社の御神体として知られ、拝殿前にある巨大な杉は三輪の神杉また験《しるし》の杉として名高い。杉を削って作った杉箸は割箸などとして広く用いられた。**いゑ〳〵にのこれる集**　家々に残れる集。家集のことで、個人の歌集をいう。

されハ八すミのゑびすくうともいはす、いさめのつゝミどんともいはぬかしこき御代にあひて、なにかなにはの行風とかいふか、古今夷曲、後撰夷曲の二ツの集をゑらふ。こゝに四方《(よも)》のあか良《(ら)》なん、行風かあとをしたふとにハあらねと、花見に幕をはるのあした、月見る障子ハあきのゆふべ、折にふれたる出傍題《(でほうだい)》を、ミつからのも人のをも物のはしにかいつけおけるを、何かしつねに歓楽となく、哀情となく、かたちとかけとのことくものせしかハ、こゝにもかしこにも見きゝせしうたとも、いにしへ今の差別《しやべつ》なく、かの宇治大なごんの物かたりかい給ひしにひとしう、筆架にふてをおかさりけれは、いつしか哥ハ七もゝちにそあまれりける。

八すミ　八隅。四方八方、諸方。**ゑびす**　夷、戎。未開の地の野蛮人や外国人。これがぐうともいわないのであるから、太平無事の世の中である。**いさめのつゝミ**　諫めの鼓。諫鼓《かんこ》ともいい、君主の施政を諫めるために人民に打たせた鼓のことで、もと中国の伝説上の帝王堯《ぎよう》、舜《しゆん》、禹《う》が朝廷の門外に設けたのに始まるという。それが一つも鳴らないのであるから、これまた平穏無事によく治まった世の中なのである。**なにかなには**　何がな（何か恰好の物はないかとの意）に大坂の異称の難波の意を掛ける。**行風**　生白堂行風《せいはくどうぎようふう》。元禄以前の大坂の狂歌師で、公家から庶民に至る幅広い階層の作者の歌を集めた最初の狂歌アンソロジー『古《こ》今夷曲《きんいきよく》集』や、その続編『後撰夷曲集』などの編者として知られる。**幕をはる**　花見幕を張る意に、春の日の意を掛ける。花見幕は花見の宴席の周囲に張り巡らす幕をいう。**障子ハあき**　障子は開いているの意に、秋の夕べの意を掛ける。**出傍題**　出放題。口から出任せに勝手なことをいうこと。**何かし**　何某。謙譲の意を込めた自称。**かたちとかけのことく**　形と影の如く。形に影の添う如くともいい、どんな場合にも離れないことの譬《たと》え。**宇治大なごんの物かたり**　宇治大納言物語。平安時代の説話集で、大納言源隆国編になるためこの名があるが、早く散逸した。『今昔物語集』『宇治拾遺物語』の異称ともされたが、前後の文意から、ここは鎌倉時代成立の『宇治拾遺物語』を指すと考えてよい。**筆架**　筆をもたせ掛けて置くための道具。**七もゝち**　七百箇。箇は接尾語で、数詞に添えて数を数える時に用いる。

さハいへ、世に落書《らくしょ》とかいふたくひの哥ハひたすらはふきて、この集にのせす。けにやつきせぬはまのまさこ、そのはま川にすなとりすなるあみの、めてたうさふらひけるとて、万載きやうかしふとなつく。これ江戸まへのひらめのほし、いくよの霜をかさねさらめや。天明みつのとし、はるの日のなが〳〵とゐらひ終れるになんありける。

朱楽菅江

落書　時世や時の人物などを風諌したり、嘲弄したりする文書や歌。落首。**けにや**　実《げ》にや。ほんとにまあ。**はまのまさこ**　浜の真砂。浜辺にある砂の意で、数多いことの譬え。**はま川**　浜川。海岸にある川。**すなとり**　漁《すなどり》。魚介類をとること。**江戸まへ**　江戸前。江戸の近海、特に芝や品川付近の海を指す。ここでとれた魚介類は新鮮なので、高値にもかかわらず喜ばれた。**ひらめのほし**　比目魚《ひらめ》の星。星比目魚をいい、白い皮に黒い点が星のようにあるものをいう。**いくよの霜**　幾世の霜。星比目魚の星を受けて、幾世の星霜（長い年月）の意となり、本書の盛行を予祝する。

巻第一　春歌　上

春たちける日よめる　　　　貞徳《ていとく》

1　さほ姫のすそ吹返しやハらかなけしきをそゝと見する春風

春たちける日　立春の日のことで、陰暦では原則的に正月節と一致する。この詞書は『古今集』以来の勅撰和歌集にならったもの。**さほ姫**　佐保姫。奈良の東に位置する佐保山を擬人化したもので、春の女神とされる。**けしき**　景色に毛の意を掛ける。**そゝ**　静かにそよぐ風の音に、清らかで美しい様子をいう楚々《そそ》を掛け、さらに女陰の俗称を掛ける。

『貞徳百首狂歌』に「立春」の詞書で載るが、初句を「棹姫の」とし、二句を「裳すそ吹返し」とする。南畝《なんぽ》が本作の底本としたのは、安永四年（一七七五）再版の『貞徳狂歌百首』（初版には寛永十三年の刊記がある）かとも思われるが、他の古典的な狂歌の採り方などを考えると、寛文十一年（一六七一）刊の『堀川狂歌集』所収の『貞徳百首狂歌』に拠《よ》ったものと見るのがよいだろう。作者貞徳は近世初頭に活躍した貞門俳諧の総師で、歌人としても著名な人物であるが、余技として狂歌を嗜《たしな》み、近世狂歌の鼻祖と目されている。かかる貞徳の狂歌を開巻冒頭にもってきたのは、『古今和歌集』の顰《ひそ》みに倣ったものと見てよい。

一首の意は、柔らかに芽吹いた佐保山の裾野の若草が、穏やかな春風にたなびいて楚々とした姿を見せている、というのであるが、その裏では、佐保山を高貴ならら若い女性に見立て、あぶな絵的に仕立ててある。

2

棹姫のわらひかけつゝ山のはをあらハす方に春や立らん

あけら菅江《かんこう》

棹姫 佐保姫の意に、江戸の隅田川に水馴棹《みなれざお》を操り、永代橋辺に舟をもやって春をひさいだ最下等の遊女の舟饅頭《ふなまんじゅう》の意を掛けたものと思われる。**山のは** 山の端の意にそれを擬人化した見立てによって、挑発的に着物の裾をたくしあげ、遊客を誘惑する意を掛ける。**春や立らん** 立春の意に春情が立つ意を掛ける。

舟饅頭に棹姫の語を当てた用例は、残念ながら、他にみられないが、貞徳の歌の初句の文字を、わざわざ「棹姫」から「佐保姫」に改めて載せ、この歌では一転して「棹姫」とした編者南畝の意図は明白である。優雅で艶冶《えんや》な佐保姫を卑俗な姿で捉えるのは、『新撰犬筑波集《いぬつくば》』（一五三〇年代の成立か）の冒頭の句「霞《かすみ》の衣裾は濡れけり」「佐保姫の春立ちながら尿《しと》をして」でも知られるように、近世に入ってからはさして驚くに値しないが、この大胆不敵な見立ては、上方《かみがた》とは遠く隔たった江戸のものでしかないとみてよく、この一首は江戸狂歌、天明狂歌の意気軒昂《けんこう》たる独立宣言であったとみるべきだろう。第三句の「山のは」の語を山のように大きな歯と解釈する見方もあるが、文飾上、いささか無理かと思われるけれども、舟饅頭の挑発的な姿態にこれを重ねれば、この場の情景にグロテスクな様相を加味する効果はある。

3

春のはしめに　四方赤良《よものあから》

くれ竹の世の人なミに松たて丶やふれ障子を春ハ来にけり

くれ竹の　呉竹の。「世」に掛かる枕詞であるが、松の縁で門松の竹の意を持たせる。呉竹は淡竹《はちく》や真竹《まだけ》の類をいう。**春八来にけり**　障子を張る意を掛ける。

南畝が敬愛してやまない深草元政《ふかきくのげんせい》法師の「松立てずしめかざりせず餅つかずか丶る家にも春は来にけり」(『深草元政法師壁書』)を本歌とする。

4

寅のとしの春のはしめに　へつ丶東作《とうさく》

東風《こち》吹《ふか》は今年も首をふる法師はりこのとらの春を迎へて

寅のとし　天明二年(一七八二)。**東風**　春風の異称。春は東から来るといわれたことによる。**ふる法師**　年老いた古法師の意に、首を振る意を掛け、さらにその縁で、張子の虎に続く。**はりこのとら**　張子の虎。紙を張り合わせて作った細工物の虎で、首を胴に吊って動くようにしてある。江戸玩具の一つであるが、転じて虚勢を張る人の称として用いられる。

『狂歌若葉集』には「天明二年壬寅歳旦」の詞書で載り、初句を「こち吹て」とする。熱心な浄土真宗の信徒で、安永八年（一七七九）、五十四歳で剃髪して嘉穂《かすい》と号した作者にとって、己の自画像は文字通り古法師であったに違いない。とはいえ、とかく奇矯とも見られたその学識豊かで特異な性癖の持ち主であったことを考えると、この首の振り方は大いに気になるところで、果たして縦か横か。『淮南子《えなんじ》』「天文訓」に「虎嘯而、谷風（東風のこと）至、竜挙而、景雲属」などとあるので、まずは横と見て置きたい。

年のはしめ百人一首によせて人々哥よミける中に　から衣橘洲《きっしゅう》

5　まつひらくいせの太輔《たゆう》がはつ暦けふ九重も花のお江戸も

百人一首　鎌倉初期の歌人藤原定家撰とされる『小倉百人一首』。**いせの太輔**　伊勢大輔《おおすけ》。平安時代の女流歌人。伊勢の祭主大中臣輔親《おおなかとみのすけちか》の女《むすめ》で、三十六歌仙の一人に数えられる。これに伊勢の大夫と呼ばれ、国々に伊勢神宮の御札と暦を配布して伊勢の神徳を広めて歩いた神宮の下級神職の御師《おし》を掛ける。**九重**　皇居。都のある所の意で、京都をさす。**花のお江戸**　花の盛りのように栄えている江戸の意で、この両都の対比は、京都が名目的な都であるのに対し、江戸が実質的な都であることに対する江戸っ子の自負を感じさせる。

『狂歌若葉集』には「百人一首のふるきもてあら玉の春のことくさとし侍るになん」の詞書で載る。『百人一首』に収められた伊勢大輔の「いにしへの奈良の都の八重桜けふ九重に匂ひぬるかな」（『詞花集』）を本歌とする。

年のはしめに　臍穴主《へそのあなぬし》

6　今朝ハはやひらく扇の天地金ひかりもきよき年玉の春

天地金《てんちきん》　祝儀用の正式な扇は扇紙の上下（天地）に金箔を付けたものを用いることを受け、これに天と地（世界）の意を掛ける。年玉の春　お年玉の意に美称の玉を掛ける。年玉は新年の祝儀に贈答するすべての物品をいうが、年始廻りの挨拶としてのお年玉には、一般に粗末な白扇が使われた。

ひめはしめ　よミ人しらず

7　ひめはしめ暦家の説ハ何なりとすへて女の所作をいふなり

此うた延宝三年のいせこよみに見えたり

ひめはしめ　姫始。暦の日柄の名で、正月二日をいう。古来、新年になって初めて姫飯を食べる日とか、飛馬《ひめ》始の意で初めて乗馬をする日、姫糊《ひめのり》始の意で初めて洗濯や張物などをする日、女《ひめ》伎始の意で衣服の縫い初めの日だなどといった諸説があるが、近世ではもっぱら、新年最初の夫婦の交合をいう。暦家　暦に精通した人。所作　身のこなし、仕事。延宝三年　四代将軍徳川家綱晩年の治世で、西暦一六七五年に当る。いせこよみ　伊勢暦。伊勢の神宮で刊行した暦で、毎年十二月になると、神宮の下級の神職である御師が江戸をはじめとして諸国を訪れ、大麻などとともに家々にこれを配って歩き、また人々もその到来を心待ちにし、新年とともにこれを開き見るのを楽しみとしていた。

8

芝浦早春　浜辺黒人《はまべのくろひと》

海の景よいとや申す春駒の歯にまたたらぬわか芝の浦

芝浦　江戸の芝口の辺から田町（東京都港区）にかけての江戸湾に面した一帯の海岸の称で、武家屋敷が多く、黒人《くろひと》の住む本芝二丁目もここにあった。**春駒**　春の野に遊ぶ若駒の意に、馬の頭の作り物を持ち、家々を回って年頭の祝詞を述べ、歌舞した門付《かどづ》け芸人の意を掛ける。**わか芝の浦**　芝草の青々と芽ぶいた浦辺の意に芝浦の意を掛ける。

『狂歌若葉集』にも同じ詞書で載る。春駒歌の「春の初の春駒なんどは夢に見てさへよいとや申す……」の章句を取る。

9

船松餝　川井物梁《かわいのものやな》

風の追手入来る舟をまつかさりうらしろ〳〵と春の曙

風の追手　追風。順風、真艫《まとも》の風と同義で、船の真後ろから追うように吹く風で、帆船にとって最も都合のよい風である。**まつかさり**　正月の祝儀の松飾りに、浦人たちが待つ意を掛ける。**うらしろ〳〵と**　松飾りに添える裏白《うらじろ》に、浦が白々と明けていく意を掛ける。裏白は歯朶《しだ》のことで、齢《よわい》を延ばすとの縁起をかついで正月飾りとするのだという。

10
波の上も子《ね》の日の野辺に似たり舟ひかはやともに小松しめなハ　へつゝ東作

子の日　新年最初の子の日。王朝以来、この日には野辺に出て、小松を引いたり、若草を摘んだりして遊宴する風習があったが、これは根延びの縁によって千代の齢《ことほ》を寿ぐものであった。**似たり舟**　野辺の有様に似ているとの意に、川舟の一種の荷足舟《にたり》を掛ける。荷足舟は荷物の運搬や渡し場で用いられたやや小型の舟で、船宿などでも遊山や釣り用に置いてあった。**ひかはや**　小松引きの意に、小松や注連《しめ》縄を引き回そうとの意を掛ける。**ともに**　一緒にの意に、艫（船尾）の意を掛ける。**小松しめなハ**　千代を寿ぐ小松と魔障の進入を阻む注連縄。ともに正月の飾り物として欠かせないが、江戸で、松飾りとして門口に小松を引くようになったのは明和九年（一七七二）頃よりの風という。

『狂歌若葉集』には詞書を「もとの木あみ会はしめに船松飾といふことを」とし、第四句、第五句を「ともに緑の松をひくしめ」として載せる。

11
臣ハ水君もろともに御座舩の湊に風をまつかさりせり　小鍋みそうづ

臣ハ水　『孔子家語』や『荀子』に見られる君臣和合の譬《たと》えで、君は舟に譬えられる。**御座舩《ござぶね》**　貴人の乗る船をいう。江戸には将軍家の御座船があったが、ここは隅田川の遊覧に重宝された座敷のある大型の屋形船をいうか。**まつかさりせり**　正月用の松飾りを準備する意に風を待つ意を掛ける。

12
声々に御代ハめてたの松かさりうたふかららの押送り舩

藪中《やぶなかの》椿《つばき》

からろ　空艪《からろ》。艪を浅く水にいれてゆっくりと船を漕ぐこと。**押送り舩**　帆を使わずに八挺艪《はっちょうろ》あるいはもっと多人数で漕ぎ進む快速船で、鮮魚などの運搬に利用された。

13
ことしより拍子なほらん天からのめくミをゑたる鍛冶か初夢

鍛冶初夢　隣鶴《りんかく》

鍛冶　鉄などを鍛え打って刀などの刃物や農機具を作る人。**初夢**　新年の最初に見る夢。見る日は暦によって決められていたが、今日のように元日の夜または二日の夜のそれをいうようには一定していなかった。**拍子**　鉄を打つ調子。**天から**　鍛冶が鉄を打つときの鎚音《つちおと》の擬声語「てんから」を掛ける。

14
春に今朝あふき〱とよひこミて松と竹との枝かハしませ

扇売　奥政

扇売　元日の未明からお年玉用の扇を売り歩いた人。**枝かハしませ**　長寿と不変の繁栄を祝う松飾り同様、扇の竹も縁起のよいものであるから、扇をお買いになって、松と竹の枝を互いに交わすのが最もめでたいとの意。

15　ミつから画ける羽子のこのうへに
さかさまにうてはのほれとすむ空にたまりもあへす落るこきの子

細井翁

羽子のこ　羽子《はご》の子。羽子と同義で、羽根突きに用いる羽根。**こきの子**　胡鬼の子。羽子の異称で、木連子《むくろじ》などの実をトンボの頭に見立てて羽根を付けたもの。羽根突きは子供が蚊に食われないようにとの呪事《まじないごと》からおこった遊びといい、突き上げた羽根は、蚊の大敵であるトンボが舞飛ぶように落ちて来るので蚊をおびえさせるといい、さらに一層蚊を恐ろしがらせるために、これを胡鬼（昔、中国の西方にあった胡国の鬼の意）の子と名付けたのだという。

作者は書家として著名な儒者細井広沢《こうたく》で、その著書の一つに『広沢翁和歌』があった。享保二十年（一七三五）に、七十八（七十九とも）歳で歿。安永二年（一七七三）に南畝は、これを噺本《はなし》『聞上手《ききじょうず》』などの著者として知られる小松百亀《ひゃっき》から借り、筆写している。

16　小むすめのはねつくを見て　四方赤良

はこの子のひとこにふたこ見わたせハよめ御にいつかならん娘子

ひとこにふたこ　羽根突き唄の文句取りで、これに一人の子、二人の子の意を掛ける。**よめ御**　嫁の敬称に、四の意を掛ける。**いつか**　いつの日にかの意に、五つの意を掛ける。

羽根突き唄の「一子《ひとご》にふたご、三《み》わたしゃよめご、だんのふやくし、あすこのやじや十ぅ、こゝのやじや十ぅ」の詞句を取る。人事の詠の多いのが江戸狂歌の大きな特色の一つであるが、市井の何気ない正月風景を捉えながら、可愛らしい少女の成人することへの予祝と、その後に待つであろう花嫁の父の哀感を漂わす佳詠である。

17　草菴むすひけるとし万歳のことふきけるをきゝて　もとのもくあミ

万歳にほめたてられてはつかしき草のいほりの柱数かな

草菴《そうあん》むすひけるとし　木網《もくあみ》は天明元年（一七八一）に剃髪して芝の西久保土器《かわらけ》町（港区麻布台二丁目）に庵《いおり》を結んだ。草菴は草葺《くさぶき》の庵の意で粗末な家をいう。**万歳**　新春の江戸の家々を回って、新年の祝言を歌い述べ立てた三河万歳のこと。三河万歳は三河国（愛知県東部）から江戸へ上った太夫と、太夫によって江戸で選抜された才蔵とでコンビを組んだ。この才蔵の選抜を才蔵市といい、毎年十二月の下旬に日本橋の南詰の四日市で行われた。**ことふき**　寿。祝言を述べ立てること。**柱数**　三河万歳の一家の繁栄をことほぐ祝詞に「一本の柱は……、二本の柱は……」といった具合いに柱数を数え立てる柱立の詞章があるのを取る。

18

海辺万歳　　浦辺干網《うらべのほしあみ》

万歳かうたふことはも真砂にてつきぬや君かとくわかの浦

真砂　細かい砂。「真砂の数」などと無限に尽きないことの譬えに用いられる。**とくわかの浦**　徳若（常若の転じた語で、いつまでも若々しいとの意）の海辺の意に、古来、紀伊国の名高い歌枕の地で、和歌の神として尊信される玉津島神社のある和歌浦（和歌山市）の意を掛ける。一般的な祝辞の一つに「徳若に御万歳」の文句があり、三河万歳もこれを用いた。

19

鳥追　　石部《いしべ》金吉《きんきち》

さみせんのあいにほういの一声ハいつくの誰を呼子とり追

鳥追　女の門付け芸人。正月に編笠、手甲、脚半《きゃはん》の鳥追姿で、三味線を弾きながら鳥追唄を歌って歩いた。**あい**　間。三味線の手を休めた間。ほういはその間の手の囃《はや》し言葉。**呼子とり追**　誰を呼ぶのかとの意に呼子鳥を掛ける。呼子鳥は古今伝授の秘事の三鳥の一つで、カッコウの異称とされる。

「をちこちのたづきも知らぬ山中におぼつかなくも呼子鳥かな」(『古今集』一、猿丸大夫)を都会化した歌と見たい。

20 **歌合の中に霞**　**布留田造**　**和州郡山 池田正式**

はけ山もかすみそめぬる春の日にきんかあたまハ猶そかゝやく

歌合『堀川百首題狂歌合』。南畝が典拠としたのは、『堀川狂歌集』所収のものと思われる。本書は大和郡山《やまとこおりやま》藩士池田正式《まさのり》が「堀川百首題」により、布留田造《ふるのたづくり》、平郡実柿《へぐりのさねがき》の戯名で行った狂歌合で、判者の前三位中将無尽、無位真人はともに不詳。寛文頃(一六六一～七三)の成立。**きんかあたま** 金柑頭の転で禿頭をいう。上方語で、江戸では薬罐《やかん》頭という。

『堀川百首題狂歌合』では右歌の「佐保姫もまたわき明のうすころもゑり袖たちに立霞哉」に対し、その判に「左歌、はけ山さへかすむ春の日に、きむかあたまのきら〳〵しきは、まことに日にみかき、風にみかく千顆万顆のあたまにや侍らん。明月には又夜光のあたまともなるへし。右、わきあけの衣のかゑり袖たち、初春の霞ときこえたる。左も一興体也。但きんかあたま、佐保姫のわきあけにはくらへかたからんか」とあり、負けとなっている。この勝負、いかに年功を経た金柑頭の春の輝きであっても、佐保姫のあぶな絵的な艶冶な姿には遠く及ばない、ということか。

子日《ねのひ》　**四方赤良**

21

子の日する野辺に小松の大臣ハ今も賢者のためしにそ引

小松の大臣　内大臣平重盛の異称。屋敷が京都の小松谷にあったことによる。清盛の長子で、父の専横を諫《いさ》めるなど賢仁の士として信望が厚かった。**ためし**　例。先例、手本。**引**　小松を引く意に、譬えに引くの意を掛ける。

『狂歌若葉集』には「小松引の画」の詞書で載る。「子の日する野辺に小松のなかりせば千代のためしに何をひかまし」（『拾遺集』一、壬生忠岑《みぶのただみね》）を本歌とする。

22

けふハまた引手あまたの姫小松たれとねの日の春ののへ紙

あけら菅江

引手　小松を引く人の意に誘う人の意を掛ける。**姫小松**　五葉松の異称であるが、ここは可愛らしい小さな松の意。**ねの日**　子の日に寝伸びを掛ける。**のへ紙**　野辺の意に延紙（贅沢な鼻紙で、遊女たちが閨房《けいぼう》の具として用いた）を掛ける。

鶯

23

鶯も声はるの日の長しゆすにほうほけ経をくり返し鳴

紀定丸《きのさだまる》

鶯 吾が国に特産の鳥といい、立春より十五、六日頃より初音を発して囀《さえず》り鳴くといわれ、その声は「法華経」というがごとくに聞こえるとされた。**はるの日の長しゆす** 春の日の長数珠《じゅず》。春の日長に鳴き声を張り上げるとの意に、長数珠の意を掛ける。長数珠は長めの念珠で日蓮宗（法華宗）で用いられる。**ほうほけ経** 鶯の鳴き声の擬声語に『法華経』を掛ける。『法華経』は『妙法蓮華経』の略称で、日蓮宗はこれに依拠する。**くり返し** 繰り返し鳴く意に数珠を繰る意を掛ける。

24

餌すり鉢はらふ鶯ひと声をわれらか耳へはやくおまハし

餌すり鉢 小鳥の擂餌《すりえ》を作る擂鉢の意であるが、餌に穢《え》の意を、鉢に罰《ばち》の意を掛ける。「すり」はすりへらしてなくしてしまうこと、「はらふ」は祓い清めることで、鶯の鳴き声の『法華経』にはそれらを消滅させ、祓い清める徳があるとする。

25

百首歌の中に若菜

雄長老《ゆうちようろう》

うりに来る程をしとへハわかその丶鶯菜とてねこそ高けれ

百首歌　『雄長老詠狂歌百首』。雄長老詠、也足軒《やそくけん》中院《なかのいん》通勝《みちかつ》判で、天正十七年（一五八九）夏に成立し、寛永十年（一六三三）頃の刊か。『堀川狂歌集』所収。**若菜**　春の初め頃に採れる蔬菜《そさい》。**程**　価、値段。**わかそのゝ鶯**　我が園の鶯。自分の家の庭で鳴く鶯の声が最もよいとの意で、身贔屓《みびいき》をいい、これに鶯菜の意を掛ける。鶯菜は水菜の小振りなもの、または小松菜の二、三寸ほどに生長したものの異称という。**ね**　値に音を掛ける。

中院通勝の判に「残雪の頃の若菜、殊当国などにをきて思ひしらるゝ事多侍り。秀逸也」とある。寛永年間（一六二四〜四四）刊の『醒睡笑』巻之八の「かすり」の部にも引用される。かすりは元の語の持つ音をかすめて、別語に仕立てる洒落の技法で、のちの地口や語路《ごろ》などに類する。

26

七種《ななくさ》の日爪をとるとて　　松屋てつ女

ぬきすつる袋たひらこ芹なつなけふこそ野辺につめやとらなん

七種の日　正月七日。人日《じんじつ》ともいい、春の七草（芹《せり》、薺《なずな》、五形《ごぎょう》、蘩蔞《はこべら》、仏の座、菘《すずな》、蘿蔔《すずしろ》）を摘んで七草粥を炊き、七草爪を切る。七草を刻むときには「七草なづな、唐土の鳥が日本の土地に、渡らぬ先に」などといい囃して、俎板《まないた》の上の七草を擂粉木《すりこぎ》、包丁で叩く。七草粥を食べると万病を除くといい、この日爪を薺の茹で汁に浸して切れば邪気を払うといわれる。**ぬきすつる**　脱ぎ捨てる意に若草を抜く意を掛ける。**袋たひらこ**　袋足袋に七草の一つ田平子《たびらこ》（仏の座）を掛ける。袋足袋は指の分かれのない袋状の足袋をいう。**つめやとらなん**　七草爪を切る意に、七草を摘みたいものだとの意を掛ける。

・27

春のはしめ水口の宿を過けるとき風はなのふりけれは　よみ人しらす

春寒きゆきハいやしやとミな口ににくかる風の花そうちちる

この哥ある人のいハく正女かなり

水口《みなくち》　近江国甲賀郡の宿駅（滋賀県甲賀市水口町）。東海道五十三次の一。**風はな**　風花。遠くで降った雪が風に乗って飛来したもの。ちらちら雪。**ゆき**　雪に行き（出発）の意を掛ける。**ミな口に**　みんなが口に出しての意に水口を掛ける。**正女**　不明。文意から止女《とめおんな》の誤刻かともみられる。止女（留女）は宿場で客引きに当たった女をいう。

28

百首歌の中に残雪　如竹《じょちく》

かた岡や草ハもえきの小紋にて地白にのこる雪のむらきえ

百首歌　『如竹狂歌百首』。著者、刊年ともに不詳。『堀川狂歌集』所収。**かた岡**　片岡。前面が急傾斜で高く、後ろが緩やかな斜面の岡。**もえき**　萌黄。黄色がかった緑色。**小紋**　細かい模様を生地一面に染め出した織物。**むらきえ**　群消え。雪が所々に消え残っている状態。

「薄く濃き野辺のみどりの若草にあとまで見ゆる雪のむらぎえ」（『新古今集』一、宮内卿《くないきょう》）を本歌とする。

梅　　　　　　　　　　　　　　　　藤本由己《ゆうこ》

29　春雨ハお先へふれさやり梅を折てもちやり匂ひかき鑓

春雨　春に特有の霖雨《りんう》。草木を芽吹かせ、花の蕾《つぼみ》を綻《ほころ》びさせるといわれる。**お先へふれさ**　花より先に降れとの意に供先で槍《やり》を振る意を掛ける。**やり梅**　鑓梅。梅の一品種鑓梅に槍の意を掛ける。鑓梅は中型の梅で、淡紅色を帯びた白色の花を付ける。**もちやり**　持槍。武士が持料として愛用する槍の意に手に持つ意を掛ける。**かき鑓**　鉤鑓《かぎやり》。穂に鉤の付いた槍の意に嗅ぐの意を掛ける。

由己の家集『春駒狂歌集』（正徳三刊）による。同書を南畝が買い求めていたことが知られ、その序を服部南郭が書いているのを珍しく思ったかして、南畝はこの事を『南畝莠言《ゆうげん》』に書き留めている。

百首歌の中に　　　　　　　　　　　　猶影《ゆうえい》

30　さきかけの花ハ大将鑓梅の枝に葉むしやハおくれはせなる

百首歌　『猶影狂歌百首』。著者、刊年ともに不詳。『堀川狂歌集』所収。**さきかけ**　先駆。先頭を切って敵陣に攻め入ること。梅の花は他の花々に先駆けて咲くところから、「花の兄」の称がある。**葉むしや**　梅の花が葉の出ないうちに咲く意に、取るに足らぬ端《は》（木葉《こっぱ》）武者たちが遅れ馳せになる意を掛ける。

31

哥合の中に紅梅と名によはれぬるおはしたのほう先にこそかハしられけれ

布留田造

哥合《うたあわせ》　『堀川百首題狂歌合』。**紅梅**　梅の一種で、薄紅色の花を付ける。**おはした**　貴人、特に武家の奥向きに奉公する身分の低い下働きの女。お末《すえ》ともいい、若い娘が多く、紅梅の通名を用いることが多かった。**ほう先**　頰先。頰の一番高い部分で、ここが変に赤い女は女陰の匂いが強いといわれていた。

『堀川百首題狂歌合』では右の「見るにめのよく計かは梅かゝにうちひきつよくなれるはないき」に対し、「紅梅殿のほうさきこそあやしく侍れ。くれなゐの色にとられてにほはぬとこそよみしか、此はなのさきはいかゝ侍るやらん。かの光源氏の、みかさの山のおとめをはすてゝと、梅のはなに社《こそ》よせてうたひ給し末つむはなの色あひを、ほうさきまてやにほひ侍りけんも、おもひやられ侍る。右のうち引のはないきを、六塵の楽欲は六根より入事なれは、見るにめのよくさはるに煩悩といへり。中にも香をかくははなはたしきにや。色よりも香社哀ともよみ、やみはあやなしともよめるは、鼻のしわさ也。但はなそら事もあるならいなれは、紅梅殿のほうさきも、おしはかりてはいとおしくや侍らん。両首ともに鼻孔の長き所より出たり。勝劣申かたし。此つかひ尻のはたの出来ものにて侍れかし」との判で、持になっている。右歌は、梅の香によってますます愛情が深まり、責めさいなまれるというのであり、左歌は、紅梅殿の匂いは『源氏物語』に登場する末摘花をも思い出させて、さこそと思われるが、両首とも鼻の下の長い好き心から出た趣向なので勝敗は付け難い、というほどの判である。

隣梅　　へつゝ東作

32 枝ひくき隣の梅ハ板屏のあなうつくしとのそきこそすれ

あな　塀の穴の意に感動詞のあな（ああ、なんとの意）を掛ける。

山家梅　　もとの木あミ

33 わひすみハとりちらかしておく山になけやり梅の枝のおり垣

わひすみ　侘住《わびず》み。貧乏でみすぼらしい暮らし。**おく山**　奥山に置くの意を掛ける。**なけやり梅**　投遣り（物事がやりっぱなしなこと）の意に鑓梅を掛ける。**枝のおり垣**　枝折垣《しおりがき》。小枝や笹竹を編んで作った粗末な垣根。

34

山手白人のもとへまいりけるに常陸より移し侍りし梅のよく根つきたるよしをきゝて　へつゝとう作

常陸より根こして植し梅なれハよくつくは山はやましけ山

常陸《ひたち》　旧国名。東海道の一国で、茨城県の大部分に当たる。**根こし**　根掘《ねこ》じ。木を根付きのまま掘り採ること。**よくつくは山**　よく根付く意に常陸国の名山で歌枕の筑波山を掛ける。**はやましけ山**　端山茂山。端の方にある山と木々の茂った山の意で、これに葉の茂る意を掛ける。

『狂歌若葉集』には詞書を「常陸よりうつせし梅よくつきたりとて、人の見せ侍りければ」として載せる。「筑波山はやましげ山しげけれど思ひ入るにはさはらざりけり」（『新古今集』十一、源重之）を本歌とする。

返し　山手白人《やまてのしろひと》

35

梅のうたこのもかのもと思ふまにはやよみ出す当坐とう作

このもかのも　此の面彼の面。こちら側とあちら側、あちらこちらの意に好もう（頼もう）かどうしようかの意を掛ける。**当坐**《とうざ》**とう作**　当座頓作（即座に作り出すこと）の意に平秩東作の名を懸ける。東作は春の耕作の意でもある。

「筑波ねのこのもかのもに蔭はあれど君が御影にます陰はなし」（『古今集』二十、ひたち歌）を本歌とする。

36

ある人のもとに梅の花見にまかりけるかうなきを手つからやきて酒す、めければ　　あけら菅江

目の前で手つからさくやこのはなに匂ふうなきの梅かかはやき

さく　梅が咲く意に、鰻を割く意を掛ける。**このはな**　此の花（梅の雅称）にこの鼻の意を掛ける。**梅かかはやき**　梅が香に鰻の蒲焼きの意を掛ける。

「難波津に咲くやこの花冬ごもり今を春べと咲くやこの花」（『古今集』「序」）を本歌とする。この歌は手習い初めに必ず習うものであったといい、ひじょうに親しまれていた。

37

六十四歳の春梅の花を見て　　杵菴《しよあん》

我年も八々六十四方《よも》の春さかり久しき梅花《ばいか》心易《しんえき》

六十四方の春　九九算の八々六十四に、四方を掛けて天下一面の春の意とする。**梅花心易**　易学書。中国、宋《そう》の邵康節《しようこうせつ》の著。この頃たいへん人気のあった易書で、本書に基づいてさらに詳説した馬場信武の『梅花心易掌中指南』（元禄十刊）など、この名を冠した多くの書物が出版されている。心易は物事の発する気配を案じ見ることを主眼としたもので、これに梅の花とは心安い間柄であるとの意を掛ける。

38 花かめにいけたる梅椿を
やり梅をこたちのつはきうけとめて花の命ハ生てこそミれ　卜養《ぼくよう》

こたちのつはき　小立ち（根締めのために生ける小振りの花の意か）の椿に小太刀の鍔《つば》の意を掛けて、鑓の穂先を受け止めたとする。

『卜養狂歌集』（延宝年間刊）に詞書を「或人の、花入にやり梅をなかへにいけて葉もとぬきくつろきて、こたちふりよき椿をひかへにいけて、歌よめと侍る」として載る。

39 柳　栗梢《りつしょう》
宝引《ほうびき》の縄ならなくに春風をすつとこせいといなす青柳

宝引　福引の一種。数本の綱の中に橙《だいだい》などを結び付けた当り籤一本を入れ、それを引当てた者に賞品が与えられる。本来は代表的な正月の家庭遊技であったが、この頃には賞金目当ての博打《ばくち》と化していた。**ならなくに**　ではないのに。**春風**　春の風の意に賭金を張る様子（風）の意を掛ける。**すつとこせい**　力を入れたりする時の掛声やっとこせいの捩り。「すっとこ」は軽快で速やかな様子をいう。**いなす**　急に体《たい》をかわしたりして相手を宙に泳がすこと。

人のいうままに物事に逆らわない様をいう諺《ことわざ》「柳に風」を援用するが、この受け流し方が宝引の縄のようだというのである。いかに当世の宝引の当たりを取るのが難しかったかを類推させる点で、甚だ興味深いものがある。

40

黒髪のミたれ柳も春の日ハ眉をつくりてさてもゆつたり　志月菴素庭《しげつあんそてい》

黒髪の　枕詞で「乱れ」「解け」に掛かるが、柳の枝の見立てでもある。**眉《まゆ》をつくりて**　柳眉《りゅうび》を形作って。柳眉は柳の葉に似た形の眉で、美人の眉をいう一称である。

41

けつりかけの柳　もとの木あミ

春なかくけつりかけたる青柳をみとりにせんとはらふうなゐ子

けつりかけ　削掛。正月十五日の小正月に神仏などに供える飾り物で、柳（楊）や庭常《にわとこ》などの枝で作り、門戸に懸けた。**けつりかけたる**　削掛の意に髪を櫛梳《くしけず》ったとの意を掛ける。**みとりにせんと**　緑にしようとの意に選取《よりど》り見取《みど》りにしようとの意を掛ける。**はらふ**　払うように触れること。**うなゐ子**　髪の毛をうなじで束ねて髫髪《うないがみ》にした幼い子供。幼児のこと。

42

奴たこやりもちの木の方よりもきれて落たる二合半坂

奴紙鳶《やっこだこ》

星屋光次《ほしやこうじ》

奴紙鳶 当時江戸で流行の凧。奴の風体をデザインしたもので、四谷凧の異称もある。奴は武家に仕えた下僕の総称で、糸鬢《いとびん》、鎌髭《かまひげ》といった異様な風貌で特徴付けられた。**やりもちの木** 奴の職分の一つである槍持ちの意に、江戸の九段にある坂の一つ黐《もち》の木坂（東京都千代田区飯田橋一丁目と九段北二丁目の間）の意を掛ける。槍は武士の表道具で、正規の外出などには奴にこれを持たせた。**二合半坂** 九段坂の脇にあった坂で、これに奴一人の扶持米《ふちまい》である一日当り二合半二度の米の意を掛ける。

43

よりあひてこそり〳〵と宝引をひくや鼠の廿日正月

廿日正月

もとの木あミ

廿日正月《はつかしょうがつ》 正月二十日のこと。女正月ともいい、正月の祝い納めとして、特に女性が仕事を休み、女だけで寄り合って一日を楽しむ風習があった。**こそり〳〵** 人目に付かないように、音も立てずにこっそりと。**ひく** 宝引を引く意に、鼠が物を密かに盗み取る意を掛ける。

野遊

44

田楽の木の芽に腹もはるの野や霞の帯をゆるめてそくふ

紀のたらんど

田楽　魚や豆腐などを焼いて味噌を付け、木の芽などを添えた田楽焼きの略で、これに文字通りの田遊び（野遊び）の楽しみの意を掛ける。**はるの野**　腹が張る意に木々が芽吹いた春の野の意を掛ける。

45

吸つけるきせるハたれとしらぬ火のつくしかりする春の野遊び

吸つける　吸付る。煙草の火を付けること。煙管《きせる》の火皿に煙草を詰めて、これを他の火の付いた煙管の火皿や炭火などに付け、煙管を吸って火を付けるのでこういう。**しらぬ火の**　誰とも知れない人の火の意に九州の古称「筑紫」に掛かる枕詞の不知火《しらぬい》を掛ける。**つくしかり**　土筆《つくし》狩。土筆を採る意に筑紫を掛ける。

46

春の野にあそふよめ菜や小娘の跡からはしりつくしたんほヽ

石部金吉

よめ菜　嫁菜に嫁の意を掛ける。嫁菜は多年草の野草で、若芽は羹《あつもの》として食したので、春の野遊びの収穫物の一つであった。**小娘** 年端の行かぬ若い娘。**つくし** 土筆に走り着く意を掛ける。土筆は杉菜の胞子茎で、吸物の具にしたり、御飯に炊き込んだりする。**たんぽゝ** 蒲公英《たんぽぽ》。根気の薬などといって、茎や葉をお浸しや佃煮にする。

若草　　鬼窟採瘤《きくつさいりゅう》

47 **のとけしな富士の高根の煙よりすそ野一はいもゆる若草**

もゆる 若草が萌え出る意に富士の山が燃えて煙を出す意を掛ける。

富士山の噴火は宝永四年（一七〇七）十一月のことであったが、武蔵、相模、駿河の三国に及ぼした甚大な被害は、半世紀以上も経ったこの頃に至っても、なお人々の記憶に生々しかったに違いなく、火を噴くことのない春の富士はいかにも長閑《のどか》に見えたことであろう。

土筆　　藤本由己

48 **こま〳〵とかきわけゆけは春の野に夏毛の筆のつく〳〵しみゆ**

かきわけ 掻き分ける意に書き分ける意を掛ける。**夏毛の筆** 鹿や狸などの夏に生える毛で作った筆で、上等品とされる。**つく〳〵し** つくつくした様子の意に土筆の異称のつくづくしを掛ける。この土筆は芽を出したばかりの頭の堅いものである。

49

百首哥の中に早蕨　　猶影

やかてまた人の手にこそなハれなんおのかこふしを出《(いだ)》す早蕨

百首哥『猶影狂歌百首』。**早蕨《さわらび》**　芽吹いたばかりの蕨《わらび》で、その形から小児の握り拳《こぶし》に見立てられることが多く、蕨手《わらびで》などの語もある。**なハれなん**　きっと縄に綯《な》われるに違いない。蕨の根からは澱《でん》粉《ぷん》が取れ、あとに残った繊維で縄を作った。これを蕨縄、蕨綱といい、水に強いので重宝された。

50

きさらぎのはしめ雪ふりける日豆腐にやまのいもすりかけたるをくひ侍るとて　　あけら菅江

山かけにつもる豆腐の淡雪も春のものとて腹にたまらす

きさらぎ　如月。陰暦二月の異称。**山かけ**　山芋を擂り下ろしたとろろを掛けた食物の意の山掛（ここでは山掛豆腐）に日の当たらない山陰《やまかげ》の意を掛ける。**淡雪**　絹ごし豆腐の異称の淡雪豆腐にやわらかで消えやすい春の淡雪の意を掛ける。**腹**　原の意を掛ける。

初午近

51　はつ午ハむつきのうちにや丶ちかしもはや幟のちをつけて見ん

初午《はつうま》　二月最初の午の日。稲荷神社の祭の日で、稲荷の多い江戸では特に盛んで、正一位稲荷大明神と書いた幟《のぼり》が社頭にはためき、子供たちはこぞって太鼓を打鳴らした。またこの日には、就学年齢（六〜八歳）に達した子供たちが寺子屋入りをする風習があり、これを寺入りといった。**むつき**　睦月。陰暦一月の称に襁褓《むつき》の意を掛ける。**幟のち**　幟の乳。幟を竿などに通すため縁に付ける小さな輪で、これに就学年齢に達した子供の登り坂にある知恵の意を掛ける。

『狂歌若葉集』にも同じ詞書で載る。

初午のうたよみ得さりけれハ　　浦辺千網

52　初午の哥の出来ぬハ何のばちた丶く太鞁のおのかとんから

ばち　罰の意に太鼓の撥《ばち》の意を掛ける。**とんから**　太鼓の擬声語どんがらに鈍（愚か）なることが原因でとの意を掛ける。

『狂歌若葉集』では詞書を「初午によめる」とし、作者を弾琴舎蒲萡として載せるが、これは千網の別号である。

53

ミな月の雪にハあらてきさらきのもちにきえたる冨士見西行

西行忌

鹿津部真顔《しかつべのまがお》

西行忌　平安末から鎌倉初期の歌人西行の忌日で、二月十五日をいう。西行は近世で最も親しまれた歌人の一人で、その漂泊の詩人としての跡を慕う風が強かった。**ミな月の雪**　水無月の雪。水無月は陰暦六月の異称で、古来、この月の望《もち》の日に富士山頂の雪が消えるとされていた。望は望月の略で陰暦十五日をいう。**きさらきのもち**　如月の望。陰暦二月十五日の異称。**冨士見西行**　画題の一つで、行脚姿《あんぎゃ》の西行が後向きで富士を眺めている図をいう。西行の人気の高かったことを反映して、彫刻や焼物、人形などとしても喜ばれた。

『狂歌若葉集』には同じ詞書ながら「水無月の望をもまたできさらぎに消えしや雪のふじみ西行」として載る。「富士のねに降り置ける雪はみな月の望に消ぬればその夜降りけり」（『万葉集』三、作者不詳）と「願はくは花の下にて春死なむ其きさらぎの望月の頃」（『山家集』上、西行）を本歌とし、新進気鋭の鹿津部真顔らしいペダントリーに富んだ歌であるが、『万葉集』に拠ったとは思い難く、典拠は多分『夫木和歌抄』であったろう。

54 むま〳〵と世をのかれけりきさらきのもちにかけたる佐藤憲清　三保女《みほじよ》

むま〳〵と　手際よく、まんまとの意に旨い、味がよいとの意を掛ける。**もち**　望の意に餅の意を掛ける。**佐藤憲清《のりきよ》**　北面《ほくめん》の武士として仙洞《せんとう》御所に出仕していた頃の西行の俗名。これに砂糖の意を掛ける。砂糖はまだ薬食いといわれた時代で、甘味料としての使用は一般化していなかった。

春頭巾　かべの中塗《なかぬり》

55 はる風にもはや頭巾もいらぬ頃はなのあたりをよきてふくめん

頭巾　防寒用に頭に被る布などで作った被り物。ここは当時通人たちの間で、遊里通いなどの際に流行ったお洒落用の目ばかり頭巾（覆面頭巾、亀屋頭巾ともいう）をいうか。**よきてふくめん**　風がよきて（よけて）吹くの意に覆面の意を掛ける。

「春風は花のあたりをよきて吹け心づからや移ろふと見む」（『古今集』二、藤原好風）を本歌とする。

巻第二　春歌　下

花

56　見た所瓜をふたつにさくら花ようにはの雪峯のしら雲　から衣橘洲《きつしゅう》

瓜をふたつにさくら花　よく似たものをいう諺「瓜を二つに割いたよう」を受け、桜花に割く意を掛ける。

『狂歌若葉集』には「桜」の詞書で載り、享和二年（一八〇二）刊の橘洲の家集『酔竹集』では第四句を「よう庭の雪」とする。上下の句の続き具合いに無理があり、いささか意味がとり難《にく》いが、庭に散り敷く桜の花は全く白雪のようであり、山の峰々に咲く遠山桜は白雲と見紛うばかりだと見立て、これを瓜二つの諺によってまとめたものと見たい。

57 しら雲かなにそと人のとふならハこたへてわらへ花のくちひる

漁産《ぎよさん》

しら雲 白雲。これに頭に出来る皮膚病の白癬《はくせん》を掛ける。**花のくちひる** 花の唇。桜の花の花弁の雅称で、転じて美人の唇をいう。

「白玉か何ぞと人の問ひし時露と答へて消えなましものを」(『伊勢物語』六)を本歌とする。一首の意を叙景的に解せば、遠山桜のあなたを見て、「峰にたつ白雲なんでしょうか」などと尋ねる無粋な人がいたならば、そんな問いにはただ黙っていて笑っておやりなさい、というほどのものであるが、翻って叙事的にみると、「あなたの頭に出来たその白い紋々は白癬なのでしょうか」などと聞かれたら、その花のように美しい唇で笑っておやりなさい、というのである。

58 嵐こそあいさうなけれちる花の跡にきやかすミねのしら雲

未得《みとく》

嵐 吹き荒れる強い風の意に、江戸の両国広小路にあった髪油屋五十嵐兵庫(嵐と略称された)を掛ける。**花の跡** 桜の花の散った跡の意に髪の毛の抜けた跡の意を掛ける。**にきやかす** 賑《にぎやか》す。陽気に景気をつける。**しら雲** 白雲に白癬を掛ける。

『吾吟我集《ごぎんわが》』に同じ詞書で載る。

59

化物百首哥の中に　　　　　物事明輔《ものごとのあけすけ》

花の雲天狗桜とあらハれて空からとつと笑ふ山かせ

化物百首哥《ひやくしゆうた》　不詳。**花の雲**　桜が一面に咲き続く様子を遠方から見るとき雲と見分け難いことをいう。**天狗**　深山に住むという想像上の怪物に、天狗風（不意に空中から吹きおろす風）の意を掛ける。**とつと笑ふ**　どっと笑う。大勢が一時に、大声を上げて笑うことで、これに春の山をいう季語「山笑う」を掛ける。**山かせ**　山風。山頂から麓に向かって吹きおろす風。

60

百首歌の中に桜　　　　　貞徳《ていとく》

花よりも葛団子をや思ふらん吉野の奥にあさる山賤（やまがつ）

百首歌　『貞徳百首狂歌』。『堀川狂歌集』所収。**花よりも**　外観よりも中身が大事との諺「花より団子」を受ける。**葛団子**　葛粉で作った団子。吉野地方特産の吉野葛は上等品として知られた。**吉野**　大和国（奈良県）南部の吉野山を中心とする山地と吉野川流域一帯の称。桜の名所として知られるほか、吉野葛や吉野紙などの名産で著名。**山賤**　木樵《きこり》など山中に住む人々を賤《いや》しめていった称。

61

樺桜

いく本もさくやうなきのかはさくら匂ふはなにハたれもこかるゝ

もとのもくあミ

樺桜《かばざくら》 山桜の一種で、葉は青芽、白色単弁の花を付ける。**さく** 割く意に咲く意を掛ける。**かはさくら** 樺桜に鰻の蒲焼きの意を掛ける。**はな** 鼻の意に花の意を掛ける。**たれも** 誰でもの意に蒲焼きの垂れ（調味用の汁）の意を掛ける。**こかるゝ** 焦がるる。花をしきりに恋い慕う意に蒲焼きの垂れが火に落ちて焼け焦げる意を掛ける。

62

春の日江戸見坂にて

八重一重みことにさいた桜田ハまことに花の江戸見坂かな

二朱判吉兵衛《にしゅばんきちべい》

江戸見坂 江戸、赤坂の坂（東京都港区虎ノ門）。霊南坂に通じ、かつてはこの坂から江戸中が見えたというのでこの名がある。**桜田** 江戸城西南の一帯（東京都千代田区）をいい、内桜田門を中心として内桜田と外桜田に分かれる。江戸開府以前は一面に桜の木があったといい、この辺には大名屋敷や武家屋敷が立ち並んでいた。

63

奉公人見花

御屋敷の奉公人ハいとまあれや飛鳥の花にけふもくらしつ

長義《ちょうぎ》

奉公人　住込みで家事などの仕事に従事する人。**御屋敷**　門構えの立派な住宅。ここは武家屋敷と見るべきだろう。**飛鳥**《あすか》　江戸北郊の桜の名所として知られた飛鳥山（東京都北区王子一丁目）のこと。王子稲荷が近く、遊覧の地として賑わった。

「ももしきの大宮人はいとまあれや桜かざして今日も暮しつ」（『新古今集』二、山部赤人）を本歌とする。

64
奥家老ひらきなほりて花の供幕より外へ女中ちらさす
燕子《えんし》

奥家老　大名などの武家で、主人の私生活の場である奥向きの事務を取り仕切り、御台所や姫君の他行に付従った家老。女性の多い職場であるのとその役務がらから老人が多かった。**ひらきなほりて**　開き直りて。態度を急変させて厳しく相手に対処すること。

65
卜者見花
見る花にまつ雨風のけハなしとさすや春日のうら〳〵や算
から衣橘洲

雨風のけ　雨風の気配の意に占いの卦《け》の意を掛ける。**さす**　春の陽光が射す意に占者が指示する意を掛ける。**うら〳〵や算**　うららかな春の日の意にうらや算（占い、占者）の意を掛ける。

『狂歌若葉集』にも同じ詞書で載る。

66　花のもとに樽を枕にねたる人を見て　坡柳《はりゆう》

木の本の鼾《いびき》に花やちらすらん樽を枕の春の夢介

夢介　眠りこけている者を擬人化した称で、ここは春の花に浮かれてぼんやりとしている人をいう。「風かよふ寝ざめの袖の花の香にかをる枕の春の夜の夢」(『新古今集』二、俊成女)、『和漢朗詠集』上に収められる中国、唐の詩人白楽天の詩「春興」(『白氏文集』十三、「歌舒大ニ贈ラルルニ酬フ」)の「花ノ下ニ帰ラムコトヲ忘ルルハ美景ニ因ツテナリ。樽ノ前ニ酔ヒヲ勧ムルハ是春風」の詩句を本歌とする。

67　吉原花　四方赤良《よものあから》

吉原の夜見せをはるの夕くれハ入相《いりあい》の鐘に花やさくらん

吉原　江戸で唯一の官許の遊廓で、千束村《せんぞく》(東京都台東区千束)にあった新吉原をいう。**夜見せをはるの**　夜見世を張るの意に春の夕暮れの意を掛ける。遊女が見世に並んで客を待つことを見世を張るといい、昼見世と夜見世があり、夜見世はその夜分(暮れ六つから引け四つまで)の有様をいう。**入相の鐘**　日暮れに寺々で突く鐘。この世の無常を人々に感じさせるものとされていた。**花やさくらん**　桜の花の意に美しい遊女たちがずらりと見世に並んだ様を花に見立てて掛ける。

「山里の春の夕暮来てみれば入相の鐘に花ぞ散りける」（『新古今集』二、僧能因）を本歌とする。

68
中の町塩かまさくらうつし植てそはをとほるの大臣もあり　もとの木あミ

中の町　吉原の中央通り。両側には茶屋が建ち並び、毎年三月には花の付いた桜を植え付けた。**塩かまさくら**　塩竈《しおがま》桜。八重桜の一種で、花の色が艶《あで》やかで、特に樹葉が美しいことで知られる。**とほる**　通るの意に平安前期の左大臣源融《とおる》を掛ける。融は京の六条河原に壮麗な邸《やしき》を構えたので、世に河原左大臣といわれ、陸前塩竈の浦の景色をその邸に再現したと伝えられている。**大臣**　左大臣の意に遊里で豪遊する金持ち客（大尽《だいじん》）の意を掛ける。

『狂歌若葉集』には同じ詞書で、第一句を「中の町の」、第四句を「見つゝとほるの」として収める。

69
御殿山にて　ちゑの内子《ないし》
御殿山高麗芝《こうらい》の青たゝミ花のふすまをひく霞かな

御殿山　江戸南郊（東京都品川区北品川三丁目）にあった丘。桜と櫨《はぜ》の木が多く、春秋の二季は特に遊覧の客で賑わった。**高麗芝**　日本芝の一種で、芝生にする。これに高麗縁《べり》の畳の意を掛ける。高麗縁は白地の綾《あや》に菊の花や雲形などの模様を黒く織出したもので、身分の高下によって紋に大小があった。**ふすま** 襖。建具の一種で、木枠を作り、その両面に紙や布などを張ったもの。

惜花　　四方赤良

70 咲花のかへる根付の琥珀《こはく》にもなりて木かけの塵をすハはや

咲花のかへる根付 万物は総て元に帰ることをいった諺「花は根に帰る」を受け、これに根付の意を掛ける。根付は巾着や煙草入れなどの緒の端に付けたアクセサリーで、玉や角などを細工したもの。**琥珀** 太古の植物樹脂が化石化したもので、装身具などの細工物の材料として珍重された。塵《ちり》を吸い付けるが、拭えば元の通りにきれいになるので、琥珀の塵の語には清廉潔白な人の意がある。

待桃花　　から衣橘洲

71 まつほとの遠いハ花のかさり雛《びな》十二ひとえや七重八重桃

まつほとの 待っている間が楽しみで、結果が出てみればそれほどでもないとの諺「待つ間が花」の意を受ける。**かさり雛** 雛飾りのことで、雛人形を飾り付けること。**十二ひとえ** 十二単に一重の桃の花の意を掛ける。十二単は宮中の女官の晴れの時の装束。

『狂歌若葉集』には同じ詞書で、第二句を「遠きは花の」として載る。

72

曲水宴《きよくすいのえん》

四方赤良

盃のうかむ趣向にまかせたる狂歌ハ何の曲水もなし

曲水宴　三月三日に行われた遊宴行事。中国、晋の書家で、書聖といわれる王羲之《ぎし》が、永和九年（三五三）に名士四十一人と、会稽の蘭亭で曲水宴を催したことを受ける中国伝来のもので、曲がった流れの岸に臨み、流れてくる盃が自分の前を通り過ぎないうちに、詩歌を詠じ、盃を取り上げて酒を飲み干す遊宴行事。ここは天明二年（一七八二）三月三日、江戸、牛込御細工町（東京都新宿区細工町）にあった土山邸の酔月楼で行われたものをさす。**曲水もなし**　曲水宴の意に曲（変化のある面白さ）も粋（物事に通じること）もないとの意を掛ける。

土山は名を宗次郎孝之、狂名を軽少ならんといい、幕府の勘定組頭の職にあった人で、羽振りよく、南畝を初めとする天明文壇の人々のパトロン的存在であり、特に天明二年春には、南畝との交遊はほとんど毎日毎夜に及んでいるといってよい。この遊宴の出席者には他に平秩東作、三井長年らがあった。

73

軽少《けいしよう》ならん

筆をさへ手にとりあへす盃のよりてたゝよふ岸ハ王きし

とりあへす　取り敢えず。筆を取ることが出来ないとの意に急遽間に合わせの処置として盃を取るとの意を掛ける。**たゝよふ**　盃が漂うとの意に只ひたすらに酔うとの意を掛ける。**王きし**　王羲之。

一首の意から、王羲之とともにこの宴席にあった子の王徽之《きし》（文才、書才とも父には遠く及ばなかった）と見ることも出来るが、本歌のあり方などからも王羲之と見るのが順当だろう。

「この度はぬさもとりあへず手向山《たむけやま》紅葉の錦神のまに〳〵」（『古今集』九、菅原道真）を本歌とする。作者は京都の日野家に入門して和歌を学び、南畝らとの交遊を通して狂歌にも関心を寄せたものかと思われる。

74

さかつきもさかなも水にながるゝハほろ〳〵ゑい和九年母《くねんぼ》のかハ　あけら菅江《かんこう》

ほろ〳〵ゑい和九年母のかハ　ほろ酔いの意に中国、晋代の年号の永和九年（三五三）と蜜柑の一種九年母の意を掛け、さらにその皮の意に川の意を掛ける。九年母の皮は、この頃の料理で、硯蓋《すずりぶた》にこれを輪切りにして煮含めたものを付けるのが例であったことを受ける。

75

寄花出替《でがわり》　烏暁《うぎょう》

去年まで桜といひしお花との花いろ繻子《しゅす》の帯も出来たの

出替　下男や下女などの雇人の雇用契約が終了して入れ替わること。この頃では、一年契約の場合は春三月五日、半年契約の場合は春と秋九月五日であった。勤め振りがよいと雇用契約が更新され、これを重年《ちょうねん》といったが、年々、その役割も上がり、それにつれて、桜→お花といった具合いに、その家での呼び名も変わっていくのが例であった。**お花との**　下女に付ける名で、お竹、おさんなどとともに多く用いられた。殿はいささかからかい気味の似つかわしくない敬称として用いられている。**花いろ**　花色。縹色《はなだ》（薄い藍色）。**繻子**　縦糸または横糸を浮かした織物で、表面が滑らかで艶があり、帯などの生地として用いられる。繻子の帯が出来たのは、給金も上がって、多少は懐に余裕が生まれた結果である。

76　　　　　　　　　　　　　　　　　　　　　　　　　　　酒上熟寐《さけのうえのじきね》

手水《（ちょうず）》とるたらゐひさくのゐにしあらハめくりあハめやお花とのにも

手水　手や顔を洗い清めるための水。**たらゐ**　盥。手洗いの約語といい、洗顔用や手足を洗うための木製の器の総称。**ひさく**　柄杓《ひしゃく》。湯や水を汲取《くみと》る道具。**ゐにしあらハ**　縁があったならばの意に柄杓の柄の意を掛ける。

77　　帰鴈《（がん）》　　　　　　　　　　　　　　　　　　　山手白人《やまてのしろひと》

玉章《（たまずさ）》のやハらかみなくかた田から春ハ帰鴈の時を期すなり

帰鴈　春になって南から北へ帰る雁をいい、北へ帰る渡り鳥の中で最も哀れ深いといわれた。また雁《かり》は消息をもたらす使いといわれ、手紙のことを雁書、雁の使いなどという。**玉章**　一般に手紙をいうが、ここは艶書、恋文の意と取りたい。**かた田**　近江八景の一つで、落雁《らくがん》で有名な堅田（滋賀県大津市）に堅いの意を掛ける。
「秋風に初かりがねぞ聞ゆなるたが玉梓をかけて来つらむ」（『古今集』四、紀友則）を本歌とする。

78
春の日わらハへのうたふ哥をきくに跡なる鳫に物とへハおいらハしらぬとつい通るといひければ 樵山《しょうざん》
よそに見し花の梢もつい通る跡なる鳫の身こそやすけれ

わらハへ 童部。子供たちの意。
「よそにみし古き木ずゑの跡もなしひばらの宮の秋の夕ぎり」（『夫木和歌抄』三十、従二位家隆）を本歌とする。

79
燕 とめ女
つはくらの軒端につちをくハへ来てうち見るたひに出《いづ》る子宝

つはくら 燕の古称つばくらめの略。**つち** 燕が巣作りのためにくわえて来る土の意に打出の小槌《こづち》の意を掛ける。打出の小槌は鬼の持つ宝物で、これを打てば望みの物がなんでも出てくるという。
うち見る 打ち見る。ちょっと見るの意に打出の小槌を打つ意を掛ける。

80

おのか巣に土をぬる夜のあけぬ間ハつはくらやミに羽をやうつはり

あけら菅江

土をぬる　巣作りのため土を塗付ける意に寝る夜の意を掛ける。**つはくらやミ**　つばくら（燕）の意に暗闇の意を掛ける。**うつはり**　羽を打ちつける意に、柱の上に渡して小屋組を受ける横木である梁《はり》の意を掛ける。

81

雲雀《ひばり》

舞ひ雲雀籠の鳥屋か手に落てかふ直《ね》も高くあ〔か〕りこそすれ

四方赤良

舞ひ雲雀　囀《さえず》りながら空高く舞い飛んでいる雲雀をいい、次の籠の語へと続く。雲雀籠は雲雀専用の鳥籠で、立ちが高く、天井を網で覆ってある。**手に落て**　雲雀が中天高く、暫《しばら》く舞い囀った後、あたかも落ちるがごとく舞い降りる習性をいい、これに鳥屋が所有するところとなっての意を掛ける。**かふ直**　買う値段の意に飼う音の意を掛ける。

春月　山手白人

82　春の夜ハあんのごとくに霞つゝ月の影さへおほろまんちう

あん　案じた通りにとの意に餡の意を掛ける。**おほろまんちう**　朧饅頭《おぼろまんじゅう》。上皮を剝いで表面をざらざらにした饅頭で、これに春霞《はるがすみ》のために月影が朧だとの意を掛ける。

世の中百首哥の中に　荒木田守武《あらきだもりたけ》

83　春の夜のおほろ月夜と世の中のはくちうたぬにしくものハなし

世の中百首哥　『世中百首』。大永五年（一五二五）成立。「伊勢論語」ともいわれて親しまれて、刊本に『世中百首』（慶安一刊）を初め、山岡元隣の『世中百首註』（明暦三刊）、『世中百首絵鈔』（享保七刊）などが伝わるが、南畝が何によったかは不明。**おほろ月夜**　朧月夜。朦朧《もうろう》と月が曇りを帯びて光ほのかに霞んで見える春の夜をいう。**はくちうたぬ**　博打《ばくち》打たぬ。金銭を賭けて骰子《さいころ》や骨牌《かるた》を用いた勝負をしないこと。**しくもの**　匹敵するもの。

「照りもせず曇りもはてぬ春の夜の朧月夜にしくものぞなき」（『新古今集』一、大江千里）を本歌とする。

春宵一刻あたへ千金といふ事を　一之《いっし》

84

春の日のくれかねるこそ道理なれ月しろもの、あたへ千金

春宵一刻あたへ千金　春宵一刻直《あたい》千金。中国、宋の詩人蘇軾《そしょく》の詩句。この句は、古来、春の宵の優美さ、楽しさをいい得た名句として親しまれ、諺化している。一刻は、本来、一日を百等分した時間をいい、今日の十五分ほどに当たるが、江戸時代には一日の十二分の一、今日のおよそ二時間をいった。千金は千両とみる例が多い。**くれかねる**　春の日には永き日の異称があるように、暮れようとしてなかなか暮れなずまぬ様子をいう。**月しろもの**　月白の意に代物の意を掛ける。月白は月がまさに出ようとして空がしらむことをいい、代物は品物の代金をいう。

「春夜」と題する七言絶句「春宵一刻直千金、花ニ清香有リ月ニ陰有リ、歌管楼台声細々、鞦韆《しゅうせん》院落夜沈々」の初句を取る。

85

春雨　臍穴主《へそのあなぬし》

商売もおのか業《わざ》とてうれしけに朝からかさをはる雨の頃

からかさ　傘。唐風のかさの意で、柄付のさしがさのこと。**はる**　傘を張る意に春雨の意を掛ける。傘張り浪人の語があるように、商売とはいえ、この傘張りはあまりぱっとしない仕事であった。

86

百首哥の中に春駒　　如竹《じよちく》

春駒のきんのあたりも泥まミれあさる玉江のぬまつきにけり

百首哥　『如竹狂歌百首』。『堀川狂歌集』所収。**春駒**　春の野に遊ぶ馬。**きん**　きんたまの略で、睾《こう》丸《がん》の俗称。**あさる**　漁《あさ》る（餌を探し求める）意にも取れるが、ここはあざると濁って読み、若駒が戯れ騒ぐ姿を想像する方がよいだろう。**玉江のぬま**　越前国の歌枕の地玉江の沼（福井県福井市）にぬま（ぬめぬめした水藻）の意を掛ける。

「みごもりに葦の若葉や萌えつらむ玉江の沼をあさる春駒」（『千載集』一、藤原清輔）を本歌とする。

87

やよひのなかは洲崎なる望汰欄《ぼうだら》にまかりけるとき人々庭より海つらの汐のひかたにおりたちて貝ひろハんとていさといひけれとはらいたうへりけれハ　　あけら菅江

やれ〳〵としほのひるめしいそくなり青うなハらのへるにまかせて

やよひ　弥生。陰暦三月の異称。南畝の日録『三春行楽記』によって、天明二年三月十八日の事と知られる。**洲崎《すさき》**　江戸、深川の海岸（東京都江東区木場六丁目）。景勝地で弁天社があり、潮干狩も盛んであった。**望汰欄**　弁天社近くにあった江戸随一の料理茶屋升屋《ますや》の異称。主人は宗助（号祝阿弥）

といい、文事にも優れて狂歌も詠んだ。**やれく** 急《せ》き立てて促すときの呼び声。**ひる** 潮が干るの意に昼飯の意を掛ける。**青うなハらのへる** 青海原が干潟となっていくの意に腹が減るとの意を掛ける。

88

百首哥の中に呼子鳥《よぶこどり》　布留田造《ふるのたづくり》

あちこちの手次もいらぬ伝授を八銭のさせたる呼子鳥かな

百首哥『堀川百首題狂歌合』。『堀川狂歌集』所収。**呼子鳥** 春の暮れ方に人を呼ぶように鳴く鳥の称とされるが、古来、筒鳥、山鳥、鶯《うぐいす》、あるいは猿などという諸説があって一定しないものの、一般に郭公の別称と考えられている。**手次**「たつき」または「たずき」と読み、頼りや手段のこと。**伝授** 古今《こきん》伝授の略で、『古今集』の中の語句の解釈をめぐる秘説を、特定の人に口伝えすること。三木、三鳥の伝が中心で、呼子鳥は百千鳥《ももちどり》、稲負鳥《いなおおせどり》と並んで三鳥の秘伝の一つであった。その余りに煩雑な手続きと形式主義とによって、天明頃に古今伝授といえば、実体のない訳の分からないことを意味する語となっていた。

『堀川百首題狂歌合』では、右の「よみ人もしらぬ古今のよふこ鳥誰かをしへて誰かつたへし」に対し、その判に「此題、古今伝受の物とかや。左右の作者しらすよみなれは、判者もしらす。いつの頃よりそ、此道ををもくせんために古今相伝は、銭万疋《ぜにまんびき》を出さねはならすといふ。むかしの歌人とても、銭もち斗《ばかり》は有ましきに、古今の秘事をもつたへけん社《こそ》いふかしけれ。いつそや建仁寺の常光院とかやに古今伝受の箱ありしを、さるあき人かひとりて、箱伝受したりなんといひありきけると承りし。其人歌のもと末をもしらんや。此道のかへりてあさましく成行にや侍らん」とあり、持となっている。この呼子鳥という題が、古今伝授という実体が分からないまま秘事化されたものの一つなので、作者も判者もともに分からないので勝負なしだ、というのである。「をちこちのたづきも知らぬ山中におぼつかなくも呼子鳥かな」（『古今集』一、よみ人知らず）を本歌とする。

89

別荘にまろうとを迎へけるにさかつきあまたゝひめくりて人々酔こゝちにおもひ〳〵のたハふれをなして遊ひける折しも窓ちかくきゝすのなくをきゝて　　おはりやゐい女

ミさかなに何よけん〳〵けん酒をのみにきゝすの妻したふ声

まろうと　まれびとの転で、客のこと。**きゝす**　雉子《きぎす》。雉《きじ》の古称。雉は野山を焼く頃、足弱の妻子を逃しかねて道の険阻な所をけんけんと鳴き悲しむといい、また「焼野《やけの》の雉子《きぎす》、夜の鶴」といって、我が子のためには我が命を忘れる親の愛情の強さに譬《たと》えられる。**ミさかなに何よけん**　催馬楽《さいばら》の文句取りに、雉の鳴き声の擬声語けんけんを掛ける。みさかなは御肴で、酒席に興を添える料理や歌舞、音曲などを総称する。**けん酒**　拳酒。雉の鳴き声を受け、掌《てのひら》の開閉や指の屈伸によって勝負を競う室内遊技の拳に負けた者が、罰則として飲む酒の意を掛ける。

「春の野にあさる雉子の妻恋ひにおのがありかを人に知れつつ」（『拾遺集』一、大伴家持）を本歌とし、さらに『催馬楽』「呂、我家《わいえ》」の「わいへんは帷帳《とばりちょう》も垂れたるを大君来ませ聟《むこ》にせん。御肴に何よけん。鮑《あわび》さだえかかせよけん。あはびさだえか。かせよけん」の章句を取る。

90

百首哥の中に菫（すみれ）

花さかり過るをおしむ少年か岸のひたひにすみれみゆるハ　如竹

百首哥　『如竹狂歌百首』。**菫**　山野に自生する多年生草本。種類多く、春に一梗に一花、紫色や白色の花を付ける。和語のすみれはすみいれ（墨入れ）の略といい、星とともに星菫《せいきん》と並称して、多感な青春期を象徴する風物の一つである。**おしむ少年か**　中国、唐の詩人白楽天の詩句「花ヲ踏ンデハ同ジク惜シム少年ノ春」の文句取り。**岸のひたひに**　中国、羅維（伝不明）の詩「身ヲ観ズレバ岸ノ額ニ根ヲ離レタル草」の文句取り。岸は必ずしも水辺だけではなく、山の切り立った所をもいい、額は突き出た所をいう。**すみれ**　菫に隅を入れる意を掛ける。隅を入れるとは、元服二、三年前の男子が前髪の額際を剃り込むこと。

『如竹狂歌百首』に同じ詞書で載る。『和漢朗詠集』上の「春夜」（『白氏文集』十三、「春中ニ盧四ト周諒トトモニ華陽観ニ同居ス」）の七言律詩の第三句、第四句「燭ヲ背ケテハ共ニ憐レム深夜ノ月、花ヲ踏ンデハ同ジク惜シム少年ノ春」と、同下の「無常」の羅維（厳維の誤記とも）の詩句「身ヲ観ズレバ岸ノ額ニ根ヲ離レタル草、命ヲ論ズレバ江ノ頭《ほとり》ニ繋《つな》ガザル舟」を取る。

91

哥合の中に杜若《かきつばた》

布留田造

かゆかりのミかハにあれハ八橋のつめてはり〳〵かきつはた哉

哥合　『堀川百首題狂歌合』。**杜若**　かきつばた。あやめ科の多年生植物で、夏季に濃紫色や白色の花を付け、陰暦五月を盛りとする。杜若の字を当てることが多いが、これは藪茗荷《やぶみょうが》のことで誤用という。**ミかハ**　身と皮の意に三河国（愛知県東部）の意を掛ける。**八橋《やつはし》**　杜若で有名な三河国の歌枕の地八橋（愛知県知立市《ちりゅう》）に琴の一派八橋流の意を掛ける。八橋流は琴爪が長いので有名であった。**かきつはた哉**　掻きつ（引っ掻いた）の意を掛ける。

『堀川百首題狂歌合』では右の「かれ飯のために麦こを持たれは三川の水てかきつはた哉」に対し、その判に「左のかゆかり、右のむぎこかき、さま同等たるへし。勝劣分かたくや」とあり、持となっている。かきつばたの名所に趣向を取って、痒《かゆ》がりと麦粉では、どちらとも優劣は付け難い、というほどのことである。

92

雲楽斎《うんらくさい》

紫の帽子のまよりかんさしてあたまをきみかかきつはた哉

哥合　不詳。**紫の帽子**　女形の歌舞伎役者が外出の際などに、男髷《おとこまげ》の上に載せ付けた紫縮緬《ちりめん》の布裂《ぬのきれ》で、男色の相手を業とした若衆もこれを被った。**かんさし**　簪。女性の頭髪に挿す髪飾りの一つで、頭の痒い時などこれで地肌を掻いた。**かきつはた**　杜若の意に頭を掻いたとの意を掛ける。

躑躅《つつじ》

93　やとかしてくれなゐ里の岩つゝし火ともし頃の旅そ物うき　　山手白人

くれなゐ　宿を貸して呉《くれ》ないとの意に紅の意を掛ける。**岩つゝし**　岩の間に咲くつつじで、和歌では「色に出づ」や「いはねば」「いはず」などの序として用いられる。

「世の中をいとふまでこそかたからめかりの宿りを惜む君かな」（『新古今集』十、西行）を本歌とし、謡曲『江口』などで知られたエピソード、旅の途中の西行が江口の遊女に一夜の宿を断わられた情景を、西行の身になり代わって描く。

歌合の中に藤　　布留田造

94　松の木のまたにかゝるハ紫に染《そめ》した帯のさかり藤哉

歌合　『堀川百首題狂歌合』。**藤**　蔓《つる》性植物で、山野に自生するほか、庭園などに観賞用として栽培する。古来、松の木とともに詠まれることが多く、松の締緒、姫小松の帽子や鬘《かつら》に見立てられる。**染した帯**　藤色に染めた帯の意に下帯（褌《ふんどし》）の意を掛ける。**さかり藤**　下《さが》り藤。松などの梢《こずえ》より咲き下った藤の花をいう。

『堀川百首題狂歌合』では右の「松殿のいせひのつよくましませはみなはいかゝむ末の藤氏」に対し、その判に「左歌、たくみこそ侍れ。右、松殿のいせいは申に及ぬ事なるへし。左まさるとや申侍らん」とあって、勝となっている。右歌は余りにも当り前過ぎるというのである。「みどりなる松にかゝれる藤なれどおのが頃とぞ花は咲きける」（『新古今集』二、紀貫之）などにより、古来の伝統的美学を俗化してみせた点に一首の手柄があるといえよう。

95

秋葉寺より三めくりの山のほとりの藤を見て　栗山《りつざん》

秋葉寺三尺坊のさかり藤ふらり〱とミめくりの花

秋葉寺　江戸東郊の景勝地向島（東京都墨田区向島）の秋葉神社のこと。遠江《とおとうみ》国の秋葉大権現（静岡県浜松市天竜区春野町）を勧請したもので、火《ひ》防《ぶ》せの神として信仰が厚かった。**三めくりの山**　三囲《みめぐり》山延命寺のこと。同じく向島にあり、其角《きかく》の雨乞いの句で有名な三囲神社の別当寺。**三尺坊**　遠江の秋葉寺に祭る大天狗の名前に、当時もっとも見事な大咲きの花とされた三尺藤を掛ける。**ミめくり**　三囲に見巡るの意を掛ける。

96

放屁百首哥の中に款冬《かんとう》　四方赤良

七へ八へへをこき井手の山吹のミのひとつたに出ぬそきよけれ

款冬　山吹のこと。古くより用いられた誤字で、本来は蕗《ふき》のとうをいう。山吹は蕾《つぼみ》を砂金《しゃきん》袋、その盛りを金峰山、散りぎわを金砂子《きんすなご》に譬えられ、花色がくちなし色をするために物いわぬ花ともいい、八重咲のものは実のならないことでも知られる。**井手**　山城国綴喜《つづき》郡の歌枕の地井出（京都府綴喜郡井手町）に屁をこき出る意を掛ける。井出は清らかな水で知られる名勝で、山吹は蛙とともにこの地の名物であった。**ミ**　大便。山吹の花の色による連想。

「七重八重花は咲けども山吹のみのひとつだになきぞ悲しき」（『後拾遺集』十九、兼明《かねあきら》親王）を本歌とする。

97

籬《まがき》に菊の苗をうゆるとて　目黒粟餅《めぐろのあわもち》

心あてにならはやうへんきくの花秋のこかねの色をたのミて

籬　竹や柴などを粗く編んで作った垣根。**心あて**　心当。心頼み。**こかねの色**　黄金の色に高額貨幣であった金貨の光の意を掛ける。

「心あてに折らばや折らむ初霜のおきまどはせる白菊の花」（『古今集』五、凡河内躬恒《おおしこうちのみつね》）を本歌とする。

ある人の籠のうちにかひおけるほと丶きすのやよひのはしめよりなくをきゝて　あけら菅江

98　ほと丶きす春をかけてか鶯のかひこのうちにかハれてそなく

やよひ　弥生。陰暦三月の異称。**春をかけてか**　時鳥《ほととぎす》の鳴き声の擬声語「てっぺんかけたか」を掛ける。**かひこ**　飼籠の意に生卵《かいご》の意を掛ける。飼籠は鶯を早鳴きさせるため籠ごと入れて置く明り取りの窓の付いた木箱をいう。生卵は鳥の卵の殻の付いたままのものをいい、時鳥が鶯の巣に卵を預ける託卵の習性がある意を掛ける。

「鶯の生卵の中に霍公鳥《ほととぎす》独り生れて己が父に似ては鳴かず……」(『万葉集』九、作者不明)を本歌とする。

巻第三　夏歌

百酒狂歌の中に首夏　　　　　　　　　　　暁月房《ぎょうげつぼう》

99　春くれしきのふの酒のさめかしらけふハうつきになりにける哉

百酒狂歌　『暁月坊酒百首』。序題に「百酒狂歌」とある。一本亭芙蓉花《ふようか》校、明和八年（一七七一）刊。**首夏**　初夏。陰暦四月の異称。**くれし**　呉《く》れたの意に四月になって春が暮《く》れてしまったとの意を掛ける。**さめかしら**　酒の醒め際の意に頭の意を掛ける。**うつき**　陰暦四月の異称卯月《うづき》に、二日酔いで頭がうずく意を掛ける。

『暁月坊酒百首』では「夏十首」の最初に置き、「首夏」の詞書《ことばがき》はない。

100

百首哥の中に更衣《ころもがえ》　安井了忠《りようちゆう》

わひ人の質こそたえねたしいれにかろきおもきや衣かへなる

百首哥　『了忠狂歌百首』。著者、刊年とも不詳。『堀川狂歌集』所収。**更衣**　季節の変化に応じて着用する衣服の種類を取り替えることをいい、平安時代以来の宮中の風習で、四月朔日に袷《あわせ》を着し、五月五日から帷子《かたびら》に着替え、八月十五日からは生絹《すずし》を、九月九日以降は綿入を、十月朔日には練衣《ねりぎぬ》を着用したが、時代が下がるに従って簡略化され、特に民間では四月朔日と十月朔日に季節の衣服に改める風となった。**わひ人**　侘人。世に用いられず、失意のうちに侘しく暮らす人。**質**　質屋に借金の担保として預けて置く物品。質草。

101

哥合の中に　平郡実柿《へぐりのさねがき》　池田正式　一名

花の香をおしミてけふも着かへぬをあハせもたぬと人やミるらん

哥合　『堀川百首題狂歌合』。『堀川狂歌集』所収。**花の香**　桜の花の香り。**あハせ**　給。四月朔日の更衣の日に綿入と着替える着物。

『堀川百首題狂歌合』では左の「冬の物をなつにもなれはしちに又をくこそけふの衣かへなれ」に対し、その判に「左歌かせさふらひの躰とみへたり。当世はものことに花麗になりて、しれこ馬にもなし地のくらを置、身はなら刀なれともさやははなかひらきにし、具足よりは高直なる羽織はかまをきすしては、公界《がい》のならぬやせ奉公人の、さすかに妻子のかつゆる時は、しちにをかては一日もたすけんやうなしとみへたり。右、花の香にかこつけたる下心は、置かゆへきしちくさもなきにや。偽りあり。左は正直なり」とあって、負けとなっている。当世は中身よりも見てくれの風潮の強い世の中であるが、可愛い女の飢えを救うためには質を置くほかはない。それを正直に詠んだ点で、無理な口実を設けた右歌よりもよいというのである。

102

花染の衣のわたを引ぬいて急なしことを四月朔日

山手白人《やまてのしろひと》

花染の衣　桜の花の色に染めた衣服。**わたを引ぬいて**　綿入の綿を貫《ぬ》いて袷に仕立て直して。更衣の異称を綿貫《わたぬき》というのを利かす。**四月朔日**　更衣の日の意に急な仕事をしがちであるとの意を掛ける。四月朔日と書いて「わたぬき」と読ませる姓もある。

103

化物百首哥の中に

物事明輔《ものごとのあけすけ》

けさハはや夏もきつねか藻の花をかふつて化（ばけ）のかハ衣かへ

化物百首哥　不詳。**きつね**　狐に夏も来たの意を掛ける。**藻の花**　淡水産の水藻の花で、夏に咲く。狐が化ける時には頭に木の葉を載せて筋斗返《とんぼがえ》りをするといわれるのを受け、三国伝来の妖狐《ようこ》が化けた近衛天皇（鳥羽天皇とも）の寵愛した玉藻《たまも》の前《まえ》を想像させる。玉藻の前はその本体が金毛九尾《きんもうきゅうび》の狐で、天竺《てんじく》では班足太子の塚の神、中国では周の幽王の后褒姒《ほうじ》として現れ、日本に来て帝の寵妃となったが、陰陽師安倍泰成に本性を見顕わされて下野《しもつけ》国那須野（栃木県那須郡那須町）に逃れた。そこで三浦介義明、上総介広常の両名に射止められ、死後もその怨霊が殺生石《せっしょうせき》と化して生き物に害をなしたが、のち源翁《げんのう》和尚によって成仏した。**かハ衣かへ** 皮衣に化けの皮を掛ける。皮衣は毛皮を細工した衣服、化けの皮は正体を包み隠しているその外見をいう。

104

牡丹 へつゝ東作《とうさく》

けふこすハあすハ色香もふりぬへし花の日数もはつ〳〵か草

ふりぬへし 古びてしまうに違いない。**はつ〳〵か草** 端々《はつはつ》（僅か）の意に牡丹《ぼたん》の異称廿日《はつか》草を掛ける。花の王、花の富貴なるものと賞美される牡丹は、花が開いてから散るまでの期間が二十日といわれた。

「けふ来ずはあすは雪とぞ降りなまし消えずはありとも花と見ましや」（『古今集』一、在原業平《ありわらのなりひら》）を本歌とする。

105

新樹交竹 子子孫彦《このこのまごひこ》

たけのうちの流義と見ゆる夏こたちはゝかりなからうち合てミん

たけのうちの流義　捕術の一派竹内流の意に詞書の「新樹交竹」の意を掛ける。竹内流は天文年中（十六世紀中頃）美作国《みまさか》（岡山県北部）の人竹内久盛が創始し、その子常陸介《ひたちのすけ》、孫加賀介によって大成された流派で、小太刀を得意技とした。**夏こたち**　夏木立ちの意に小太刀の意を掛ける。夏木立は若葉で青々とした木々がむらむらと生い育った林をいい、小太刀は小振りの刀で柔術でも用いた。**はゝかりなから**　憚《はばか》りながら（恐れ多い次第ではあるが）の意に新緑の候で葉ばかりではあるがとの意を掛ける。

106

　　卯花《うのはな》

どろ〳〵と庭見の客ハ卯花の雪おろしかと主や思ハん　　山手白人

卯花　空木《うつぎ》の花。空木は庭園に栽培して生垣などとする灌木《かんぼく》で、旧暦四月に白い穂状の花が咲き、その白さを月や雪に譬《たと》え、波や兎の走る姿に見立てる。**どろ〳〵**　歌舞伎囃子《ばやし》の一で、大太鼓を長撥《ばち》で打ち、妖怪変化や幽霊などの出る時の効果音とする。それに大勢の人が通行する様子の意を掛ける。**庭見**　お庭拝見で、庭園を見学すること。**雪おろし**　歌舞伎囃子の一で、大太鼓を先を布で巻いた貝撥で連続して打ち、雪降りや雪崩《なだれ》の効果音とする。それに屋根の雪を地上に下ろす人の意を掛ける。

107
虱《しらみ》百首哥の中に　もとのもくあミ

山賤《やまがつ》かしらミかきほのうの花ハうつろふとてやこほれかゝれる

虱百首　不詳。**山賤**　山中に住む人々を卑しめていった称。**かきほ**　虱を掻《か》く意に垣穂（垣根）を掛ける。**うつろふ**　場所を変える意に花の色香の衰える意を掛ける。

「咲きにけり我が山里の卯の花は垣根に消えぬ雪と見るまで」（『元真集』）を受け、盛りを過ぎて散りかかる卯の花の花弁を、掻くとこぼれ落ちるほどにたかっている虱に見立て、風雅とばかりとはいかない山里の余りにも現実的な生活振りを想像する。

108
郭公《ほととぎす》　栗梢《りつしょう》

ほとゝきすたつねくたひれ山道てすり火うちうつあひに一声

郭公　時鳥《ほととぎす》のこと。郭公は本来別の鳥で、時鳥にこの字を当てるのは誤用であるが、古来その例は多い。**たつねくたひれ**　尋ね草臥《くたび》れ。時鳥は晩春の候に渡来し、初秋に南へ帰る渡り鳥であるが、当時の常識では冬の間は深山に籠ると考えられていた。その悽愴《せいそう》ともいうべき鋭く甲高い鳴き声は人々の詩情をそそり、その声を慕って山中や大樹のもとを徘徊《はいかい》し、耳をそばだてるのは夏の風流韻事であった。**すり火うちうつあひ**　擦火《すりび》打ち打つ間。一瞬の間のこと。擦火は燧石《ひうちいし》を火打ち金で切ったとき出る火花、またこれで起こした火をいう。

109

ほとゝきす須广の浦てハなけれともなれをまつ風村雨の空

から衣橘洲《きつしゆう》

須广の浦　摂津国八部《やたべ》郡の歌枕の地（神戸市須磨区）で、平安初期に中納言在原行平（業平の兄）が勅勘の身となってここに配流されたことで知られる。**なれ**　汝《なれ》。同等または以下の者にいう。**まつ風**　待つ意に松風を掛ける。松風は村雨と姉妹の海女で、ともに行平の愛人であったとの伝説がある。**村雨**　海女の村雨にひとしきり強く降るにわか雨の意を掛ける。雨の日には時鳥は声を振り立てるように鳴くといわれる。

『狂歌若葉集』には詞書を「対雨待郭公」とし、「郭公すまのあまりに遅ければけふもまつ風村雨の空」とする。

110

哥合の中に

平郡実柿

ほとゝきすなきつる方をなかむれハたゝあきれたるつらそのこれる

哥合　『堀川百首題狂歌合』。**あきれたるつら**　呆れたる面。あっけにとられた顔。

『狂歌百首哥合』では左の「きかすとも爰《ここ》を千声に彷彿ととへやほとゝきすきの村立」に対し、その判に

「左歌、西行かとみれは、竇常《とうじょう》也。右、後徳大寺殿のつらつきも思ひやられ侍れと、なお和漢の出合は捨かたく侍る」とあって、負けとなっている。後徳大寺殿の呆気にとられた顔付きもさることながら、左歌の和漢の詩歌をうまく結合した手際には及ばない、というほどのことである。竇常は中国、唐の反骨の詩人であるが、出典は不明。判にある通り、後徳大寺実定の「ほととぎす鳴きつる方をながむればただ有明の月ぞ残れる」(『千載集』三、『百人一首』)を本歌とするが、一首の妙は下の句のちょっとした改変によって、風流韻事に遊ぶ貴公子像が見事に卑俗化したことに尽きる。

馬蹄《ばてい》

一一一

郭公さつきハをのか時相場声をはかりにかけてなくなり

さつき 皐月。陰暦五月の異称。**時相場** 鳴く音に最も高い値段が付く時期の意。時鳥は晩春に鳴き始め、夏に至って最も甚しく、初秋になると鳴き止むといい、その最盛期は皐月に当たるので、値と音を掛けてこういう。**はかりにかけて** 値段を秤《はかり》に掛ける意にことばかりに声を張り上げて鳴くとの意を掛ける。

『狂歌若葉集』にも同じ詞書で載る。「いつのまに五月来ぬらむあしひきの山時鳥いまぞなくなる」(『古今集』三、よみ人知らず)を受ける。

無銭法師

友とちけんをうちける時郭公をきゝて

112

ふけゆけ八月もすむゆの中空にりやんともきかぬはつ郭公

友とち　友達。「どち」は同類を示す接尾語。**けん**　拳を使う室内遊戯でいくつかの種類があるが、ここは指の数を中国風にイー、リャン、サンナなどといって数えた唐拳をさす。**すむゆ**　拳の四の掛け声スムユに月が澄む意を掛ける。**りやん**　拳の二の掛け声リャンに二声とは聞かれないの意を掛ける。**はつ郭公**　時鳥の初音のこと。

113

三浦にて時鳥をきゝて　くさやの師鯵《もろあじ》

十分にかけたか舩《ふね》のほとゝきす三浦の風に声の落来る

三浦　相模国三浦郡（神奈川県の三浦半島一帯）のこと。**十分にかけたか**　時鳥の鳴き声の擬声語の一「天辺《てっぺん》かけたか」「本尊かけたか」の捩《もじ》りに、時鳥が空高く飛び翔《かけ》る意を掛ける。時鳥の異称を「かけたか鳥」というのもこの鳴き声による。

「郭公深き峯より出にけりとやまの裾に声の落ち来る」（『新古今集』三、西行）を本歌とする。本歌の、暮春になって深山に冬籠りをしていた時鳥がやっと出て来てその鳴き声を山裾でも聞くことが出来たとする意を受けて、これを海上のことに転じたところに一首の趣向がある。

水無月郭公　　　　　　　　　　　　　　　　　　　　　　　　　　　　　　　腮長馬貫《あごながのうまづら》

114　ほとゝきすまちし心に汲かへて井もみな月のしほかれし声

水無月　陰暦六月の異称。**みな月**　水無月にその縁を取って井戸の水もみな尽き果てたとの意を掛ける。**しほかれし声**　鳴き過ぎてしゃがれ声になったとの意に井戸の水が渇れてしまったとの意を掛ける。

ほとゝきす鰹の優劣を人のとひ侍し時　　　　　　　　　　　　　　　から衣橘洲

115　いつれまけいつれかつほと郭公ともにはつねの高うきこゆる

かつほ　鰹《かつお》に勝つ意を掛ける。**はつね**　初鰹の値段の意に時鳥の初音の意を掛け、初鰹の値段の高いのを時鳥の鳴き声が甲高いのと比較する。初鰹が出回るのは陰暦四月初旬であるが、これは公式の話であって、将軍家よりも先に食したいという向きには闇ルートがあって、三月二十日頃には魚市場を経由しない鰹が入手出来たようである。鰹の走り物を食うというのは江戸っ子の気性に合っていたようで、そのためには大金を投じても惜しくなかったらしく、洒落本『当世繁栄通宝』（安永十刊）が伝える七両二分は論外としても、三両は通り相場だったらしく、この頃のこととして、日本橋石町《こくちょう》の富豪富林治左衛門なる人が渡辺某に馳走《ちそう》したのは二両三分であった、と伝えられている。

『狂歌若葉集』には詞書を「郭公松魚（かつお）の優劣いかにといふ人に」として収める。

116

鰹

卯雲《ぼううん》

かまくらの頼朝殿にとこかにてかつほもよほと大あたまなり

かまくら　鎌倉（神奈川県鎌倉市）。十二世紀末に源頼朝がここを拠点として武家政権を樹立した。**頼朝**　源頼朝。鎌倉幕府の初代将軍で、大頭だったとの伝承がある。**かつほ**　鰹。真鰹で、関東では古くから食され、江戸時代には、鎌倉を中心とする相模の海岸で取れた鰹を喜んで賞味し、特にシーズン初めのそれは初鰹といって、高値を出して競い求めるのが江戸っ子気質《かたぎ》の誇りであった。頭が大きく、形が烏帽子《えぼし》に似るところから烏帽子魚の称もある。

鎌倉と大頭の縁によって、最初の武家政権の樹立者と鰹という全く異質なものを同じ土俵に上げたところに手柄がある。

117

哥合の中に早苗

平郡実柿

またくらやいと〻ぬま〱ぬまつかんふけたの早苗とれる早乙女

哥合　『堀川百首題狂歌合』。**早苗**　苗代より本田に移し植える頃の稲の若苗。**またくら**　股座。両股の間、股。**いと〻**　一層、ますます。**ぬま〱ぬまつかん**　ぬめぬめした泥が付くであろうとの意に滑らかな粘液が出るであろうとの意を掛ける。**ふけた**　深田。沼田と同意で泥深い田をいう。

早乙女　田植をする婦女子、特に若い娘をいう。『狂歌百首哥合』では左の「地頭殿のお手さくの田を先うへてまいらせ尻にならふさをとめ」に対し、その判に「左歌のまいらせしりは手向《たむけ》かほにさし出したる体にや。右、うちまたのぬまつきもさこそあらめと、まいらせ尻はうちみてゆかしけにも侍るへし。うちまたのすいりやうよりは、みへたる所やまさり侍らん」とあり、負けとなっている。いずれも早乙女の魅力的な描写であるが、まいらせ尻（うつ伏せになった時の尻、書簡の参らせ候の字体に似るからという）の方が上品だ、というのである。判詞の通りで付加えることもないが、健康で開放的な性描写が取柄か。

118

頼政にあらぬもけふハ引とりてあやめを軒の妻に見る哉

菖蒲　　　　未得《みとく》

菖蒲　沼地や水辺に自生する多年生草本の白菖《はくしょう》のこと。古くは「あやめ」「あやめぐさ」といった。本草学《ほんぞうがく》では薬草とし、また古くから邪気や悪魔を払い、火災を除くといわれ、端午の節句にはその葉を蓬《よもぎ》とともに軒に葺《ふ》いたり、菖蒲湯を立てたりするのに用い、武家時代になると、尚武と音通するのでさらに菖蒲刀、菖蒲冑《かぶと》などいろいろと重用されるようになった。**頼政**　平安末期の武将で歌人の源頼政のこと。保元・平治の乱に功を上げ、のち三位に叙せられたが、平清盛追討に失敗して宇治の平等院の扇の芝で自害した。宮中を夜々騒がせた化物の鵺《ぬえ》を退治し、その褒美として兼ねて想いを懸けていた菖蒲《あやめ》の前という美女を得たが、この時天皇が十二人の官女に同じ姿をさせて頼政を試み、頼政は「五月雨《さみだれ》に」の歌を詠んだと伝えられる。**引とりて**　菖蒲を引く（菖蒲を刈り取ること）意に十二人の中から菖蒲の前を選び出す意を掛ける。**軒の妻**　菖蒲を葺き掛けた軒先の意に菖蒲の前を我が妻と見た意を掛ける。

『吾吟我集《ごぎんわが》』に同じ詞書で載る。「五月雨に沢辺のまこも水越えていづれあやめと引きぞわづらふ」（『太平記』二十一、源頼政）を本歌とする。

ある人花しやうふをおくるとてさらハ言葉の花しやうふせんときこえければ

面楫似足《おもかじのにたり》

119

一番にさきかけられて花菖蒲わか太刀先もさみたれの頃

花しやうふ　花菖蒲。水辺などの湿地に栽培される多年生草本で、初夏の頃、大型で色々な色の花を付ける。**言葉の花しやうふ**　言葉の花勝負。美辞麗句や巧妙な言葉使いによって勝負を競うこと、花は美称。花菖蒲の縁による。**さきかけられて**　先駆けされての意に花菖蒲が咲く意を掛ける。**太刀先**　太刀の刃先の意で、敵に打ちかかる勢いのこと。これに端午の節句に幼童が腰に差して遊んだ菖蒲太刀の意を掛ける。**さみたれ**　陰暦五月に降り続く長雨である五月雨の意に太刀先が乱れる意を掛ける。さ乱れの「さ」は接頭語。

120

五月五日祝儀の使者に対して　山手白人

玄関へあかりかふとの使者一騎あやめのねさし長い口上

五月五日　端午の節句の佳日。**玄関**　武家の居宅の正面の入口で、式台のある所をいうが、のちには町家でも表の入口をいった。**あかりかふと**　上冑。端午の節句の飾り物の一で、紙で作った兜《かぶと》。これに使者が玄関に上がる意を掛ける。**あやめのねさし**　菖蒲の根差。菖蒲の根が土中に長々と延びていることをいい、次の句の長い口上に掛かる。古く宮中では端午の節句の行事の一として、この根の長さを比べ競う菖蒲合が行われている。**口上**　口頭で伝えること。

121

鍾馗《しょうき》のほり　卯雲

木綿より一段ひくき紙のほりこれや鍾馗のおひけなるらん

鍾馗のほり　鍾馗幟《のぼり》。鍾馗は中国、唐の開元年中（七一三〜七四一）に、玄宗皇帝の昼寝の夢に現れ、邪鬼を払って皇帝の病気を治癒させたという終南山の進士で、後世疫鬼や魔物を除ける神となり、男子の守り神となった。目は大きく見開き、顔中長いひげで埋まり、頭には黒い冠を着け、長靴を履き、右手に剣を持ち、左手で小鬼を摑んだ姿で表され、端午の節句にはその画像を幟に描いたり、人形にしたりする。**紙のほり**　紙幟。紙で作った五月幟で、古くは木綿で作った幟などはなく、皆紙製で武者や鍾馗の絵を摺《す》り付けたものだったという。**鍾馗のおひけ**　鍾馗髭のことで、鍾馗のようなぼうぼう髭をいう。

柏餅　　　　　　　　　　　　　　　　　　　　　　　　　　山手白人

122 なら坂やこの手にもちし柏もちうらおもてよりさすりてそくふ

柏餅　端午の節句用の柏の葉に包んだ餅。江戸ではこれを互いに贈り合う風習があった。**なら坂**　奈良坂。奈良から山城国の木津（京都府木津川市木津町）へ出る坂道。**この手にもちし柏もち**　手に持った柏餅の意に児手柏《このてがしわ》の意を掛ける。児手柏は檜《ひのき》に似た常緑樹で、葉の表裏を見分け難《にく》いところから「児手柏の二面《ふたおもて》」という語がある。**さすりて**　柏餅を摩《さす》っての意に柏餅の女房詞「おさすり」を掛ける。

「奈良坂やこの手柏の二面とにもかくにもねじけ人かも」（『古今和歌六帖』六、消奈行文大夫）を本歌とする。

123 夕つかた人のもとへかしハもちをおくるとて　　　　　　　なる子

夕月夜さすれハこれもつれ〳〵のおなくさミにハなれかしハ餅

さすれハ　摩ればの意にそうであるならばの意を掛ける。**つれ〳〵**　することも見当たらず退屈なこと。**おなくさミ**　気を紛らす楽しいこと。**なれかしハ餅**　柏餅の意に慰みになってほしいものだとの意を掛ける。

124

かたひらを人におくるとて　　やのくらのいろくす

一疋《（いっぴき）》をふたつにたちて君かためかたひらをこそまいらするなれ

かたひら　帷子《かたびら》。麻などで作った夏用の単衣《ひとえ》で、五月五日よりは浅黄の染帷子、八月朔日からは白帷子を着用する習慣があった。**一疋**　布地二反のこと。**かたひら**　帷子の意に片平の意を掛ける。片平は傍片とも書いて対になった物の一方をいい、ここは一反の布地をいう。

125

何かしの庭に花たちはなのさかりなるを見侍りしにもとハ禁庭の右のつかさのたねなるよしをきゝて　　好原万図伎《すきはらのまずき》

木ふりよくおひたち花の顔ミれハさすか雲井のおとしたねなり　　四方赤良《よものあから》

禁庭の右のつかさ　宮中の紫宸殿《ししんでん》の南階の西側に植えられた橘《たちばな》のこと。右近司《うこんのつかさ》（右近衛府）が栽培の任に当たったことによる名という。**おひたち花**　生い立ち（成長した）の意に橘を掛け、さらに花の顔（花のように美しい顔）との意を掛ける。**雲井**　宮中。**おとしたね**　宮中産の種子の意に落胤《らくいん》（貴人が余所の女に産ませた子）の意を利かす。

126

百敷《ももしき》のミはしのもとにたち花をやしきのうちにけふミつる哉

百敷　多くの石や木で造営した城の意で、宮中や皇居をいう。「百敷の」は枕詞で大宮、内などの語に掛かる。**ミはし**　御階。階段の美称で、ここは特に紫宸殿の南階をいう。**たち花**　右近の橘の意に立つ花の意を掛ける。**やしき**　屋敷。武家の邸宅をいう。

「おとにのみきき渡りつる住吉の松のちとせをけふみつるかな」（『拾遺集』八、紀貫之）を本歌とする。

127

百首哥の中に五月雨　　雄長老《ゆうちようろう》

五月雨に黴《かび》てなりともところ〳〵禿《はげ》のひたひに毛かはえよかし

百首哥　『雄長老狂歌百首』。『堀川狂歌集』所収。**五月雨**　陰暦五月頃に降り続く長雨。この頃は蒸し暑く、物に黴の生じやすい季節である。

『雄長老狂歌百首』の判に「はげのさかやきのかびて成共、又無用なり。此四首愚点の隙と存候」とある。

128 廐《うまや》五月雨　かくれん坊目隠《めかくし》

五月雨に廐も水にひた〱と庭ハいけすき空ハする墨

いけすき　池の意に鎌倉時代の武将佐々木高綱が源頼朝から拝領した愛馬池月《いけづき》（生食とも書く）を掛ける。寿永三年（一一八四）、木曽義仲追討の宇治川の戦いで高綱は池月を駆って磨墨《するすみ》に乗った梶原景季と先陣を争い、勝ちを得た。**する墨**　墨を流したように真黒な空の意に、高綱と同輩の梶原景季が同じく頼朝から賜った愛馬の磨墨を掛ける。

129 尾張の国鎌島木村氏にて五月雨の頃に　へつゝ東作

かり初る秋さへミえて鎌しまや苗のはことにかゝる五月雨

尾張の国　旧国名。東海道の一国で、愛知県の西半分に当たる。**鎌島**　海部《あま》郡の村の一（愛知県弥富市）。父の故郷平島の近傍で、天明二年（一七八二）初夏から翌年の晩春に掛けての上方への旅の途中に立ち寄る。**木村氏**　不詳。**かり初《そめ》る**　刈り初める。鎌の縁語で、稲を刈り始める秋の豊作がすっかり目にみえるようだの意。**鎌しま**　鎌島に稲の苗葉に当たる雨の音がかまし（やかましい）との意を掛ける。

梅干満筵　紺屋麻手《こんやのあさつて》

130
庭もせに匂ふむしろのすみもちてはこふそはからこほれ梅干
筵《むしろ》　藁《わら》などを編んで作った質素な敷物。**庭もせに**　庭も手狭に見えるほど一杯に。**こほれ梅干**　梅干しがこぼれる意に梅干しを干した様が零梅《こぼれ》（こぼれ散る梅の花をあしらった文様）に見えるとの意を掛ける。

131
人のもとより茄子（なすび）胡瓜（きゆうり）をおくられけれハ　軽少《けいしよう》ならん
世にハまたすくなきふりのおくり物かたしけなすのかこのめつらし
ふり　瓜の古語で、ここは胡瓜をいう。**かたしけなす**　礼の言葉の「忝《かたじけな》い」の意に茄子を入れた籠の意を掛ける。
諺に「瓜《ふり》を乞わば器物《うつわもの》を設けよ」といって、瓜を欲しいと思ったら先ずその入れ物を用意しなくてはならないが、なんと珍しいことか、籠に入った胡瓜と茄子が到来したとの意であるが、賄賂のやり取りが日常化していたこの時代に、勘定組頭という要路にあった作者の立場を顧慮すると、ことはやや複雑な様相を呈してくる。

132

隣水鶏《くいな》

たのまるゝ隣の留主《るす》の柴の戸をたゝくをきけハ又くひななり　隣海《りんかい》法師

柴の戸　柴で作った粗末な門。柴門。**くひな**　水辺の鳥で数種あり、主に夕べから朝に掛けて鳴くが、古来、歌などに鳴き声が戸を叩くようだと詠まれるのは緋水鶏で、夏至の後に鳴き始め、秋になって鳴き止むといわれる。

133

夏月

さかつきを月よりさきにかたふけてまた酔なからあくる一樽　山手白人

さかつき　酒盃。**かたふけて**　時が過ぎて月が西に傾く意に盃を傾けて酒を飲む意を掛ける。**酔なから**　宵ながらの意を掛ける。宵は日暮れから夜半までをいうが、ここはまだ夜もさほど更けていない頃合をさす。**一樽**　四斗入りの酒樽《さかだる》。

「夏の夜はまだ宵ながらあけぬるを雲のいづこに月宿るらむ」（『古今集』三、深養父《ふかやぶ》）と、これを本歌とした「やどりぬる盃の影涼しさにまだよひながらあくる酒だる」（『雅筵酔竹集』夏、風水軒白玉）の二首を本歌とする。

放屁百首哥の中に瞿麦《なでしこ》　四方赤良

134

今朝ミれハいつしかよへをひりおきていと丶ねくさき床夏の花

瞿麦　撫子《なでしこ》。山野に自生する多年草で、秋の七草の一。花の盛りが長いので常夏《とこなつ》の異称がある。**ひりおきて**　夜屁《よべ》を放っての意に目覚め起きての意を掛ける。**ねくさき**　寝臭き。寝ることによって床に独特の臭いが生じること。**床夏の花**　撫子の花に寝床の意を掛ける。

「ちりをだにすゑじとぞ思ふ咲きしより妹とわがぬるとこ夏の花」（『古今集』三、凡河内躬恒）を本歌とする。

135

哥合の中に蛍　平郡実柿

蛍火も夜うちをするか夏草の青野か原にミたれ入なり

哥合　『堀川百首題狂歌合』。**蛍火**　蛍の異称の一。**夜うち**　夜討。夜に敵の不意を襲って攻めたてること。**青野か原**　青々とした草原の意に、古来戦場として名高い美濃国不破郡（岐阜県大垣市）の別称青野が原を掛ける。**ミたれ入**　乱れ入る。大勢が無秩序に突入すること。

『堀川百首題狂歌合』では左の「飛蛍みな火おとしの鎧《よろい》きて宇治の網代《あじろ》にか丶りけるかな」に対し、その判に「左は負軍せし作者、右はうたれしともから。此亡魂の出合ならは、ともにくんて落侍らんか」とあり、持となっている。立場はともかく、ともに敗軍の士なのだから、一緒になって落ち行くのが得策だ、というのである。

136 蛍火を窓にあつめて物よむ八川辺の草のくされ儒者かも　卯雲

蛍火　蛍の発する光。**草のくされ儒者**　腐草（蛍の異称）の意に腐れ儒者（何の役にも立たない儒者）の意を掛ける。

中国、晋の学者車胤《しゃいん》は家が貧しくて油を買うことが出来ないので、蛍を集めてその明りで書を読んだという事績を受ける。この車胤と好一対をなすのが同時代の学者孫康で、雪明りで読書したといい、この両者の行為から「蛍雪《けいせつ》の功」の故事が生まれている。

137 夜軍《よいくさ》に尻のかゝり火ふりたてゝおいつまくりつ蛍合戦　臍穴主《へそのあなぬし》

夜軍　夜間の戦い。**尻のかゝり火**　蛍が尻の所で出す光を、軍中警護のために周辺を明るく照らす篝火《かがりび》に見立てる。**おいつまくりつ**　追いつ捲《まく》りつ。追いかけたり、追い払ったり。**蛍合戦**　交尾のために多くの蛍が玉のように一団となったり、それが砕けて水に落ちたりしながら飛び交うこと。

138　放屁百首哥の中に蚊遣火（かやりび）　四方赤良

しつか屋のけふりをふすへこく時ハふゝとなくかのよりもつかれす

蚊遣火　榧《かや》、杉の青葉や線香などを燻《く》べて煙を出し、蚊を追い払うもの。**しつか屋**　賤《しず》が屋《や》。身分の賤《いや》しい者の住まい。**ふすへ**　蚊遣を燻べる意にふす屁（音なしの屁）の意を掛ける。**ふゝ**　蚊の羽音にふす屁の微《かす》かな音を掛ける。**よりもつかれす**　寄も付かれず。ふす屁が臭くて寄付きようもない。

139　題しらす　鳥山石燕《とりやませきえん》

蚊と蚤にゆふへも肌をせゝられておゐとハまたら目ハふたかれす

せゝられ　食いつかれて。**おゐと**　御居処《おいど》。女性語で尻のこと。**またら**　斑《まだら》。蚊や蚤《のみ》に食われて赤い斑点が一杯出来ている状態。**ふたかれす**　塞がれず。塞ぐことが出来ない。

140　雲鯉《うんり》

古あはせよろひにせはや夕くれのときの声あけせめてくる蚊に

古あはせ　古袷。着古した袷の意であるが、時季外れのためにしまってあるのをわざわざ引き出して来ての意を込める。**ときの声**　鯨波《とき》の声の意に夕暮れ時の意を掛ける。鯨波は合戦の最初に、味方の士気を鼓舞するとともに開戦の合図とするため、全軍で一時に上げる大声をいう。

141

哥合の中に氷室《ひむろ》　　平郡実柿

とりちかへうちやくたかん氷室守おきなさひたる雪のかしらを

哥合　『堀川百首題狂歌合』。**氷室**　氷を夏まで貯蔵して置く所で、山陰の日の当たらぬ、風通しのよいところに穴を掘り、蕨《わらび》のほどろ（穂が延びすぎてけばだったもの）を敷いて氷を納めて置く。**氷室守**　氷室の番人で、四月一日から九月末日まで、いつでも宮中に氷を献上出来る態勢にしてあった。**おきなさひたる**　翁さびたる。老人らしく振舞った。**雪のかしら**　雪を置いた頭の意で、白髪頭のこと。

『堀川百首題狂歌合』では左の「麴をもねかぬる時はあたゝむる氷室の雪に花はつかぬか」に対し、その判に「左歌、麴室を寒き時は火をたきてあたゝむるといへは、ひむろともいふへし。かうしにはなのつくならは、ひむろの雪にも花のつくへしといへるもことはり也。右、ひむろもりかしらかあたまを雪にとりちかへて、うちくたかん事もしれす。みやこへはこふ時分は、用心して、そこつなるものはあたりへよすへからさるか。翁さひたる躰なれは、左をまさるとも申かたし」とあり、持となっている。麴室《こうじむろ》は火を焚《た》いて温め、麴の花を咲かすものだし、氷室は雪で冷やすのだから、どうして夏に桜の花が咲かないのだろうか、というのも至極だが、氷室守が自分の白髪頭と雪の塊を間違えて、打ち砕くこともありそうなことだから、引き分けだ、というのである。

142
去年から気をはりつめし氷室守今夜ハ心とけ〳〵とねん　四方赤良

はりつめし　気を張り詰める意に氷室一面に張った氷の意を掛ける。**とけ〳〵と**　十分に打解けた状態をいう語で、これに氷の解ける意を掛ける。

『狂歌若葉集』には詞書を「氷室守を」とし、初句を「去年《こぞ》よりも」、第四句を「こよひは心」として収める。

夕立　子子孫彦

143
薄墨のゑならぬ雲のあしはやにゆきゝの人もかける夕立

薄墨　薄い墨色で、鼠色のこと。これに薄墨で描いた絵の意を掛ける。**ゑならぬ**　絵ではないの意になんともいえないとの意を掛ける。**あしはやに**　雲の足（雲行き）が速い意に往来の人々が足早に行き交う意を掛ける。**かける**　絵に描けるとの意に人々が駆ける意を掛ける。

野夕立　　　　　　　　　　　　へつゝ東作

144 男なら出て見よ雷《らい》にいなひかり横にとふ火の野辺の夕立

とふ火の野辺　飛火の野辺。大和国奈良の歌枕の地春日野（奈良県春日野町）の異称で、単に飛火野ともいう。飛火は烽《のろし》火のことで、ここにはその施設があって番人が置かれており、この番人を飛火の野守といった。これに横に飛ぶ火（稲妻）の意を掛ける。

『狂歌若葉集』にも同じ詞書で載る。「春日野のとぶ火の野守出でて見よ今いくかありて若菜つみてむ」（『古今集』一、よみ人知らず）を本歌とする。

駒込にて夕立を　　　　　　　　　　藤本由己《ゆうこ》

145 駒込や風の手綱の一通りかけを乗たる夕立の空

駒込　江戸の本郷台北部一帯（東京都文京区）の総称に、駒（馬、特に乗用の馬をいう）の意を掛ける。**手綱**　馬を御すために轡《くつわ》に付ける綱で、これに風の手（風の方向）の意を掛ける。**かけを乗たる**　駆けを乗ったの意に鹿《か》毛《げ》を掛け、更に通り掛け（そこを通るついでに）の意を掛ける。駆けを乗るは馬術用語で、馬に乗って駆け足で走らすこと、鹿毛は馬の毛色で、全体が鹿に似た茶褐色をし、たてがみや尾、四肢の膝の下が黒色をしているものをいう。

『春駒狂歌集』に同じ詞書にて載る。

146
あつさゆへつかれつかるゝ鑓おとりさつと夕立ふりやれおふりやれ

鑓《やり》おとり画きたる団扇に

鑓おとり　鑓踊り。歌舞伎舞踊の一つで、元禄（一六八八～一七〇四）の頃の名女形《おやま》で所作事の始祖といわれる水木辰之助が、奴《やっこ》踊りのバリエーションとして槍を持って踊ったのに始まるという。**つかれ**　疲れの意に鑓で突かれる意を掛ける。**ふりやれ**　夕立が降ってしまえの意に鑓を振ってしまえの意を掛ける。「やれ」は軽い尊敬や丁寧の意を表す動詞「やる」の命令形。

『春駒狂歌集』には詞書を「鑓おどりゑがきたる団扇に狂歌望まれて」として、「駒込にて夕立を」の歌よりも三首前に収める。

147
もとねにもならのものとてしふ〳〵に手をうちわ売かせくあきなひ

団扇《うちわ》　　雲楽斎《うんらくさい》

もとね　元値。仕入れ値段のこと。**ならのもの**　元値にもならないものの意に奈良の物との意を掛ける。奈良団扇は奈良の春日神社の社人が作った団扇で、地も縁も白紙で、判じ物などが簡単な彩色で描かれていた。岐阜団扇や京都の深草団扇などとともに有名であった。**しふ〳〵**　しぶしぶの意に渋団扇の意を掛ける。渋団扇は柿の渋をひいた団扇で、丈夫で実用的であったため、火を起こす時などに用いられた。**うちわ売** 団扇を背中に背負って売り歩いた行商人で、これに手を打つの意と売り稼ぐ意とを掛ける。手を打つは売買契約などが整って、しゃんしゃんと手を打つこと。

148

百首哥の中に泉　雄長老

よることに式部かそゝをあらふらんむすふいつミの水のくさゝハ

百首哥 『雄長老狂歌百首』。『堀川狂歌集』所収。**式部** 宮中の女官の呼び名。ここは平安中期の女流歌人和泉式部をいう。和泉式部は大江雅致《まさむね》の娘で、和泉守橘道貞に嫁して、小式部内侍《ないし》を生む。恋多き情熱の歌人として名高く、冷泉院の皇子為尊《ためたか》、敦道《あつみち》の両親王の寵愛を受けたのち、藤原保昌に嫁して丹後国（京都府北部）に下るなどのことがあり、最後は京都の誓願寺に入って尼となり、専意と称したと伝えられる。**そゝ** 女陰の俗称。**むすふいつミ** 掬《むす》ぶ泉。泉の水を掬ぶ（手の平で水をすくい取って飲む）意に式部の井の意を掛ける。式部の井は俗に和泉式部寺といわれる誠心院《じょうしんいん》（往時は誓願寺の傍らにあったが、現在は京都市中京区中筋町に移転）にあった井戸をいう。

『雄長老狂歌百首』の判に「和泉式部が臭気、古来、其沙汰を伝承らず。其奥説なからむ程は、批判を加かたし。誓願寺の本尊は能存知歟。一笑々々」とあり、第三句を「あらふらし」として載せる。

振廻水《ふるまいみず》　蛙面房《あめんぼう》

149
出《いだ》しおく振廻水の心さしあつき日なれハくみてこそのめ

振廻水　炎暑の頃、門口に桶《おけ》や瓶に入れた水と柄杓《ひしゃく》や茶椀を用意して置き、通行人に自由に飲ました水で、葛根湯《かっこんとう》や枇杷《びわ》葉湯《ようとう》などを振舞う家もあった。**あつき日**　暑き日に厚い志しの意を掛ける。**くみて**　志しを汲むの意に振廻水を汲む意を掛ける。

納涼　玉簾小亀《たまだれのこがめ》

150
われも又涼しさのまゝ事とハんすみた河原に夏ハありやと

納涼　夏の暑さをさまし、忘れるために、橋の上や河畔で涼を取ったり、風に当たったりすること。六月七日夜から十四日までを「大涼み」といい、その前後を「前涼み」「後涼み」といった。**すみた河原**　江戸の東部を貫流して江戸湾に注ぐ隅田川の河原をいい、夏季には両国橋を中心にして、納涼の人々で大いに賑わった。

「名にしおはばいざ言《こと》とはむ都鳥わが思ふ人はありやなしやと」（『古今集』九、『伊勢物語』九、在原業平）を本歌とする。

151

両国橋にてすゝミ舩を見て　　へつゝ東作

なかれゆく蠟燭《ろうそく》の金かほしいなあ一夜三百両こくの舩

両国橋　隅田川に架かる橋の一。日本橋界隈と本所辺を結ぶ橋で、その橋詰は早くから盛り場として栄え、とくに夏の納涼には花火なども上がって多くの人出があった。**すゝミ舩《ぶね》**　納涼船。川涼み用の船で、大型の屋形船のほか屋根舟、猪牙《ちょき》舟などが隅田川に集まり、思い思いの趣向を凝らして夏の夜を楽しんだ。**蠟燭の金**　燈籠《とうろう》流しに使われる蠟燭。燈籠流しは、本来、盂蘭《うら》盆《ぼん》の最後に行われる行事であるが、納涼の趣向の一でもあった。**一夜三百両こく**　納涼船の一晩の借り賃の総計三百両の意に両国を掛ける。三百は必ずしも正確な数字ではなく、『ひらかな盛衰記』の文句取りである。

浄瑠璃や歌舞伎芝居の『ひらかな盛衰記』の「無間《むけん》の鐘」の場の趣向を踏み、ヒロインの梅が枝の台詞《せりふ》「金ならたった三百両で……アア金が欲しいな」を取る。

152

芝浦納涼

竈元《かまもと》のしはの浦辺ハすゝしくて火をたくなハのくるしミもなし

芝浦　江戸の芝口から田町に掛けての江戸湾に面した海岸（東京都港区）一帯の称。**竈元**　竈《かまど》のもとの意で台所や勝手場のこと。**しはの浦辺**　芝浦の海浜の意に柴の末辺の意を掛ける。**火をたくなハ**

思われる。

火を焚く意に栲縄《たくなわ》を掛ける。栲縄は楮《こうぞ》の皮で作った縄で、柴を束ねて括《くく》るときなどに用いたものと

153

狂言師納涼

山ひとつあなたの峯の木の間よりまかり出たる月の涼しさ　物部のうとき

狂言師　能役者で狂言を演ずる人。**あなた**　彼方《かなた》の転化した語で、向こうの方の意。**まかり出《いで》たる**　狂言で役者が舞台に登場する時の常套《じょうとう》的な台詞で、参上する、進み出るの意。

154

三又納涼（みつまた）

すゝしさハまたもなか洲の浪（なみ）の花ひるよりよるやさかりなるらん　物部早秋《もののべのはやあき》

三又　三叉《みつまた》。隅田川が新大橋の下で分流した所（東京都中央区日本橋中洲《なかず》）で、江戸随一の月の名所といわれたが、明和八年（一七七一）に埋め立てられて町屋となり、中洲と呼ばれて一時は両国を凌《しの》ぐ繁盛をみせた。しかしこの中洲は天明六年（一七八六）七月の関東未曾有《みぞう》の大洪水で衰え、寛政元年（一七八九）に改革政治の煽《あお》りで掘り崩された。今日の中洲町は明治十九年に再び埋め立てられたものである。**なか洲**　中洲にまたとないとの意を掛ける。**浪の花**　白波を花に譬えた語。**ひるよりよる**　昼より夜の方がの意に波が干る時よりも寄る時の方がの意を掛ける。

155

佃島御祓《おはらい》　　くさやの師鯵

丹誠をぬきん出舩《でぶね》にみそきして夏もつく田の海の中臣《なかとみ》

佃島《つくだじま》　隅田川の川口（東京都中央区佃）の島。古くは向島といい、ここに摂津国西成郡佃村（大阪市）の漁師が移住して今の名となった。ここの人たちは毎年十一月から翌年三月まで将軍家御用として白魚を取り、また小魚を材料に佃煮を作ったが、この二つは江戸の名物でもあった。島に祭る住吉神社は境内の藤の花と六月晦日《みそか》の祭礼で知られた。**御祓**　災厄や汚穢《おわい》、罪障などを祓い清めるための神事。**丹誠**　真心。**ぬきん出舩に**　出船の意に丹誠が抜きんでる（他よりきわだって優れること）意を掛ける。**みそき**　禊《みそぎ》。川や滝などの水で身を清め、罪障や汚穢を除くこと。**つく田**　夏も尽き果てる意に佃島を掛ける。**海の中臣**　海の中の意に中臣の祓《はらえ》の意を掛ける。中臣の祓は、古来、六月と十二月の晦日に万民の罪や穢《けがれ》を祓い清めるため宮中で行われた神事の大祓の異称で、中臣氏がこれに重大な任を果たしていたことからこの名があるといい、各地の神社でもこれに倣った神事を行うが、特に住吉神社では、祭神が伊弉諾尊《いざなきのみこと》が禊した時に生まれた神であるため、古式に則《のっと》った神事を修する。

156

ミな月つこもりの日かけこひの来てせめ侍りけれは　　あけら菅江

たくハへもみな月はてゝ一文もけふハなこしのはらへたにせす

ミな月つこもりの日　水無月晦《つごもり》の日。この日各神社では夏越《なごし》の祓（名越の祓、水無月の祓とも）を行う。**みな月はてゝ**　水無月が果ての意に蓄えもみな尽き果ての意を掛ける。**一文**　銭一文のこと。貨幣の最小単位できわめて僅かな金額の象徴。**なこしのはらへ**　夏越の祓。夏越になしの意を掛け、祓には借金の支払いの意を掛ける。夏越の祓は、大きな茅《ち》の輪《わ》を参詣人にくぐらせて穢や罪障を祓い清める神事で、これが済むといよいよ盆前の決算期である大節季となり、金銭のやりくりに追い回される庶民の泣き笑いの日々が始まるのである。

巻第四　秋歌　上

立秋

未得《みとく》

157 立あへすはや吹そむる秋風ハこらへ袋のをやとけぬらん

こらへ袋　堪忍袋のこと。怒りを抑えて他人の罪や過失を許すことの出来る度量を袋で譬《たと》えたもの。**を**　緒。堪忍袋の口を締める細紐《ほそひも》。

『吾《ご》吟我《ぎんわが》集』には詞書を「秋立日よめる」として収める。

よミ人知らす

158 山賤（やまがつ）のとほその草に露きけてけさハゐらふく秋の初風

山賤　山中で生活する人々を卑しめていった称。**とほそ**　開戸の枢《とぼそ》を受ける穴をいい、転じて開戸をいう。**きけて**　のせて。**ゐらふく**　ゐらはえらく、甚だしくの意で、接頭語的に用いられる。風が非常に強く吹くこと。

159 やう〳〵と今朝しも秋のたつか弓ひきなかへしそもとのあつさに　無銭法師

たつか弓　手束《たつか》弓。手に取る弓の意に秋の立つ意を掛ける。**ひきなかへしそ**　退却する敵に呼び掛ける「逃げるな、引き返せ」の意の語句に弓を引く意を掛ける。

160 初秋郭公のなくをきゝて

ほとゝきす八千八声《はっせんやこえ》あまりてやけふ文月《ふみつき》にふミかけて鳴　大根太木《おおねのふとき》

郭公　時鳥《ほととぎす》のこと。郭公は別種の鳥であるが、時鳥をこの字で記す例は多い。**八千八声**　時鳥が一シーズンに鳴く声の総計。時鳥が鳴くのは暮春の初音に始まり、夏一杯が最盛期で、初秋の文月には鳴き止むのを例とした。**文月**　陰暦七月の異称。**ふミかけ**　文月に足を踏み掛ける意を掛け、さらに時鳥の鳴声の擬声語「本尊かけたか」を捩《もじ》る。

『狂歌若葉集』には詞書を「文月郭公」として載る。

161

芝居残暑　卯雲《ぼううん》

とめ場てもとめ所なきあつさかな夏と秋とハいかゝ仕切場

とめ場　留場。芝居小屋で、劇場運営を取締まる者たちが詰める場所で、左桟敷《さじき》入口の階上、階下にあった。これに暑さを止める意を掛ける。**仕切場**　芝居小屋で、座元や金主の代理を務める帳元や手代などが詰める勘定場で、木戸の左隣にあった。これに仕切る（物事の決着を付ける、値段を付ける）意を掛ける。

162

七夕　藤本由己《ゆうこ》

年に一度おあひなされてぬる数ハいくつときかまほし合《あい》の空

七夕　五節句の一。七月七日の夜、天の川を隔てる牽牛《けんぎゅう》、織女の二星が年に一度の逢瀬《おうせ》を楽しむとの伝承があり、庭先に季節の果物などの供物や願い事や和歌などを書き記した五色の短冊を付けた葉竹を飾って祝う。星合《ほしあい》ともいう。**ぬる**　濡る。男女が情を交わすことをいう。**ほし**　聞きたいものだとの意に星合の意を掛ける。

『春駒狂歌集』に同じ詞書で載る。「年ごとに逢ふとはすれど七夕のぬる夜のかずぞすくなかりける」（『古今集』四、凡河内躬恒《おおしこうちのみつね》）を本歌とする。

163

盆前にたれかハかねをかさゝきのはした銭てもほし合の空

よミ人しらす

盆前　七月十五日の仏事である盂蘭盆《うらぼん》に先立つ日々。盂蘭盆は単にお盆ともいい、この日はまた中元の日でもあり、この日までに正月以来の貸し借りを清算する風習があって、庶民にとっては一年の総決算期である歳暮に次ぐやりくりの大変な時節であった。**かさゝき**　鵲《かささぎ》。烏によく似た鳥で、やや小さく、肩羽と腹の部分が白いだけで全身黒色で、尾は体より長い。次句と続けて鵲の橋の意となり、これに誰も金を貸そうとしない意を掛ける。鵲の橋は、七夕の夜、鵲が翼を並べ合って天の川に渡す橋で、牽牛がこれを渡って織女に逢いに行くといわれる。**はした銭**　端銭《はした》。取るに足らぬ少額の金の意に鵲の橋の意を掛ける。**ほし合**　星合に欲しいとの意を掛ける。

164

質屋七夕

しちくらにむしほしあひのかし小袖天の河原に末ハなかさん

智恵内子《ちえのないし》

質屋　物品（質物、質草）を担保に金銭を貸付ける庶民のための金融機関。借りた金を期限内に返済出来ない場合、八か月目から質草は質屋のものとなるのが通例で、これを質流れといった。**しちくら**　質蔵。質屋が質草を保管して置く倉庫。**むしほしあひ**　虫干合に星合を掛ける。虫干合は、夏の終わりの土用に、黴《かび》や虫の害を防ぐため衣類や書物などを日や風に当てる虫干（土用干）が済んでいるとの意。**かし小袖**　貸小袖。七夕に供えるための仕立ておろしの絹物の上等な着物。本来は裁縫の手が上がることを願っての供物であったが、着る物に困らないようにとの願望からのものへと変わっている。**天の河原**　天の川と同意。河原は語調を整えるのに用いた。**なかさん**　流さん。天の川に流すの意に質草を受け出さずに流す意を掛ける。

165
七夕琴　　**鹿津《しかつ》部真《べのま》顔《がお》**

立琴をねかしてひさにいたきよせたなはたつめをかけてひこ星

立琴　七夕の供物。庭前にしつらえた机上に置く琴で、調子を合わせた琴柱《ことじ》が立ててある。**たなはたつめ**　棚機つ女。機を織る女の意で、織女星の異称でもあり、これに語音を合わせて琴爪（琴を弾く時に右手の親指など三本の指にはめて用いる）の意を掛ける。**ひこ星**　彦星。鷲座の主星アルタイルの和名。牽牛星のことで、これに琴を弾きたいものだとの意を掛ける。

166
七夕酒　　**馬《ば》蹄《てい》**

けん酒にかちてハ指をおり姫のつもる思ひをうちはらふらし

けん酒　拳酒。**おり姫**　織姫に指を折って数える意を掛ける。

『狂歌若葉集』には同じ詞書で、第五句を「打はらひけり」として収める。

167

七夕瓜

いつの世にふたつの星となるこ瓜うまきなかこの名にハたちけん　から衣橘洲《きつしゆう》

ふたつの星　二つの星。牽牛、織女の二星のこと。**なるこ瓜**　二つ星となる意に江戸西郊の柏木成子町（東京都新宿区西新宿）特産の真桑瓜《まくわうり》である鳴子瓜を掛ける。**なかこ**　中子。男女が仲睦まじい間柄になる意に供物の瓜の種混じりの芯の部分がうまいとの意を掛ける。**名にハたちけん**　噂となったそうだの意。

『狂歌若葉集』には同じ詞書で、初句を「むかし誰」として載る。

168

七夕素麵《そうめん》

箱入のおり姫なれと此ゆふへ天の川原へ下りさうめん　智恵内子

素麵　うどんの特に細いのを乾燥したもの。糸織の象徴で、古来、七夕に欠かせぬ供物とされ、人々もそれを食した。**箱入**　箱に入った素麵の意に箱入り娘（大切に養育して、みだりに家の外へは出さないで秘蔵する娘）の意を掛ける。**下りさうめん**　下り素麵。上方産で江戸に送られて来た素麵のことで、これをもったいぶって「下り候」と捩《もじ》る。

七夕の夜残暑のつよかりけれハ　栗山《りつざん》

169

ふんとしも腹もさらせし例《ためし》あれハこよひはたかてねるもた向《むけ》か

ふんとしも腹もさらせし例　中国、晋の阮咸《げんかん》と郝隆《かくりゅう》の故事。阮咸は竹林の七賢の一人で、七夕に人々が書物や衣服を目に触れるように曝《さら》すのを見て、大竿に褌《ふんどし》を結び付けて庭に立てたといい、一方郝隆は仰臥《ぎょうが》して腹を曝し、その理由を聞いた隣人に、腹中の書物を曝すのだと答えたという。**た向**　手向。七夕の供物を捧げること。

盆前によミ侍りける　峯松風《みねのまつかぜ》

170

ぢり〱とこの身につまるひきかへるぬり盆まへのあふらあせ哉

身につまる　身に詰まされるの破格的用法で、我が身の上と引き比べて、他人の不幸などがひとごとでなく思われること。**ひきかへる**　蟇蛙《ひきがえる》。火傷、切傷などに効くという軍中膏《こう》の原料の蝦蟇《がま》の油はその分泌液という。大道商人の蝦蟇の油売りの口上に「蟇蛙を塗盆に載せる」との一句があり、脂汗を流す意で諺化しているが、これは盆に映ったわが身の醜さを見て流すものだという。**ぬり盆**　塗盆。漆塗りの盆で、これに盂蘭盆の意を掛ける。

『狂歌若葉集』には詞書を「盆前詠」とし、第五句を「油あせして」として載せる。

171

盂蘭盆《うら》　四方赤良《よものあから》

かけ乞のミるめかくはなうるさくて人に忍ふのうら盆もかな

盂蘭盆　七月十五日に先祖の霊（精霊）を招いて供養する仏教行事。多くの食物を供え、餓鬼に施して祖先の霊の冥福を祈る。**かけ乞**　掛乞。品物の売り買いが現金でなく後払いの掛売であったため、その代金を纏《まと》めて受取りに来る人。掛取。**ミるめかくはな**　見る目、嗅ぐ鼻。地獄の閻魔《えんま》の庁で亡者生前の善悪を見つけ、嗅ぎ出す役目を果たすという男女。人頭幢《にんずどう》で、一本の幢《はた》（幡鉾《はたほこ》）に男女の人頭が載ったもの、または男女の人頭が別々の幢に載る形で表される。転じて、世間の人々が他人の挙動に鋭く注目していることを譬えていう。**忍ふ**　人目を避け、逃れること。次のうら盆と続けて、人目に付かぬ裏で忍ぶ意とする。

『狂歌若葉集』には同じ詞書で、初句を「かけとりの」とし、三句を「うるさきに」として載る。

172

文月十三日かけ乞の来たりてせちにせめ侍りけれハ　あけら菅江《かんこう》

塩鮭のからき浮世のせめ太皷うつやてんく舞の一さし

文月十三日　陰暦七月十三日で、盆の入りの日。**からき浮世**　塩鮭の塩辛い意に生きて行くのが辛《つら》いこの世の意を掛ける。**せめ太皷**　敵に攻撃を仕掛ける合図に打つ太鼓の意に掛取が責めたてる意を掛ける。**てんく舞**　太鼓の音の擬声語にうろたえて立ち騒ぐことのてんてこ舞の意を掛ける。

一さし　舞を一番舞うこと。

173

盆踊待夕

夕暮をまつ坂こえて遠くからやつとせい〳〵来ておとるなり

六諕園立路《ろっぱいえんりつろ》

盆踊　盂蘭盆に精霊《しょうりょう》を迎え、慰めるためにする踊り。本来は仏事で念仏踊を基本としたが、しだいに大衆娯楽としての性格が強くなって、伊勢踊などのように音頭や流行歌謡に合わせて踊るようになり、七月の楽しい民衆行事であった。**まつ坂**　夕暮れを待つ意に、伊勢音頭の詞章に「これはどこ踊、松坂越えて伊勢踊《はやし》」などとあるのを受けて伊勢国の松坂（三重県松阪市）を掛ける。**やつとせいく**　伊勢音頭の囃子言葉。

174

中元

七夕にかしかんはんのふる物をけふ中元のきかへたるかな

坂上竹藪《さかのうえのたけやぶ》

中元　七月十五日。半年が無事に過ぎたことを祝う佳節で、仏事の盂蘭盆会《うらぼんえ》と結び付いて精霊を祭り、親しい人には贈物をするなどの風習がある。**かしかんはん**　貸し看板。武家や商家で召使う中《ちゅう》間《げん》や下僕に貸し与えた法被《はっぴ》。一種のユニホームで、主家の紋所や屋号が染め出してあった。中元や歳暮に新しいものを与える風があった。**ふる物**　古物。着古した法被の意。**中元**　武家に仕えて侍と小者の間に位する中間《ちゅうげん》の意を掛ける。

175

新吉原の燈籠を見て

見物ハゑいとうろうの夕くれをまち合の辻にけたりふミ月

山手白人《やまてのしろひと》

新吉原　浅草田圃《たんぼ》（東京都台東区千束）にあった江戸で唯一の公許の遊廓。もと日本橋葺屋町《ふきやちょう》（東京都中央区堀留町付近）の吉原にあり、明暦三年（一六五七）にこの地へ移ったので、日本橋のものを元吉原といったのに対して新吉原といい、単に吉原ともいう。**燈籠**　玉菊燈籠《とうろう》の略。享保十一年（一七二六）三月、二十五歳で死んだ角《すみ》町の中万字屋勘兵衛抱えの名妓玉菊追善のため、翌年七月の盂蘭盆に、吉原中の茶屋が軒ごとに燈籠を祭ったのに始まる。吉原の代表的行事の一で、七月一日から一か月の間、店々で趣向を凝らした豪華な燈籠を点じ、大勢の男女がこれを見るために集まった。これを燈籠見物という。**ゑいとうろう**　酔いの意に絵燈籠を掛ける。**まち合の辻**　吉原のメイン・ストリート中《なか》の町《ちょう》と江戸町一、二丁目との角の俗称。張見世（遊女が見世に出て客の見立てを待つこと）をしない高級な遊女たちが、この角で床机に腰をかけて客待ちをしたのでこの名があるという。**けたりふミ月**　蹴たり踏んだり（散々な目に遭うこと）の意に文月の意を掛ける。

176

荻

はすはなる軒端の荻（おぎ）の秋風に碁をうつ蟬の耳やかしまし

荻　水辺や原野に自生する多年生草本で、秋に薄《すすき》に似た穂状の花を付ける。荻の葉を渡る風を「荻の声」「荻の上風」といって、震え声やささやき声などに聞きなす。**はすは**　蓮葉《はすは》。浮気性で身持ちが定まらない女をいう。**秋風**　秋風に飽きの風（男女間の愛情が変わること）の意を掛ける。**碁をうつ蟬**　碁を打ち興じる意に空蟬《うつせみ》の意を掛ける。空蟬は現身《うつしみ》の当て字で現世、世間の人の意であるが、これに『源氏物語』「空蟬」のヒロインの名を掛ける。この空蟬は衛門督《えもんのかみ》の娘で、伊予介の後妻となったが、光源氏に想いを掛けられてその立場から大いに悩み、ついに源氏の意に従わず、夫の死後出家して二条院に引き取られる。**かしまし**　やかましい。

『源氏物語』「空蟬」の巻の、空蟬が継娘の軒端荻と碁に興じているのを、空蟬を中河の宿に訪ねた光源氏が垣間見《かいまみ》る場面を趣向とする。

177

哥合の中に萩　　平郡実柿《へぐりのさねがき》

餅ならハ袖にも入て萩の花都へハよきみやけのゝ原

哥合　『堀川百首題狂歌合』。『堀川狂歌集』所収。**萩**　山野に自生する灌木《かんぼく》で、秋に多くの穂を出して紅紫色の花を付ける。秋の七草の随一で、望月の詠《なが》めに比べ、その花は錦に譬《たと》えて蜀《しょく》の錦などといい、接ぎはぎなどと並べていう。**餅**　萩の餅のこと。単にお萩ともいい、粳米《うるち》と糯米《もちごめ》を混ぜて炊き、これを擂《す》り潰《つぶ》して丸め、餡《あん》や黄粉をまぶした餅。季節によって、牡丹《ぼた》餅と別称する。**萩の花**　萩の餅の異称を掛ける。**みやけのゝ原**　土産の意に宮城野の原の意を掛ける。宮城野は陸前国の歌枕の地で、今の仙台市の東方一帯の原をいい、萩（宮城野萩）や女郎花《おみなえし》、鈴虫の名所として名高かった。

『堀川百首題狂歌合』では左の「よき人は錦ともみよわかめにはもちかとぞ思ふ秋はきのはな」に対し、その判に「左右の萩の花もちいくはくの勝劣はなけれとも、右いかにも宮城野をとり出られたり。尤可為勝」とあり、勝ちとなっている。萩の花を萩の餅に見立てたのは、両者ともに優劣はないが、右歌が宮城野の萩に趣向を取ったのが秀逸である、といったほどのことである。

178

葛飾の龍眼寺に萩を見侍りて　　あけら菅江

よせきれと見ゆるお寺の錦かなとこもかしこもはきたらけにて

葛飾《かつしか》の龍眼寺　江戸の柳島にある寺（東京都江東区亀戸三丁目）。萩の名所として知られ、萩寺の名で親しまれた。**よせきれ**　寄裂《よせきれ》。裁ち残りの端布を寄せ集めて縫い合わせた裂。**錦**　多くの色糸や金銀の糸を使って華麗な文様を織り出した高級な絹織物で、一面に咲乱れる萩の花を見立てて、萩の錦という。**はき**　萩に接ぐ（布を継ぎ合わすこと）意を掛ける。

179

萩見んとむれつゝ来るに藍さひのかすりの衣着ぬ人そなき　　四方赤良

藍さひのかすり　藍細美《あいさび》の絣《かすり》。濃い藍色で少し赤味を帯びた色をした絣の上布で、薩摩国（鹿児島県）のものが名高く、この頃の流行であった。これに逢う意を掛ける。

「花見にとむれつゝ人の来るのみぞあたら桜のとがにはありける」（『玉葉集』二、西行）を本歌とする。萩の花を錦に見立てて、藍細美の絆とさりげなく対比させたところに、一首の手柄がある。

180
穢多《えた》村を過侍りしに萩のさかりなれハ　　山手白人

露よりも心を置て通るなりこのひとむらハ皮はきの花

穢多村　穢多は、江戸時代の身分制度で下位に置かれた人々をいい、謂《いわ》れない差別観から居住地や職業までも制限された。**心を置て**　気に掛けて、用心して。**ひとむら**　一村の意に萩の一叢《ひとむら》の意を掛ける。**皮はき**　皮を剝ぐ意に萩の花の意を掛ける。

181
女郎花《おみなえし》　　四方赤良

をミなへし口もさか野にたつた今僧正さんか落《おち》なさんした

女郎花　山野に自生する多年生草本。秋の七草の一で、秋に黄色の粟《あわ》のような花を付けるが、その花は姿を女の艶姿《あですがた》に譬えられながら大変に匂いが悪く、敗醬《はいしょう》（醬《ひしお》の腐ったもの）のようだといわれた。**口もさか野に**　口さがない（口うるさく触れ廻《まわ》ること）の意に京都の歌枕の地嵯峨野（京都市右京区嵯峨）を掛け、更にこれを遊女の名に見立てる。**僧正**　朝廷が僧侶に与える官位の最上級のものをいうが、ここは平安初期の歌人遍昭《へんじょう》をいう。**落なさんした**　嵯峨野で落馬した意に遊女の嵯峨野になびいてしまったの意を掛ける。「なさんした」は吉原言葉で、なさいましたの意。

「名にめでてをれるばかりぞ女郎花我落ちにきと人に語るな」（『古今集』四、僧正遍昭）を本歌とする。上方嫌いの南畝《なんぽ》は、京都人の口さがなさに閉口したであろう遍昭の姿を、女郎花の縁で吉原の遊女言葉を用いて同情的に描く。遍昭の歌の「落にき」の語は、本来、堕落したとの意に解釈すべきものであるが、南畝の文稿『蜀山家集』三の「をみなえし」に詞書を「僧正遍昭落馬の絵賛」とし、それに「われおちにきとの口どめも心もとなければ」とあるように、近世には落馬したとの俗解が有力で、南畝はこの両方の解釈を使って見事に遍昭を戯画化していく。一首の意は、花のように艶やかな遊女たちが「たった今のことだが、あの僧正さんが嵯峨野で馬から落ちたんだって」などと、口さがなく噂しているよ、というほどのことであるが、今一つの噂は「僧正さんが嵯峨野さんといい仲になっちゃったんだって。なんということでしょう」であったことはいうまでもない。

182

虱百首哥の中に　もとのもくあミ

吹風に虱こほれてをみなえし落にきとても人にたかるな

をみなえし　女郎花に虱《しらみ》を皆へす（圧《お》し潰す）意を掛ける。**落にき**　下に落ちてしまったの意に虱が死んでしまったとの意を掛ける。**人にたかるな**　人に語るなの地口で、人間には寄り集まるなの意。

前の歌と同じく、遍昭の「名にめでて」の歌を本歌とする。

王子のいなりへま［う］て侍りし道にて薄《すすき》を見て　魚躍《ぎょてき》

183

しら露の玉を穂末にむすへるハ秋のきつねの尾花とそミる

王子のいなり　王子の稲荷。江戸北郊の王子村（東京都北区岸町一丁目）鎮座の稲荷社。関東八か国の稲荷の統領といわれ、毎年大晦日《みそか》には関《かん》八州の狐が近くの装束榎《えのき》（同王子二丁目）に集まるので、狐火がおびただしく見え、村人たちはその火の多少で明年の豊凶を占ったというので名高い。**薄**　原野に自生する多年草。秋の七草の一で、秋に茎の頭に長い穂状の花を付け、これを尾花という。**しら露の**　枕詞で、け（消）、おく、玉に掛かる。**秋のきつね**　秋が来たの意に狐の意を掛ける。**尾花**　狐の尾の意を掛ける。

184

唐詩のことはにて朝かほの哥よめと人のいひけれハ　四方赤良

しらす心たれをかうらむ朝かほハたゝるりこんのうるほへる露

唐詩　中国、唐代の詩の総称。**朝かほ**　朝顔に起き抜けの顔の意を掛ける。朝顔は秋の七草の一で、「朝顔の花一時」などといって、朝露とともにこの世の儚《はかな》いものの譬えとなっている。**るりこん**　瑠璃紺に涙痕を捩《もじ》る。瑠璃紺は紺色の勝った光沢ある瑠璃色をいう。

『狂歌若葉集』には「蕣《あさがお》を唐詩選のこと葉にてよめともとめに」の詞書で載る。『唐詩選』所収の李《り》白《はく》の五言絶句「怨情」の「美人珠簾ヲ捲ク、深坐蛾眉ヲ嚬《ひそ》ム、但見ル涙痕ノ湿《うるお》フコトヲ、知ラズ心誰ヲカ恨ムニ」の第三句、第四句を倒置して取る。

185 かあいらしまた夜ふかきに朝顔のあけなバ咲ん身つくろひして　星野氏かね女

身つくろひ　身繕い（身なりを整えること）に見繕い（頃合を見計ること）の意を掛ける。

「山がつの垣ほに咲ける朝顔はしののめならで逢ふよしもなし」（『古今集』四、紀貫之）を本歌とする。

186 相撲《すまい》

秋の野の錦のまハしすまひ草所せきわき小むすひの露　四方赤良

相撲　相撲取の略。力士。**錦のまハし**　花々が咲乱れ、草紅葉が色なす野原を相撲取が土俵入りなどに締める豪華絢爛《けんらん》たる化粧廻しに見立てたもの。錦は複雑な組織りと美しい色彩で華麗な文様を織りなした絹織物をいう。**すまひ草**　相撲草。**所せきわき**　所狭し（場所が狭い）の意に相撲取の地位の一たる関脇の意を掛ける。関脇は大関に次ぎ、小結の上に位する役力士で、この三者を三役という。**小むすひの露**　少しばかり露を結んでいるとの意に役力士の名称の一つ小結の意を掛ける。

187 すまひ人谷風梶之助によミてつかハしける

かたやくら巌石《がんせき》おとしさかおとし関ハ日本一《にっぽんいち》のたに風

谷風梶之助　二代目。明和末から寛政初年（一七六九～九五）に活躍した名力士。陸奥《むつ》国宮城郡霞目《かすみのめ》村（仙台市若林区霞目）出身で、安永七年（一七七八）から四年間無敗を続けて六十三連勝し、寛政元年（一七八九）冬場所において宿敵小野川喜三郎とともに横綱免許状を受け、名義初代の横綱となった。**かたやくら**　当時の相撲の勝負手の一と思われるが、不詳。以下の巌石おとし（巌石落し）、さかおとしも同断。**さかおとし**　逆落し。相撲の勝負手の一に、源平合戦を運命付けた寿永三年（一一八四）の一の谷の戦いで、源義経が用いた鵯越《ひよどりごえ》の逆落しの奇襲の意を掛ける。**関**　相撲の頭、関取のこと。これに相撲の縁で須磨の関所の意を掛け、次の一の谷に続ける。**一のたに風**　源平の古戦場で知られる摂津国八部郡の一の谷（神戸市須磨区一ノ谷町）に、谷風梶之助の意を掛ける。
『狂歌若葉集』には「すまひ人谷風梶之助に遣しける」との詞書で載る。南畝の日記『三春行楽記』に、天明二年（一七八二）四月一日、南畝らの宴席に谷風が来たとの記事があるが、この歌はその時の詠か。

188

荒海といふすまひによミておくる　芦葉《ろよう》

思ふ図へきたハ越後のあら海に波のうちわをてうとあけしほ

荒海　伝不詳。これに荒海で知られる越後国の意を掛ける。**思ふ図へきた**　予期した通りになったとの意に、北の意を掛ける。**越後**　旧国名。北陸道の一国で、現在の佐渡を除いた新潟県をいう。**波のうちわ**　波の意に波模様をあしらった軍配の意を掛ける。**てうとあけしほ**　ちょうどあげしお。ぱっと軍配で勝ち名乗りを上げる意に折よく上げ潮だの意を掛ける。上げ潮は干潮から満潮に転じることで、物事が好調に向かう意もある。

露

189 見ことにて手にハとられす白露のきえやすきこそ玉にきすなれ　未得

玉にきす　物事がほとんど完全なのに、僅かな欠点のあることをいう諺《ことわざ》「玉に疵《きず》」に白露の玉の意を掛ける。

『吾吟我集』三に載る。

190 哥合の中に　水はなに風の吹しく秋の野ハひげにも露の玉そちりける　平郡実柿

哥合　『堀川百首題狂歌合』。**水はな**　水洟《みずはな》。水のように薄い鼻汁。**吹しく**　吹頻《ふきし》く。風が激しく吹くこと。

『堀川百首題狂歌合』では左の「秋かせに草のは武者のはらはれて残れる露は一てきもなし」に対し、その判に「左歌、漢皇三尺の剣も思ひやられて、よくもはらはれたり。右は文屋朝康か咳気をしての水はなにや。上ひけの露は今少をきまさりてや侍らん」とあり、勝となっている。左歌は秋風を秋霜三尺の縁で漢の高祖の佩刀《はいとう》になぞらえ、その切れ味のよさで草の葉上の露をすっかり払ってしまったとあるが、右歌の文屋朝康の上髭の露のしたたかさにはその力も及ばない、というのである。「白露に風の吹きしく秋の野は貫きとめぬ玉ぞ散りける」（『後撰集』六、『百人一首』、文屋朝康）を本歌とする。

百首狂歌の中に虫　　暁月房《ぎょうげつぼう》

191　さかつきハめくりてゆくをきり〳〵すたれにさせとか鳴あかすらん

百首狂歌　『暁月坊酒百首』。**きり〳〵す**　こおろぎの古称。こおろぎは「褄刺《つづれ》せ（破れ衣を針で縫い綴《つづ》れ）〳〵」と鳴いて、人々に冬支度を迫るといわれた。**させ**　誰に盃をさせというのかの意に褄を刺せの意を掛ける。

『暁月坊酒百首』では「秋十五首」の第三首に収め、「虫」の題はない。

百首歌のなかに　　猶影《ゆうえい》

192　垣壁にとりつく虫のあハれさよいかにしにたうもなく声のして

百首歌　『猶影狂歌百首』。『堀川狂歌集』所収。**垣壁**　土塀。**とりつく**　しがみつく。**いかに**　どんなにか、さぞかし。**なく声**　鳴く声の意に死にたくないとの意を掛ける。

193 秋の夜の長きにはらのさひしさハたゝくう〳〵と虫のねそする　四方赤良

くうく　腹の虫の鳴き声の擬声語で、これに食うの意を掛ける。腹の虫は腹中にいて空腹の原因を作ると考えられていた。**虫**　秋にすだく虫の意に腹の虫の意を掛ける。

「秋の夜の明くるも知らずなく虫はわがごと物や悲しかるらむ」（『古今集』四、藤原敏行）を本歌とする。

題しらす　通小紋息人《つうのこもんいきひと》　市川升蔵

194 夏過て三番《さんば》さう〳〵翁草《おきなぐさ》さあらハ鈴虫まいらせんさい

三番さうく　『三番叟』に「初めに早々と」の意を掛ける。『三番叟』は謡曲の『翁』に基づく歌舞伎舞踊で、顔見世や春狂言の仕初めにこれを舞った。そのため、転じて物事の初めをいう。**翁草**　菊の異称。これに『三番叟』の二番目に登場して舞う翁の意を掛ける。**鈴虫**　秋の虫の代表的なものの一で、鳴き声が鈴を振るようだとしてこの名がある。これに前後の詞句を掛けて『三番叟』の詞句「さあらば鈴をまいらせん」を掛ける。**せんさい**　千歳。『三番叟』の最初に露払い役として舞う若い人物で、これに「参らせん」（参らせようではないか）の意を掛ける。

『三番叟』の文句取り。

195

質屋聞鹿　　　　　　　　　　　　　　　　　　　朝寐昼起《あさねのひるおき》

露のおくしち草わけてなく鹿ハながす小袖のつまや恋ふらん

露のおく　露がまだ乾かない朝早くからの意に涙に濡《ぬ》れる質草の意を掛け、さらに質草を置く意を掛ける。**しち草**　質屋で金を借りる際に担保とする品物。**ながす**　流す。借りた金を八か月経っても返済することが出来ないため、質草が質屋のものとなること。**小袖のつま**　小袖の褄《つま》の意に妻を掛ける。褄は着物の衽《おくみ》の腰から下の部分。

「奥山に紅葉ふみわけなく鹿の声聞く時ぞ秋は悲しき」（『古今集』四、『百人一首』、猿丸大夫）を本歌とする。

196

貧家三夕の哥の中に　　　　　　　　　　　　　　紀野暮輔《きのやぼすけ》

見わたせハかねもおあしもなかりけり米櫃《こめびつ》まてもあきの夕暮

貧家三夕《さんせき》の哥　三夕の和歌のパロディー集と思われるが、不詳。三夕の和歌は結句を「秋の夕暮」の語句で結んだ『新古今集』巻四に収められた三つの名歌をいう。**かねもおあしも**　金も御足も。御足は銭の女房詞。金は金貨や銀貨といった高額貨幣で、銭は銅貨で金貨、銀貨の補助的な小額貨幣であった。それらがみんなないというのであるから、すっからかんの状態なのである。**あきの夕暮**　秋の夕暮に米櫃までもが空っぽの夕暮だとの意を掛ける。

三夕の和歌の一つ「見渡せば花も紅葉もなかりけり浦のとまやの秋の夕暮」(藤原定家)を本歌とする。参考までに、残りの歌をあげて置く。「さびしさはその色としもなかりけりまきたつ山の秋の夕暮」(寂蓮)、「心なき身にもあはれは知られけり鴫《しぎ》立つ沢の秋の夕暮」(西行)。

巻第五　秋歌　下

197

月

月ゆへにいと丶此世にゐたきかな土の中てハ見えしと思へは

貞徳《ていとく》

月　秋になると月は金気を得て一年中で最も明るくなるといい、この月を賞《め》でるのは秋の風雅の第一であった。**いと丶**　ますます、一層の意に竈馬《かまどうま》の異称「いとど」を掛ける。当時はいとどをこおろぎと同じと見、竈の周辺の土中に穴を掘って棲息《せいそく》し、暮秋の深夜に声高く鳴くと考えられていた。**土の中**　死んでしまって土の中に葬られたのではの意に、土の穴の中にいたのではの意を掛ける。

『貞徳狂歌百首』に同じ詞書《ことばがき》で載る。

198　めてた百首哥の中に

かくはかりめてたく見ゆる世の中をうらやましくやのそく月影　四方赤良《よものあから》

めてた百首哥　『めでた百首 夷歌《えびす》』。南畝《なんぽ》最初の個人狂歌撰集で、天明三年（一七八三）春刊。『めでた百首夷歌』には「月」の題で載る。「かくばかり経がたく見ゆる世の中にうらやましくもすめる月かな」（『拾遺集』八、藤原高光）を本歌とする。本歌が「法師にならむと思ひたちけるころ、月を見はべりて」の詞書を持ち、厭世《えんせい》的な気分が横溢《おういつ》する歌であるのに対して、この歌の語句をほんの一部換えることと、観点を逆転することによって、このように楽観的な世界観としたところに作者の手柄がある。

199　三日月

天の戸もよるのしまりのあれハこそひんと空鎖《（そらじょう）》おろすみか月　嚢庵鬼守《のうあんのきもり》

三日月　陰暦三日の月で、特に八月のそれを指し、新月ともいう。**天の戸**　日本神話で、高天原にあるという天の岩屋の戸。日の神の天照大神《あまてらすおおみかみ》が弟素戔嗚尊《すさのおのみこと》の暴虐を怒ってこの天の岩屋に籠ったため、天地の間が常闇となりいろいろな妖《あやか》しが充満した。そこで八百万《やおよろず》の神々が相談して、大神の心を慰め、宥《なだ》めるため、天児屋命《あめのこやね》に祝詞を奏させ、天鈿女命《あめのうずめ》に舞を舞わさせたところ、大神が現れて天地が再び明るくなり、平穏な世の中になったという。これを天の岩屋戸の変といい、これらの伝承から、天には戸があり、その開け閉《た》てによって、この世には昼夜の別があるのだと考えられていた。**よるのしまり**　夜の締り。夜になって固く戸締りをすること。**ひんと**　ぴんと。物事がきっと引き締まる状態をいう。**空鎖**　戸口や門扉などに付ける掛金だけの錠で、鍵を必要としないので、なんの役にも立たない錠の意としても使われる。掛金を三日月に見立てる。

200　空色の羅紗《らしや》の袋におさまりし薙刀《なぎなた》なりの月そさやけき　橘《たちばなの》貞風《ていふう》

羅紗　羊毛で織った地が厚く、毛羽のたった織目の見えない密な織物。陣羽織、火事装束、槍《やり》などの長道具の覆いなどに使用した。**薙刀なり**　薙刀の形をしたの意で、三日月の形容。天下泰平をいう諺「弓は袋に太刀は鞘《さや》」を受ける。

201　はつき十一日の夜月をなかめて　燕斜《えんしや》

きんこならかこひてみたき十題にひんと出《いで》たる月の面影

はつき　葉月。陰暦八月の異称。**きんこ**　骨牌《かるた》賭博の一で、金吾などの字を当てる。めくりかるた（単にめくりともいう）の十一と十二の札八枚を除いた四十枚の札で行い、手札とめくり札の数の合計が十五に近いほど勝ちとなる。転じて、上方の遊女の等級分けで太夫、天神に次ぐ囲い（鹿恋などとも書く）の異称。揚代が銀十五匁《もんめ》であったからという。**かこひて**　囲ひて。めくりで札を切らずに手札として置く意に、囲い女郎を請け出して別宅に妾《めかけ》として住まわせる意を掛ける。**十題**　十の標。数の位取りの十をいうか。**ひんと**　ぴんと。賭博などで用いる一の異称のぴんの意に、月の面影がこちらの気持ちにぴったりと合う意を掛ける。

202

八月十三夜月　　あけら菅江《かんこう》

そめ出来ぬこんやの月をなかむれハ秋のもなかハたしかあさつて

そめ出来ぬ　染め出来ぬ。染め上がらない。**こんや**　今夜の意に紺屋の意を掛ける。紺屋は、本来は藍染め専門の染物業者をいうが、この頃には広く染物屋を総称する。**秋のもなか**　秋の最中。八月は仲秋に当たり、その十五日は三秋のちょうど真中（最中）となるのでこの称がある。**あさつて**　明後日。つまりは八月十五日で、これに約束の不確かさをいう諺の「紺屋の明後日」の意を掛ける。

『狂歌若葉集』に「八月十三夜」の詞書で載る。安永八年（一七七九）八月十三日から十七日まで、南畝が主宰して高田馬場で催された月見の宴のときの詠である。この雅宴は文雅の諸家を集めて信濃屋という茶屋を借りて行われたもので、その模様は写本で伝わる『月露草《つきのつゆくさ》』（南畝編著か。早稲田大学図書館蔵）に詳しいが、その内の狂文、狂歌の一部は南畝の戯文集『四方のあか』（天明八春刊）にも収められている。本書によって、狂歌師としては朱楽菅江、相場高保《そうばのたかやす》、春日部錦江《かすかべのきんこう》、出来秋万作《できあきのまんさく》、浜辺黒人らが参会、唐衣橘洲は病気で不参、白鯉館《はくりかん》卯雲《ぼううん》が狂歌を寄せたことが知られ、この狂歌は菅江の狂文「口上」の末尾に「八月十三夜諸君とおなじく月見侍るとて」の詞書で載る。「水の面にてる月なみをかぞふれば今宵ぞ秋の最中なりけり」（『拾遺集』三、源順《したごう》）を本歌とし、諺「紺屋の明後日」を援用する。

203

十四夜月

くる〳〵とひんまるめたらよからうにまたちとたらてあすを待宵《まつよい》

志《し》月《げつ》菴《あん》素《そ》庭《てい》

ひんまるめたら　丸めたならばの強意形。「ひん」は「引き」の音便で、動詞などの上に付いて意を強める接頭語。**待宵**　八月十四日の月。翌日の名月の晴雨は量り難いので、先《ま》ずは今宵の月を賞して明日を待つ心からの称という。望月《もちづき》より一分虧《か》けるので、小望月の名もある。

表面に出ない小望月の語をうまく利用し、月を餅に見立てる。

204

十五夜月

くひたらぬうハさもきかす唐大和《からやまと》たつたひとつのもち月の影

浜辺黒人《はまべのくろひと》

十五夜月　十五日の夜の月をいうが、特に陰暦八月のそれをいう。一年中で最も月が美しい夜で、名月、明月、三五の月などといって大いに賞でる風があり、また里芋を供える風習があるので芋名月の名もある。一般には単に十五夜というが、ここで「月」の字を加えたのは、この夜に雨が降ったり、曇ったりして月が出ない場合、これを無月といったからかと思われる。**唐**　中国の国名の一、唐（六一八～九〇七）の訓読みであるが、この頃はもっぱら中国の異称として用いられた。**大和**　旧国名。畿内の一国で、奈良県に当たるが、ここは唐と対比して日本国の異称となっている。**もち月**

望月（満月）に、月には兎がいて餅を搗《つ》くとの俗信を受けて、餅搗の意を掛ける。月に兎がいるという説は、元来は中国のもので、月は陰なので、蟾《せん》や兎の陽のものがいて、陰陽が繋《つな》がるのだという。

安永八年八月の南畝主宰の高田馬場の月見の宴の時の詠で、『月露草』には「十五夜」の詞書で載り、『吾妻曲《あづまぶり》狂歌文庫』（宿屋飯盛編、天明六正月刊）にも第五句を「もちの月影」として収めるから、人気の高かった歌であったようだ。

205

桂男(かつらお)ハ下戸か上戸かさかつきの影とハ見えてもち月の空

山手白人《やまてのしろひと》

桂男　月に住むという人。呉剛といい、もと仙術を学んだが、過ちがあって月に流され、そこに生えている切ってもすぐに再生する桂の巨木を毎日切らされているといわれる。**下戸**　酒の飲めない人。**上戸**　酒の沢山飲める人。**さかつきの影**　月の中に上戸の好きな酒盃の影が見えるとの意。このように盃を月に譬《たと》えたときは秋の月を限定的にいう。**もち月**　望月に下戸の好物の餅を搗く意を掛ける。

206

名月の夜を昼にしてあそはゝやとつかへこうと鳥のなくまて

筑波根岑依《つくばねのみねより》

名月　陰暦八月十五日夜の月の一称。夜を昼にして　十五夜の月は一年中で最も明るい光を放つといわれる。無駄なことをいう諺に「月夜に提灯《ちょうちん》」があるくらいで、この時代はただでさえ月の夜は明るいと思われていたため、この夜の月明りを昼を欺くばかりと見るのも、あながち大袈裟ではない。とつかへこう　鶏の鳴声の擬声語に取り替えようとの意を掛ける。鳥　朝の到来を告げる鶏のこと。

207
お月さまいくつとヘ八十三にふたつまさりてお名の高さよ　蘭水《らんすい》

十三　年齢の十三に、「後の月」といわれる九月十三日夜の月の意を掛ける。十三という年齢は女子の第二次性徴がはっきりと出る時とされ、十三の語は娘を意味する。十三より二つ勝る十五歳は当時の結婚適齢期であった。お名の高さよ　なんと評判の高いことかとの意。童謡「お月さまいくつ、十三七つ、まだ年や若いな……」の文句取り。

208
十五夜雨ふりけれは　ちゑのないし
名月の雲間にひかる君まさてさえぬ雨夜の物かたり哉

ひかる君　光り輝く名月の意に、『源氏物語』の主人公光源氏の名を掛ける。まさて　在《ま》さで。居る、在るの尊敬語「在す」に打消しの助動詞「で」の付いた語で、いないのでとの意。**さえぬ** 冴えぬ。月の光の冴えないの意にぱっとせず面白くない意を掛ける。**雨夜の物かたり** 雨が降って無月の月見で味気ない話ばかりだの意に、『源氏物語』「帚木《ははきぎ》」の雨夜の品定めの条の意を掛ける。『源氏物語』の「帚木」の趣向を取る。

209

十五夜月蝕しければ　燕斜

あかるまぬ柿とやいはむほん丸の月もしふ半かくる今宵ハ　梅人《うめひと》

月蝕しければ 天明二年（一七八二）八月十五日の亥刻《いのこく》より丑刻《うしのこく》まで（午後十時〜午前二時に当たる）月食があり、四分半の食だったという。『武江年表』にこれを天明三年のこととするは誤り。**あかるまぬ** 赤くならない、まだ熟さない。**ほん丸** 本丸（まん丸の意）に柿の一種盆丸（盂蘭《うら》盆《ぼん》の頃に熟す）を掛ける。**しふ半** 月の欠け方が四分半だとの意に柿が四半分ほどは渋いとの意を掛ける。

月を柿に見立てるといういささか無理な趣向ではあるが、月食時の月の形や色の変化を巧みに関係付けた点に手柄がある。「しぶ半」の語には、たかが狂歌とはいえ、語飾のために事実を曲げることをしない、江戸戯作の持つ素朴な写実主義の面目躍如たるものがある。

210

しよく台に手のとゝかねハいかにせんこくらく見ゆるしん月の色

しよく台　燭台《しょくだい》に月食の意を掛ける。**こくらく**　小暗く。何となく薄暗い、ほの暗い。**しん月**　燈芯の意に新月の意を掛ける。新月は一般に三日月をいい、特に八月のそれをいうが、ここは中国、唐の大詩人白楽天の詩「八月十五日夜禁中独直対月憶元九」の「三五夜中新月の色、二千里外故人の心」とあるそれで、名月の異称である。

211

十六夜月《いざよいづき》　　四方赤良

夕霧のまよひもいまた晴やらていてし藤屋のいさよひの月

十六夜月　陰暦八月十六日夜の月。月が山の端にいざよう（出ようか出まいかと躊躇《ちゅうちょ》すること）からの名という。**夕霧**　月の出時にやや先立つ夕暮れ時、山裾などにかかる霧の意に、大坂の遊里新町の扇屋抱えの遊女の名を掛ける。この夕霧は京都島原の吉野、江戸吉原の高尾と並び称された名妓で、延宝六年（一六七八）正月に若くして歿《ぼっ》した。その追善劇『夕霧名残の正月』が翌二月に上演され、以来近松門左衛門の『夕霧阿波鳴渡《あわのなると》』を代表作とする一連の作品が残る。**藤屋**　『夕霧名残の正月』の主人公で夕霧の恋人の伊左衛門の生家をいい、大坂の豪商として知られた。**いさよひ**　山の端にいざよう十六夜月に、扇屋の辺りを窺《うかが》う零落した伊左衛門の意を掛ける。

安永八年八月の高田馬場での月見の宴の時の歌で、『月露草』には「十六夜」の詞書で載る。『源氏物語』「夕顔」の巻の頭中将の「朝霧の晴れ間も待たぬけしきにて花に心をとめぬとぞ見る」を本歌とし、光源氏の御息所《みやすどころ》に対する素気なさを、伊左衛門の夕霧に対する執着心と対比して強調する。

十七夜月　　あけら菅江

212 ぬきはなす雲間の影ハもの丶ふの腰にさしたるたち待の月

十七夜月　陰暦八月十七日夜の月で、異称を立待月《たちまちづき》という。立待は山の端に出る月を立って待つとの心からの語というが、七夜待といって十七夜より二十三夜まで、千手観音、聖《しよう》観音など七観音を順次毎夜の本尊として所願の成就を祈る風があり、十七夜には月の出を立ったまま拝するのでこの名があるとする説もある。居待《いまち》以降も同断。**ぬきはなす**　刀を鞘から勢いよく抜き出すことをいい、これに雲間からさっと洩《も》れ出る月の光を譬える。**もの丶ふ**　武士。武勇をもって仕え、戦陣に立つ人。**たち待の月**　立待月の意に太刀の意を掛ける。

213 居合腰ていまや〳〵とこひ口のはなれを見たきたちまちの月　　燕斜

居合腰　居合をするときの腰の据え方。居合は剣術の一流儀で、腰に帯びた刀を抜きざまに相手を斬り倒す技をいい、そのときの姿勢は、座して片膝を立て、腰を浮かす。この形がすなわち居合腰である。**こひ口**　鯉口。刀の鞘の口のこと。鯉の口に似るからの名といい、刀がはずみで抜けないようにする仕掛で、刀をすぐに抜けるように鯉口を緩めるのを「鯉口を切る」という。**たちまちの**

月　立待月の意に、文字通り立って待つ意を掛ける。

ここは武術の居合を見るという図ではなく、大道で薬や歯磨きを売るための余興として居合を見せた居合抜きの芸とみたい。

十八夜月

214
今少しいまちと〳〵とまたする八思はせふり歟《か》二九の月かけ

十八夜月　陰暦八月十八日夜の月で、異称を居待月という。居待は立待よりやや月の出が遅れるので、座し居て待つ心という。**いまちと**　居待の意にちょっとの意を掛ける。**思はせふり**　思わせ振り。態度や言葉に意味ありげな素振りをみせること。**二九**　九九算の二九の十八を十八夜の月に掛け、これに憎らしいの意を掛ける。

志月菴素庭

215
とつくりとろくに居待ちの月かけ八天もく酒やひつかけて見む

とつくりと　よくよく念を入れての意に徳利の意を掛ける。「とっくり」は徳利の促音。**ろくに居待ちの**　十八夜月の意に陸《ろく》に居て待つ意を掛ける。陸に居るは平に座る、あぐらをかくこと。**天もく酒**　天目茶碗《てんもく》であおる酒。天目茶碗は浅い擂鉢《すりばち》形の大ぶりの茶碗で、これで酒をがぶがぶ飲むのを天目飲といい、あまり行儀のよいものではない。**ひつかけて** 引っ掛けて。酒を一気にぐいと飲んでの意。

216

十九夜月　梅人

はなかつほふして待夜の蕎麦切ハ桂男《かつらおとこ》にのひくさつたか

十九夜月 陰暦八月十九日夜の月で、異称を臥待月《ふしまち》、寝待月《ねまち》という。居待よりも更に月の出が遅れ、臥し居て待つ心からの語という。**はなかつほ** 花鰹《はなかつお》。鰹節を薄く花弁のように削ったもので、蕎麦の薬味として用いる。**ふして待夜** 臥して待つ意に鰹節と臥待月の意を掛ける。**蕎麦切** 細長く切った麺状の蕎麦。**のひくさつたか** 蕎麦切が延びきってしまったのかとの意に桂男にうつつを抜かしてしまったのかとの意を、いささか憎悪をこめて表す。「くさった」は他人の動作などを軽蔑したり憎んだりする場合に使う。

217

夜ことに月のまとゐして　燕斜

月見むとわかかよひちの酒もりハよひ〳〵ことに内もねかさす

まとゐ 円居《まどい》。人々が丸く座を組むことで、親しい集まりをいう。**かよひち** 通い路。行き通う道筋。

「人知れぬ我が通ひ路の関守はよひ〱ごとにうちも寝ななむ」（『古今集』十三、『伊勢物語』五、在原業平《ありわらのなりひら》）を本歌とする。

218　志月菴素庭

かくまてもなきことの葉ハくらやみのはちを月夜にさらしなしやまて

くらやみのはち　暗闇の恥。隠して置けばよい不名誉なこと。**さらしな**　信濃国更級郡《さらしな》の更科郷（長野県更埴市《こうしよくし》と更級郡にまたがる一帯）の意に暗闇の恥を月夜に晒《さら》す意を掛ける。更科郷には田毎《たごと》、姨捨山《おばすてやま》など月の名所が多く、また蕎麦の産地としても知られる。

騒ぎ立てなければ誰も知らない不名誉な事柄を、わざわざ公に発表することをいう諺「暗闇の恥を明るみへ出す」を受ける。止めの口語調の「じゃまで」の語が、やや自嘲的なニュアンスを巧みに醸し出している。

219

高田の馬場に月見侍りて　　高保《たかやす》

月をめつる夜のつもりてや茶屋のかゝもつゐに高田のばゝとなるらん

高田の馬場　江戸の西北郊高田にあった馬場（東京都新宿区西早稲田一〜三丁目）で、かつては弓馬の調練が行われていたが、天明頃にはもっぱら月の名所として知られた。**茶屋**　飲食物や遊興の場の提供を業とする家。ここは高田馬場の料理茶屋信濃屋をいう。**ばゝ** 嬶《かか》が婆々《ばば》となる意に高田馬場の意を掛ける。

安永八年八月、南畝の主宰で十三夜より五夜にわたって開かれた月見の宴の時の詠歌で、『月露草』には「十四夜月」、『四方のあか』所収の南畝の狂文「月見の説」の末尾に添えた狂歌では「十四夜高田の茶屋にて」の詞書で載る。

220

四方赤良高田の馬場にて十三夜より十七夜まで五夜の月見しときゝて　卯雲《ぼううん》

団子夜中《だんごやちゆう》新月の色五ツさしすこしこけたハ曇なりけり

団子夜中新月の色 中国、唐の詩人白楽天の詩句「三五夜中新月の色」の捩り。団子は名月の供物の一で、新月は十五夜の月をいい、一年の中で最も明るい光を放つといわれる。**五ツさし** 一本の串に団子を五つ刺したもの。

前述のように、この歌は卯雲が、安永八年に南畝が主宰して高田馬場で行った月見の宴席に届けたもので、『月露草』には「題高田曠野月」の詞書で載り、『四方のあか』には「高田五夜月といふことを」の詞書で収められている。『和漢朗詠集』上などで有名な白楽天の七言律詩「八月十五日夜禁中ニ独リ直シ、月ニ対シテ元九ヲ憶フ」(『白氏文集』十四)の第三句を取る。

智恵内子

221　名も高田はら一はいの月を見ておうれしいかのあつめ所や

名も高田　名高い意に地名の高田を掛ける。高田は武蔵国の豊島郡と多摩郡にわたり、御府内の小石川に隣接した広大な一帯（東京都新宿区・豊島区）をいい、原野が広がり、高田馬場、高田八幡（穴八幡）などがあって四季折々に人を集めたが、特に秋は月を賞でる人々で賑わった。安永八年（一七七九）には高田稲荷（水稲荷）近くに高田富士が築かれて山開きをしている。**はら一はい**　高田の原一面にの意に腹一杯の意を掛ける。**おうれしいかの**　嬉しいかねの意に蚊の意を掛ける。

生酔《なまえい》見月

222　ひとつ過ふたつ過たる生酔ハ三ツはかりにや月も見るらん　　卯雲

生酔　正体もなく酔い潰れた人。泥酔者。**ひとつ過**　一杯余分に飲み過ぎた。

山手月

223　月見酒下戸と上戸の顔ミれハ青山もあり赤坂もあり　　から衣橘洲

山手　江戸の西北部に広がる台地一帯の総称で、武家屋敷が多く、町屋の多い下町に対する。**月見酒**　月見の宴で酌み交わす酒。**青山**　江戸の西部の地（東京都港区南・北青山の一帯）で、東に赤坂が隣接する。これに悪酔いして顔色が青い意を掛ける。**赤坂** 江戸城の西方の地（東京都港区赤坂）で、武家屋敷の多い典型的な山手の町であった。これに酔って顔色が赤いの意を掛ける。

『狂歌若葉集』には詞書を「山の手の月二首」として、「秋の夜の月は赤坂四ツ谷なるくらやみ坂もこえぬべらなり」の歌の後に載せ、第四句、第五句を「赤坂もあり青山もあり」とする。

224

浦月　　**四方赤良**

芝浦の漁人《ぎょじん》も網をうちわすれ月にハいとふ鰯《いわし》くも哉

浦 海辺、海浜。**芝浦** 江戸、本芝町の江戸湾に面した海岸の総称（東京都港区芝浦）。古くは竹芝の浦といい、芝浜の称もあり、江戸前の生きのよい魚の宝庫として知られた。**いとふ** 厭《いと》う。嫌って避ける、いやがる。**鰯くも** 鰯の意に鰯雲の意を掛ける。鰯雲は秋の中天高く浮かぶ白い波のような、鱗《うろこ》のような形の雲（巻積雲）で、これが出ると鰯の大漁があるといわれ、また雨降りの前兆で、台風などの暴風雨が襲来するといわれた。

『狂歌若葉集』には詞書は同じながら、第二句を「漁師も網を」として載せる。

225

畳指見月　　**もとの木あミ**

かけミれハあたらしおもて月今宵はりも畳へさす閨《ねや》の床

畳指　畳を刺し作る職人。**かけミれハ**　懸けて見ればの意に影を見ればとの意を掛ける。**あたらし**
おもて　新しい畳表の意に新しい面（顔）の意を掛ける。**はり**　畳を刺すのに用いる畳針の意に諺
「針刺すばかり」（きわめて狭いことをいう）を掛ける。**閨の床**　寝床、寝る所。
畳に関係する言葉の縁語仕立てで一首を仕立てる。

226

月前風　　四方赤良

酔さめの心も月の縁さきに風のかけたるひとえ物かな

心も月の　月の意に心も尽きる意を掛ける。**ひとえ物**　単物《ひとえ》。裏地を付けない一重の衣服（絹帷子《かたびら》）
で、初夏から初秋にかけて着用する。袷《あわせ》の対であるが、ここは紅葉を豪華な錦の衣服と見立てるの
に対する。
「山河に風のかけたるしがらみは流れもあへぬ紅葉なりけり」（『古今集』五、『百人一首』、春道列樹《つらき》）を本
歌とする。

227

月前眼鏡

出来秋万作《できあきのまんさく》

月かけをうつすめがねの玉うさぎひたゐの波にかけてこそミれ

めがねの玉うさぎ 眼鏡の玉（レンズ）の意に月に住むという玉兎《ぎょくと》を掛ける。この眼鏡が老眼鏡であることはいうまでもない。**ひたゐの波** 額による皺の意に水波を照らす月影の意を掛ける。『狂歌若葉集』には詞書を「眼鏡に月をみるといふことを」として載せる。

228

月前碁

峯松風《みねのまつかぜ》

月しろに雲のくろ石うちはれて空一めんの盤のさやけさ

月しろ 月の光を碁の白石に見立てる。白石は一般に強い人が取る。**うちはれて** 黒石を打つ意に空がすっかり晴れる意を掛ける。

「秋風にたなびく雲の絶間よりもれいづる月の影のさやけさ」（『新古今集』四、『百人一首』、藤原顕輔）を本歌として、碁の用語の縁語で仕立てる。

月前三味線

229　さみせんのねられぬまゝに月見れハほとなく鐘も八ツ乳なりけり

八ツ乳《やち》　三味線の胴に張る猫の皮の最良のもので、これに時刻の八つ時（今日の午後十時に当たる）の意を掛ける。

月前述懐　　四方赤良

230　世の中ハいつも月夜に米の飯さてまたまふしかねのほしさよ

いつも月夜に米の飯　諺。平穏無事の譬えで、いつまでも飽きのこないものの譬えでもある。まふしかね　申し兼ねるの意に金の意を掛ける。

「それにつけても金の欲しさよ」の成句はどんな句にも付くといわれた言葉として知られるが、これを援用する。

十三夜月　　栗山《りつざん》

231　つく〴〵と見れハとこやらミか月のおさな顔ある十三夜かな

十三夜月　陰暦九月十三日の月で、後の月といわれて賞玩された。ミか月　三日月。

人々のこぞって賞でる後の月の姿の艶やかさの影に、成熟した美女の容姿を見、十三と三という数の対比による連想で、それの予兆となっていた三日月の初々しい美少女の姿を重ねる。

藤本由己《ゆうこ》

232

月ハひとつ影ハふたつにミつ亭主客ハ七ツて十三夜かな

ミつ亭主　見つ（見た）亭主の意に三つの意を掛ける。

謡曲『松風』の「月は一つ、影は二つに、みつ潮の」の文句を受け、数の遊びを用いてまとめる。

四方赤良

233

十三てはつかりはれし空われに月のさハりの雲もかゝらす

十三　思春期の女性の第二次性徴をいう諺「十三ぱっかり毛十六」を用い、これを十三夜の月に掛ける。ぱっかりはぱくりと同じで、大きく口をあける様子や物の割れる様にいう。**はれし**　晴れたの意に割れたの意を掛ける。**空われ**　雲の絶え間の空の割れ目の意に女陰の陰孔を覆う陰裂の意を掛ける。**月のさハり**　雲が月見の障害となるの意に月経の意を掛ける。

234

十三夜から衣橘洲のもとにて謡十三番を題にて月の哥よミける時
屋嶋を　　　　　　　　　　　　　　　　　　へつゝ東作

十五夜としころひきあふ十三夜月かけきよに雲のミほのや

十三夜　ここは明和八年（一七七一）九月十三日の夜をいう。**屋嶋**　謡曲の曲名。二番目、勝修羅物・判官物。季は三月。世阿弥作。西国行脚《あんぎや》の旅僧が源平合戦の古戦場屋島（香川県高松市）に足を止め、宿の主人に戦いの模様を聞くうち、主人はやがて源義経の霊と変じてその様を語るというもの。**しころひきあふ**　錏《しころ》引き合う。錏は兜《かぶと》の鉢の後ろに垂らして首を覆うもの。屋島の合戦で、平家の猛将景清が源氏方の三保谷《みほのや》四郎と格闘して三保谷の錏を引きちぎったが、三保谷の首の強さに驚いたというエピソードが伝わる。これを錏引といって、歌舞伎芝居でもしばしば上演された。ここは月と雲とが互いに譲り合わない様をいう。**月かけきよに**　月影が清いの意に景清を掛ける。**雲のミほのや**　月見の憎まれ役の雲に三保谷四郎を譬える。

『狂歌若葉集』には「なが月十三夜橘洲ぬしへ始めてまかりて、謡の題にて八島をよめる」の詞書で、第四句、第五句を「月の影きよ雲のみおのや」として載る。源平屋島の合戦で名高い景清と三保谷四郎の錏引きを、優劣の付け難い十五夜と十三夜の月に配して見立てる。

235
おなしく三井寺を青楼にのほりつめたる客ならめ今宵の月にかねつかふとハ

三井寺《みいでら》 謡曲の曲名。四番目、狂女物。季は八月。世阿弥作。駿河国清見関（静岡県静岡市清水区）の女が行方不明の愛児を探し歩くうち、清水観音の霊夢によって近江国の三井寺（滋賀県大津市）にやって来る。折も折仲秋の名月の夜で、女は鐘楼に上って鐘を撞き、寺僧にとがめられたのが縁で僧の弟子となっている我が子に逢う。**青楼** 女郎屋、妓楼《ぎろう》。昔、中国で楼を青漆で塗ったことからの称という。江戸では公許の遊里である吉原を私娼《ししょう》のいる岡場所と区別していうことが多かった。**のほりつめたる** 常軌を逸して熱中した。**今宵** 八月十五日夜のこと。この日吉原は一年中で最大の紋日《もんび》（五節句などの祝日や特に定められた日）で、遊客は諸経費がかさんで無駄な出費が多く、遊女は遊女で必ず客を摑まねばならない大変な一日であった。**かねつかふ** 金を使うの意に鐘を撞こうとの意を掛ける。

236
おなしく高砂をはた寒やこのうらかれにほうろくもはやすみ取も月になつかし

高砂《たかさご》 謡曲の曲名。脇能、神事物。季は二月。世阿弥作。阿蘇宮の神主友成が都に上る途中、播磨国高砂（兵庫県高砂市）で相生《あいおい》の松の精の尉《じょう》と姥《うば》に逢い、夫婦の情愛の深さや古今の松に関する神秘な出来事を聞くうち、住吉の神が現れて御代を祝す。**はた寒** 肌寒。秋も深まって肌に寒さを感じること。**うらかれ**　末枯《うらが》れ。草木の葉先や枝先が枯れること。**ほうろく**　焙烙《ほうろく》。素焼の皿状の土鍋で、豆などを煎ったりするのに用いる。**すみ取**　炭取。炭を小出しにして置く木や竹で作った容器。

初句から第五句までのいずれもが『高砂』の詞章「高砂や此の浦舟に帆を上げて……はや住の江に着きにけり」の捩りになっている。

237

おなしく田村を　　　　四方赤良

あれをミよふしきやなくゐおほ空にひとたひはなつ千々の月影

田村　謡曲の曲名。二番目、勝修羅物。季は三月。世阿弥作。京都の清水寺に参詣した東国の僧が花守童子に寺の縁起やそれにまつわる田村丸の故事を聞き、その夜の夢に田村丸が現れて数々の武勇談を語って聞かせ、本尊の千手観音の徳を讃える。**ふしきやなくゐ**　不思議やなの意に胡簶《やなぐい》（背中に負う矢入れ）の意を掛ける。**ひとたひはなつ**　一度に矢を放つこと。**千々の月影**　色々様々な形をした月の影の意に『田村』の詞章「千の矢先」の意を掛ける。

『田村』の詞章「あれを見よ、不思議やな。……一度放せば千の矢先」を矢の縁語を綯《な》い交ぜにして捩る。放たれた千の矢先が名月のこうこうたる光の中を飛んで行く様を、月影が千々に乱れると見立てるところに一首の趣向がある。

238

十三夜酔月楼にて二人の白拍子のミすちのいとひきけるをきゝてよめる

そのふたりの名ハ千代とせとなんいひける

十日あまりミすちの糸も長月のけふの月見ハ千代にやちとせ

酔月楼　土山宗次郎の牛込御細工町（東京都新宿区細工町）にあった屋敷。土山は勘定組頭の要職にあって羽振りよく、南畝たち天明文壇人のパトロン的存在で、酔月楼は豪奢《ごうしゃ》なことで知られていた。**白拍子**　町芸者を古めかしくいった語。町芸者は新興の江戸風俗の一で、吉原のような公許の遊里に所属することなく、橘町や堀江町などといった市中に住んで営業した非公認の芸者をいう。なおこの頃には、芸を売るのを主とした芸者を白拍子といったのに対し、体を売るのを主とした非公許の遊里である岡場所の女を平家の称で呼んでいる。**ミすちのいと**　三筋の糸。三味線の異称。**十日あまりミすちの糸**　十三日の意に三味線の意を掛ける。**長月**　陰暦九月の異称に三味線の糸が長いとの意を掛けて長寿の祝言とする。**千代にやちとせ**　やちとせは八千歳で、千代とともに祝寿の言葉。これに千代ととせの名を折り込む。

239

秋野遊

地口有武《じぐちのありたけ》

さあさハけさハけの蛍秋たけて月より外にひかりてもなし

さハけ　騒げ。沢辺の地口で、賑やかに歌い踊れ、いそいそと立ち働けとの意。**蛍**　秋の蛍。夏の蛍の産卵で生まれた蛍で、放つ光が弱いため、子供たちもこれを病蛍《やみぼたる》といって捕らえようとしない。

秋たけて　秋も盛りが過ぎること。**ひかりて**　光手。通人や色男をもって任じる人。『月露草』には、平秩東作の狂文「地ぐちのことば」の末尾に載せ、欄外に「按、此歌入万載集為地口有武歌、存疑猶待異本」とある。高田馬場の月見の宴の出席者の名に、地口有武のないところから見ても、この欄外の注記は注目に値する。

240　　　　　　　　　　　　　　　　大坂屋かね女

秋の野のそよ〳〵風にさそハれてはきもあらハやねミたるゝ露

はき　萩の意に脛《はぎ》の意を掛ける。脛は下肢の膝から下、踝《くるぶし》の上の部分をいう。**ねミたる**　寝乱るの意に露が乱れ散る意を掛ける。寝乱るは寝姿がだらしなくなること。

241　　　　鴈　　　　　　　　　　　　樋口関月《ひぐちかんげつ》

かり金もりの字に見えてわたる哉たか證文をかけて来つらん

鴈　雁。真雁、菱喰《ひしくい》など雁鴨科に属する大型の水鳥の総称。中国、前漢の蘇武が使節として匈奴《きょうど》に赴き、捕らわれて幽閉されたとき、雁の脚に帛書《はくしょ》（絹地に文字を認《したた》めたもの）を付けて消息を告げたとの故事から、手紙の異称として雁書、雁の玉章《たまずさ》などの語がある。**かり金**　雁の意に借り金の意を掛ける。「かりがね」は本来雁の音の意。**りの字**　雁が群れをなして連なって飛ぶのを「り（利）」

の字に見立て、これに借金の利息の意を掛ける。**證文** 借金の証拠となる文書。借用証書。

「秋風にはつかりがねぞきこゆなるたが玉づさをかけて来つらん」（『古今集』四、紀友則）を本歌とする。

242 鴈連山　浜辺黒人

天津空琴柱《ことじ》にたてる初鴈を十三峠に見るハめつらし

天津空 空、天というに同じ。**琴柱** 琴の胴の上に立てて絃《げん》を張り、音の調子を整えるもの。これを雁の飛ぶ姿に見立てる。**初鴈** 秋になって始めて渡来した雁。**十三峠** 美濃国恵那郡の大井宿（岐阜県恵那市）と土岐郡大久手宿（岐阜県瑞浪《みずなみ》市）との間にある急な坂道の総称で、木曽の桟《かけはし》とともに中仙道の難所として知られた。これに十三絃の琴の意を掛ける。
『狂歌若葉集』にも同じ詞書で載る。

243 初鮭　卯雲

初鮭の一尺きりて二尺なしさしつめこれを君にさゝけん

初鮭 鮭の初物。江戸ではこれを大変に珍重し、黄表紙『里家夜位太平栄《さとかよいおおひらのさかえ》』（安永六刊）には初鰹に次いで初物四天王の第二位にランクされる。当時鮭は隅田川の上流の四ッ木（東京都葛飾区四つ木）

辺でも取れたといい、見物のため人が集まったという。**一尺きりて二尺なし**　一尺（約三十センチ）しかない小振りの鮭の意に二つに切る意を掛ける。
初鮭が手に入ったが、一尺程の小さい物なので、お裾分けしようにも、二つに切った片身を差し上げるしかないとの意。

新酒

244
痔のことしなさけ所のいたミよりはしりといへる船のつきしハ

新酒　今年醸造した酒。古酒の対。**なさけ所のいたミ**　情けない所の痛みの意に酒所の摂津国伊丹《いたみ》（兵庫県伊丹市）を掛ける。江戸初期から伊丹の酒は伊丹諸白《もろはく》といい、最上酒として珍重された。**はしり**　痛みが走る意に走物（初物）の意と走船（快速船）の意を掛ける。

新酒早来　　浜辺黒人

245
とふ鳥の鳥羽を出るよりおひてよく波をはしりて下り諸白

とふ鳥の　飛ぶ鳥の。飛鳥《あすか》に掛かる枕詞であるが、鳥羽《とば》を飛ぶ鳥に拡大解釈してこれに掛ける。**鳥羽**　志摩国答志《とうし》郡北部（三重県鳥羽市）の港町。天然の良港で、大坂と江戸を結ぶ定期便の菱垣廻船《ひがきかいせん》や樽《たる》廻船の投錨《とうびょう》地であった。**おひて**　追風。帆船にとっての順風で、船の後方から吹く風、真艫《まとも》の風をいう。**波をはしりて** 波の上を快走しての意に走物の意を掛ける。**下り諸白** 上方から到来した上酒。諸白はよく精白した米と麹で醸造した高級酒をいう。

『狂歌若葉集』にも同じ詞書で載るが、第四句を「波をはしりの」とする。

246

哥合の中に擣衣《きぬた》　　布留田造《ふるのたづくり》

衣うつ槌おきわすれすりこ木をとる手に思ひ出る旅人

哥合 『堀川百首題狂歌合』。『堀川狂歌集』所収。**擣衣** 衣を打つこと。砧《きぬた》。擣衣は布帛の光沢を出したり、糊付けを柔らかくするために、木や石の台の上に置いてこれを槌《つち》で打つことをいう。**すりこ木** 擂粉木《すりこぎ》。擂鉢で味噌などを擂るときに用いる棒で、一般に山椒の木で作る。また、擂粉木野郎などともいって、男を罵るさいの悪態でもある。

『堀川百首題狂歌合』では、右の「しか〳〵とひんきさへせぬ旅衣うつけ男をまちてきせめや」に対し、その判に「左歌、すりこ木をふりまはして旅人迄おもひ出たる下心は、をの〳〵針をとゝめてかたらさる時もさこそと、あはれに覚へ侍る。右のことく、うらみもさこそあるらめと、すりこ木のおもひ入なをふかくや」とあって、勝ちとなっている。去っていった男への恨みを、両首ともによく詠んではいるが、衣を今一度着せようとする思いよりも、擂粉木を手にする度ごとに思い出す方が一層恨みは深い、というのである。

247
題しらす　嚢庵鬼守
秋さむき里のきぬたと新そはとゝちらか先へうちはしむらん

きぬた　砧。**新そは**　新蕎麦。八、九月頃収穫した蕎麦で作った蕎麦切で、江戸では走り蕎麦として珍重した。**うちはしむ**　砧を打始める意に新蕎麦を打始める意を掛ける。砧は八月十五日夜に初めて打つものという。

248
鴫《しぎ》　山手白人
百八のたまく〵ならす数かくハ朝な夕なの鴫のかんきん

鴫　田にいるしぎ科の鳥の総称で種類が多い。渡り鳥で、秋に北から大群で飛来して越冬し、春に帰る。**百八のたま**　数珠《じゅず》の珠が百八あるとの意にたまたまの意を掛ける。**数かく**　数が欠ける意に数珠の玉を掻《か》いて数を数える意を掛ける。**鴫のかんきん**　鴫の看経《かんきん》。諺で鴫が田にいるとき身動きもせずじっとしている様子をいう。看経は経を黙読すること。

249　鶉《うずら》あまたかひ置ける人のいかゝしけんミな落たるときゝて　馬蹄《ばてい》

落たるハミなかひやうのふかくさにうつらなくなる跡のさひしさ

鶉　キジ目の鳥で、多く原野に棲《す》むが、飼鳥でもあり、早朝、日中、夕暮れによく鳴き、鳴き声は知々快《ちちかい》と聞こえるといわれた。とくにこの頃には、鶉を飼うのが大変に流行し、初秋の頃を中心にその鳴き声を競い合った。**落たる**　死んでしまった。**ふかくさに**　鶉の名所として著名な京都の深草の里（京都市伏見区深草町）の意に不覚（不注意、思慮の足らないこと）の意を掛ける。**うつらなくなる**　鶉が鳴くという噂だとの意に鶉がいなくなるとの意を掛ける。

『狂歌若葉集』には詞書を「鶉をあまたかひし人の皆おちたるときゝて」として載せる。「夕されば野辺の秋風身にしみて鶉なくなり深草の里」（『千載集』四、藤原俊成）を本歌とする。

250　哥合の中に菊　平郡実柿《へぐりのさねがき》

菊水をくみし彭祖《ほうそ》か長いきもまことにハあらしうその八百

哥合　『堀川百首題狂歌合』。**菊**　秋の栽培植物の第一。中国渡来の大菊の栽培変種で、近世になってその栽培が爆発的に流行し、特に天明期には、将軍家の奨励もあって種々の変種が生まれている。**菊水**　中国、河南省内郷県にある川。岸の崖に生える菊の露が滴り落ちるため、水がたいへんに甘く、この水を飲むと長寿を保つとの伝説がある。**彭祖**　中国、古代の仙人。初め堯《ぎょう》帝に仕え、常に桂芝《けいし》を食し、菊水に入れた茶を服して七百余歳の長寿を得、殷《いん》末まで存生したと伝えられる。**うその八百**　嘘の八百。嘘のありったけをいう意の諺。これに彭祖の寿齢が七百余歳というのは怪しいとの意を掛ける。

『堀川百首題狂歌合』では左の「一はたけ作りてみれと酒くさきかざをはきかぬしら菊の露」に対し、その判に「左歌、菊の露かさけになるならは、誰かは作り侍らさらん。それは仙境のことにこそ侍らめ。右、彭祖が八百歳はうそにもあれ、慥《たしか》にしるしとゝめたれは、まことゝ思ひ侍れ。うその八百なから、勝たるへきか」とある。菊の露が酒になるなどは全くの嘘、彭祖が八百歳迄生きていたというのも嘘っぽいが、これは諸書に記されているので、右歌が勝ちだ、というのである。

251

菊を根ひきにしてゆくを見て　　未得《みとく》

ほりてゆくこかねめぬきの菊の花いつくの家のたかねなるらん

根ひき　草や木を根の付いたまま引き抜くこと。**ほりてゆく**　菊の根を掘って行く意に目貫《めぬき》を彫って行く意を掛ける。**こかねめぬき**　黄金目貫。金細工の目貫の意に菊の変種の一つ金目貫の意を掛ける。目貫は刀の柄《つか》に付ける飾り物、金目貫は百菊の一に数えられる名花で、黄金、万重、小輪の花を付ける。**たかね**　誰が根（誰の根株）の意に鏨《たがね》を掛ける。鏨は金工用ののみをいう。

『吾吟我集《ごぎんわがしゅう》』三に、詞書を「菊を根ひきにしてもて行を見て」として載せる。

菊のうたの中に　臍穴主《へそのあなぬし》

252　袖垣を横にこえたるしら菊ハ夜はひ星とそあやまたれぬる

袖垣　門などに連ねて作る丈の低い垣根。**夜はひ星**　夜這《よば》星。流れ星の異称に夜這の意を掛ける。夜這は夜分密かに女人の寝所に忍んで行くことをいう。「久方の雲の上にて見る菊はあまつ星とぞあやまたれける」（『古今集』五、藤原敏行）を本歌とする。

253　蝶とめる花の弟の曽我菊ハ霜にもまけぬ力つよなり

蝶とめる花　牡丹《ぼたん》の異称。これに曽我十郎の衣装の模様の蝶を掛け、十郎その人を指す。**花の弟**　菊の異称。四季の花の中で最後に咲くところからの称。次の曾我の語と続けて、勇猛で知られた十郎の弟の五郎を指す。**曽我菊**　黄菊の異称。

翫大菊　四方赤良

254　大菊をめつる狂歌ハはな帋(かみ)の小菊を折てかくもはつかし

大菊　大輪咲の菊。**小菊**　小輪咲の菊の意に鼻紙の一種の小菊を掛ける。小菊は楮《こうぞ》を原料とした縦七寸、横九寸ほどの大きさの懐紙で、遊里ではこれを紙花《かみばな》といって祝儀の代用とし、小菊一枚は金一分に相当した。

255

吉原菊　　秦玖呂面《はたのくろつら》

すかゝきの中にもつくりかさりたるおいらん菊の花の吉原

すかゝき 清掻《すががき》。吉原で遊女が張見世に出るとき合図として弾いた曲。**つくりかさり** 作り飾り。念を入れて飾り立てること。**おいらん菊** 菊の見事さを吉原で最高級の遊女の花魁《おいらん》に譬える。『狂歌若葉集』には詞書を「寄吉原菊」として載せる。

256

化物百首哥の中に　　物ことの明輔《あけすけ》

見るうちにふり袖垣をうちこえて七八尺の大かふろ菊

化物百首哥 不詳。**ふり袖垣** 振袖の意に袖垣の意を掛ける。**かふろ菊** 禿《かぶろ》の意に禿菊を掛ける。禿は吉原などの遊里で、高級な遊女が召使う十歳前後の少女。禿菊は山野に自生する多年草の貴船菊の異称で、秋明菊、秋牡丹の名もある。葉は牡丹に似、秋、菊に先立って、二尺（五、六十センチ）ほどの花茎の先に菊に似た花を付ける。

257

哥合の中に紅葉　平郡実柿

おく山の紅葉と見てや猿まろか尻をも鹿のふみわけてゆく

哥合　『堀川百首題狂歌合』。**猿まろ**　平安初期の歌人の猿丸太夫のこと。閲歴は不詳で、伝説的な人物。これに猿の尻の意を掛ける。

『堀川百首題狂歌合』では左歌の「柿本も山辺もみなもみちせはいつれ人丸いつれあか人」に対し、その判に「此つかひも歌仙の出合同等たるべき歟」とあって、持となっている。「奥山に紅葉ふみわけなく鹿の声きく時ぞ秋はかなしき」（『古今集』四、『百人一首』、猿丸太夫）を本歌とする。

258

高雄山の紅葉を見侍りて　木端《ぼくたん》

くらへてハまことに雉《きじ》とたかおやまけおとされたるよその紅葉は

高雄山　京都西郊（京都市右京区梅ヶ畑）の山で、古来、栂尾《とがのお》、槇尾《まきのお》と並んで京都の紅葉の名所として知られる。**雉とたかおやま**　比較にならないことの諺「雉と鷹」の意に高雄山を掛ける。**けおとされたる**　蹴落されたる。高い所から蹴落とされたとの意に押し退けられてその地位を失墜したとの意を掛ける。

海晏寺《かいあんじ》にて夕くれに紅葉を見侍りて　嚢庵鬼守

259
時ハ今さるのしりとや紅葉《もみじば》ゝのまつかいあんしてりまさるらん
　　　　　　　　　　　　　　　　　　　　　　虱百首哥の中に　　　　　　　　　もとのもくあミ

海晏寺　江戸の南郊、品川の鮫洲《さめず》（東京都品川区南品川）にある曹洞宗の寺。紅葉の名所として知られた。**さるのしり**　猿の尻の意に時は今と知る意を掛ける。猿の尻は盛りを迎えた紅葉の赤色を譬えたもの。**まつかいあんし**　真っ赤の意に海晏寺を掛ける。

260
くふたひに尻をもみちのあか虱かけハのこらす色つきにけり
　　　　　　　　　　　　　　　　　　　　　　放屁百首哥の中に　　　　　　　　　四方赤良

尻をもみちの　尻を揉みの意に紅葉の意を掛ける。**あか虱**　垢虱《あかしらみ》。垢と虱の意か。
「白露を時雨もいたく守山は下葉残らず色づきにけり」（『古今集』五、紀貫之）を本歌とする。

261
おはしたの龍田か尻をもみち葉のうすくこくへにさらす赤はち

放屁百首哥　不詳。**おはした**　お端《はした》。水仕事などの雑役に使われる身分の低い女中。**龍田**　大和国平群郡の歌枕の地龍田《たつた》（奈良県生駒郡斑鳩《いかるが》町）を擬人化したもの。この地の一帯は紅葉の名所で、近くにある龍田山（同郡三郷町）は奈良の西に当たるため、東の佐保山を佐保姫と擬人化して春の女神とするのに対し、龍田姫の名で秋の女神とする。**もみち葉**　紅葉した葉の意に揉む（もだえる）意を掛ける。**うすくこくへに**　薄くあるいは濃い紅色をしているの意に屁をこくの意を掛ける。**赤はち**　赤恥（恥の強意で、ひどい恥）の意に赤櫨《はぜ》の意を掛ける。赤櫨は赤味の強い茶色で、紅色を曝《さら》すとこの色になるが、ここは紅葉の落葉の色をいう。

「いかなれば同じ時雨に紅葉するはははその杜《もり》のうすくこからむ」（『後拾遺集』五、藤原頼宗）を本歌とする。

262

九月尽　　山手白人

秋もはやけふ一日にせんしつめ空も渋茶の色に寒けし

九月尽　陰暦九月の晦日《みそか》で、秋の最後の日となる。**せんしつめ**　煎じ詰め。秋もとことんの所まで来てしまったの意に茶を煎じ詰める意を掛ける。**渋茶**　出過ぎて色は黒っぽくなり、味は渋くなった茶をいい、その色を冬の気配漂う空の色に譬える。

巻第六　冬歌

百首哥の中に初冬

雄長老《ゆうちようろう》

263 いつハりのある世なりけり神無月《かんなづき》貧乏神ハ身をもはなれぬ

百首哥　『雄長老狂歌百首』。『堀川狂歌集』所収。**神無月**　陰暦十月の異称。この月には日本全土の神々が出雲の大社に集まり、縁結びの会議を開くといわれている。**貧乏神**　人を貧乏にさせる神。痩せこけて色青ざめた裸身で、破れた渋団扇《うちわ》を持つといい、戎神《えびす》とともに出雲大社の縁結びの会議には出席しないとされている。

『雄長老狂歌百首』の判に「此頃は所々の納所もいさゝある頃なれば、事にとりての貧報の神無月共いはんか。但貴院は如何」とある。何処の寺でも、会計事務に多少の難事のある頃だが、貴僧の所はどんな具合いか、というのである。「いつはりのなき世なりけり神無月誰がまことより時雨そめけむ」（『続後拾遺集』六、藤原定家）を本歌とする。

264 火桶　卯雲《ぼううん》

さひしさにかゝえていとまやりにくし火桶ハ老の妾同前

火桶　桐の木などをくり抜いて作った丸型の火鉢。**かゝえて**　抱き抱える意に人を雇う意を掛ける。**いとまやりにくし**　手放し難い意に解雇し難い意を掛ける。**妾同前**　正妻とは別に養っている愛人と同様であるとの意。

265 短日

冬の日に春の日あしをくらふれハもつたいなくもちんはなりけり

短日　冬の日の短いことをいう。**日あし**　日足の意に足の意を掛ける。日足は昼間の長さをいう。冬至の日が一年中でもっとも昼間が短く、これを過ぎると、きわだって日の長くなるのが実感される。中国古代の宮廷では、女工《おんなのたくみ》が日影の長さを赤い糸を使って計ったといい、俗に、日の長さは一日に畳の藺《い》の目が一つ分ずつ伸びるという。**もつたいなくも**　勿体なくも。不都合であるが、恐れ多いことであるが。

266 百首哥の中に時雨　よミ人しらす

龍田姫せうかちけにやなりぬらんしよつとハしくれしよつとしくるゝ

百首哥　『道増俳諧百首』。『堀川狂歌集』所収。**時雨**　初冬の陰晴定まらぬ空の下、降ったり止んだりして降る雨。**龍田姫**　奈良の西方（奈良県生駒郡三郷町）にある紅葉の名所の龍田山を擬人化した称で、秋の女神とされる。**せうかち**　消渇《しょうかち》。女性の淋病の俗称。喉が渇き、尿意を頻繁に催すにもかかわらず、小便が出難《でにく》い症状を呈すといい、これを時雨に見立てる。

作者を「よミ人しらす」とするのは、当時、道増なる人物の消息が不明だったことによるものと思われる。道増は関白太政大臣近衛尚通《ひさみち》の子で、家の伝統を受け継いで幼児より和歌に親しみ、のち京都の聖護院門跡《もんぜき》となって諸国を歴遊、元亀二年（一五七一）三月、甥の足利義昭の命を受けて、中国地方の和平工作に従事するうち、安芸《あき》国（広島県）で歿《ぼっ》した。『道増俳諧百首』はその歌集で、今日も写本の形で明治大学図書館や宮内庁書陵部などに伝わるものの、成立年は不詳である。

267

めでた百首哥の中に　四《よ》方赤良《ものあから》

世の中ハ時雨のやとり宗祇《そうぎ》てもめてたい事のふり来れかし

めでた百首哥　『めでた百首夷《えびす》歌』。天明三年正月、今福屋勇助刊の南畝最初の個人狂歌集。**宗祇**　室町時代の連歌師。花の本の称号を得、天下に声望が高かったが、後半生は諸国を遍歴して過ごし、西行、芭蕉と併称される漂泊の詩人として名高い。

『めでた百首夷歌』にも同じかたちで載る。「世にふるは更に時雨のやどりかな」（宗祇）を受ける。この句は後村上院の「世にふるもさらに時雨のやどりかな」を受け、後さらに芭蕉によって「世にふるは更に宗祇のやどりかな」と継承されて名高い句であった。

268
水仙のいけ花を見侍りて　志月菴素庭《しげつあんそてい》

そりかへり又もこの様にいけらりよか葉もおもしろき床の水仙

水仙　観賞用に栽培される多年生草本。冬期、霜枯れの中に一尺ほどの花茎の先に数輪の花を付けるため、菊より末の弟といってもてはやされた。**そりかへり**　後の方へ反り曲がって。**床**　床の間の略。

269
反橋《そりばし》落葉　へつゝ東作《とうさく》

住吉の橋のそつたにかんな月かんなからくふる木のはかな

反橋　真中が丸く反り上がった橋。太鼓橋。**住吉**　摂津国住吉郡にある住吉大社（大阪市住吉区住吉）のこと。境内の反橋は球橋の異称があるほどで、反りがきついので有名であった。**かんな月**　神無月（陰暦十月の異称）に鉋《かんな》の意を掛ける。**かんなからく**　惟神《かんながら》（神代のまま）の意に木の葉を鉋で削った木端に見立てて、それが散る擬態語「からから」を掛ける。**ふる木のはかな**　降る木の葉であることとかの意に、古木が果敢《はか》ないとの意を掛ける。

『狂歌若葉集』にも同じ詞書で載るが、第五句を「ちる木の葉哉」とする。

270

谷中《やなか》落葉

はら〳〵といろはの茶屋へちりぬるハ風や上野のやまけふこえし

油杜氏《あぶらのとうじ》ねり方

谷中　江戸の上野台と本郷台との間の谷間（東京都台東区）の総称。**いろはの茶屋**　谷中の天王寺門前（東京都台東区谷中六、七丁目）にあった岡場所。名称の起こりを茶屋が四十八軒あったからとか、いろはの暖簾《のれん》が掛かっていたからとかするが、周辺に多い寺院の坊主客を相手に大いに賑わったという。

『いろは歌』の文句取り。

271

哥合の中に霜

きめあらき松の木はたハ霜の後猶ひゝにこそあらハれにけれ

平郡《へぐりの》さね柿

哥合　『堀川百首題狂歌合』。『堀川狂歌集』所収。**松の木はた**　松の木肌。松の幹の表皮が節くれだち、荒れているのに譬《たと》えて、人の皮膚が荒れているのをいう。**ひゝ**　日々の意に皹《ひび》の意を掛ける。皹は手足などの露出する皮膚が、寒気により乾燥して細かい亀裂を生じたもの。

『堀川百首題狂歌合』には左の「すそひへていくたひとなく夜おきする腹はしもはら足はしもはれ」に対

し、その判に「左歌、しも腹は必上戸のくせなるか、すそひへしての夜起は下戸にても侍らん。右、松の木はたは十八公の栄かと思ひ給るほとに、ひゝのきれてあらはれ侍るは、足もとにはあかゝりもこそ侍らめ。さこそひふしもこは〱しからん。さりなからさゐ〱のしもはら、松の木はたよりあやしくこそ侍れ。ひゝの分はかんにんしても侍らん。しもはれより今少まさるべし」とあり、勝ちとなっている。冬の夜寒に腹は冷え、足は霜焼けしてしばしば夜起きするのも大変なことであるが、添い伏しする身には、酷いとはいえ、皹の方が堪忍出来るから、右歌が勝ちだ、というのである。

272

見わたせ八二丁まちかね人に人さかいてうちんふきやてうちん

さかい町ふきや町二座の顔見せを見侍りて　　卯雲

さかい町　堺町。日本橋（東京都中央区日本橋人形町一～三丁目）にあった芝居町。江戸最古の芝居小屋中村勘三郎座があり、隣の葺屋町とともに二丁町とよばれた。**ふきや町**　葺屋町。堺町の西に隣接（中央区日本橋堀留町一丁目）し、市村羽左衛門座があった。**二座**　芝居小屋の中村座と市村座のこと。**顔見せ**　十一月一日より始まる歌舞伎興行のこと。各芝居小屋では、毎年十月に役者の入替りや上方からの下り役者の加入などがあったりして、向こう一か年間の座付役者が決定する。その顔ぶれの初披露が顔見世で、早朝より吉例の『三番《さんば》叟《そう》』を舞うなど種々の行事があり、観客は前夜から木戸口へ詰めかける賑やかさであった。芝居小屋や茶屋の軒先には飾り物といって提灯など種々の造り物が下がり、その前には積物といって贔屓《ひいき》筋《すじ》から贈られた酒樽や炭俵、菓子箱などが山のように積み上げられて景気を煽り、芝居町はさながら正月のような賑わいをみせ、芝居関係者はこれを芝居正月、周の正月などといって祝う風があった。**二丁まちかね**　二丁町の意に人々が待ちかねる意を掛ける。**さかいてうちん**　堺町の意に軒の提灯の意を掛ける。次句も同趣向。

273
かほみせの夜やまひにふして
顔見せのよるの太鞁をよそにき丶あくるわひしきかつらきぬ髪　柏筵《はくえん》

よるの太鞁　夜明けに打つ太鼓で、よるには夜と寄るの意を掛ける。この太鼓は客寄せのために「どんとこい、どんとこい」と打つのだという。**あくる**　頭を持ち上げる意に夜の明ける意を掛ける。**かつらきぬ髪**　扮装のための鬘《かつら》を付けない地のままの髪の意に、葛城《かつらぎ》の神の意を掛ける。葛城の神は大和国葛上郡《かずらきのかみ》にある葛城山（奈良県御所《ごせ》市）の一言主神《ひとことぬし》のことで、役《えん》の行者が吉野の金峯《きんぷ》山《せん》と葛城山の間に岩橋を架けようとして多くの神々を動員した時、一言主神は風貌が甚だ怪異なのを恥て、夜になってからようやく出仕したので、役の行者の怒りに触れて縛り付けられたとの伝承がある。

作者の柏筵は二世市川團十郎で、この歌は七月より市村座を休演した宝暦二年（一七五二）の顔見世の時の詠と思われ、「岩橋の夜の契りも絶えぬべしあくるわびしき葛城の神」（『拾遺集』十八、春宮女蔵人左近）を本歌とする。

274 寒草《かんそう》
山人ハ冬そひもしさまさりけんあえ物くさもかれぬとおもへは
未得《みとく》

寒草 冬枯れで、枯れしおれた草。**山人** 山に住む人、山里の人。**あえ物くさ** 和物《あえもの》の材料の意に草の意を掛ける。和物は野菜や魚介類などを酢や味噌、芥子《からし》などで和《あ》えたもの。**かれぬ** 草が枯れてしまったとの意に、和物の材料もすっかりなくなったとの意を掛ける。

『吾吟我集《ごぎんわがしゅう》』に同じ詞書で載る。「山里は冬ぞ淋しさまさりける人目も草もかれぬと思へば」(『古今集』六、『百人一首』、源宗于《むねゆき》)を本歌とする。

275 哥合の中に千鳥
真砂地に跡ある鳥の足かたハおのか名におふ千字文かや
平郡実かき

哥合 『堀川百首題狂歌合』。**千鳥** 冬に渡来する水鳥で、川や海の水辺に群れ集う。種類は多いが、そのほとんどが三本指で、皆前趾《ぜんし》となっている。**真砂地** 細かい砂ばかりの地。**足かた** 足形。踏み記した足の形。**名におふ** 名に負う。その名にふさわしい、名前通りであるの意。**千字文《せんじもん》** 中国の詩集。梁《りょう》の周興嗣《しゅうこうし》が武帝の勅を受けて撰《せん》したもので、四言古詩、二百五十首、一千文字から成るのでこの名がある。漢学の初歩、習字の手本として重宝された。

『堀川百首題狂歌合』には左の「津の国のあくた河原の友ちとりおのかなくねもちりやちり〱」に対し、その判に「左歌、あくた河のちとりのなく音をちり〱といひ、右、鳥の跡をおのか名の千字文に見なされたり。いつれもことより侍り」とあり、持となっている。芥川《あくたがわ》の千鳥は芥の縁でちり〱（塵々）と鳴く音が聞こえ、真砂地の千鳥の足形はその名の通り『千字文』に書かれた文字のようで、どちらも理由のあるものだ、というほどの判定である。

276

哥合の中に水鳥　　布留田造《ふるのたづくり》

ときたてゝ持たる鴛《おし》のつるき羽にうちおとさるな鴨の青首

哥合　『堀川百首題狂歌合』。**水鳥**　冬の川や海に浮かぶ鳥の総称で、浮寝鳥ともいい、鴨、鳰《にお》、鴛《おし》鴦《どり》などをいう。**ときたてゝ**　研立てて。刃物を念を入れて鋭利に研ぐこと。**鴛**　鴛鴦の略称。小鴨ほどの大きさで、色彩の美しさと雌雄の仲のよいことで知られ、嫁入りにはそれにあやかるため、鏡の裏にその尾羽を二枚入れる風があった。背に半扇型の羽があり、これを思い羽ともいい、剣羽ともいう。**つるき羽**　剣羽。鴛鴦の背中の小羽で、その形からの名であるが、中国、漢の白霊がこれで帝の首を落としたという故事による名とする奇妙な説も伝わる。**青首**　真鴨の雄の異称で、その首の部分の色が緑色をしているところからの名。鶴や雁《かり》などとともに無許可での捕獲が禁止され、その売買は係役人の青色の検印が腹に押されているものに限られていた。

『堀川百首題狂歌合』には右の「まとひつるくかいをやめて水鳥のうき世や出し鴨の長明」に対し、その判に「左歌、いかにをしのつるきはを持たれはとて、むさと青くひをうちおとさん事もいかゝ。右、鴨長明はかくれなき隠者歌人なり。水とりのくかにまとへるを、公界にしなされたるもおかしく侍れは、剣はにはうちおとされましくや」とあって、負となっている。鴛鴦に剣羽があるといえ、本物の剣ではないのだから、鴨の青首を切り落とすというのは無理な相談で、中世の代表的な隠遁者《いんとん》鴨長明を、公界（浮世、世間）に迷える水鳥になぞらえたのには及ばない、というのである。

277

冬鳥

地をはしる翼なりけり寒中の見まひにたれもかもの進物　から衣橘洲《きつしゅう》

冬鳥　冬に渡来する渡り鳥の総称で、雁、鴨、鶫《つぐみ》などをいう。**寒中の見まひ**　寒中の見舞。寒中に知人の安否を気遣って見舞うこと。**たれもかも**　誰も彼もの意に鴨の意を掛ける。鴨はこの時季は脂肪がのっていて旨く、蛋白《たんぱく》源や脂肪源としても貴重なため、年末から寒の内にかけては進物などにも重宝された。

278

百首哥の中に霰《あられ》　如竹《じょちく》

木々の葉にまれにとまるハ是そこの噛あてし貝の玉霰哉

百首哥　『如竹狂歌百首』。『堀川狂歌集』所収。**噛《かみ》あてし**　噛当てる。他の物を噛むうちにたまたま触れたとの意。**玉霰**　玉のような霰の意に貝の玉（真珠）の意を掛ける。

『如竹狂歌百首』に同じ詞書で載る。

279

冬の朝くしたる従者のころひ侍りけれは

じやうはりの鏡のやふな氷ミちすへると見るめはちをかくはな　一之《いっし》

くしたる　具したる。随《したが》えていた、連れて行っていた。**じやうはりの鏡**　浄玻璃《じょうはり》の鏡。地獄の閻魔《えんま》の庁にあるという鏡で、亡者の生前の所行を残らず映し出し、その罪の軽重の判断資料を提供するといわれる。**見るめはちをかくはな**　見る目、嗅ぐ鼻。閻魔の庁の男女の人頭幢《にんずどう》で、一本の幢の上に男女の首だけが載るものとして、あるいは男女それぞれの首が載る幢として図示される。亡者の生前の善悪の所行を見付け、嗅ぎ出して閻魔大王に報告するという。これに人が見る目の意と恥を掻《か》く意とを掛ける。

280

初雪

のちくハ橇《（そり）》てゆきゝをしなのちもまた初雪ハうす井峠しや　卯雲

しなのち　信濃路の意にするの命令形「しな」を掛ける。信濃路は信濃国（長野県）に通ずる道のこと。**うす井峠**　中仙道の信濃国佐久郡（長野県北佐久郡軽井沢町）と上野国《こうずけ》碓氷《うすい》郡（群馬県安中市松井田町）とを分ける碓氷峠の意に、初雪の積もり方が薄いとの意を掛ける。

281

青楼《せいろう》雪

あけら菅江《かんこう》

ふる雪もよしや夜ミせのすかゝきをひく糸道のあとハうつまし

青楼　女郎屋、妓楼《ぎろう》。江戸では特に吉原のそれをいう。**夜ミせ**　吉原の妓楼で、暮六つ（午後六時頃）から引け四つ（午後十二時頃）まで、第一級の遊女である呼び出しを除いて、格子内に全女郎が盛装して並び、客の見立てを待つこと。昼見世の対。**すかゝき**　清掻《すががき》。吉原で昼見世や夜見世を張る合図に弾いた三味線で、内芸者や新造が担当した。内芸者は妓楼で抱える芸者、新造は姉女郎に付属する若い遊女をいう。**糸道**　三味線を弾く人の糸を押さえる左手の人差指と中指の爪の先にできる凹みで、これに雪の置く道の意を掛ける。

282

王子詣《おうじもうで》のきつね

なかめてハかよひくるハの雪の日もよしはら駕籠のよしや世の中

かよひくるハの　通い来る意に吉原遊廓《ゆうかく》の意を掛ける。**よしはら駕籠《かご》**　吉原通いの客をのせた町駕籠。

「流れては妹背の山の中に落つる吉野の川のよしや世の中」（『古今集』十五、よみ人知らず）を本歌とする。

貧家雪

鹿津部真顔《しかつべのまがお》

283
しら雪のふる借銭の年つもりはらハて家も横にねにけり

ふる　雪が降る意と年の経る意を掛ける。**はらハて**　雪を払おうとしない意に借銭を返済しない意を掛ける。**横にねにけり**　雪の重みで家が横に傾く意に、借金を返済せずに居直る意を掛ける。

284
童の雪まろけするを見侍りて　から衣きつ洲

さむさにもやハかまくへきわらんへかまろかす雪の力くらへハ

雪まろけ　雪丸げ。雪を丸め転がして大きな塊を作ること。雪転と同じ。**やハかまくへき**　反語を表す副詞「やはか」（どうしてか）に負くべき（負ける筈がない）の付いた語。**わらんへ**　童部の転で、童たち、子供たちのこと。**まろかす**　転がす。転がして丸めること。

285
雪の上に米つきのうすこかすかたかきたる屛風　よミ人しらす

ころ〱とこかして雪の上ミれハおもしろたえに跡のつきうす

此うた阿部川破風屋何かしの家の屛風にありとなん

米つき　米搗《こめつき》。米搗を商売とした人で、臼と杵《きね》を持ち、家々を回って仕事の注文を受けた。**こかす**　倒す。転ばすこと。**おもしろたえに**　妙に面白いの意に雪の白さを形容する白妙（穀《かじ》の木の皮の繊維で織った布で、白い色をいう）の意を掛ける。**跡のつきうす**　跡が付くの意につき臼の意を掛ける。**阿部川破風屋何かし**　駿河国府中（静岡市）の西を南流する安倍川の近くにあった家と思われるが、不詳。

286

目くろ佐野氏なる家に一夜とまり侍りしにあくるあした大雪なりけれハ

貸本人和流《かしもとのひとわる》

鉢の木のその時よりも多からめ佐野の庵《いおり》につもるしら雪

目くろ　目黒。江戸西郊の村で目黒不動（東京都目黒区下目黒三丁目）の門前町として知られる。**佐野氏**　不詳。**鉢の木**　謡曲の曲名。四番目、最明寺《さいみょうじ》物。季は十二月。世阿弥作。上野国佐野（群馬県高崎市）で雪に難渋する旅僧を所の士佐野源左衛門常世が、貧窮してもてなしようがないといって秘蔵する鉢植えの梅、松、桜を焚いてせめてもの暖をとらせ、話のついでに「いざ鎌倉」という時に備えての武士の嗜《たしな》みを語る。その後鎌倉の武者揃えに馳参《はせさん》じた常世に、最明寺入道時頼が鉢の木のもてなしを受けたのは自分だと告げ、その忠節を賞して本領を回復させ、鉢の木に因《ちな》む三か庄を与える。**佐野**　目黒の佐野氏の意に佐野源左衛門常世を掛ける。

287

雪中白梅

沢辺帆足《さわべのほたる》

伯母さまか来たと兄きも笑ひ皃《かお》御馳走ふりに雪をはく梅

兄き　兄貴。梅が全ての花に先駆けて咲くので「花の兄」と雅称することから、梅を指す。**雪をはく梅**　雪を佩《は》く（着ける）梅の意に白梅の意を掛ける。

雪景色の中に咲く白梅は、あたかも伯母様が来たかのごとく上機嫌で、雪を腰の辺りに着けたりしている、というほどの意で、梅を「花の兄」というのに対して、白梅と同じ白色の雪を「六つの花」という縁もあって、「花の伯母」と見立てたもの。

288

雪の日友のもとより河豚《ふぐ》くひにこよといひこしけれハ　から衣橘洲

命こそ鵞毛《がもう》に似たれなんのそのいさ鰒《ふぐ》くひにゆきのふるまひ

河豚　鰒とも書き、命取りの毒魚として知られるが、冬のうまいものの代表格の一で、体を温めるともいって愛好者が多かった。**鵞毛**　鵝鳥《がちょう》の毛。きわめて軽い物の譬えとして用いられる。**ゆきのふるまひ**　振舞いに行く意に雪が舞い降る意を掛ける。振舞いは馳走と同意。

『狂歌若葉集』には詞書を「雪の日友人のもとよりふくと汁たへにこよとありけれは」とする。「雪ハ鵞毛ニ似テ飛ンデ散乱ス。人ハ鶴氅《かくしょう》ヲ被テ立ツテ徘徊ス」（『和漢朗詠集』上、『白氏文集』、白居易）、またこれを引用した謡曲『鉢木』の詞章による。

289
北沢といふ所にてにハかに寒かりけれは青梅嶋の小袖かりて着侍るとて　楚堂《そどう》
綿入のあつき御恩をきた沢ハあたゝかいめに青梅しま哉

北沢　江戸西郊の村（東京都世田谷区北沢の付近一帯）。**青梅嶋**　武蔵国多摩郡青梅村（東京都青梅市）近辺特産の縞《しま》織物。粗末な絹糸を経《たていと》に木綿糸を緯《よこいと》としたもので、商家などで奉公人の仕着せ（ユニホーム）として使用された。**小袖**　外出用またはお洒落着としての絹の着物。**あつき御恩**　綿入が厚いとの意に恩の厚い意を掛ける。**きた沢**　北沢村の意に恩を受ける意を掛ける。**青梅**　暖かい目に逢う意に青梅縞の意を掛ける。

290
餅花香　紀迪《きてき》
もち花の火に落《おち》ちりて匂へるハよへの鼠のはミあらしかも

餅花　小さい丸餅を枯れ枝に付けたもので、餅搗の日に作る。**よへ**　昨夜。昨日の夜をいう。**はミあらし**　食荒《はみあらし》。食い散らしたまま後片付けがしてない状態。

291
川びたり餅　柏筵
かミこきて川びたりもちしてやるハわか身なからもぬれ坊主哉

川びたり餅　川浸餅。十二月一日に末っ子（乙子《おとご》）を祝うために搗く餅で、乙子の餅ともいい、これを食べれば水難を避けるという俗説がある。**かミこ**　紙衣《かみこ》。厚紙に渋柿を引いて乾かし、揉み柔らげて作った衣服で、もと律宗の僧の着衣であったが、近世には一般化し、お洒落着として遊里へも着て行くのが流行するほどであった。**川びたりもち**　川浸餅に川につかる意を掛ける。**ぬれ坊主**　濡れ坊主。好色な僧の意に濡れ鼠になった僧の意を掛ける。

無謀なことを譬える諺「紙子着て川に入る」の文句取り。

292

哥合の中に鷹狩　　布留田造

これたかのうき世にへをやきれつらんそりて引こむをのゝ山里

哥合　『堀川百首題狂歌合』。**鷹狩**　飼い慣らした大鷹や隼《はやぶさ》などを使って兎や鴨などの禽獣《きんじゅう》を捕らえる狩猟法。古くから盛んな狩猟法で、武家時代の近世には、兵法の一環として実戦の規模で行われることも多かった。**これたか**　惟喬《これたか》（八四四～八九七）。文徳天皇の第一皇子で、第二皇子の惟仁《これひと》親王と相撲の勝負を賭けて皇位を争い、左兵衛佐《さひょうえのすけ》名《な》虎《とら》を立てたが、惟仁親王が立てた能雄《よしお》少将に敗れたため、小野の里に隠棲《いんせい》したと伝えられる。**うき世**　浮世。この世の中である現世の意に憂き世の意を掛ける。**へを**　韝《へお》。小型の鷹を繋ぎ止めるため脚に結び付ける二十尋《ひろ》の紐。**そりて引こむ**　逸《そ》りて引っ込む。鷹が思いがけない方向へ飛んで姿を消してしまったとの意に、惟喬親王が剃髪《ていはつ》して引退したとの意を掛ける。**をの**　小野。惟喬親王が幽棲した山城国愛宕《おたぎ》郡小野郷（京都市左京区小野町周辺の地）をいう。

『堀川百首題狂歌合』には右歌の「逸物の鷹にとらるゝ雉子よりもなをあさましや殿と百性」に対し、その判に「左歌は、業平の心もとなかりしか、おもひの外に御くしおろし給て、といへる小野ゝ山居あはれにも侍るかな。右の、鷹と雉子はまことに殿と百性なれと、みこにはなそらへかたかるへし」とあり、勝となっている。『伊勢物語』第八十三段に語られる惟喬親王の故事を取り、音の通いから鷹の縁語で仕立てたもので、鷹狩で雉子《きじ》を捕らえた秘蔵の鷹を殿様に譬えることよりは、遥かに優れている、というのである。

293

庭中早梅　　囊庵鬼守

我庭の梅のさかりをそのまゝに春まてとくな雪のしら封

早梅　早咲きの梅のことで、冬至の頃から開き始める特別な種類の梅をいう。**封**　盛りの早梅を化身に見立てて、一般の梅が盛りを迎える春までその姿を現さないように封じ込めること。

早咲きの梅に対する誇らしげな愛情が、梅を妖怪変化のように見立てさせ、清浄な真白い雪によってそれを春まで封じ込めたい、とさせるのである。

しはすの末に鳫《かり》の鳥をかへとてひとのもて来りけるをかハてかへすとて　朱楽《あけら》菅江《かんこう》

294

かりかねときくさへそつとしはすしまいやよなしても八百のとり

かりかね　雁《かり》が音《ね》（雁のこと）に借り金の意を掛ける。**しはすしま**　師走しま。陰暦十二月の異称に、時もあろうになんということか、などといった気持ちを表す強意の接尾語のしまが付いた語。師走は家々で師（僧）を迎えて仏事を行うため、師を走らせるからとか、四時が果てる月、諸事をし果てる月の意であるとする説のほか、年の瀬を迎えて、平素は四角張って澄まし顔の先生が忙しく金策に走り回るとする俗解が知られる。この月に油をこぼすと火にたたるという俗信があり、水を被る習慣もあった。**八百のとり**　水鳥一羽の値段が八百文であったことを受け、これに八百文の銭を取られる意を掛ける。

『狂歌若葉集』には詞書を「師走廿日あまり八日鴈をかへとてもて来りけるをかへすとて」とある。僅かな元手で大儲けをしようという虫のよい了簡をいう諺「雁は八百矢は三文」を巧みに用いる。

295

歳暮　　よミ人しらす

とれハ又とるほとそんのゆく年をくれる〳〵と思ふおろかさ

そんのゆく年　損の行く年。損失が大きくなる意に過ぎ行く年並の意を掛ける。行くは波（並）の縁語。**くれる**　暮れるの意に物を呉《く》れる意を掛ける。

『狂歌若葉集』には作者を内山椿軒《ちんけん》とする。椿軒は四方赤良や朱楽菅江、唐衣橘洲の和学の師であったが、橘洲との仲をはばかってか、敢えて「よみ人知らず」としたものと考えられる。こうした配慮もさることながら、『平家物語』の「忠度都落《ただのり》」で名高いエピソード、木曽義仲に攻められて平家一門が京都を落ち延びる際、平忠度が藤原俊成を密かに訪れて詠草一巻を託し、勅撰《ちよくせん》和歌集撰集の沙汰があったなら、一首なりともそれに加えて欲しいと頼み、俊成はその願いを入れて『千載集』に「さざなみや志賀の都はあれにしを昔ながらの山桜かな」の一首を「読人知らず」として入集させてあるのを踏まえ、椿軒を忠度に見立てることによって、『万歳狂歌集』が『千載集』のパロディーであることを知らしめる一手段でもあった点に注目したい。

296 **借金も今ハつゝむにつゝまれすやふれかふれのふんとしの暮**　あけら菅江

借金　金に金玉（睾丸）の略称の意を掛ける。**つゝむ**　包み隠す意を掛ける。**やふれかふれ**　破れかぶれ。包むの対語で、これに自棄《やけ》を起こした状態の意を掛ける。**ふんとし**　褌《ふんどし》。褌に年の意を掛ける。

諺「褌をしめぬときんが大きくなる」を取る。

297 **身代ハはつかしなからむら薄《すすき》かりちらしてそ年のくれぬる**　卯雲

身代《しんだい》　暮し向き、財産。**むら薄**　叢薄《むら》。群生している薄をいうが、季節がら枯れ薄と思われる。**かりちらし**　金を借散らしの意に薄を刈散らす意を掛ける。

298　囊中《のうちゅう》ハおのつからこれ無一物手をひろけたる年の暮かな　　隣海法師《りんかい》

手をひろけたる　何もないといって手を広げて見せる意に、手広く諸方面に関わり過ぎたとの意を掛ける。

禅語「囊中おのずからこれ無一物」の文句取り。

299　ゆく年のかけハいかほと鳥かなくあつまからけのあしおもけなり　　から衣橘洲

ゆく年　行く年。年の暮れ。**かけ**　掛け。掛買いの総計。**鳥かなく**　鶏が鳴く。あづま（東、吾妻）に掛かる枕詞。**あつまからけ**　東絡。着物の裾から五、六寸ほど上の背縫のところを絡げて帯に挟むこと。東ばしょり、じんじんばしょりなどともいって、男が急ぎ駆け行く時などにする。

『狂歌若葉集』にも同じ詞書で載る。

300

行年のひはり毛月毛おひくらし人間万事馬子の境界

囊菴鬼守

ひはり毛 雲雀毛《ひばりげ》。馬の毛色の一。地が黄色と白色の斑《まだら》で、たてがみと尾が黒く、背に黒い筋の入ったものをいう。**月毛** 馬の毛色の一で、葦毛《あしげ》（白い毛に黒や濃い褐色の差毛のあるもの）のやや赤味の強いのをいう。**人間万事馬子の境界** 中国の故事「人間万事塞翁が馬」の捩《もじ》りで、境界は境涯と同義。「塞翁が馬」は、辺塞に住む老翁の飼い馬が胡の国に逃げていったので、人々は翁に同情して悲しんだが、数か月後その馬が胡の駿馬とともに帰って来たので、人々は翁のために大いに喜んだ。次いで翁の子が落馬して足を折ってしまったので、人々はまた翁のために悲しんだが、一年後胡が攻め入って来て戦いとなり、男たちは殆ど戦死したが、翁の息子は片足が不自由だったゆえに助かった、と伝える『淮南子《えなんじ》』の故事による語で、人生における吉凶禍福は予測し難いので、何事があっても喜んだり、悲しんだりすることはないとの意。

蛙面房《あめんぼう》

「塞翁が馬」の故事による。一首に「うま」の語を多用するところから考えると、安永七年甲午の年の暮れの作かと思われる。

301

まつ春の宵一刻の千金をすこしかりたき年のくれ哉

婆阿《ばあ》

まつ春　待つ春。歳暮になって春も近いと期待する心をいう。**宵一刻の千金**　前句の春を受けて、「春宵一刻直《あたい》千金」を捩る。

『狂歌若葉集』にも同じ詞書で載る。中国、北宋の詩人蘇軾《そしょく》の七言絶句「春夜」の詩句の「春宵一刻直千金、花有清香月有陰」を取る。

302

借銭の山路ハよしや鳥の音をまねてもゆかぬ年の関哉

よしや　たとえ、仮に。「や」は間投助詞。**ゆかぬ年**　行かぬ年。行く年の対で、すんなりと歳暮が過ぎて行かない意を込める。**関**　関所のこと。

孟嘗君《もうしょうくん》の「函谷関《かんこくかん》の鶏鳴」の故事を取り、「夜をこめて鳥のそらねははかるとも世にあふ坂の関はゆるさじ」（『後拾遺集』十六、『百人一首』、清少納言）を受ける。函谷関の鶏鳴の故事は『史記』「孟嘗君伝」が伝えるところで、斉の孟嘗君が秦の昭襄王《しょうじょうおう》に招かれてその許《もと》にあった時、讒言《ざんげん》にあって捕らえられたが、ようやく許され、追手を恐れつつ函谷関までやって来たものの、この関は天下の難関で知られ、鶏が鳴くまで開かない規則があり、大いに難渋していたところ、供の食客の中に鶏の鳴き真似が巧みな者がいて、無事通ることを得たという。清少納言の歌もこれを受けたものである。一首の意は、唐、大和の難関に年の関を引き比べ、借金だらけではどんな才覚をもってしてもこの関は越すことは出来ない、と嘆じるところにある。

303

ひんぼうのぼうが次第に長くなりふりまハされぬ年のくれ哉

よミ人しらす

ぼう 棒の意に貧乏の意を掛ける。**ふりまハされぬ** 振り回されぬ。棒をぐるぐる回されないとの意に、家計のやりくりが思うままにならないとの意を掛ける。

304

弓とりのわれもつはさのあるならハしはし飛たき年のくれ哉

峯松風《みねのまつかぜ》

弓とり 弓取。弓矢をもって仕える人の意で、武士のこと。これに鳥の意を掛ける。**飛たき** 空を飛んでみたいとの意に年の暮れを飛び越してしまいたいとの意を掛ける。

305

ねかハくハとふり手形をうちわすれ跡へかへらん年のお関所

四方赤良

とふり手形　通手形。主持《しゅうも》ちの武家以外の者に関所の通行を許可する保証書で、旦那寺（菩提寺）が発行する檀家証明と五人組が出す居住証明とよりなり、旅行者は必ずこれを携帯した。往来手形、通切手。

306
犬百人一首の中に　　不自由物なし
ねきり置しさしもの質を命にてあハれことしのきハもすくめり

犬百人一首　不詳。**ねきり置し**　根切置し。根こそぎ質に置いての意。**さしもの**　あれ程の。**ことしのきハ**　今年の際。今年の最後の日の意で、歳暮をいう。**すくめり**　過ぐめり。過ぎて行くように思われる。「めり」は極めて主観的な推量を表す助動詞。

「ちぎりおきしさせもが露を命にてあはれ今年の秋もいぬめり」（『千載集』十六、『百人一首』、藤原基俊）を本歌とする。

307
仏師歳暮　　へつゝ東作
種々さつた仏も年をとり仏師かる地蔵顔なすゑんま顔

さつた　薩埵《きった》。菩提薩埵の略で、菩薩のこと。これにいろいろな事が去ってしまったとの意を掛ける。菩薩は修行を経た未来に於て仏陀となり得る者をいい、仏陀の後継者、代行者としての観世音、弥勒、地蔵などをいう。**とり仏師**　止利仏師に年を取る意を掛ける。止利仏師は飛鳥時代（五九三〜七一〇）の代表的な仏師で、法隆寺金堂の本尊の釈迦三尊像の作者として知られる。**かる地蔵顔なすゑんま顔**　諺「借る時の地蔵顔、済《な》す時の閻魔顔」の捩り。この諺は、借りる時にはお地蔵様のようににこにこと円満な顔をして喜んでいるが、さて返す段になると、閻魔大王のように苦虫を嚙んだように不機嫌な顔をするとの意であるが、取って付けたような借り物の地蔵顔の意と、恐ろしい閻魔顔をするとの意を掛ける。

諺「借る時の地蔵顔、済す時の閻魔顔」の文句取り。

308

午の年のくれに

老らくの里に近つくやせ馬の年のしりへたむちくれにけり

好原真図伎《すきはらのまずき》

午の年　安永三年（一七七四）甲午の年。**老らく**　年を取ること、老年。**しりへた**　尻臀《しりべた》。尻の肉付きのよい部分で、しりたむらともいう。

309

としのくれに百人一首によそへて人々哥よみけるとき

このくれハいつのとしよりうかりけるふる借銭の山おろしして

唐衣橘洲《からころもきつしゅう》

百人一首　鎌倉初期の歌人藤原定家撰の『小倉百人一首』。**いつのとしより**　いつの年よりもの意に、本歌とした歌の作者源俊頼の名を掛ける。**うかりける**　希望が持てずに辛く、苦しいとの意。**山おろし**　山颪《やまおろし》。山から吹き下ろす強い風の意に、山のようにある古い借金を返済する意を掛ける。『狂歌若葉集』には詞書を「掛乞男の声もはげしかれとはいのらむものを」とし、第二句を「いつの俊頼」として載せる。「うかりける人を初瀬の山おろしはげしかれとは祈らぬものを」（『千載集』十二、『百人一首』、源俊頼）を本歌とする。

310

五十六になりける年のくれに　平秩東作《へずつとうさく》

七八もこの月きりに年くれておくにもたらぬもとゆひの霜

五十六になりける年　天明元年（一七八一）に当たる。**七八**　五十六の九九算による呼称に、質草が八か月で流れる意を掛ける。**おく**　質を置く意に霜の置く意を掛ける。**もとゆひ**　元結。一般に髻《もとどり》（頭の頂に束ね結った髪）を結う細い紙製の緒をいうが、ここは髻のこと。**霜**　白髪を譬える。

311

としのくれに石町月三師のもとにかりにゐ侍りし時

願ひしちくとく御礼ハ申さねとことしハ安楽こく町の暮

としのくれ　天明元年（一七八一）の暮れ。**石町《こくちょう》**　正しくは本石町という。日本橋界隈の目抜きの問屋街（東京都中央区日本橋本石町周辺）であった。**月三師** 東作が剃髪した時の師の坊か。未詳。**願ひしちくとく** 「願以此功徳《がんにしくどく》」の地口にしちくどく（非常にくどいこと）礼をいうの意を掛ける。**こく町** 石町に安楽国《あんらくこく》（極楽浄土のこと）の意を掛ける。

『狂歌若葉集』には詞書を「辛丑歳暮石町月三師の許にて越年」として載る。浄土教で回向の最後に諷誦《ふじゅ》する『観経玄義分』「帰三宝偈《きさんぼうげ》」の「願以此功徳、平等施一切《びょうどうせいっさい》、同発菩提心《どうほつぼだいしん》、往生《おうじょう》安楽国」の文句取り。

312

節分　　藤《ふじ》のまん丸

鬼ハ外福ハ内へといり豆に花さく春をまつ年のくれ

節分 立春の前夜をいい、神社や寺院では追儺《ついな》の式を執行し、家々では門口に鰯《いわし》の頭や柊《ひいらぎ》の枝を鬼の目突きといって飾り挿し、「福は内、鬼は外」と打ち囃して炒った大豆を仮想の鬼に撒《ま》き付ける風がある。**いり豆に花** 炒豆に花。諺。衰えたものが復活することの譬えで、福が内へ入る意を掛ける。

313

大晦日したしきくすしのもとより屠蘇散をおくりければ　　浜虎坊鶏子《ひんこぼうけいし》

元三《（がんさん）》の酒にひたすら屠蘇散《（とそさん）》をくれるハいしやのそん思邈《（しばく）》かな

くすし 薬師。医者のこと。**屠蘇散** 単に屠蘇ともいい、正月に酒や味醂に浸して飲む薬で、中国、魏の名医華陀《かだ》の処方という。白朮《びやくじゆつ》、肉桂、防風などを調合したもので、年末に医者の所へ薬礼を持って行くとその移り（返礼）としてこの薬包をくれる慣例があった。三角形に縫った赤い紅絹《もみ》の袋に入れて桃の木に付け、大晦日に井戸に吊して置いて、元日に瓶に入れたものだという。**元三**　正月三が日をいい、この三日の間、毎朝屠蘇酒を飲む風があった。**ひたすら**　ただただ屠蘇散ばかりをくれるの意に屠蘇散を酒に浸す意を掛ける。**そん思邈**　孫思邈。中国、唐の医学者。太白山に隠棲して、老荘の学や薬の調合法に通じていたため、時の皇帝太宗に召されたが、出仕しなかった。これに寸志の意を掛ける。

314

哥合の中に除夜　　布留田造

いつか我借銭こひに身をなして師走のはてにはたりありかん

哥合　『堀川百首題狂歌合』。**除夜**　大晦日の夜。夜半九つ時を期して寺々では百八の鐘を撞《つ》く。**借銭こひ**　借銭乞。掛取（借金取り）のこと。**師走のはて**　十二月の果て。大晦日のこと。**はたりありかん**　債《はた》り歩かん。徴収しに責め立てて歩き回ろうとの意。

『堀川百首題狂歌合』には右歌の「あけは春関をこえんとさゝなみや大津こもりにやとやかるらん」に対し、その判に「左歌、借銭こひにうむしはてゝのねかひにや。右、さゝなみや大津こもりめつらしく侍る。歌すかた優なれは、尤可為勝」とあり、負けとなっている。大晦日に大津籠りを当てるのは少々無理な趣向であるが、歌の姿がよいので、借金出来ぬままに借金取りに変身したいと思う歌よりは優れている、というほどの判である。

315

はらひにもならぬ物からせハしなや大つこもりの入相《いりあい》のかね

由縁斎《ゆえんさい》

哥合　『家つと』。由縁斎貞柳の家集で、享保十四年（一七二九）刊。「哥合」とするのは南畝の誤記と思われる。**大つこもり**　大晦日。**入相のかね**　夕暮れ時に諸方の寺々で撞く鐘で、この世の無常を告げるものと受け止められていた。これに金銭が入用だとの意を掛ける。

『家つと』には詞書を「歳暮」として載せる。

巻第七　離別歌

316
百首哥の中に別
朝な夕な窓の戸障子おのれさへたがひちがひにたちそわかる丶　如竹《じよちく》

百首哥　『如竹狂歌百首』。『堀川狂歌集』所収。**戸障子**　一般に建具をいい、限定的には雨戸と障子をいい、一般に、二本の溝によって横に開閉する引違い戸である。

317
渡辺某にわかれけるときに
しばらくもワかれとなれバかたうでをきらる丶やうに思ふわたなべ　樋口関月《ひぐちかんげつ》

わたなべ　渡辺某に羅生門や大江山の鬼退治で勇名を馳せた平安時代の武将の渡辺綱の意を掛ける。『狂歌若葉集』には詞書を「渡辺某急なる用有て難波へ旅立しけるに」とし、第一句を「鬼ならて」として収める。謡曲『羅生門』などで名高い渡辺綱が鬼の片腕を斬り取った一件の見立て。

318

三井長年かミやこへかへるむまのはなむけすとて

あけら菅江《かんこう》

たび衣きさまの店ハふるさとにかへるにしきも仕入いくむら

三井長年　京都油小路の豪商三井治右衛門のことで、仙果亭嘉栗《かりつ》の狂名で狂歌を詠じた。**ミやこ**　都。京都をさす。**むまのはなむけ**　馬の餞《はなむけ》。旅立つ人への贈物。**たび衣**　旅衣。旅行用の衣服。**いくむら**　幾疋《いくむら》。疋は布帛《ふはく》の一巻をいい、長さは四～六丈位、一反半～二反に相当する。

出世して故郷へ帰ることをいう諺「故郷へ錦を着て帰る」を用いる。

319

竹本住太夫難波にかへるなこりに新うす雪物語刀鍛冶の段をかたるをきゝてよみてつかハしける

四方赤良《よものあから》

のぼりてハ又きく事もかたな鍛冶らい国としを待ぞ久しき

竹本住太夫　上方の浄瑠璃語り。田中文起の表徳（雅号）で狂歌も作った。日本橋石町に仮寓《かぐう》し、南畝《なんぽ》らと交友があった。**難波**　現在の大阪とその周辺の古称。**なこり**　名残。歌舞伎の役者などが出演先の地を離れる時や引退しようとする時に最後に演ずる演目。**新うす雪物語刀鍛冶の段**　安永八年（一七七九）八月市村座上演の『新薄雪物語』のことと思われる。本来、この作は寛保元年（一七四一）五月に大坂の竹本座で上演された浄瑠璃（文耕堂、竹田小出雲らの共作）で、仮名草子の『薄雪物語』を先行作とする。早くから歌舞伎化されて、「上巻」の清水花見、「中巻」の幸崎《さいざき》邸詮議、園部邸相腹《あいばら》、「下巻」の正宗内の場が名高いが、「刀鍛冶の段」は「下巻」で上演されたものか。**のぼりてハ**　都に上ることで、上方へ行ってしまってはの意。**かたな鍛冶**　刀鍛冶の意にし難いの意を掛ける。**らい国《くに》とし**　刀工来《らい》国俊に来国の年（ふたたび江戸にやって来る年）の意を掛ける。国俊は鎌倉時代の刀工で、山城（京都府）の来派の名匠として知られ、俗に二字国俊といわれた。

320

卯月の頃へつゝ東作かたびたちける時梅桜松のゑをおくるとて
最明寺《さいみようじ》ときならぬ雪の鉢の木をやせたるむまのはなむけとミよ

卯月　陰暦四月の称。**最明寺**　北条五代執権時頼の入道後の称。当時、最明寺入道は、今日の水戸黄門観と同様に、諸国を漫遊して勧善懲悪を実践する名君とされていたので、これに旅行好きの平秩東作を見立てる。**ときならぬ雪**　季節の卯の花を時季外れの雪に見立て、これに突然の旅行の意を掛ける。**鉢の木**　謡曲『鉢木』で佐野源左衛門常世が旅僧に秘蔵の梅、松、桜の鉢植えを焚いてもてなしたとあるを受ける。**やせたるむまのはなむけ**　佐野常世が貧乏だったので、その飼馬もさぞかし痩馬だったろうという一般の連想があり、これを受けて自身が貧乏であることを自ら揶揄《やゆ》するとともに、それに似合った貧しい餞別の意を掛ける。

謡曲『鉢木』を踏まえる。この東作の旅は天明二年（一七八二）のことで、その真意は不明であるが、途中父の郷里の尾張（愛知県）に寄るなどして、まるまる一年に及ぶ上方への漫遊であった。

もとのもくあミちゑの内子夫婦つれにて江の嶋かまくらの名所見にまかりける時　へつゝ東作《とうさく》

321 見てかへれ道べたながら筆柿のうみ山かけてうつしゑのしま

江の嶋　相模国鎌倉郡片瀬（神奈川県藤沢市）沿岸の小島。弁才天の祠《ほこら》や稚児《ちご》ヶ淵《がふち》などで著名な景勝地で、江戸からも多くの人が赴いたが、夫婦連れで行くと弁才天の嫉妬を受けるとの俗信があった。**かまくら**　鎌倉。相模国鎌倉郡の中心都市（神奈川県鎌倉市）。平安時代から源氏と関係深く、十二世紀末に源頼朝がこの地に幕府を開いて以来、京都に対抗する政治・文化の中心地として繁栄、元弘三年（一三三三）に鎌倉幕府が滅亡した後も室町幕府の鎌倉公方《くぼう》の居住地として栄えたが、康正元年（一四五五）公方が下総《しもうさ》国古河《こが》（茨城県古河市）に移ってから急速に衰え、近世には風光と寺などの文化財に依存する観光都市となった。**道べた**　道の辺の意に下手の意を掛ける。**うみ山**　海山の意に柿の熟す意を掛ける。**筆柿**　柿の一種で、実が長くて筆の穂頭に似る。これに筆の意を掛ける。**うつしゑのしま**　写し絵の意に江ノ島（絵の島とも書いた）を掛ける。写し絵は写生画のこと。

322 旅まくら鎌倉かけて夫婦つれ手をひきが谷《（やつ）》靏がおかさま

旅まくら　旅寝と同意で、旅先での宿りをいう。**手をひきが谷**　手を引くの意に鎌倉の谷の一つ比《ひ》企《き》谷を掛ける。比企谷は大町の北の浅い谷で、源頼朝の乳母の比企禅尼が住んだのでこの名がある。

鶴がおかさま　鎌倉の鶴ヶ岡八幡宮の意におかさま（おかかさまの略）の意を掛ける。鶴ヶ岡八幡宮は康平六年（一〇六三）源頼義が京都の石清水《いわ》八幡宮を由比浜《ゆいがはま》の地に勧請したのに始まり、治承四年（一一八〇）源頼朝が現在地に再興し、以来源氏の氏神、武家の総鎮守として尊崇され、近世にも徳川氏の厚い尊信を受けた。

『狂歌若葉集』には詞書を「木あみ夫婦づれにて江の嶋かまくらへ詣るをゝくる」とし、第四句、第五句を「鶴がおかたの手をひきがやつ」として載る。

三島の宿にとまり侍し頃ある人狼のかハふとん尻敷にとておくりしか帰路の折から暁ちかくたちいで玉くしけはこねの山をこえゆくに跡よりかのかハふとんもたせつゝ人々見おくるとて出来り山かこに尻敷しきてとく〳〵とあるに所からおかしかりけれハ

浮亀菴巻阿《ふきあんけんあ》

323
毛蒲団を名残をしかと思ひしに山中まてハ送り狼

三島　伊豆国君沢郡の宿駅（静岡県三島市）。東海道五十三次の一。狼　犬と同種の哺乳動物で、山犬の名もあるが、近代に至って絶滅した。玉くしけ　玉櫛笥《くしげ》。櫛笥の美称で、身、蓋、覆うなどに係る枕詞としても用いるが、ここは箱根の「箱」に掛けている。はこねの山　箱根の山。小田原と三島の宿との間にある交通の要衝で、箱根の関所が置かれ、上り四里、下り四里の急峻な山道が続くため、東海道最大の難所とされた。山かこ　山駕籠《かご》。道中や山路に用いた駕籠で、町駕籠よりも堅牢な造りであったが、乗り心地はいかがか。**とく〳〵** 得々。得意になってしたり顔をすること。**所から** 所柄。場所が場所であるので。**毛蒲団** 毛皮で作った布団。**名残をしかと** 名残惜しいのかとの意。**山中** 箱根の西隣の立場《たてば》（宿駅と宿駅の間にある小駅で、休憩所として利用された）。現在は三島市に属し、三島の宿からは上りで二里の行程であった。これに山の中の意を掛ける。**送り狼** 狼は、夜間、旅人を尾行してその頭上を数回飛び越え、その人が恐れて倒れたりすればただちに嚙みつき食らうといい、これを送り狼という。送って来たの意が掛けられているのは勿論のことである。

324

神無月の頃加賀の国にまかりける人をおくるとて

ふるさとへかへる錦の袖さへもにほふ小春の梅か加賀紋

軽少《けいしょう》ならん

神無月 陰暦十月の異称。**加賀** 旧国名。北陸道の一国（石川県の一部）で、百万石の大守前田家の所領の一部であった。**まかりける** 江戸から加賀国へ下って行った。**小春** 陰暦十月の異称であるが、春の縁で梅の香を引き出す。**梅か加賀紋** 梅が香の意に梅の図柄を彩色で描き出した紋所の意を掛ける。この色彩華やかな独得の紋が加賀紋であり、また加賀藩主前田家の定紋は梅鉢であった。

出世して故郷へ帰ることをいう諺「故郷へ錦を着て帰る」を取る。

めしつかふもの丶名ハ三ぶ六といへるがしなの丶国へかへりける
ときに

ちゑの内子《ないし》

325

そろばんの玉々おきしさふ六かくにへかへるハにくの十八

しなの丶国　信濃国（長野県）。冬の雪の多い時季に、信濃から江戸に出稼ぎに来る男が多く、これを信濃者とか「おしな」といい、大飯食いとの定評があった。**玉々**　算盤《そろばん》の玉の意にたまたま（偶々）の意を掛ける。**くにへかへる**　国に九二を掛け、国へ帰る意と九二がひっくり返って二九となる意を掛ける。**にくの十八**　掛け算の二九、十八に憎いの意を掛ける。九二の反対で、十八には三六も掛かっている。

『狂歌若葉集』には詞書を「三六といへる信濃もの、としも十八なりけるが、国へ帰るをよめる」として載る。算盤の縁で、数の遊びを趣向とする。

326

三井嘉栗ミやこにかへりける時　　へつゝ東作

冨士きよミなかめハ駕籠の右ひたり長者のたひのはきもいためす

三井嘉栗　三井長年の狂名。**冨士きよミ**　富士山と清見潟と。清見潟は駿河国庵原《いはら》郡の歌枕の地（静岡県静岡市清水区）で、南に三保の松原、駿河湾を、東北に富士山を眺める風光明媚《めいび》な海岸で、清見関跡や清見寺でも知られる。**たひ**　旅の意に足袋の意を掛ける。**はき**　脛《はぎ》の意に足袋を履きの意を掛ける。

あり余るところへさらに付け加えることをいう諺「長者のはぎに味噌を塗る」を掛ける。

327

難波にかへるべき日もちかつきぬるに酔月楼にて人々むまのはなむけしければ

田中文起《ぶんき》

竹本住太夫

牛込のおもき御恩をせなにおひもうおなこりとぬるゝ片袖

酔月楼　牛込御細工町（東京都新宿区細工町）にあった土山宗次郎孝之の邸宅。**むまのはなむけ**　馬の餞《はなむけ》。馬の鼻向けの意で、旅立つ人の馬の鼻をその方向に向けて、前途の無事を祈ったことから、転じて餞別の宴や物品をいう。**牛込**　江戸城の外濠と戸塚、大久保との間の一帯（東京都新宿区）の称で、ここには土山の邸《やしき》のほか南畝らの居宅があった。**せな**　背。背中のこと。**もう**　最早の意に、牛の鳴き声を掛ける。**おなこり**　お名残。別離の情を惜しむ言葉。**ぬるゝ片袖**　濡る片袖。涙を拭ったため、涙が染み込んでぐっしょりとなった片一方の袖。

牛の縁語で一首を仕立てる。作者は大坂の浄瑠璃語りで、南畝やそのパトロン的存在の土山宗次郎と親交があり、天明二年にはしばしば行をともにしていた。

巻第八　羇旅歌

百首哥の中に旅　　　猶影《ゆうえい》

328　行くれぬ宿かし給へ是非ともになさけをかけて旅の衣手

百首哥『猶影狂歌百首』。『堀川狂歌集』所収。**行くれぬ**　行き暮れぬ。行く途中で日が暮れてしまった。**旅の衣手**　旅支度ながら法衣を着ている僧の意に、情けをかけて給《た》べ（情けを掛けて下さい）の意を掛ける。

天龍川にて雨ふりけれハ　　　梅仙《ばいせん》法師

329　天龍やしやぢくの雨のふる時ハせんどらまごらともにめいわく

天龍川　遠江《とおとうみ》国（静岡県西部）の大河。東海道の見付と浜松の間にあり、橋がなかったため、大雨が降るときは川止めといって交通が遮断された。**天龍や**　天龍川の意に、仏教の天上の神、龍神を掛ける。「や」は強意の助詞であるが、次の「しや」と合して鬼神の夜叉《やしゃ》の意を掛ける。**しやぢくの**

雨　車軸の雨。車の軸のように太い雨の意で、大雨の形容。**せんどらまごら**　船頭等、馬子等。渡川のための舟の船頭や馬を操る馬子たちの意に、仏教で説かれる歌神の真陀羅《しんだら》（緊那羅《きんなら》）、蟒神《ぼうしん》の摩《ま》睺羅迦《ごらか》を掛ける。『法華経』「如来神力品《しんりきぼん》」などに「天、龍、夜叉、乾闥婆《けんだつば》、阿修羅《あしゅら》、迦楼羅《かるら》、緊那羅、摩睺羅迦……」とあるのを捩《もじ》る。

330

さやの中山にて　卯雲《ぼううん》

としをへて又こゆべしと思ひきや御用なりけりさやの中山

さやの中山　佐夜の中山。遠江国佐野郡の歌枕の地で、東海道の金谷宿（静岡県島田市）と日坂宿《にっさか》（静岡県掛川市）の間にある峠路（静岡県掛川市）。「上り三里に下りが三里、中の平が十八丁」といわれて箱根路に次ぐ東海道の難所として知られるほか、夜泣石や観音寺の無間《むけん》の鐘の伝説でも名高く、金谷との間には、承久の乱（一二二一）に失敗して関東に連行された藤原宗行が宿の柱に一詩を残した故事で知られる菊川の立場《たてば》（静岡県島田市菊川）がある。**御用**　幕臣としての公用。

「年たけてまた越ゆべしと思ひきや命なりけり小夜の中山」（『新古今集』十、西行）を本歌とする。

塩の山にて雨にあひて　山岡明阿《みょうあ》

331　**塩の山さしたる事もなかりけりからいめをして見るはかりなり**

塩の山　甲斐国山梨郡の歌枕の地（山梨県甲州市）。甲府盆地の孤山で、古来、塩を産出したための名といわれる。同じ歌枕の地差出の磯（山梨市）と続けて呼ばれることが多い。**さしたる事**　差出の磯を掛ける。差出の磯は遠くからは亀の姿に見えるところから、亀の甲石とも呼ばれた。

琴歌『千鳥の曲』で知られる「塩の山さしでの磯にすむ千鳥君が御代をば八千代とぞ鳴く」（『古今集』七、よみ人知らず）を本歌とする。

するかのくにはらの宿にて　　**平秩東作《へずつとうさく》**

332　**浮島かはらふ路銀もつきはて丶三国一のふしゆうな旅**

するかのくにはらの宿　駿河国原の宿。駿東《すんとう》郡の宿駅（静岡県沼津市）で、東海道五十三次の一。**浮島かはら**　浮島が原に路銀を払う意を掛ける。浮島が原は原の宿の西方、田子《たご》の浦沿いに東西に延びる低湿地帯で、逆さ富士など、古来、景勝の地として知られた。**路銀**　道中に必要な金。旅費。**三国一**　日本、唐土、天竺《てんじく》で一番優れた物との意で、当時の世界観では世界一と同義。これに駿河、甲斐、相模の三国で一番の名峰富士山の意を掛ける。**ふしゆう**　不自由に三国一の富士の山の意を掛ける。

『狂歌若葉集』には詞書を「駿河の国に遊びける頃、原の駅にて」として載せる。

藤沢にて

333

旅人をまつにかゝりて藤沢のゆぎやうずいせぬ出女《でおんな》のかほ　栗山《りつざん》

藤沢　相模国の高座《こうざ》郡と鎌倉郡にまたがる宿駅（神奈川県藤沢市）で、東海道五十三次の一。時宗の総本山で、俗に遊行《ゆぎょうじ》寺といわれる清浄光寺《しょうじょうこうじ》がある。**まつにかゝりて藤沢の**　旅人を待つのにかかりきりになっての意に松に懸かる藤と掛け、藤沢を出す。松に懸かる藤は王朝以来の美的造形の理念であった。**ゆぎやうずい**　湯行水に遊行の意を掛ける。遊行は僧が修行や説法のため諸国を巡ることをいうが、ここは特に時宗の僧のそれをいう。**出女**　宿場に置いた女中兼務の遊女で、おじゃれともいった。

334

十三夜に藤沢につきてあるこいゐにていもをくひて　もとのもくあミ

芋をくひ屁をひるならぬよるの旅雲間の月をすかしてそみる

十三夜　陰暦九月十三日の夜をいい、名月の見納めなので「後の月」といって、八月十五日夜の名月に対し、枝豆や栗を月に供えるので豆名月、栗名月の名もある。**こいゐ**　小家。**いも**　芋。この時代は一般に里芋をいう。**ひる**　屁をひる意に昼の意を掛ける。**すかして**　透き通しての意に音の出ないすかし屁の意を寄せる。

335

九月九日はかりに金沢を過るとて道のへに菊のさかりなるを折て駕籠にさすとて

四手《よつで》駕籠なをさかてませよはひませ千代いき杖の菊の山道

九月九日　月日ともに陽数の九が重なるので重陽といい、五節句の最後に当たる。宮中ではこの日菊花の宴が行われ、目出たい効用のあるといわれる菊の花を生けた瓶を飾り、群臣に菊の酒を賜ったので、菊の節句の称もある。**金沢**　武蔵国久良岐《くらき》郡（横浜市金沢区）の一村。**四手駕籠**　四本の竹を柱とした粗末な駕籠《かご》で、辻待《つじま》ちなどもあって庶民の重要な交通機関であった。**さかて**　酒手。取り決めた駕籠賃のほかに心付けとして与える金銭。**よはひませ**　齢《よわい》増せ。年齢を重ねて年取ること。**千代いき杖《づえ》**　千年も長生きするの意に駕籠舁《かき》の持つ息杖の意を掛ける。息杖は休憩する時に駕籠を支えるために使用する。

『狂歌若葉集』では詞書を「鎌倉を過るに九月の九日なりけれは、菊の花を駕籠にさすとて」とし、第四句を「千代いきつへと」として載せる。中国古代の人で、七百歳の長寿を得たと伝えられる菊慈童の故事を踏まえる。俗伝に、菊慈童は周の穆《ぼく》王の寵愛《ちょうあい》を受ける少年で、ある日、王の枕を跨いだ罪によって酈《れき》県（河南省）に流されたが、王が霊鷲山《りょうじゅせん》で釈尊から受けた法華の妙文を賜り、王の教えによってそれを菊の葉に写して川に流し、その水を飲んで七百歳の長寿を得、容貌は少年の時のままだった、と伝えられ、謡曲にも『菊慈童』の曲がある。

336

八橋の跡見んと思ひしが駕籠のうちにねふりて行すきけれは　**樋口関月《ひぐちかんげつ》**

八（やつ）はしを見んと思へと高いびきかきつはたにて跡になり平（ひら）

八橋　三河国碧海《あおみ》郡の歌枕の地（愛知県知立市）。逢妻《あいづま》川のほとりで、燕子花《かきつばた》の名所として名高く、在原業平《ありわらのなりひら》が「から衣きつつなれにしつましあればはるばるきぬる旅をしぞ思ふ」という折句の歌を詠んだ所として知られ、業平を祭る在原寺、無量寿寺など『伊勢物語』に因《ちな》む旧跡が多く、無量寿寺境内の池には八橋を模した橋も架かる。**かきつはた**　燕子花の意に高鼾《たかいびき》をかいたの意を掛ける。燕子花に杜若の字を当てることが多いが、これは藪茗荷《やぶみょうが》のことで誤りだという。池や沼などの水辺に自生する多年生草本で、夏季に花茎を出し、その頭に紫、青、白などの花菖蒲に似た花を付ける。**跡になり平**　後ろの方になってしまったの意に業平の意を掛ける。

337

美濃と近江の国さかいなるね物かたりにやとりて　**紀迪《きてき》**

まつうれし近江表にミのふとんねものかたりのあひやとりして

美濃　旧国名。東山道の一国で、今は岐阜県の一部となっている。**近江**　旧国名。東山道（中仙道）の一国で、現在の滋賀県に当たる。**ね物かたり**　寝物語。寝ながらの話の意で、一般に男女の間の睦言《むつごと》をいったが、ここは美濃との国境にある近江国坂田郡柏原村字長久寺（滋賀県米原市）の称で、この地では両国の家並が建て続いているので、国の違う隣同士の人たちが壁越しに寝ながら話が出来たといい、「美濃と近江の寝物語」の語が諺化しているのを受ける。**近江表**　近江国蒲生《がもう》郡特産の畳表で、細藺《い》で作るが、備後《びんご》産のものよりは粗く品質が劣る。**ミのふとん**　美濃の意に三幅《みの》布団の意を掛ける。三幅布団は三幅の布を縫い合わせた布団で、敷布団にすることが多い。**あひやとり**　相宿。相宿と同義で、同じ宿屋または同じ部屋に泊まること。

『狂歌若葉集』では詞書を「美濃、近江の境ねものかたりにやどりし時」とする。

338

かしまにまふてし舟の中にてぬす人ありとてひと〳〵さハきけれハ　田阿《でんあ》

舟のうちによしぬす人ハあなるとも楫《(かじ)》より外にとる物ハなし

かしま　鹿島。常陸国鹿島郡の歌枕の地（茨城県鹿嶋市）で、利根川の対岸にある香取神宮（千葉県香取市香取）とともに武人の信仰が厚い鹿島神宮の所在地として知られる。奈良時代、東国の防人《さきもり》がこの宮に集まり、武運を祈願して後、船に乗って任地に赴いたので、旅立ちを「鹿島立ち」という。**あなる**　「あんなる」の「ん」が表記されないもので、あるようだ、あるという意。**とる**　楫をとる意に盗む意を掛ける。

339

くまのゝあま田川といふ所を過て　太田茂弘《しげひろ》

なめてミるくま野の口のあまた川ミつの御山のしつくなるらん

くまのゝあま田川　熊野の天田川。紀伊国日高郡（和歌山県日高郡）を貫流する日高川の河口付近の別称で、甘田川とも書く。天田川河口の左岸に位置する天田村（和歌山県御坊市）は熊野街道の交通の要地。**ミつの御山**　三つの御山の意に蜜の意を掛ける。三つの御山は熊野三山のことで、熊野本宮大社（本宮）、熊野速玉大社（新宮）、熊野那智大社をいう。

「頼めつつ君が来ぬ夜の衣手や待兼山の雫《しずく》なるらん」（『新続古今和歌集』巻十三、大納言成通）を本歌とする。

340

安宅《あたか》の関にて　　よミ人しらす

山ふしハかひふいてこそうせにけれたれおひかけてあびらうんけん

これハ源よしつね山ぶしすがたにてミちのくにへくだりけるとき強力《ごうりき》のよめるとなんあひの狂言にかたりつたへたる

安宅の関　加賀国能美《のみ》郡（石川県小松市）にあった関。源平合戦の英雄源義経が兄頼朝に追われ、奥州平泉の藤原秀衡《ひでひら》を頼って都落ちした際、山伏に扮してこの関を通り、弁慶の知略と関守富樫《とがし》左衛門の情義で無事越すことが出来たとの伝説で名高く、能の『安宅』、歌舞伎の『勧進帳』などがこれに取材し、ここを舞台としている。**かひ**　貝。山伏の携帯品の一。大きな法螺貝で作った笛で、合図などに使用した。**おひかけて**　追いかけての意に山伏の携帯品の一の笈《おい》を背に懸ける意を掛ける。笈は仏具や食料、衣服などを入れて背に負う箱様のもの。**あびらうんけん**　阿毘羅吽欠《あびらうんけん》。大日如来を祈る時の呪文で、この五文字の中に一切の仏法があると説かれる。『安宅』の中でも弁慶と富樫の問答の時にこの語のやりとりがある。**ミちのくに**　陸奥国。「みちのく」のことで、磐城《いわき》、岩代、陸前、陸中、陸奥五か国（福島県、宮城県、岩手県、青森県）の古称。**強力**　山伏に付従って荷物を背負うなどの力仕事をする人。**あひの狂言**　間《あい》の狂言。能で狂言方の役者が演じる役柄をいい、『安宅』では強力や太刀持がこれに当たり、この歌は一行が安宅の関に掛かる手前で、関を偵察しに赴いた強力の一人が詠んでいる。

341

母のくまがへのかたへまかりける留主《るす》に　　柏筵《はくえん》

宰領ハさだめて世話をやき豆腐わらひあたりかてうとひるめし

くまがへ　熊谷。武蔵国大里郡にある中仙道の宿駅（埼玉県熊谷市）。**宰領**　御宰《ごさい》ともいい、一行の監督者、世話人をいう。**やき豆腐**　世話をやく意を掛ける。**わらひ**　蕨。武蔵国足立郡にある中仙道の小宿駅の蕨（埼玉県蕨市）に昼飯の菜はきっと焼き豆腐や蕨の煮付けだろうとの意を掛ける。

342

広沢の池にて　　内匠半《たくみのは》四郎《しら》

広沢と人ハいへとも名にもにすさて又ミての池のせまさハ

広沢の池　京都の嵯峨野（京都市右京区嵯峨広沢町）にある池。周囲約一キロほどの池であるが、古来、月の名所として知られる。

343

高砂の浦にて

相生《あいおい》の松の夫婦《めおと》のうミ手からミよみとり子ハきしの姫松

高砂の浦 播磨《はりま》国加古郡の歌枕の地（兵庫県高砂市）。加古川河口の西岸に位置し、古来、室津と並ぶ播磨国の重要な港町で、高砂神社境内の尉姥《じょううば》神社前にある相生の松で知られる。この松は摂津国住吉にある住吉神社の松と並称される天下の名松であった。**相生の松** 黒松（雄松）と赤松（雌松）とが合体した一樹相幹の松で、夫婦が堅く結ばれて長寿を保つことの象徴とされる。**うミ手** 産み手の意に海手（海の方）の意を掛ける。**みとり子** 緑子、嬰児。三歳未満の幼児。**きしの姫松** 岸の姫松。海岸に群生する小松。姫は美称。

「我見ても久しくなりぬ住吉の岸の姫松幾世経ぬらん」（『古今集』十七、伊勢）を取る。

344

大井川をわたるとて

拙堂法師《せつどう》

今こえし小夜の中山それよりも大井川こそ命なりけれ

大井川 駿河国と遠江国を分けて（静岡県中部）南流する大河。江戸時代には幕府が架橋と渡船を禁じていたので人足の肩や輿《こし》に乗って渡り、増水時には危険防止のためすぐ川止めとなったので、「箱根八里は馬でも越すが、越すに越されぬ大井川」と歌に歌われる難所であった。

明和八年（一七七一）刊の『狂歌真の道』に、詞書を「遠江のくに小夜の中山を過ぎて大井河をわたるとて」として載る。「年たけてまた越ゆべしと思ひきや命なりけり小夜の中山」（『新古今集』十、西行）を本歌とする。

345

かひの国左右口《うばぐち》といふ所のミてらに日数と丶まり侍りしにこのあたりの人朝な〳〵ぼろといふものたうへけるかむきの粉にててうし侍りしものなりけり

浮亀庵巻阿《ふきあんけんあ》

旅ごろもぼろの出るまて長居してうば口のはにか丶りける哉

かひの国左右口　甲斐国右左口。甲府（山梨県甲府市）と駿河国大宮（静岡県富士宮市）とを結ぶ駿州中道往還の宿駅（山梨県甲府市）。**ぼろ**　麦粉を餅状に加工して小さい方形に刻んで乾燥させ、炒《い》って食べる。歌中では、これに旅衣が着古したため破れる意と隠していた欠点が出てしまったとの意を掛ける。**てうし侍りし**　調じ侍りし。調理するの雅文的表現。**うば口のは**　左右口の意に姥口の端に掛かる（老婆たちの評判になる）との意を掛ける。

346

からさきの松みにまかりける頃賤家《しずがや》に立よりて蕎麦たうへければ　秦久呂面《はたのくろつら》

やすらひて松のしたぢもからさきのそらハつめたくひえの山盛

からさき　唐崎。近江国滋賀郡の歌枕の地（滋賀県大津市）。近江八景の一「唐崎夜雨」で知られる琵琶湖西南岸の景勝地で、湖岸に「唐崎の一松」の名で名高い老松がある。**たうへ**　食べ。賜への転で、頂いて飲食すること。**松のしたぢ**　松の木の下の意に下地（汁の下地の意で醬油《しょうゆ》のこと）の意を掛ける。**からさき**　唐崎に下地が辛いの意を掛ける。**ひえの山盛**　汁が冷える意に比叡山《ひえいざん》の意を掛ける。比叡山は京都の東北（京都市左京区）と近江国大津（滋賀県大津市）との境の山で、延暦七年（七八八）最澄が入山して延暦寺を開いて以来、天台宗の根本道場、国家鎮護、王城鬼門の守護として信仰された。

『狂歌若葉集』には詞書を「辛崎の松の下にて蕎麦たうべて」とし、「から崎やからみをかけてひとつ松くふたる蕎麦はひえの山もり」とある。

347

あつまに侍りし頃元日に雑煮にむかひて故郷を思ひやり侍りて　樋口関月

ふるさともけふのふとばしかみならし今やくふらん餅好の妻

あつま　吾妻、東。東国の意で、一般に駿河国（静岡県東部）と相模国（神奈川県）とを分ける足柄《あしがら》山以東、信濃国（長野県）と上野国《こうずけ》（群馬県）とを分ける碓氷《うすい》峠の東の地域をいうが、ここは江戸のこと。ふとばし　太箸。正月の雑煮を食べるのに用いる箸。餅好の妻　望月の駒の捩《もじ》り。望月の駒は、毎年、陰暦八月の望月（十五日）の頃に、諸国から朝廷に献上した馬をいう。「あふ坂の関の清水に影みえて今や引くらむ望月の駒」（『拾遺集』三、紀貫之）を本歌とする。餅好の語を望月から更に臨月へと連想するならば、一首の意は随分と迫力あるものとなるが、いかがか。

348

東歩《とうほ》八十五首の中に三条　　知真《ちしん》

あさ酒にまたゑひもせす京をいてゝふむはし一二《いちに》三条の橋

東歩八十五首　『南畝文庫蔵書目録』の「紀行」の部に『讃州紀行』（写）と一括して『東歩』とあるのがそれか。不詳。三条　京都の東西の通りの一つ。三条の橋　京都の鴨川に架かる大橋で、東海道の西の起点で、その西詰めには旅宿が密集していた。

「いろは歌」の最後の部分の文句取りと数の最初を用いた数遊びの技法で一首をまとめる。

349

庄野

わせおくてミな焼米の年貢をハ何としやう野《の》と物あんじ顔

庄野　伊勢国鈴鹿郡（三重県鈴鹿市）の宿駅。東海道五十三次の一で、名物に「俵の火米」があった。

これは握り拳ほどの大きさの青い緒で編んだ小俵に焼米（米を籾《もみ》のまま炒り、これを搗《つ》いて籾殻を取り去ったもの）を入れたもので、家ごとに並べて売っていたという。**わせおくて** 早稲晩稲《わせおくて》。収穫の早い米と遅い米。**焼米** 俵の火米のこと。**年貢** 大名などの封建領主が課した租税で、一般に米で納める風があった。**しやう野** 庄野にどうしようの（何としたもんだろう）との意を掛ける。

350 荒井

はしもとや浜名納豆今きれてあら井てそほすつぼとこおけと

荒井 新居。遠江国敷知《ふち》郡（静岡県湖西市新居町）の宿駅。東海道五十三次の一で、関所があって女の手形と鉄砲を改めた。かつて東の宿外れには隣の舞坂の宿とを結ぶ浜名の橋があったが、永正七年（一五一〇）に流失して以後復旧されず、江戸時代には船便で浜名湖を往来した。**はしもと** 橋本。新居の西隣の立場《たてば》。**浜名納豆** 浜納豆ともいい、塩で煮た大豆を発酵させた味噌豆で、新居が発祥地と考えられていた。**今きれて** 今売り切れてなくなったとの意に今切を掛ける。今切《いまぎれ》は内海である浜名湖が外海の遠州灘《なだ》に通じる口で、明応七年（一四九八）八月の大地震の時に出来たものである。**あら井** 荒井に洗って干す意を掛ける。**つぼとこおけ** 壺と小桶。浜名納豆を造り、蓄えて置く入れ物。

351 江尻

さよ風におなかひえてやうばごぜの江しりかゝえて浦へこそゆけ

江尻　駿河国庵原郡《いはら》（静岡県静岡市清水区）の宿駅。東海道五十三次の一。賤機山《しずはた》を源とする巴川《ともえ》の河口の意。**さよ風**　小夜風。夜風のこと。**うばごぜ**　姥御前《うばごぜ》。老女の尊敬語。**江しり**　江尻に穢尻《えじり》（汚れた尻）の意を掛ける。**浦**　海辺の意に裏（物陰）の意を掛ける。

馬食町旅宿　　四方赤良《よものあから》

352　夢むすふ浅草まくら柳こり花のお江戸に旅寐せしかな

馬食町　江戸の旅宿町として知られた馬喰町《ばくろう》（東京都中央区日本橋馬喰町）のこと。訴訟や商用などで地方から江戸へ出た者がここに宿を取った。また付木屋《つけぎ》も多く、馬喰町付木として名高かった。**浅草まくら**　浅草の意に夢結ぶ浅い眠りの意と草枕の意を掛ける。草枕は草を結んで枕とし、野宿することであるが、旅枕と同意で旅での宿りをいう。**柳こり**　柳行李《こうり》。こり柳の枝の皮を麻糸で編んだ行李（旅行用の荷物入れ）。

いせの国渡会《わたらい》卓彦のもとにて　　へつゝ東作

353　今そしるあこきか浦のさくら鯛たひかさなれとあかぬ色とハ

いせの国　伊勢国。旧国名。東海道の一国で、現在の三重県の一部に当たる。**渡会卓彦**　伊勢の外《げ》宮《くう》の三の禰宜《ねぎ》で、国学者で八文字屋本にも筆を執ったという多田南嶺と交遊のあった松木智彦の息子。明和九年（一七七二）六月十九日歿《ぼつ》。**あこきか浦** 阿漕浦。伊勢国安濃《あの》郡の歌枕の地（三重県津市）で、伊勢神宮への捧物の漁場として知られ、禁漁区であったが、病気の母に食べさせたい一心でその禁を犯して死罪となった阿漕平次の伝説で名高い。**さくら鯛** 桜鯛。真鯛や大鯛が桜の花の時季に色が鮮やかな紅色になるのでこの名がある。**あかぬ色** 飽くことのない見事な色との意に鯛の体色の茜色（鮮紅色）の意を掛ける。

寛保二年（一七四二）、東作十七歳の時、近隣の人々と伊勢参宮した際、卓彦の許《もと》で鯛を馳走になって詠んだ歌で、「逢ふことを阿漕の島にひく網の度重ならば人も知りなむ」（『古今和歌六帖』三）を本歌とする。

354

浦賀にて

西東うら賀ハ船の関すまふうみをまハしのしめくゝりよき

浦賀 相模国三浦郡の港町（神奈川県横須賀市）。江戸湾の出入口に位置するため、江戸時代には浦賀奉行が置かれ、出入りの船舶の検分に当たる番所があった。**西東** 相撲の縁語で、船の出入りする方角に掛ける。**関すまふ** 検分に当たる関所の意に、上位の力士である関取の意を掛ける。**うみをまハしの** 浦賀の地が海に囲まれた様を力士の回し（ふんどし）に見立てる。**しめくゝりよき** 回しを締めくくる勝手がよいとの意に、監督の行き届いたとの意を掛ける。

『狂歌若葉集』にも同じ詞書で載る。

355

旅宿巨燵《こたつ》

竹杖為軽《たけつえのすがる》

森羅万象

あすハとく旅寐のやとをおきこたつ道の三里もふミのばさはや

とく　疾《と》く（はやく、すみやかに）の意に旅支度を解く宿の意を掛ける。**おきこたつ**　置き炬燵に起きる意を掛ける。**三里**　道のりの三里（十一キロ余）の意に灸《きゅう》点の三里（膝頭の下、やや外側の少し凹《くぼ》んだところ）の意を掛ける。三里に灸を据えると疲れが取れるという。

356

畑野あぜ道

旅つかれやすめてねたりおきこたつうすきふとんをかけ川の宿

かけ川　遠江国佐野郡の掛川宿（静岡県掛川市）の意に布団を掛ける意を掛ける。掛川は東海道五十三次の一で、葛布《くずふ》の産地として知られた。葛布は緯《よこいと》に葛の茎の繊維を用いた織物で、丈夫で耐水性に富むため雨具や袴《はかま》などに用いた。

357
あづまに侍りける頃すミた川のほとりまつさきといふところにて四方赤良あけらかんこう須原の迂平など丶酒のミて　業寂僧都《ごうじゃくそうず》
ふるさとのミやこ鳥をもうちわすれまつさきにゐふすミた諸白《もろはく》

あづま　東、吾妻。京都より見た東国の意で、ここは江戸をいう。**まつさき**　真崎。浅草橋場（東京都台東区橋場）の隅田川畔の地で、真崎稲荷があり、境内の茶店で食べさせた豆腐の田楽（特に甲子屋のそれは江戸名物の一）や吉原に近い景勝地として知られ、四季折々に行楽客で賑《にぎ》わった。**須原の迂平**　江戸、上野池の端の書物問屋で『万載狂歌集』の版元である須原屋伊八の店の番頭。南畝の随筆『奴凧』に、時期などについて若干の問題がないではないが、南畝が『万載狂歌集』の出版をこの迂平に約束したことが記されている。**ミやこ鳥**　古来、江戸の名物の一つとして知られた都鳥の意に京都の意を掛ける。都鳥は冬季に渡来するゆりかもめの雅称で、特に隅田川に浮かぶものをいう。**まつさき**　真っ先の意に真崎の意を掛ける。**すミた諸白**　浅草雷門前並木町（東京都台東区雷門二丁目）の酒屋山屋半三郎方で醸造した銘酒。

巻第九　哀傷歌

辞世

358　それ辞世さるほどさてもその、ちにのこる桜か花しにほハゞ　近松門左衛門

辞世　死に臨んで遺す詩歌、偈頌《げじゅ》など。**さるほどさても**「さるほどに」「さても」の二語を合わせたもの。ともに前の文章を受けつつ新たに話を説き起こす発語で、浄瑠璃の詞章としてよく用いられる。

南畝《なんぽ》の随筆『仮名世説』上巻に「近松門左衛門の文」として「代々甲冑の家に生れながら、武林を離れ……思へばおぼつかなき我世経畢。もし辞世はととふ人あらば」として、この歌を続け、さらに「享保九年中冬上旬……不俟終焉期予自記。春秋七十二歳□□」とあって、「のこれとは思ふもおろかうづみ火のけぬまあだなる朽木書して」とある。

359

まきらハすうき世のわさのいろとりもありとや月にうす墨の空

北窓翁一蝶《ほくそうおういっちょう》

まきらハす 紛らわす。あれこれと事が忙しく、繁雑多忙に過ごすこと。**うき世のわさ** 浮世の業。生活を立てるための仕事の意で、職業としての画業をいう。**いろとり** 彩。彩色、配色。**うす墨** 薄墨。薄い墨色で、月のかかる空の色をいう。

南畝の随筆『半日閑話』巻四に「英《はなぶさ》一蝶辞世」として、極めて簡素なその略伝とともにこの歌を載せるが、第四句が「ありとて月の」となっている。

360

はる〳〵と浜松風にもまれきて涙にしつむざゝんざの声

八百屋半兵衛

浜松風 浜辺の松に吹く風の意に半兵衛の生国遠江《とおとうみ》国浜松（静岡県浜松市）の意を掛ける。**もまれきて** 揉まれきて。世間に出て様々な辛い思いをしてきて。**ざゝんざ** 松風の音を形容する語に酒を飲んで歌い騒ぐことの意を掛ける。

おちよ

361

いにしへをすてはや義理も思ふましくちてもきえぬ名こそおしけれ

此うた青梅つはりざかりといへる浄瑠璃の本に見えたり

義理　人として踏み行わなければならない道理で、特に人付合などの上で、否応なしにしなくてはならないことをいう。**くちても**　朽ちても。この身は空しく終わり果てても の意。**青梅つはりざかり**『青梅撰食盛《あおうめつわりざかり》』。紀海音作の浄瑠璃。寛保元年（一七四一）五月初演。『心中二つ腹帯』（享保七年四月初演）と同じ主題で、享保六年（一七二一）四月五日宵庚申《よいこうしん》の夜、大坂油掛町の八百屋半兵衛が生玉の大仏勧進所で女房のお千代と心中した事件に取材する。半兵衛は元浜松藩の家臣で、剣難の相があるため八百屋の養子となるが、藩の人数改めがあって帰藩中、女房のお千代は姑《しゅうとめ》に虐待されて離縁の身となる。帰坂した半兵衛はお千代の復縁に努力するがままならず、ついに殿様拝領の刀で心中のやむなきに至る。

南畝の随筆『俗耳鼓吹《ぞくじこすい》』巻一に「紀海音が作に、青梅撰食盛といふあり。おちよ半兵衛の元祖なるべし」とあって、末尾に「道行のうちにお長半兵衛が辞世をのせたり」として、この二首を載せる。

紀海音《きのかいおん》

362

兄由縁斎貞柳か書おける置土産といへる集のはしめに

しるしらぬ人を狂歌に笑ハせしその返報にないてたまハれ

由縁斎貞柳　上方の狂歌師で、狂歌中興の祖といわれる。**置土産**　『置みやけ』。狂歌集。由縁斎貞柳著、永田貞竹編。半紙本一冊。享保十九年（一七三四）刊。序を海音（狂名貞袲）が書き、その末にこの歌を置く。**返報** 人の行いに対して報いること。報酬、仕返し。

363

辞世　　　　　　　　　　　　　　柏筵《はくえん》

つゐにゆく道とハかねて芝ゑひのはからせ給へ極楽のます

柏筵かおきつき所芝のミてらにあれハなるへし

つゐにゆく道 死出の旅路。**芝ゑひ** 芝海老。海老の一種。車海老に似た海老で、江戸湾に多く産した。**はからせ給へ** 御考慮下さいの意に海老の量を計る意を掛ける。**極楽** 阿弥陀《あみだ》仏の主宰する西方浄土。**ます** 升。芝居などの升形に仕切った観客席の意に海老の量を計る枡《ます》の意を掛ける。**おきつき所** 奥津城所。神霊の留まる場所の意で、転じて墓所のこと。**芝のミてら** 芝山内（増上寺境内。東京都港区芝公園）にあった塔中《たっちゅう》の一つ常照院（浄土宗）をいう。

「つひに行く道とはかねて聞きしかど昨日今日とは思はざりしを」（『古今集』十六、在原業平《ありわらのなりひら》）を本歌とする。作者は歌舞伎俳優の二代目市川團十郎で、柏筵はその俳名の一。江戸劇壇における市川家の地位を不動のものとした人物として知られ、俳諧など文壇でも活躍した。宝暦八年（一七五八）歿《ぼっ》。七十一歳。

柏筵をいたミて　　　　　　　　　よミ人しらす

364

しはらくととめてみたれとつかもないかハひのものや死ての山道

このうたある人のいはく晋子其角かなりと

しはらく　柏筵の当り芸の一『暫《しばらく》』の出の台詞《せりふ》。今日も伝わる顔見せ吉例の『暫』の形と三度の「しばらく」の台詞は、正徳四年（一七一四）『万民大福帳』でこの柏筵二世團十郎が鎌倉権五郎に扮《ふん》したときより始まるという。**つかもない**　つがもない。市川宗家歴代の名台詞「ああ、つがもない」の捩《もじ》り。得意芸の荒事で使われるもので、馬鹿らしいとの意。**かハひのものや**　柏筵の口癖だったという句。**死ての山**　死出の山。死後七日、冥府の十王の一人秦広王の庁に至る迄の道中にあるという険しい山で、死の苦しみを譬《たと》えたもの。**晋子其角**　俳人。芭蕉に師事し、嵐雪《らんせつ》とともに蕉門の双璧といわれた。医を業とし、多芸で知られ、奔放洒脱《しゃだつ》な俳風で江戸座を開いて多くの門人を擁した。柏筵もその弟子の一人であった。宝永四年（一七〇七）歿。四十七歳。

365

辞世　　　　慶紀逸《けいきいつ》

この年てはじめてお目にかゝるとハミだにむかひて申わけなし

ミだ　弥陀。西方極楽浄土の主宰者の阿弥陀仏の略称。

作者は江戸座の俳諧師で、一句立に清新、奇抜な構想と文字遣いで特異な地歩を占め、雑俳集『武玉川』「初編」〜「十五編」（寛延三〜宝暦十二）を編集した。宝暦十二年（一七六二）歿。南畝の随筆『一話一言』巻十二に、六誹園立路の随筆『寝覚硯』を引き、「大病の折から辞世の狂歌して逆修に彫其墓」としてこの一首を載せる。

来示《らいじ》

366

あなきたな今ハみなミのひがしれて西より外ににげ所なし

あな　喜怒哀楽の感情の高まりによって思わず発する語。ああ、あらなどと同じ。**きたな**　北の意にやって来たなの意を掛ける。**ひがしれて**　東の意に火が知れて（火の迫って来たのが認められて）の意を掛ける。**西**　西の方角の意に西方浄土の極楽の意を掛ける。

仏教で、この世を火事にあって火に包まれた家に譬えて火宅というのを援用し、東西南北の語を読み込んで、極楽往生を願う心を表す。

古梅園道恵《こばいえんどうけい》

367

燈明の油煙ハおほしゆきて又ミたの御国のすミつくりせん

燈明《とうみよう》　神仏に供える灯火。**油煙**　油や松脂《まつやに》などが燃えるときに出来る黒色の微粉で、墨の原料とする。**ミたの御国**　阿弥陀仏が主宰する極楽浄土のこと。**すミつくり**　油煙を膠《にかわ》で固めて油煙墨を作ること。

作者は奈良の筆墨の老舗《しにせ》古梅園の六代目松井元泰《げんたい》で、道恵はその法号。大墨の製作で名高く、油煙墨の大成者として知られる。寛保三年（一七四三）歿。五十五歳。出典は不詳ながら、その編著『古梅園墨譜』は、南畝の蔵する所であった。阿弥陀仏の極楽浄土はあがる御燈明の数も多いだろうから、この世と同じようにまた墨作りに精を出そうとの意で、墨作りとしての自負が溢れている。

368　年ころ囲碁をこのミけるか心地しぬへくおほえけれは　加藤道喜《どうき》

碁てあらハ思案工夫もあるへきか死ぬる道にハ手一ツもなし

囲碁　碁を打つこと。**死ぬる道**　死を迎える方法の意に碁の術語の死ぬ（相手に石を囲まれて活きた目がなくなって石を揚げられること）の意を掛ける。**手**　手段の意に碁で石を盤上に置く意を掛ける。

美濃国（岐阜県）の野瀬という碁打ちの辞世「碁なりせば劫《こう》を棄てても活くべきに死ぬる道には手一つもなし」（『醒睡笑』巻四）を本歌とし、囲碁の術語によって縁語仕立てにする。

369　母におくれけるおさなきものを見侍りて　もとのもくあミ

とゝの目ハなきあかせともはゝきゝのきゆるあハゝもしらぬうなゐ子

おくれける　遅れける。先立たれた。**とゝの目**　父の幼児語「とと」に、幼児をあやす時の文句を掛ける。**はゝきゝ**　箒木《ははきぎ》に母の意を掛ける。箒木は信濃国伊那郡の歌枕の地薗原《そのはら》（長野県下伊那郡阿智村）の山の頂にあった木々。遠くからは箒《ほうき》を逆さまに立てたように見えるが、近くに寄って見るとその形が見えないという。きゆる（消ゆる）はその縁語で、母が死んでしまったとの意を掛ける。**うなゐ子** 髫髪子《うないご》。髪をうなじで束ねた子供の意で幼児をいう。**あハヽ** 幼児のあやし言葉に消えて行く泡の意を掛ける。

幼児のあやし言葉「ちょち（手打ち）ちょちあわわ、かいぐり（掻《か》い繰り）かいぐり、とっと（魚《とと》）のめ（目）、ぐるりとまわって、ねこ（猫）のめ」を取る。

370

柳生くらの介ミまかりけるとき 藤本由己《ゆうこ》

世に一手人のかたれぬ所あり無常の風の太刀さきをみよ

柳生くらの介 柳生内蔵介。不詳。**ミまかりける** 身罷《みまか》りける。死んでしまった。**手** わざ、策略。**かたれぬ** 勝つことの出来ない意に人に語れないとの意を掛ける。**無常の風** 風が花を無惨に散らすことになぞらえて、万物が生々流転するこの世のはかなさが人の命を奪い去ることをいう。**太刀さき** 相手に斬り掛かる切先の勢い。

『春駒狂歌集』では詞書の最初を「柳生氏くらの助」とする。

宝生《ほうしょう》九郎か妻をうしなひしときゝて 樋口関月《ひぐちかんげつ》

371

妻うせし心くらうに宝生ハひとりむしやくしや物思ふらん

宝生九郎　能の流派の一、宝生流家元代々の通り名。年代から推して了味友通（安永四歿）か次の玄達友勝（寛政三歿）と考えられる。**心くらうに**　心労の意に九郎を掛ける。**むしやくしや**　心が乱れもつれて堪えがたい様子。**物思ふ**　思い悩む意に亡き人を恋慕ふ意を掛ける。

『狂歌若葉集』には詞書を「宝生九郎か棲を失ひしと聞ける人、傷の狂哥詠と望みしに」とし、第一句、第二句を「妻うせて心くろうの」として収める。

372

文麗子《ぶんれいし》をいたみて　卯雲《ぼううん》

君まさてたれか筆をやたのむべきわかかなしさハ絵にもかゝれず

文麗子　江戸の画家。姓は加藤、名を泰郁といい、狩野派を学んだ。天明二年（一七八二）三月五日歿。七十七歳。**いたみて**　悼みて。嘆き悲しんでの意。**まさて**　在《ま》さで。居る、在るの尊敬語に打消しの助動詞「ず」と助詞「て」がつづまって接合した助動詞「で」の付いたもので、いらっしゃらないので私は大変に苦しみ、困っているの意。**絵にもかゝれず**　悲しみが余りにも深いので、いかによく描いたとて所詮は絵、情味のない絵などに描くことは出来ないとの意に、それは君がこの世にいないからだとの意を重ねる。

373

大根太木《おおねのふとき》か一周忌に寄柏餅懐旧といふことをひと〱
よミ侍りけるに　四方赤良《よものあから》

ひきうすのひとまハりにもなりにけり過しむかしのなつかしハ餅

大根太木　江戸の狂歌師。飯田町中坂下で辻番《つじばん》請負を業とした人で、通称山田屋半右衛門、俳名雁奴、塵積楼と号した。明和六年（一七六九）のある時、南畝は彼を江戸で最初の狂歌会として知られる唐衣橘洲《からころもきっしゅう》宅の狂歌会に伴い、安永年中にはしばしば遊楽に文事にと行を共にすることが多かった。歿年は不詳であるが、南畝が安永八年（一七七九）に主宰した高田馬場の月見の宴を記録した『月露草』の朱楽菅江《あけらかんこう》の「口上」の記事を考え合わせると、同年五月中のことかと思われる。**ひきうす**　碾臼《ひきうす》。米や豆などの穀類を粉にする石臼で、上下の二つからなり、上の臼を廻《まわ》して粉に碾く。**ひとまハり**　引臼の一回転の意に一周忌の意を掛ける。**なつかしハ餅**　懐かしいの意に柏餅の意を掛ける。

374

おなし日門に虚無僧のきたりしをよひいれて尺八をふかせける
ときゝて　蛙面房《あめんぼう》

虚空までひゞく手向《たむけ》やこも僧の南無あミ笠てふける一曲

虚無僧《こむそう》　普化《ふけ》宗の僧のこと。小袖を着して袈裟を懸け、深編笠《ふかあみがさ》を被り、尺八を吹いて諸国を修行して回った僧で、仇討《あだうち》などのために身をやつした者も多かった。**虚空**　空間、大空。**手向**　神仏に幣物を捧げること。**南無あミ笠**　念仏の「南無阿弥陀仏」の意に虚無僧の深編笠を掛ける。

375

妻のいたみに　へつゝ東作《とうさく》

吹からに山の神さへしなぬれは無常の風を嵐といふらん

妻のいたみに　妻が天明元年（一七八一）五月十九日に歿したことを嘆き悲しんで。**山の神**　山を守り、山を支配するという山の神に譬えた妻の異称で、特に年を経て口やかましくなり、いささか妖怪じみた存在になった妻をいう。**嵐**　荒々しく吹きすさぶ風。

「吹くからに秋の草木のしほるればむべ山風を嵐といふらん」（『古今集』五、文屋康秀）を本歌とする。

376

老ぬれハおなしことこそいハれけれおぢゝいとしやおばゝいとしや

「老いぬれば同じことこそせられけれ君は千代ませ君はちよませ」（『拾遺集』五、源順《したごう》）を本歌とする。

377

藤田何かしといへる狂言師をいたミて　から衣橘洲《きつしゅう》

やるまいぞやるまい物をたれかあるとらへてくれよ死出の山人

藤田何かし　不詳。**やるまいぞ**　「逃がすものか」というほどの意。「やるまいぞ〳〵」と重ね、「とらえてくれい」などとともに狂言の終わりの場面でよく使われる言葉となっている。

『狂歌若葉集』では詞書を「狂言師某を悼て」とする。

378

ある人十あまり七とせの忌に寄蕎麦懐旧といふ事を　古せ勝雄

思ひ出《いず》る涙に袖をしぼり汁しるしの石の苔のむし蕎麦

十あまり七とせの忌　故人の歿後十七年に営む法要。十七回忌。**しぼり汁**　蕎麦つゆとする味噌だまりと大根おろしの絞り汁の意に、悲しみの余り袖を絞るほどに涙が出たとの意を掛ける。**しるしの石**　記念のための石、目印とすべき石の意で、墓石をいう。**苔《こけ》のむし蕎麦**　年月を経て墓石に苔がむす（生える）意に蒸蕎麦の意を掛ける。蒸蕎麦はゆでずに蒸籠《せいろう》に入れて蒸した蕎麦をいう。

『狂歌若葉集』では詞書を「睦月はつかの日、橘洲ぬしのいもとなる人、十あまり七とせの忌になんあたる日、寄蕎麦懐旧といへることを」とする。

無常　由縁斎《ゆえんさい》

379　つゐにゆく道とハかねてなり平のなりひらのとてけふもくらしつ

つゐにゆく道　人生の終局に行く道の意で、死出の旅をいう。**なり平**　在原業平の意になるとの意を掛ける。

『家つと』に詞書を「題しらす」として載せる。「つひにゆく道とはかねて聞きしかど昨日今日とはおもはざりしを」（『古今集』十六、在原業平）を本歌とする。

百首哥の中に　如竹《じょちく》

380　兵法をつかふ様こそなかりけれとかくしないてかなハさる身ハ

百首哥　『如竹狂歌百首』。『堀川狂歌集』所収。**兵法**　用兵と戦いの仕方に関する学問、また剣術や槍《そう》術などの武芸をいう。**しないて**　事をせずにいるとの意に剣術修行用の道具である竹刀の意を掛ける。

『如竹狂歌百首』には「無常」の題で載せる。

381

人生変化の心を

あすか川とえたりかしこく世をなけく涙もつゐにあたしのゝ露

山岡元隣《げんりん》

あすか川 飛鳥川。大和国（奈良県）高市郡《たかいち》の飛鳥地方を北流する川。水流が激しいため淵瀬《ふちせ》の変化が著しいことで知られ、和歌では無常流転の比喩として使われるほか、明日を掛けたり、明日を引出す枕詞のようにして用いられる。**えたりかしこく** 得たり賢く。物事が思い通りに運んで得意になったときに出る言葉で、してやった、有難いといった意。**あたしのゝ露** 仇野《あだしの》の露。仇野は京都嵯峨野の奥、愛宕山《あたごやま》の麓にあった墓場で、露の語とともに、人生の果敢《はか》ないことの譬えとして用いられる。露は題四句の涙の縁語。

人の世の無常を詠じた「世の中は何か常なるあすか川きのふの淵ぞけふは瀬になる」（『古今集』十八、読人しらず）の意を取り、そうと分かって振舞ってはいても、最後には仇野の露と消え行くのが人間の定めである、というのである。

巻第十　賀歌

382　無一草のおくにかきつけける　志《し》道軒《どうけん》

とゝんとんと逢坂《おうさか》関が原うちおさめたるよろつ代のこえ

無一草　延享五年（一七四八）刊の摺物《すりもの》『元無草』のことか。**とゝんとん**　調子よく物を打ち叩く時の擬声語で、物事が順調に捗《はかど》るときなどにもいう。作者の志道軒は有名な辻《つじ》講釈師で、奇人としても知られ、浅草観音の裏手に高床を造り、これに座して講釈を語り、その話の合の手に、松茸形をした木の棒で机を打って、話の調子を取ったという。明和二年（一七六五）歿。八十三歳。**逢坂関が原**　逢坂は大坂のことで逢《あ》う意を掛け、慶長十九年（一六一四）冬と翌元和元年の夏と二度にわたる大坂の陣と慶長五年の関ヶ原の合戦をいう。**うちおさめたる**　徳川家が豊臣家を討って天下に太平の世をもたらしたとの意に、怪しげな棒を打ちながら話を終える意を掛ける。

『元無草』に「謡我」と題した漢詩とともに載り、『風流志道軒伝』（宝暦十三刊）の末尾にも収めるが、「逢坂」は「大坂」となっている。典拠を『無一草』と南畝《なんぽ》がしたのは、この歌の後に「無一艸」（「無一」は志道軒の堂号）とあるのを誤記したものか。

383 哥合の中に祝　布留田造《ふるのたづくり》

先以《まずもつて》御機嫌のよき君か代をおそれなからも祝ふめてたさ

哥合　『堀川百首題狂歌合』。『堀川狂歌集』所収。**先以**　まず第一に。**君か代**　貴方の寿命、年齢。**おそれなからも**　恐縮ではあるが、もったいないことですが。

『堀川百首題狂歌合』末尾の歌で、右歌「金銀はつむ石倉のことくにていやか上にも治れる御代」に対し、「千秋万歳万々歳、と祝ひ祈り奉り畢《おわんぬ》」とあって、判詞、判ともにない。

384 寄民祝　未得《みとく》

活計《かつけい》にはらのふくるゝ世にあへハ天下たいへをこく土万民

活計　豊かな暮し向き、贅沢《ぜいたく》な家計。**たいへ**　太平（世の中が平穏無事なこと）の意に大屁《だいへ》（大きな音の屁）の意を掛ける。**こく土**　国土に大屁をこくの意を掛ける。**万民**　多くの人々、全国民。

『吾吟我集《ごぎんわが》』五に同じ詞書で載る。

385

めてた百首哥の中に　　四方赤良《よものあから》

あいた口戸さゝぬ御代のめでたさをおほめ中《もうす》もはゝかりの関

めてた百首哥　『めでた百首夷歌《えびすか》』のこと。南畝最初の個人狂歌撰集《せんしゅう》で、天明三年正月刊。**はゝかりの関**　憚《はばかり》関。陸奥《むつ》国柴田郡の阿武隈《あぶくま》川の傍（宮城県柴田郡柴田町）にあったと考えられている古関で、これに憚る（恐れ慎む）の意と憚り（便所）の意を掛ける。

『めでた百首夷歌』には「関」の詞書で載る。下賤《げせん》な者たちの勝手な評判は防ぐことが出来ないことをいう諺「あいた口には戸はたたぬ」による。

386

四方赤良の父自得翁六十一の賀に寄松祝といふ事を　　智恵内子《ちえのないし》

六十《むそ》とせにひとゝせあまるひとつ松これからさきのよはひいく代ぞ

自得翁　名は正智、通称吉左衛門、自得翁はその号。享保元年（一七一六）生まれ。享保十九年御徒《おかち》となり、明和五年（一七六八）勤続足掛け三十五年の後隠居、天明八年（一七八八）九月九日死去。**六十一の賀**　還暦の祝いで、安永五年（一七七六）九月三日自宅にて行われ、酒宴の席と翰墨場《かんぼくじょう》（詩文の揮毫《きごう》会）を兼ねたという。「寄松祝」は当日の題であったと思われる。**ひとつ松**　一松。近江八景の一つ「唐崎夜雨」で知られた唐崎（滋賀県大津市）にあった名物の老松。**これからさき**　これ以後の意に唐崎の意を掛ける。

387 千年と申すハおどけ松の春本卦《ほんけ》かへりを十《と》かへりの花　烏暁《うぎよう》

おどけ　戯れ、冗談。**松の春**　松の栄える春の意で、新春を賞美する語。**本卦かへり**　本卦帰。生まれ年の干支《えと》になることで、六十一年目に回って来ることから、数え年で六十一歳になることをいう。還暦。**十かへりの花**　十返の花。松の花の雅称で、祝賀の意で用いられる。松の花は百年に一度、千年に十度咲くという伝説に基づく。

388 六十になりけるとし松契多寿といふことを　杵庵《しよあん》

琥珀《こはく》にもなるへき松のやにおやぢねはり〳〵ていく春やへん

松契多寿　松ハ多寿ヲ契ル。松の長寿にあやかるための賀詞で、契るは約束するの意。**琥珀**　松などの樹脂が地中で化石化したもの。**やに**　松の脂《やに》の意に脂っこい（しち難しい）親父の意を掛ける。「我見ても久しくなりぬ住吉の岸の姫松幾代経ぬらむ」（『古今集』十七、『伊勢物語』百十七、在原業平《ありわらのなりひら》）を本歌とする。

389
松久緑

よろつ代をせなかにせたら老松のミとりも久しかれいなるらめ

一文字《ひともじの》白根《しろね》

せたら　背負ったら。**ミとり**　松の常盤《ときわ》の緑の意にみどり子（赤子）の意を掛ける。**久しかれい**　久しかれ（久しくあって欲しい）の意に嘉例の意を掛ける。

390
寄謡祝

盃をおさむる手にも高砂のまづ寿ふくをそいたゝいてのむ

塩屋から人

まづ　真っ先にの意に高砂の松の意を掛ける。高砂の松は、歌枕で名高い播磨《はりま》国加古郡の高砂神社（兵庫県高砂市）境内の尉姥《じょううば》神社の前にある名物の相生《あいおい》の松をいう。**寿ふく**　寿福。命を長らえ、幸せが多いこと。

謡曲『高砂』の詞章「をさむる手には寿福を抱き」を取る。

391

寄鍋真木祝　　　　もとの木あミ

鍋のしりかけともつきぬすミの江の松の落葉ハめてたき木なり

真木　燃料用の雑木。薪《まき》。**かけとも**　鍋の尻の墨（煤《すす》）を掻《か》き取る意に松の落葉を掻く意を掛ける。**すミの江**　摂津国住吉郡の歌枕の地住江（大阪市住吉区）に鍋の尻に付く墨の意を掛ける。住江は住吉ともいい、播磨国高砂の賀古《かこ》の松原とともに松の名所として知られた。**めてたき木**　松は千年の命を保つというめでたい木であるとの意に薪《たきぎ》の意を掛ける。

謡曲『高砂』の詞章「朝夕にかけども落葉のつきせぬは」を取る。

392

寄台所祝　　　　から衣橘洲《きつしゆう》

台所どんどゝなるハ瀧の水いている客もたえすとふたり

どんどゝなる　瀧《たき》の落ちる水音に台所の慌《あわただ》しい様を掛ける。**瀧の水**　『三番叟《さんばそう》』の文句を取り、これに江戸、神田和泉町（東京都千代田区神田佐久間町）の四方《よも》久兵衛の店で売った銘酒の名の四方の瀧《たき》水《ずい》を掛ける。**とふたり**　『三番叟』の最初の章句「とう〳〵たらり〳〵ら」を取り、訪ふたり（訪れた）との意を掛ける。

『狂歌若葉集』では詞書を「台所祝」とし、台四句を「出入客も」とする。謡曲や歌舞伎芝居の『三番叟』の文句取り。

寄餅祝　　　　　　　　　　　　よミ人しらす

393　いくうすかつきぬよはひ八千とせふる鶴《つる》の子もちにちきりて八くふ

つきぬ　餅を搗《つ》いたの意に尽きることのない寿命との意を掛ける。**よはひ八千とせ**　齢《よわい》は千年。鶴の寿命をいう。**鶴の子もち**　長寿を祝う語である鶴の子の意に鶴の子餅（祝儀用で卵形をした紅白の餅）の意を掛ける。**ちきりて八**　千切る（手先で小さく切り取ること）意に契る意を掛ける。中国の神仙譚《たん》に基づき、長生きで目出たいことを祝う諺「鶴は千年亀は万年」を取る。

寄鑓祝　　　　　　　　　　　　峯松風《みねのまつかぜ》

394　さて長い事かな君かおもちやりゆるかぬ御代の石突《いしづき》にして

おもちやり　御持槍《やり》。所持する槍。**ゆるかぬ御代**　揺るがぬ御代。安定して動揺することのない時代の意で、平穏無事の治世をいう。**石突**　槍の柄の端を覆う金具の意に礎《いしずえ》の意を掛ける。

395

寄船饅頭《ふなまんじゆう》祝　　無銭法師

千年の靏見《つるみ》ハおろか万代も永久橋《えいきゆう》にちきるまんちう

船饅頭　江戸の隅田川で小舟を使い、三十二文（米一升の値段という）の料金で売春した下等な遊女で、阿千代《おちよ》ともいい、その舟を阿千代舟といった。**千年の靏見**　諺「鶴は千年」を受け、武蔵国橘樹《たちばな》郡東部の東海道沿いの鶴見村（横浜市鶴見区）をいう。鶴見村には名物の米《よね》饅頭があって鶴見の饅頭の名で知られ、鶴屋、亀屋など七軒の有名店があった。**万代**　限りなく続く代の意で、御代を寿《ことほ》ぐ祝詞。**永久橋**　隅田川の中洲《なかず》脇にあった橋（東京都中央区箱崎町・蠣殻町《かきがらちょう》辺）で、この辺は舟饅頭の巣窟《そうくつ》として名高かった。**ちきる**　契る（男女が交わること）意に饅頭を小さく千切る意を掛ける。

396

寄碇《いかり》祝　　手柄岡持《てがらのおかもち》　喜三二

はんゑいやはんゑいやとて碇綱《いかりづな》をうこかぬ御代のためしにそひく

はんゑいや　船頭たちが碇綱を引く掛け声に繁栄の意を掛ける。**碇綱**　碇の環に付ける綱。**うこかぬ御代**　船を一定の場所にとどめて置くために沈める碇を、揺るぎない無事平穏な治世に譬《たと》える。

397

酒上《さけのうえの》ふらち　恋川春町

千とせ丸とかきれる舩も碇つなのなかきためしに萬代やへん

千とせ丸　千歳丸。船の名に千年の意を掛ける。**ためし**　例。手本、先例。**萬代**　無限に続く世の意で、御代が永遠に続くことを祈念する祝詞。「千とせまで限れる松も今日よりは君に引かれて万代や経む」（『拾遺集』一、大中臣能宜）を本歌とする。

寄枕絵祝　　あけら菅江《かんこう》

398 床もはやおさまりてよいきミか代ハもういく千代といハふ枕絵

枕絵　春画の異称。**床**　遊里語で、寝る支度が出来たことを「床が納まる」というのを受ける。**きミか代**　君が代の意によい気味の意を掛ける。**もういく千代と**　房事の際の嬌声《きようせい》に幾千代（きわめて長い年数）の意を掛ける。

髪置を賀して

399 なてそむる髪をおきなとなるまてにさあらハ鈴をふれや千歳（せんざい）

髪置　三歳になった幼児（男女とも）が髪をのばし始める儀式で、多く十一月十五日に行い、長寿を祝う意味合いから、白髪の鬘《かつら》を付けさせたり、とくに女子には麻苧《まお》、真綿に末広や松竹の作り花を五色の水引で結んだものを頭にかずかせたりした。**おきな**　髪置の意に『三番叟』のシテたる翁太夫の意を掛ける。**さあらハ** そうであるなら。以下『三番叟』の文句取り。**ふれや** 鈴を振るの意に年を経る意を掛ける。**千歳** 『三番叟』の役柄の一つシテツレに、千歳の長寿を祝福する意を掛ける。

『翁三番叟』「鈴の段」最後の部分の面箱（狂言師が務める）の章句「ア、ラ目出たや、さあらば鈴をまいらせう」を取る。

内匠半四郎《たくみのはしら》

400

くめや〳〵酔ふかしらかのことふきの客もよろ〳〵養老の瀧

くめや〳〵 汲《く》めや汲めや。謡曲『養老』の文句取り。**しらか** 白髪。齢を重ねて白髪になった人の意で、次句の祝言を申しに来た客の意と続けて、長寿の意を掛ける。**養老の瀧** 美濃国多芸《たぎ》郡の養老川上流にある瀧（岐阜県養老郡養老町）によろよろする意を掛ける。養老の瀧は醴泉《れいせん》として名高く、元正天皇の時、この地の孝行者で知られた貧しい木樵《きこり》が、養老の瀧が醴泉であることを知り、これを汲んで酒好きの父に飲ませたとの風聞が天皇の耳に達し、天皇が親しくこの地に行幸あってその孝徳を賞《め》で、年号を霊亀三年（七一七）から養老元年に改めたという。

謡曲『養老』の章句を取る。

何かし八十の賀に

あけら菅江

401

いやかうへになをいやそちのその余計たんとならすハちとせてもへよ

何かし　漢学者で、伊勢津藩の儒官であった奥田蘭汀《らんてい》のことか。天明二年春、八十歳の賀宴を行い、南畝も列席して賀詩を賦している。**いやかうへに**　いよいよ、ますます。**いやそち**　いや（いよいよ）の意に八十路《やそじ》を掛ける。**たんと**　沢山、どっさり。**ちとせ**　ちと（たんとの対で、少し）の意に千歳を掛ける。

『狂歌若葉集』には詞書を「ある翁の八十になれるを賀して」として載せる。

402

何かしの母百一歳の賀に

めつらしや冬瓜《とうが》の花のそれならて人のよはひも百ひとつとハ　から衣橘洲

冬瓜　食用の大型の瓜。夏に黄色の花を付けるが、無駄花の多いことで知られ、晩秋に三十センチ余の大きな実が熟する。**百ひとつ**　百一つ。百に一つの割合でとの意。

『狂歌若葉集』には詞書を「何がしの尊堂百ひとつの賀に」とする。冬瓜が仇花《あだばな》ばかりで、稔《みの》ることの珍しいのを譬える諺「冬瓜の花の百一つ」を取る。

403

賀のうたとて　　　　　　　　　　　　　　　　　　　　　　橘　貞風《たちばなのていふう》

かぎりなき御隠居様にけふよりハひかれまふして千代やへんてつ

かぎりなき　福徳も寿命も無限との意。**御隠居**　家督を譲って閑居した人。**へんてつ**　編綴《へんてつ》（医師や遁世者《とんせい》が愛用した羽織）の意に千代を経ん（千年も長生きをしよう）との意を掛ける。「千とせまで限れる松も今日よりは君に引かれて万代や経む」（『拾遺集』一、大中臣能宣）を本歌とする。

404

ある国のかミの寿蔵《じゆぞう》のつかをきつかせ給へるを賀し奉りて　　へつゝ東作《とうさく》

鶴のはし千とせもみまくほりうゆるうなゐ松江の君かことふき

ある国のかミ　出雲国（島根県）松江の藩主松平南海を指す。**寿蔵**　存命中に作って置く墓。**鶴のはし**　鶴嘴《つるはし》（堅い土を掘る工具で鶴の口ばしに似る）に鶴の口ばしの意を掛ける。**みまく**　見まく。見るの未然形に助動詞「む」のク語法「まく」の付いたもので、見るであろうとの意。**うなゐ松江**　髫髪松《うないまつ》（墓の印に植える松）に南海侯の居城のある松江の意を掛ける。

『狂歌若葉集』には詞書を「松江侯の寿蔵萩野氏より求められけるに」として載る。

人の昇進のいはひにいなたといへる魚をつかハすとて　　から衣きつ洲

405

いなたまてなりあかりたるわかなこの出世ハミえた御奉公鰤《ぶり》

いなた　三十から六十センチ位の小型の鰤の江戸での称。鰤は出世魚として知られ、大きくなるにしたがってワカナゴ、アブコ、イナダ、ワラサ、ブリなどと名を変えるが、この名付け方は地方によって大いに異なる。大魚といって、出世や昇進の祝い物として喜ばれた。**わかなこ**　若魚子。鰤の一歳魚（大きさ十センチほど）に対する江戸での称。**御奉公鰤**　御奉公（勤務）振りの意に鰤を掛ける。

『狂歌若葉集』には詞書を「或人の子の出世のいはゐにいなたといへる魚をおくるとて」として載る。

406

喜鵲群簷《きじやくぐんえん》　　茶屋町末広

一羽二羽三羽さう朝《ちよう》松はやし軒端にきハふよい鳥とび

喜鵲　鵲《かささぎ》の異称で、烏鵲《うじやく》ともいう。鵲は形態、習性ともに烏によく似た鳥で、慶事を報ずる鳥として喜ばれ、松に配して絵に描かれることが多い。**群簷**　軒に群れること。**三羽さう朝**　鳥が三羽早朝にとの意に『三番叟』の意を掛ける。**松はやし**　松林の意に『三番叟』の囃子《はやし》の意を掛ける。**にきハふ**　賑《にぎわ》う。賑やかになる意に富み栄える意を掛ける。**鳥とび**　鳥跳び（鳥が両足を揃えてぴょん〳〵跳び歩くこと）に鳥飛を掛ける。鳥飛は屋根の棟の上に消火用の天水桶《てんすいおけ》と火の粉を叩き消す藁《わら》箒《ぼうき》を備えた防火施設で、吉原の外観を特徴付けるものの一つであった。

407　松に鶴《つる》の画に

松かねをほりて琥珀の出《いず》るまで長きためしの鶴のくちはし　　松良《しょうりょう》

松かね　松の根。琥珀は松の樹脂などが化石化したものなので、松の木の下にあるだろうとの連想。**鶴のくちはし**　鶴の嘴《くちばし》が長いの意に堅い土を掘るための道具である鶴嘴の意を掛ける。

408　東作かしらおろしける時十徳を贈るとて　　三井嘉栗《かりつ》

十徳八千代のかための文字の関そてもゆたかに通して下され

東作かしらおろしける時　安永八年（一七七九）秋、平秩東作は落飾剃髪《らくしょくていはつ》して、名を嘉穂《かすい》と改めた。**十徳《じっとく》**　黒色で文様なしの絽《ろ》や紗《しゃ》で作った衣服で、共裂《ともぎれ》、平絎《ひらぐけ》の紐《ひも》で前を結び、腰から下の部分には襞《ひだ》を付けて袴《はかま》を着用しないでも済むようになっており、医者や絵師、僧侶などの剃髪者が外出時に愛用した。これに仏教で法師が守らなければならないと説く善知法義、能広宣などの十か条の徳行の意を掛ける。**文字の関**　関門海峡の堅め（警備）のために豊前《ぶぜん》国の早鞆《はやとも》瀬戸（関門海峡の北九州市側）に置かれた関所の意に、千年という数え切れない年月に渡る縁を堅く約束するのが十徳の文字であるとの意を掛ける。**通して下され**　関所を通行するときの挨拶で、これに十徳の袖を通す意を掛ける。

作者は紀上太郎の名で、安永八年七月から江戸の外記座で上演された浄瑠璃『納太刀誉鑑《おさめだちほまれのかがみ》』を東作、松貫四《まつかんし》（初世）と共作しており、十徳を贈ったのはその縁によるものと考えられる。

巻第十一　恋歌　上

題しらす　よミ人しらす

409
恋といふそのミなかミをたつぬれハばりくそ穴のふたつなりけり

ある人のいハく此うたハ一休和尚のうたなりと

ばりくそ穴　尿糞穴。小便と大便を排出する穴の意で、尿道口と肛門をいうが、ここは女色と男色の性行為の対象となる器官をいう。尿《ばり》はゆばりの略で、一般に馬や犬などの小便をいったが、下品な言い方として、人間のそれを指していった。**一休和尚**　室町中期の禅僧。京都の臨済宗の大寺大徳寺の四十七世であったが、豪放闊達《かったつ》な性格で奇行家として知られ、詩文に優れた。諸国を漫遊して数々のエピソードを残し、それらは『一休諸国ばなし』などとして伝えられている。この歌を一休作かとした根拠は不明。

斎藤徳元著の仮名草子『尤之草紙《もつとものそうし》』（寛永九刊）上巻の「むさき物のしな〳〵」の条の末尾に「何よりもきたなきはこの道」として収める。「吉野川その水上をたづぬれば檜原が雫《しずく》まきの下露《したつゆ》」（『醒睡笑』二）を本歌とする。

哥合の中に初恋

410 種ふせてうへし茄子《なすび》の二葉より心ひとつにちきる初なり 平郡実柿《へぐりのさねがき》

哥合《うたあわせ》『堀川百首題狂歌合』。『堀川狂歌集』所収。**種ふせて** 種臥《ふ》せて。種を土で覆って押え。**二葉** 発芽して最初に出る葉をいい、茄子などの双子葉植物では二枚である。転じて、物事の初めをいう。**ちきる** 茄子の実をちぎる（もぎ取る）意に男女が契る意を掛ける。**初なり** 最初であるとの意に初生《な》り（初めての実）を掛ける。

『堀川百首題狂歌合』では左歌の「またしらぬ恋のしやうをならへとやにはくなふりのきてなふるらん」に対し、その判に「左歌、神代のはしめ、みとのまくはひおしへし事を、初恋におもひよれるにや。神代はしらす、さかしきもおろかなるも、これはかりは師匠いらすに、いつのほとにや、ふんれんし侍る。右、なすひの二葉より初なりをちきる心も、初恋によりては侍る。さりながら、なすひは五不女のうちの一つにて、陰挺と書てなすびとよめり。少はいま〳〵しきなそらへ物にや侍らん。左、またしらぬなと、初心かほにきこへて、なすひにはまさり侍らん」とあって、負けとなっている。「ふんれん」の字義は不明であるが、分恋（分に応じた恋）というほどの意か。恋というのは教わらなくても、誰もがするものなので、いろいろな形や方法があり、初恋もまたいろいろであるが、茄子の譬《たと》えは少々不謹慎なので、初心顔な左歌の勝ちだというのである。

411

忍恋　臍穴主《へそのあなぬし》

わか恋ハ袖やたもとをおしあて丶忍ふとすれと腹に出にけり

忍ふ　我慢するの意に人目を避ける意を掛ける。

「しのぶれど色に出にけり我が恋は物や思ふと人の問ふまで」（『拾遺集』十一、『百人一首』、平兼盛）を本歌とする。形而上《けいじじょう》の恋の悩みを、僅かな語句の変更によって、たちまち形而下のそれに替えてしまった奇抜な着想に脱帽というところか。

412

待恋　大根太木《おおねのふとき》

まつよは丶雪踏《せった》のかねのかねてよりふミかよひけるうらの細道

雪踏のかね　雪踏は竹の皮で作った草履《ぞうり》の裏に牛の皮を張り付けたもので、踵《かかと》に金物（裏金）を付けて磨《す》り減らないようにしてあった。**ふミかよひける**　踏み通いける。文を通わしてあるの意に通い馴《な》れたとの意を掛ける。踏むは雪踏の縁語。**うら**　裏。雪踏の裏金の意に路次裏の意を掛ける。

413 たゝみ算おきてまつ夜ハいたつらにあふミ表のうらかたそうき　四方赤良《よものあから》

たゝみ算　簪《かんざし》などを畳の上に投げて、落ちた所までの畳の目を数え、それによって吉凶を知る占法。遊女が恋人（間夫）を待つ間などに行った。**おきて**　置きての意に寝ないで起きていてとの意を掛ける。**あふミ表**　近江国（滋賀県）特産の畳表である近江表に逢う身の意を掛ける。**うらかた**　占形の意に表の対で畳の裏が堅いとの意を掛け、さらに逢うことが難いとの意を掛ける。占形は占いに表れた形象をいう。**うき**　憂き。辛く切ない、不本意だ。

結句の「うらかた」を裏方（貴人の妻）とみ、帰り来ぬ夫をはしたない遊女の仕草を取りつつ待つ辛さを詠んだ歌と解することも出来ようが、ここは、柔らかな三布団に寝もやらで、固く侘しい畳に座して恋人を待つ遊女そのものとみたい。

414 逢恋　たきつきてこよひハわれをしめころせあふにかへんといひし命そ　未得《みとく》

たきつきて　抱きつきて。両手で抱きかかえるようにして取り付くこと。

『吾吟我集《ごぎんわが》』六に同じ詞書で載る。「命やは何んぞは露のあだものを逢ふにしかへば惜しからなくに」

（『古今集』十二、紀友則）を本歌とする。

415　煩悩の犬もありけは朧夜《おぼろよ》のぼう〳〵眉にあふそうれしき　四方赤良

煩悩の犬　煩悩（人間にまとわりつく一切の妄想や欲望）が人に付きまとって離れないのを犬が付きまとう様子になぞらえた諺で、これに「いろはがるた」でよく知られた諺「犬も歩けば棒に当たる」を取る。**朧夜**　朧月の出ている夜のことで、春に多く見られる。**ぼう〳〵眉**　茫々眉《ぼうぼうまゆ》に物事のはっきりしない様をいう茫々の意を掛け、さらに棒の意を掛ける。茫々眉は眉毛が濃く形が整わずに生えた眉をいう。

諺の「犬も歩けば棒に当たる」には、でしゃばるから酷《ひど》い目に遭うという解と、出歩くと意外な好運に巡り会うこともあるとの解があるが、ここは後者を取る。茫々眉は、化粧もろくにしないで、道行く男の袖を引いた下等な遊女夜鷹《よたか》のそれをいったものと思われるが、これを、宮廷に仕えた女子が眉毛を除去し、黛《まゆずみ》で眉の上側を濃く、下側と両端を薄くぼかして描いたものとみれば、情景は一転して、『源氏物語』「賢木《さかき》」の巻の朧月夜君と光源氏との出会いの場となるが、この見立てはいかがなものか。

別恋　へつ、東作《とうさく》

416 そしてまたおまへいつきなさるの尻あかつきばかりうき物ハなし

きなさる　いつおいでになるのかとの意に猿の尻の意を掛ける。**あかつき**　暁の意に諺の「猿の尻は真赤」を掛け、さらに真赤な嘘の意を掛ける。**うき物**　憂き物。悲しく辛いもの。

上の句は遊女の常套《じょうとう》的な後朝《きぬぎぬ》の別れの挨拶を転用したもので、その心ない言葉は物憂い別れを惜しみたい男心を味気ないものにした、というのであるが、遊女の言葉が嘘とも知らないで、つくづく別れをつらがっている図とも見て取れないものでもない。分かりきったことをいう諺「猿の尻は真赤」を取り、「有明のつれなくみえし別れよりあかつきばかり憂きものはなし」（『古今集』十三、『百人一首』、壬生忠岑《みぶのただみね》）を本歌とする。

417 おさらはといひしことはか耳のそこにのこりおほさよあかつきの空　四方あから

のこり　残り。心残りだとの意に、前の句を受けて、別れの言葉がいつ迄《まで》も残っているとの意を掛ける。

哥あはせの中に後朝恋（きぬぎぬのこい）　布留田造《ふるのたづくり》

418

あひみてハ布施ない経にあらなくに何と涙をけさおとすらん

哥あはせ　『堀川百首題狂歌合』。**後朝**　床をともにして夜を過ごした男女が、朝になって、それぞれの着物を着て別れること。**布施ない経**　諺「布施ない経に袈裟《けさ》落とす」の文句取り。布施は仏や僧侶に金銭や品物を施し与えること。**あらなくに**　ありはしないのに。**けさおとすらん**　どうして今朝は涙が落ちるのだろうとの意に、第二句を受けて袈裟を着けないとの意を掛ける。

『堀川百首題狂歌合』では左歌の「あぢみての後の心にくらふれはむかしよかりしみめは物かは」に対し、その判に「左歌、あちはひさこそと、おもひやられ侍る。右、ふせないきやうにけさおとす、といへる心おかしく侍れど、味のすぐれたらん、よろつにかへかたくや」とあって、負けとなっている。味のよいのは何よりのことだから、おかしみだけの歌よりもよい、というほどのことである。報酬が少ないと、自《おの》ずから仕事の質も落ちるとの諺「布施ない経に袈裟落とす」を取り、「あひ見てはいく久《ひさ》さにもあらねども年月のごと思ほゆるかな」(『拾遺集』十二、柿本人麿)を本歌とする。

419

いきたなく目をすり鉢の音聞ておきわかれたる床のなき味噌

臍穴ぬし

いきたなく　寝穢《いぎたな》く。寝坊である、眠りをむさぼっている。**すり鉢**　擂鉢《すりばち》に目をこする意を掛ける。**なき味噌**　泣味噌。ちょっとしたことにもすぐに泣くこと、またその人。泣虫のことで、これに擂鉢で擂る味噌の意を掛ける。

420 歌合の中に不遇恋　平郡実柿

わか恋ハひきおひのある代官の胸算用をすることくなり

歌合　『堀川百首題狂歌合』。**ひきおひ**　引負。主人の金を流用して使い込むこと。**代官**　幕府の直轄地を支配する地方官で、年貢の徴収や司法検察などの任に当たった。**胸算用**　胸中で見積りを立てたり、計算したりすることをいう。

『堀川百首題狂歌合』では詞書を「不逢恋」として、左歌の「牛の日に思ひそめてやたら〳〵とあはて長ひく恋もするかな」に対し、その判に「左歌、丑の日にしそめぬる事は長ひく、といへは、さも有へし。右は、題をまはされたり。但、歌躰させることなし」とあって、持となっている。左歌はもっともなことであるが素直過ぎるし、右歌は詞書を複雑に解した割には、詠みっぷりにたいしたところがないというのである。

421 まち針ハたちなからこそくちにけれ身せはの小袖まへあはしとや　四方赤良

まち針　待針。縫い止めの印としたり、布の位置が狂わないようにするために、前もって立てる（刺す）針。次の「たち」はその縁語。**くちにけれ**　朽ちにけれ。腐ってこわれてしまった、駄目になってしまった。**身せは**　身狭。着物の仕立て方で、身頃（着物の体の前面と後面を覆う部分）の狭いことをいう。**小袖**　袖の小さい普段着。

422　百首哥の中に旅恋　　貞徳《ていとく》

我もせじ留主《るす》の間をたしなめといひてわかれし妻そ恋しき

百首哥　『貞徳狂歌百首』。**我もせじ**　私も女との交渉を持たない。**たしなめ**　窘《たしな》め。慎め、我慢せよ。

423　片思　　未得

君かふくほうつきなりの挑灯《ちようちん》に身をつりかねのかたおもひかな

ほうつき　ほおずき（酸漿、鬼燈）に酸漿挑灯（提灯）を掛ける。酸漿は夏に赤く熟れ、その実の皮を風船様に細工したものを口に入れて吹き鳴らした。酸漿提灯は赤い紙を張った小さい球形の提灯で、酸漿同様これもまた子供の玩具であった。**つりかね**　釣鐘。寺院に釣り下げてある大鐘。前の句の挑灯を受けて諺「提灯に釣鐘」を取る。**かたおもひ**　片思い。一方的に恋慕うこと。『吾吟我集』六に同じ題で載る。釣合の取れぬことをいう諺「提灯に釣鐘」の文句取り。

424 そこ心くミてしらんとたちよれハはねつるべなるかたおもひかな　臍穴主

そこ心　底心。上辺だけでは計り知れない心の底、本心。**はねつるべ**　撥釣瓶《はねつるべ》にはねつける（拒絶する）意を掛ける。撥釣瓶は釣瓶井戸の一種で、挺子《てこ》の原理を応用し、棒や竿《さお》の片端に付けた石などの錘《おもり》の力で釣瓶をはね上げて水を汲む。**かたおもひ**　片思いに撥釣瓶の片端が重いとの意を掛ける。

底、汲む、撥釣瓶、片重と釣瓶井戸の縁語でまとめる。

無筆恋《（む ひつ）》　浜辺黒人《はまべのくろひと》

425 いかにせん心のたけを一字てもにじくる事のならぬ無筆ハ　雅貞《がてい》

無筆　読み書きが出来ないこと。**いかにせん**　どうしたものだろうか。**心のたけ**　心の丈。思いのほど、心の深さ。**にじくる**　躙《にじく》る。塗りたくること、また、何度も踏みにじり、なすり付け、擦り付けること。

426
かな釘のおれはかりたにかきもせハ君にうちこむ身とハしらせん

かな釘《くぎ》のおれ　金釘の折れ。金釘の折れ曲がったものをいい、金釘流の語と同様に、下手な字を嘲《あざけ》っていう。**うちこむ**　打ち込む。熱心に思い込む、惚《ほ》れ込む意に金釘の折れを打ち込む意を掛ける。真直ぐな釘と違って、折れ釘を打ち込むのは技術と努力を要する。

427
筆にてハ棒もひかれぬくやしさよ恋の重荷ハかつきなからに　和文《わぶん》

棒　一本の真直ぐな線の意に荷を担ぐ天秤《てんびん》棒の意を掛ける。棒を引くは真直ぐな線を引くこと。

428
見文恨恋
うらみあれや返した文を三輪の山とはぬしるしの杉原の紙　空二《くうじ》

三輪の山　大和国式上《しきのかみ》郡（奈良県桜井市）にある山で、これに三把の意を掛ける。**杉原の紙**　杉原紙に験《しるし》の杉の意を掛ける。験の杉は道標となる杉の意で、三輪山を御神体とする大神《おおみわ》神社の拝殿前にある巨大な神杉をいう。

三輪の地に住む活玉依姫《いくたまより》という娘が夜ごとに通って来る男の子供を懐胎し、両親がその素姓を知るため、ある夜のことその男の衣に麻糸を結んでおいたところ、苧環《おだまき》には糸が三把（三輪）残るだけで三輪山迄続いていて、男は大神神社の主神である大物主神《おおものぬしのかみ》であったという神婚説話を踏まえ、「我が庵は三輪の山もと恋しくはとぶらひ来ませ杉立てる門」（『古今集』十八、よみ人知らず）を本歌とする。

429

隔壁聞恋　　　　峯松風《みねのまつかぜ》

ほとゝきす鶯よりもきゝたきハこかるゝ壁に耳よりの声

ほとゝきす 時鳥《ほととぎす》。夏の夜に時鳥の声を聞くのは、春の日長に鶯《うぐいす》の鳴く音を楽しむのと同様に、風流韻事の一つとされていた。**こかるゝ** 焦がるる。しきりに思い慕う、恋煩いになる。**耳より** 耳寄。聞きたいと思うこと、聞きがいのあること。前句の壁をうけて、諺「壁に耳」を掛け、どこで、誰が聞いているか分からないのにとの意を掛ける。

『狂歌若葉集』にも同じ詞書で載る。秘密の漏れやすいことをいう諺「壁に耳」を取る。

430

臨機変約恋　　　　唐衣橘洲《からころもきつしゅう》

いまさらに雲の下帯ひきしめて月のさハりの空ことそうき

臨機変約 その時となって約束を違《たが》えること。**雲の下帯** 下帯（褌《ふんどし》）を月影を遮《さえぎ》る雲に譬える。**月**

のさハリ　月の障り。月の光を妨げるものの意に月経の意を掛ける。**空こと**　空言、空事。嘘と同義で、真実でなかったり、本心ではない言葉や事柄をいうが、字面の連想から、空の上での出来事の意を掛ける。

『狂歌若葉集』にも同じ詞書で載る。橘洲の代表作の一つで、『狂歌弄歌集』（文化十四刊）に付した序（寛政九年と年次を記す）に、この歌を上げて「先生（内山椿軒）に見せ侍りしに、此うた流俗のものにあらず。深く狂歌の趣を得たりと、ほとほと賞し給へりしは、三十年あまりのむかしなりけり」と、誇らしげに自記している。

「今更にうしといふこそ愚なれかかるべき世の末と知らずや」（『風雅集』十七、前大僧正道玄）を本歌とみれば、その対照が非常に興味深いが、いかがなものか。

431

芸子忍恋　　墨染《すみぞめの》こもん

さミせんの音色もそれとしら糸のそまぬ芸子を恋しのひ駒

芸子　明和・安永の頃（一七七〇年代）よりの新風俗であった町芸者のこと。町芸者は宝永年中（一七〇四〜一一）に発生した踊子が発展、解消して生まれた女芸者で、遊里に所属せずに市中に住んで、音曲や舞踊などによって、酒席に興を添えることを業とした。**さミせん**　三味線。芸子の表芸に不可欠の楽器で、これを入れた箱を母親が持ち、得意先のお座敷迄付き添っていくのが目新しい風俗として注目された。**しら糸**　染めてない真白な糸の意に知らぬとの意を掛ける。**そまぬ**　染まぬ。白糸は染まりやすいものであるが、それと対比して、水商売に馴染《なじ》まぬ芸子の素人ぽい初々しさの意を掛け、さらに恋する男の意に添おうとはしないとの意を掛ける。**しのひ駒** 忍び駒。三味線の音が高くならないようにする特殊な駒をいい、これに忍ぶ恋の意を掛ける。

432

人目しのふ芸子の袖のふりあハせころひあふとハこれをいふへき

丹青洞《たんせいどう》

袖のふりあハせ 袖の振合わせ。芸子が長い振袖を着ていたことを受けて、諺「袖の振合わせも他《た》生《しょう》の縁」の文句を取る。**ころひあふ** 転び合う。男女が私に通じて夫婦となること。転ぶは芸子などが密《ひそ》かに売春することをいう。

行きずりの人と袖が触れ合うといっただけの、取るにたりないような関係でも、前世からの因縁によるとの諺「袖振合うも他生の縁」を取る。

433

おとり子のあひの手しほにとりさかなちよつとおさへてなける盃

躍子勧酒

朱友達《しゅゆうたつ》

躍子 踊子のこと。**あひの手** 間の手、合の手。音曲で、歌と歌との間に、三味線などの楽器だけで演奏される短い部分をいい、転じて、進行中の事柄や主たる話題の間に挟む別の事件や会話をいう。手しほ（手塩）は手塩皿の略で、小型の浅皿をいい、取肴《とりさかな》を盛るために用いるが、また手塩の語には、手ずから世話を焼くとの意があり、これを掛ける。**とりさかな**　取肴。銘々に取り分ける酒の肴。**おさへて**　押さへる。酒席で盃を指された際、押しとどめて、相手にもう一度呑《の》ませること。

434

裏店《うらだな》二枕　　橘《たちばなの》貞風《ていふう》

うらにすむ身もさび釘のくされ縁まくらふたつハうちつけた中

裏店　裏通りや通りに面した商家などの背後の空き地に建てられた小家。諸経費（掛かり）が少なくて済んだので、住人には貧乏人が多かった。**二枕**　男女（ここでは夫婦）同衾《どうきん》の際に用いる二つの枕のことで、男女が共に寝ることをもいう。**さび釘**　錆釘《さびくぎ》。錆のため固着して抜き離し難い意として用いる。**くされ縁**　どのようにしても離れられない悪縁、不義の間柄。**うちつけた中**　遠慮のない間柄の意に釘で打ち付けたように離れられない間柄だとの意を掛ける。

435

下女夏痩　　茶屋町末広

面《おも》やせし下女か二布《ふたの》ハ蕎麦切の色にやつれてあらふ夏川

二布　二幅の布の意で、女性の湯文字（腰巻）をこれで作ったので、湯文字をいう。**蕎麦切《そばきり》**　蕎麦粉を捏《こ》ねて麵状に細く切ったもので、単に蕎麦ともいう。**色にやつれて**　恋にやつれた意に二布が蕎麦切色に汚れた意を掛ける。**夏川**　夏の川。

436

馬上見初恋　志月菴素庭《しげつあんそてい》

はねられん馬の尻目に見そめてもよめ遠乗の笠の内から

はねられん　馬に撥ねられる意に撥ね付けられる（拒否される）との意を掛ける。**尻目**　馬の尻の意に目だけを動かして後方を見る意を掛ける。**よめ遠乗の**　「よめ」は馬の足に出来るたこのこと、「遠乗」は馬に乗って遠出することで、これに女が実際以上に美人に見える条件をいう諺「夜目遠目笠《かさ》の内」を掛ける。

437

出替恋《でがわり》　古せ勝雄《かつお》

ぬかミそのくさきにもあらぬ竹のよのはしたと末をちきる出かハり

出替　下男や下女などの奉公人の契約更改をいい、三月と九月の半年ごとに行った。**ぬかミそ**　糠《ぬか》味噌。茄子や瓜などの糠漬けを作るための床で、糠に塩などを加えて作る。**くさき**　糠味噌が臭いの意に草木の意を掛ける。**竹のよ**　竹の節《よ》。竹の節と節との間。**はした**　端。雑用に使われる身分の低い女の奉公人。**末をちきる**　末を契る。将来を堅く約束する、婚約をする。

『狂歌若葉集』にも同じ詞書で載る。「木にもあらず草にもあらぬ竹のよのはしに我が身はなりぬべらなり」（『古今集』十八、よみ人しらず）を本歌とする。

438

つゝめとも色に出かハりする味噌のこき恋なかもいつかあさつき

紀定丸《きのさだまる》

する味噌　味噌を擂る意に手前味噌（自慢）の意を掛ける。**あさつき**　汁の身の浅葱《あさつき》の意に仲が浅くなったとの意を掛ける。

『狂歌若葉集』には同じ詞書ながら、第五句を「もはやあかつき」として載せる。「しのぶれど色に出にけり我が恋はものや思ふと人の問ふまで」（『拾遺集』十一、『百人一首』、平兼盛）を本歌とする。

439

題しらす

臍穴主

ひとりねにわれハふとんの柏餅かハひといふてさすりてもなし

柏餅　一枚の布団を折って敷布団と掛け布団を兼用することをいい、これに柏餅を掛ける。**かハひといふて**　可愛いというて。深い愛を感じる、いとおしいといって。**さすりて**　摩り手（摩ってくれる女の人）の意に柏餅の女房詞のおさすりの意を掛ける。

440 恋といふやまひハしやくの虫なれや君にあいたやあいたしとなく　橘貞風

しやくの虫　癪《しやく》の虫。胸や腹が鋭く痛む癪の病の意に腹立たしいとの意を掛ける。虫はそれらの原因というほどの意。**あいたや**　ああ痛いことだとの意に逢いたいものだとの意を掛ける。

けいせいあさま山をゑかきてこれに狂哥せよと人のこひ侍りければ　藤本由己《ゆうこ》

441 夜目遠目けふりの中にミえさんすむかしハふかま今あさま山

けいせい　傾城。高級な遊女の異称の一つであるが、本来は絶世の美女をいう。**あさま山**　遊女の名と思われるが、不詳。**夜目遠目**　諺「夜目遠目笠の内」の略で、これを踏まえるとともに、活火山の浅間山の縁で笠を噴煙と見立て、その中に浅間の頂がちらと顔を見せるとする。**ふかま**　深間。男女の仲が親密なことで、浅間を深間の対語として、縁の薄い間柄をいう語とこじつける。**あさま山**　信濃国（長野県）と上野国《こうずけのくに》（群馬県）の国境にある活火山。これに浅間（疎遠の仲）の意を掛ける。

『春駒狂歌集』には詞書を「けいせいあさま山を絵書て讃を望まれければ」として載る。女性は夜見たり、遠くにいるのを見たり、笠の内にみるのが美人に見えてよいとの諺「夜目遠目笠の内」を取る。

442
傾城待間夫《まぶ》　　もとのもくあミ

身あかりのまつに思ひをたきましてにくら椎柴こるはかりなり

間夫　遊女の愛人。**身あかり**　御明（神仏に供える灯火）に身上がりの意を掛ける。身上がりは遊女が間夫に逢うためなどの私用で、自身で揚げ代を負担して仕事を休むことをいう。**まつ**　待つに松を掛ける。**たきまして**　焚き増して。松の火をさらに燃やしての意にもっとけしかけての意を掛ける。**にくら椎柴《しいしば》**　憎らしいの意に椎の小枝の意を掛ける。**こる**　樵る（刈り取る）に凝る（一途《いちず》に思い込む）を掛ける。

443
ある人新吉原ゑひ屋の遊女ゑひらのもとにかよふときゝて　　四方赤良

ゑひ屋なるゑひらの梅の枝おりて盆と暮とに二度のかけとり

新吉原　江戸の代表的な遊里吉原が、日本橋から浅草田圃《たんぼ》に移って以後の名称で、これに対して日本橋のそれを元吉原といった。**ゑひ屋**　海老屋《えびや》。角町《すみ》通り右側の女郎屋で、正しくは大海老屋利右衛門といい、大籬《まがき》（大見世）であった。**ゑひら**　大海老屋の安永期前半における筆頭女郎の昼三《ちゆうさん》（揚代昼夜金三分の高級遊女）であった。**ゑひらの梅**　遊女の名に箙《えびら》の梅の意を掛ける。箙の梅は、源平合戦の時の源氏方の武将梶原源太景季が、寿永三年（一一八四）の生田の森（神戸市中央区）での戦いで、乱戦のため行方不明となり、父景時初め一同が討死したものと思っていたところへ、箙（矢を入れて背に負う武具）に咲乱れる梅花の一枝を挿し、敵将の首級を挙げて勇躍として帰陣した故事をいい、世にこれを「二度の駆け」と賞したという。**盆と暮**　この二季はいわゆる節季で、半期に一度の決算期に当り、掛売りが日常的であったこの時代には、掛取りの強い催促で借金の返済に追われる大変な時季であった。**二度のかけとり**　梶原源太景季の二度の駆けの故事に二度の掛取りの意を掛ける。

444

けころはしといへるうかれめやうのものを見て　　滋野瑞龍軒《しげのずいりゆうけん》

ふちならてせにかハりゆくけころはし二すちかけて恋わたらなん

けころはし　蹴転《けころばし》。けころともいい、下谷、浅草辺（東京都台東区）にいたあまり上等でない娼婦で、木綿の着物に赤前垂を掛けていた。一首の中では橋の意を掛ける。**うかれめ**　浮かれ女。歌舞音曲の芸事や、色を売って生計を立てる女。遊女。**二すち**　二筋。瀬と淵の二筋の意に、けころの揚げ代が銭二百文（百緡《さし》二筋）だったことをきかす。

作者は延享から寛延頃（一七四四〜五一）に活躍した講釈師で、俗称を左内といい、恕翁、如龍と号し、著に『四いろ草』があるが、これと同様の瓦版による小冊子は数多くあったものと思われる。生歿年不詳。「世の中は何か常なるあすかがはきのふの淵ぞけふは瀬になる」（『古今集』十八、よみ人知らず）を本歌とする。

新吉原にてひけ四ツまへに江戸町のほとりを過て　　葉十《はじゆう》

445

顔ハかし手ハ黒かきの三味せんをてんつるてんのふり袖てひく

ひけ四ツ　引四つ。遊女が見世を退き、閉店する時刻をいい、正刻九つ（午前零時）をいう。正刻四つを「鐘四つ」と呼ぶのに対する。**江戸町**　吉原の最も大門に近い一画で、メイン・ストリートの仲の町を挟んで右側を一丁目、左側を二丁目といった。廓《くるわ》内の一等地で、吉原を代表する大籬《まがき》（大見世）が多くここにあった。**かし**　樫。木材は白味が強く硬いので、いろいろな器具を作るのに用いる。ここは白粉《おしろい》を塗りたくった顔に見立てる。**黒かき**　黒柿。木材は黒色で硬く、家具などの材料にするが、ここは安物の三味線の棹《さお》や胴に用いられたことを受け、手の色が黒い意を掛ける。**てんつるてん**　三味線の擬音語に着物が小さ過ぎるのを形容する語の「つんつるてん」を掛ける。**ひく**　客寄せのための清掻《すががき》の三味線を弾くとの意に客の袖を引く意を掛ける。

小見世の売れ残った遊女の見立てで、表現の苛酷さに奇妙な説得力がある。

題しらす　　**早鞆和布刈《はやとものめかり》**

446

おいらんにさういひんすよすぎんすよ酔なんしたらたゝおきんせん

おいらん　花魁。「おいらが」の転といい、吉原で禿《かむろ》などが姉女郎を呼ぶときの称として用いたが、一般に高級な遊女の称とする。以下の句はいずれも吉原言葉を用いる。**いひんす**　吉原言葉で、いいますよ、いい付けますよの意。**すぎんす**　過ぎんす。酒が過ぎますよの意。**おきんせん**　おきませんよの意。

全句を吉原言葉のありんす語でまとめた狂歌であるが、おしゃまな禿の雰囲気がよく出ている。作者は『群書類従』の編集で著名な盲目の大学者塙保己《はなわほき》一《いち》である。

447

うたひくにくとけハさすか落髪のなこりゆかしきびんさゝら哉

哥比丘尼《うたびくに》　から衣橘洲

哥比丘尼　本来は、歌念仏を唄って庶民を教化して歩いた比丘尼をいうが、のちには比丘尼姿で遊女同様に色を売る者をいうようになった。**くとけハ**　口説けば。意に従わせようといい迫れば。**落髪**　髪を剃《そ》り落として出家すること。**びんさゝら**　編木《びんざさら》に鬢《びん》がささら（さらさらしていること）であるとの意を掛ける。編木は短冊形の木片数十枚を一方の端で綴《つづ》り合わせた打楽器で、外側の板を両手で持って打ち鳴らし、歌の調子を取る。

448

女郎花《おみなえし》なまめきたてる前よりもうしろめたしや藤はかま腰

男色《なんしょく》　四方赤良

男色　男同士の同性愛。衆道。**女郎花**　秋の七草の一つで、字面からこれを遊女に見立てる。**なまめきたてる**　美しく艶っぽく振舞う、徒《あだ》めいて振舞う。**うしろめたし**　後ろめたし。後ろのことが気に掛かる、後ろ暗いの意に、背後の意を掛けて男色を暗示する。**藤はかま腰**　秋の七草の一つの藤袴《ふじばかま》の意に袴を着けた腰の意を掛け、これを陰間《かげま》（男色の相手をする少年）に見立てる。

『狂歌若葉集』には詞書を「男色の心をよみ侍る」として載せる。「女郎花うしろめたくも見ゆるかな荒れたる宿にひとり立てれば」（『古今集』四、兼覧王《かねみのおおきみ》）を本歌とする。

449

ひえの山にて掃部卿《かもん》といふ所化《しよけ》ある児《ちご》に心をかよハしいとむつましき中なりしを此ちこ何事やらんにて下山させられけれは　藤本由己

足引の山におかれぬしたらにてなか〳〵し夜をひとりかもんねん

ひえの山　比叡の山。京都の鬼門（北東の方角）にある比叡山（京都市左京区と滋賀県大津市との境）のことで、天台宗の総本山延暦寺がある。**掃部卿**　延暦寺での職名の一つと思われ、掃除や設営などのことを司った人か。**所化**　寺に勤めて事務などを司る役僧。**児**　寺などで召し使われた少年で、僧の男色の対象と見られることが多かった。**下山**　一般には、山籠りの修行を終了した僧が俗世間へ出て行くことをいうが、ここは寺を放逐されて家に帰ること。**足引の**　枕詞で、山、お（峰）に掛かる。**したら**　好ましくない酷い行状。

作者が京都の比叡山にしばらく寓居《ぐうきよ》した延宝六年（一六七八）の一連の詠歌の一つで、『春駒狂歌集』には、「又そのころ、掃部卿といふ所化あり。少年に心を通はし、いとむつましき中成しを、此少年、何事やらんにて山下《やまおろ》させられければ」との詞書で収める。「あしひきの山鳥の尾のしだり尾のながながし夜をひとりかもねん」（『拾遺集』十三、『百人一首』、柿本人麿）を本歌とする。

450

哥舞伎役者山下金作におくる

本阿弥も高しろ物とめき丶せんこかね作りのたちすかたにハ　本阿弥柳夫《ほんあみりゅうふ》

山下金作　江戸の歌舞伎俳優。二世。俳名里虹。安永期の代表的な若女形で、女工藤、女鳴神などで大当りを取り、「色も香もある当時女形の勝人」と評判を取った。寛政十一年（一七九九）歿。六十七歳。**本阿弥**　室町初期（十四世紀中葉）妙本阿弥を初祖とし、代々、刀剣鑑定を家業とする名家として知られた。作者もその一人であった。**高しろ物**　高代物。値打ちの高い品物。**こかね作り**　黄金作り。黄金またはそれを鍍金した金属を細工して装飾したもの。**たちすかた**　太刀姿の意に立姿の意を掛ける。

451

そろはんのかけてあはぬもわりなしやたえす涙の玉ちかひして

たえす涙の　あけら菅江

わりなし　やるせない意に算法の割がないことを掛ける。**玉ちかひ**　流れ落ちる涙の玉の意に算盤の玉の置き違いの意を掛ける。

高田なるするかやといへる茶ミせにて田楽くひけるにとかう娘のもてなしけれは　芦葉《ろよう》

452

するかやのふしな客にも盃のあいさうハよきてんかくや姫

高田　江戸の西北に位置した散策地（新宿区西早稲田一～三丁目）で、月の名所として知られた高田馬場や富士山を模して築いた高田富士などがあった。**するかや**　駿河屋。高田馬場にあった茶屋。**とかう**　とかく（なにやかや、いろいろ）の音便形。**ふし**　不時の意に駿河の縁で富士山の意を掛ける。**てんかくや姫**　田楽屋《でんがくや》の姫（女子の美称）の意にかぐや姫を掛ける。かぐや姫は物語の祖といわれる『竹取物語』（延喜年間以前の成立）のヒロインで、竹から生まれた絶世の美女として知られ、石作皇子など五人の求婚者を退け、天皇の召しにも応ぜずに、月の世界へと登り帰る。その時、天皇に文と歌と不死の霊薬を遺《のこ》すが、天皇はそれらを駿河国（静岡県）の富士の山頂で焼かせたため、今に至るも富士山の煙は絶えないのだという。

453

かの娘玉子のふハ〳〵もて来りて酒のめといひけれハ　奥政

ちきりこそあれし板屋のゑにしをハむすひたまこのふは〳〵の関

玉子のふハ〳〵　玉子を熱湯に入れてかき混ぜて作った吸物。**あれし**　契り（前世の約束）があったに違いないとの意に荒れし（荒れ果てた）との意を掛ける。**板屋**　板で葺《ふ》いた屋根、板葺の家。**むすひたまこ**　結び玉子。縁を結ぶとの意を掛ける。**ふはくの関**　玉子のふわ〳〵の意に不破の関の意を掛ける。不破の関は美濃国不破郡の歌枕の地（岐阜県不破郡関ヶ原町）。東山道の固めとして重要視され、伊勢の鈴鹿（三重県亀山市）、越前の愛発《あらち》（福井県敦賀市）の関とともに三関の一つとされたが、延暦八年（七八九）近江に逢坂《おうさか》の関（滋賀県大津市）が設置され、その存在理由を失って荒れるにまかされ、荒れた板屋に月が漏る有様が平安歌人たちに感慨を催させた。

454　霞にハちゑまさりたる春風やふきのたうにもたらぬ小娘　又かのむすめふきのたうをやきてすゝめけれハ　晩秋

ふきのたう　蕗《ふき》の薹《とう》に春風が吹いてとの意に、十歳にも足らぬ小娘との意を掛ける。蕗の薹は雪解けの頃に蕗の根茎から出る花茎で、煮たり焼いたりして食用にする。

455　かひそへか心も空になるかミやこよひ陰陽はつげきの声　ある人の婚礼の夜に雷のしけれは　栗柴《りつし》

かひそへ　介添。嫁に行く女に実家から付添って行く女。**なるかミ**　前の句を受けて、放心状態になるとの意に空に鳴る鳴神（雷）の意を掛ける。**陰陽**　男女のこと。**はつげき**　字意ともに不明。激発（感情を爆発させること、激しい声をあげること）を倒置した語か。

江戸時代に官学として盛行した儒学の一派朱子学では、雷を陰陽の相剋《そうこく》で説明し、その基本図書ともいうべき『二程全書』に「雷は陰陽相軋り、雷は陰陽相撃つなり」などとあるのを受ける。

456

人々女ましりにさくり題とりて哥よミける時

よるなれとよきなき会のくらまきれさくりたいたら哥かハれなん

月夜釜主《つきよのかまぬし》

さくり題　探り題。探題のことで、歌会などで、幾つかの歌題の中から一つを選び取り、その題によって歌を詠むこと。**よきなき**　余儀ない（隔て心がない）の意に夜着のないとの意を掛ける。**くらまきれ**　暗紛れ。暗闇に紛れて。**さくりたいたら**　探題の意に探り抱いたらとの意を掛ける。**哥かハれなん**　歌がばれるとの意に疑われるに違いないとの意を掛ける。ばれるは猥《みだ》らになる、下がかりになること。

457

白壁かゐかける女を見侍りて

絵にかける女てからかいたつらにうこくといふハあゝおはつかし

山岡明阿《みようあ》

白壁　不詳。江戸の神田白壁町（千代田区神田鍛冶町二、三丁目）に住した浮世絵師鈴木春信の俗称か。**絵にかける女**　絵に描ける女。諺の「絵に描いた餅」と同じで、見るだけで、なんの役にも立たないことや、実物ではないので値打ちがないとの譬え。**てからか**　でからが。接続助詞で、絵に描いた女であったとしてもの意。**いたつらに**　いたずらに。訳もなく、ただひたすらに。**うこく**　動く。じっとしていられなくなること。**おはつかし**　御恥ずかし。面目ない、気遅れがする。「御」は接頭語で、自他の動作や事柄に冠して、その場やそこにいる人々に対して丁寧の意を表す。

新吉原大びしやのうかれめきさかたかもとにかよひ侍りしに折あしくまらうとありとてつれなくかへれといひしかハなさけなきと思ひしが帰る道すがらうかれめの心をくみて

大《だい》の鈍金無《どんかねなし》　蓬萊山人帰橋

458　わるきおりかへんなんしのひとことハとめらるゝにもまさるうれしさ

大びしや　大菱屋。京町二町目右側の大籬。大菱屋久右衛門。**きさかた**　象潟《きさかた》。大菱屋の昼三《ちゅうさん》で、安永末～天明初年の看板女郎。**まらうと**　稀《まれ》に来る人の意で客、客人をいうが、この頃には蔑称として使う例が多い。**道すがら**　歩きながら、途中。**かへんなんし**　吉原言葉で、お帰りなさいよとの意。

ある人古かね買の恋といふことをよめといひけれハ　あけら菅江

459　袖の上になミたハ雨とふるかねを高くかふてハあハぬ夜そうき

古かね買　古鉄買い。屑鉄《くずてつ》や紙屑などを買い集めることを職業とする人。古鉄は鏡や煙管《きせる》の雁首《がんくび》といった鉄や銅などの金属製の器具の使い古したものをいう。**ふるかね**　涙が雨のように降るとの意に古鉄の意を掛ける。**あハぬ**　勘定が合わぬ意に逢えないとの意を掛ける。**うき**　憂き。切なく苦しい。

巻第十二　恋歌　下

寄雷恋

460 みそめつる人ハ十九かはたゝかミなり平さまか光源氏歟《か》　山手白人《やまてのしろひと》

はたゝかミ　霹靂神《はたたがみ》（激しい雷）の意に二十歳の意を掛ける。**なり平**　在原業平《ありわらのなりひら》に雷が鳴るとの意を掛ける。**光源氏**『源氏物語』の主人公の名に雷が光る（稲光）の意を掛ける。業平、光源氏はともに絶世の美男子とされ、婦女子の間に人気抜群の人物であった。

寄畳恋

461 なまぬるい野郎畳といはゝいへあの女ならしりにしかれん　呉竹《ごちく》

野郎畳　縁《へり》を付けない下等な畳で、これに男を罵《ののし》る時に使う「野郎」の語を生温い（柔弱で甘ったるい）に付ける。**しりにしかれん**　尻に敷かれん。いいなりになろう、我儘を許してやろう。

462　寄柱恋　　大井のむさと

わか恋ハはなれ〳〵の二はしら木に竹つきてそひふしもなし

二はしら　二柱。二本の柱の意に、柱を高貴な人などを数える意に解して二人の意を掛ける。**木に竹つきて**　筋道の通らぬことや物事が不釣合のことをいう諺「木に竹を接《つ》ぐ」による。**そひふし**　添伏（側に添って寝ること）に竹の縁で添節の意を掛ける。

463　寄竹子恋　　よミ人しらす

地にあらハ君か草履とならはやといのる心のたけの子のかハ

草履　竹の皮で作った竹皮草履をいう。**たけの子**　竹の子に心の丈（思いの程）の意を掛ける。

中国、唐の詩人白楽天の七言古詩『長恨歌』の詩句「天ニ在リテハ願ワクハ比翼ノ鳥ト作《な》リ、地ニ在リテハ願ワクハ連理ノ枝ト為《な》ラン」を想起させつつ、踏みつけにされても草履となりたいと願う竹の子の心が哀れにもおかしい。

464　寄茄子《なすび》恋　　よミ人しらす

あふ事のならぬなすひときくもうしミなやくそくハあた花にして

ならぬなすひ　逢うことのままならぬ意に実を結ばぬ茄子の意を掛ける。**うし**　憂し。辛い、気に食わない。**あた花**　徒花《あだばな》。咲いても結実しない花。無駄花。

茄子に徒花のないのを親の意見に無駄のないことによって譬《たと》えた諺「茄子の花と親の意見は千に一つの無駄もない」を踏まえつつ、それとは裏腹の徒花ばかりの恋の悩みに転嫁する。

465

寄大根恋　　から衣橘洲《きつしゅう》

うきたひに袖しほり汁からうしてしのふ心をねりま大根

袖しほり汁　涙に濡れた袖を絞る意に大根を絞った汁の意を掛ける。**からうして**　辛くっての意にかろうじてとの意を掛ける。**ねりま大根**　練馬大根に練る（鍛える、修養を積む）意を掛ける。練馬大根は江戸の西北郊、武蔵国豊島郡下練馬村（練馬区東部）特産の大根で、白く円筒形で長大なところから、女性の太い足を形容する語ともなっていた。

466　　さくらん坊

色白のむつちりはたに青葉ならさこそハうれしからミ大根

むつちりはた　むっちり肌。肉付よく弾力のある皮膚。**からミ大根**　辛味大根に嬉しかろうの意を掛ける。辛味大根は京都特産の大根で、蒸してたれ味噌を付けて食する風呂吹きに最も適する。

寄芋恋　関叟《かんそう》

467 よそへふく風にかふりをふる畑のいもか心の露もなひかぬ

芋　里芋のこと。芋の語が一般的に薩摩芋を指すようになるのは、時代がやや下ってからのことで、この頃はもっぱら里芋を芋と称した。**かふりをふる**　頭《かぶり》を振る。不承知、不承諾の意向を示すこと。**いも**　芋に妹《いも》（男が恋人や妻を親しんで呼ぶ称）の意を掛ける。**露も**　里芋の葉に置く露の意に少しも、僅かでもとの意を掛ける。**なひかぬ**　靡《なび》かぬ。他人の意向や威力に従わない、相手が働き掛けても好きになれないこと。

寄柿恋　恒子《つねこ》

468 人目をハしのひもあへす色つきて心かよハす御所かきのもと

人目　他人の見る目。**しのひもあへす**　忍びもあえず。人目を避けることが出来ずにの意に我慢出来なくてとの意を掛ける。**色つきて**　色付きて。柿が熟して赤くなったとの意に色気が付いた、恋心が募ったとの意を掛ける。**御所かき**　御所柿の意に垣の意を掛ける。御所柿はもと大和国御所《ごせ》（奈良県御所市）で産出した甘柿で、種子がほとんどなく最も美味といわれた。

469

枝たれていろにいつれハいたつらに思ひのたねとなるやしぶかき

藤満丸《ふじのまんまる》

いろにいつれハ　柿が熟して色付いたとの意に、恋心が顔色に出てしまったとの意といずれはとの意を掛ける。**いたつらに**　徒《いたずら》に。無用、無益の意に親や主人の許可を得ない不義の恋（自由恋愛）の意を掛ける。**思ひのたね**　思いの種。恋ゆえに思い患う意に渋柿に種子の多い意を掛ける。

470

寄柚子《ゆず》恋

よそなから木末《こずえ》の色をミるはかりいつかとこゆのちきりこめなん

柚子　蜜柑《みかん》科の植物で、初夏に白い花を付け、秋に蜜柑に似た実が熟して黄色となる。皮に疣《いぼ》があり、酸味、香気ともに強く、柚味噌などを作る。**よそなから**　余所ながら。遠く離れていながら、それとなく。**とこゆ**　常柚の意に常世《とこよ》（不老不死の理想郷）の意を掛ける。常柚は柚子の一種で、香りを珍重してその皮を酒や汁に入れることの多い花柚の異称。**ちきりこめなん**　契《ちぎ》り籠めなん。夫婦の交わりをきっと結ぶであろう。

471
寄鬼燈《ほおずき》恋
ほうつきのちきらてひとりねふきよりいと丶思ひのたねとこそなれ
秦久呂《はたのくろ》つら

ちきらて　千切らずにの意に契ることなくとの意を掛ける。**ねふき**　根吹。鬼燈の内部の硬い部分が取れることの意に一人寝の意を掛ける。**いと丶**　いよいよ、一層。**思ひのたね**　思いの種。思い煩う原因、恋慕う理由。

472
いつのまにか色つきそめしほうつきを人のちきらんことをしそ思ふ
加保茶元成《かぼちゃのもとなり》

色つきそめし　色付き初めし。鬼燈に赤い色が付き初めたとの意に色気付き初めたとの意を掛ける。**ちきらん**　千切るだろうとの意に契るだろうとの意を掛ける。**ことをしそ思ふ**　ことばかりを思うとの意に惜しいの意を掛ける。「し」「ぞ」はともに強めの助詞。

「うら若みねよげに見ゆる若草を人の結ばむことをしぞ思ふ」（『伊勢物語』四十九）を本歌とする。

473
寄鐙恋
わたかミのひきあハせをもいのらまし袖に思ひを忍ふ草すり
樋口関月《ひぐちかんげつ》

わたかミ　肩上《わたがみ》の意に神の意を掛ける。肩上は鎧《よろい》の胴を吊るために両肩に当てる幅の狭い所をいう。ひきあハせ　引合わせ。鎧の引合わせの意に神の引合わせの意を掛ける。鎧の引合わせは胴の右脇の鎧の前後を締め付ける部分をいう。袖　鎧の付属品で、肩の上に当てて敵の矢や刀、槍《やり》を防禦《ぼうぎょ》するもの。草すり　草摺《くさずり》に忍草（恋い慕う原因となるもの、心配の種）の意を掛ける。草摺は鎧の下に垂らして大腿部《だいたいぶ》を相手の武器から防ぐものをいう。

『狂歌若葉集』にも同じ詞書で載る。

474

寄刀恋　由縁斎《ゆえんさい》

こしもとに手をかくるかとつかの間もいもか心につるきたえせぬ

こしもと　腰元。腰元仕えの女の意に腰の物（刀）の意を掛ける。つかの間　束の間の意に刀の柄《つか》の意を掛ける。いも　妹。恋人の呼称。つるき　剣（諸刃《もろは》の刀）の意に危害を加えようとの心を抱くことをいう諺「心に剣を含む」の意を掛ける。

享保十四年（一七二九）刊の由縁斎の家集『家つと』に同じ詞書で載る。

475

寄扇恋

大井無作登《おおいのむさと》

秋はてヽ君にあふきのつてもなしほね折そんと人やいふらん

秋はてヽ 秋が果ててしまっての意に飽き果てての意を掛ける。**あふき** 扇の意に逢う気の意を掛ける。**つて** 伝。てづる、手掛かり。**ほね折そん** 骨折り損（苦心努力したのに無駄になること）の意に扇の骨が折れる意を掛ける。

476

寄釣瓶《つるべ》恋

くみてしれ人をつるへの綱手縄あハんとすれバ引たかふ身を

人をつるへの 人を釣る（おびき出す）意に釣瓶の意を掛ける。**綱手縄** 釣瓶を引く綱。**引たかふ** 引違《ひきたが》う。方向を変えること、予想や期待を裏切ること、約束を破ること。

477

寄数珠《じゆず》恋

祝阿弥《しゆくあみ》

君輪《わ》数珠《じゆず》はなれまいにちくりことにふたりねふつの数をかさねん

君輪数珠 君は数珠のようだとの意に輪数珠の意を掛ける。輪数珠は二連の数珠を一つにつないだもので、浄土宗で用いる。**はなれまいにち** 離れまいの意に毎日の意を掛ける。**くりこと** 数珠を

繰る意に繰事の意を掛ける。繰事はくどくどと繰り返していうこと、愚痴をこぼすこと。**ふたりね**
ふつ　二人で共寝する意に共に念仏を唱える意を掛ける。

寄碁恋　　樋口関月

478　生死《いきしに》を相碁《あいご》とちきる中手さへ人目のせきにたちきられつゝ

生死　囲碁で目が二つ以上ある一群の石を生、それがなくて相手に殺されるのを死という。**相碁**　互いに碁の力量が同程度であることの意にあいこ（勝負の付かないこと）の意を掛ける。**ちきる**　契る意に千切る意を掛ける。**中手**　囲碁で相手の目の中に石を打ち込んでそれを上げさせることの意に契る仲の意を掛ける。**せき**　囲碁用語の関の意に人目の関（他人の目が妨げとなって思うような行動が取れないこと）の意を掛ける。関は互いに攻め囲んだ一群の石で、先に石を打つのが不利となって、双方ともにそのままに捨て置く場所をいう。**きられつゝ**　囲碁用語の石を切る（相手の石のつながりを断つこと）意に仲を断ち切られる意を掛ける。

『狂歌若葉集』にも同じ詞書で載る。囲碁用語を多用しながらうまく縁語としてまとめて恋仲の男女の悩み心に転ずる。

寄鯨尺恋

479
わか恋ハくじらとなりてものさしにつもる思ひのたけをしらせん

北川卜仙《ぼくせん》

鯨尺 裁縫用の物差で、もっぱら布などの長さを計るのに用い、その一尺は曲尺《かね》の一尺二寸五分(約三十八センチ)に当たる。**くじらとなりて** 鯨となりて。私の恋心は鯨尺なので、同じようにみえても他の人より多いとの意。**ものさし** 物差。物の長短を計る道具。鯨尺の意を掛け、同じ単位でも一般的な曲尺よりも一・二五倍多いのだという意を表す。**たけ** 長さの単位の丈(十尺)の意に思いの丈(思いの限り)の意を掛ける。

『狂歌若葉集』には詞書を「寄鯨曲尺恋」とし、初句を「恋死ば」とする。

寄米俵恋

480
ちらとみし君に思ひをこめ俵大黒ならハふミやつけまし

紀定丸《きのさだまる》

大黒 七福神の一の大黒天の意に梵妻《ぼんさい》(僧侶の妻の俗称)の意を掛ける。**こめ俵** 大黒天が踏まえる米俵の意に思いを籠める意を掛ける。**ふミやつけまし** 恋文なんかを付けることはあるまいとの意に踏み付ける(侮って面目を傷付けること)ような惨い仕打ちはしないであろうとの意を掛ける。

『狂歌若葉集』には詞書を「寄俵恋」とし、四句以下を「大黒ならでふみつけてみむ」として載せる。

481

寄摺鉢恋　　山手白人

土性《つちしよう》の備前すり鉢中のよいつまハ木性てさそ御さんしやう

土性　五行説で、天地の間を循環して万物を組成する五つの元素の一つと説く土を、人間の男女の性に配したもの。五元素は木、火、土、金、水をいう。**備前すり鉢**　備前擂鉢。備前国和気《わけ》郡伊部《いんべ》村（岡山県備前市）産の擂鉢で、色赤く丈夫なことで知られた。**つま**　妻。配偶者の女性の称で、擂鉢を夫に見立てて擂子木《すりこぎ》の意を掛ける。**木性**　五行説では、木から火、火から土、土から金、金から水、水から木をという順で生ずるのを相生《そうしょう》といい、木は土、土は水、水は火、火は金、金は木に剋《か》つのを相剋《そうこく》といい、相性《あいしょう》の男女が結ばれれば幸福が訪れ、相剋の者が一緒になれば不和となって災難が襲うという。ここは木と土の取り合わせであるから、相剋で不吉ではあるが、女性の方が強いのであるから、家庭は円満であろうとの意。**御さんしやう**　御座んしょう。御座いましょうの訛《か》言《げん》。

482

寄巾着《きんちやく》恋　　算木《さんぎ》有政《ありまさ》

くよ〱と恋に心もむすこべやこし巾着のふら〱とやむ

むすこべや　むすこびあともいい、オランダ人が持ち込んだ表面に皺《しぼ》のあるなめし皮（モスクワ産という）で、これで巾着や煙草入れなどを作るのが流行していた。これに息子の意と心が噎《む》す（心が悲しみで塞がること）の意を掛ける。**こし巾着** 腰巾着。腰に下げる巾着をいい、転じて、いつも誰かに付きまとって離れない人をいう。**ふらく** 腰に下げた巾着が揺れ動く様子に、腰巾着の生活を突然に止めてしまったとの意を掛ける。

寄十露盤《そろばん》恋　物事明輔《ものごとのあけすけ》

483 亀井算ひく手あまたになりぬれハ身をいくつにやわりてあふへき

亀井算 算盤《そろばん》で割り算をする時の一法。それ迄《まで》の複雑な割り九九を用いずに掛け算の九九を用い、今日の割り算の手法で算盤や暗算の計算を行うもの。越後国（新潟県）の人亀井津平が『亀井算』（正保二）を著わして有名になった算法であるが、大坂の百川《ももかわ》治兵衛（亀井津平の師）が創始したものなので、百川流ともいう。**ひく手** 引手（誘う人）の意に引き算の意を掛ける。**わりて** 割りて。体を分けての意に割り算の意を掛ける。

寄煙草恋　山手白人

484 こまかけて身をきりきさむ思ひあれといひ出ん言《こと》のはたはこもなし

こまかけて 煙草の葉を細かく刻むために、板（こま）で葉を押さえること。**はたはこ** 葉煙草《はたばこ》の意に言葉《ことのは》の意を掛ける。

485
寄煙草盆恋
引きよするたばこぼんなうの犬なれや君かあたりをたちもはなれぬ　へつゝ東作《とうさく》

ぼんなうの犬　煩悩の犬の意に煙草盆の意を掛ける。煩悩の犬は、煩悩（心身を悩ます一切の事柄）が人にまとわり付いて離れないのを、まとい付く犬に譬えたもの。**たちもはなれぬ**　立ちも離れぬ。離れる、遠ざかる。もは強意の助詞。

妄念の離れ難いことをいう諺「煩悩の犬は追えども去らず」を受ける。

486
寄煙管《きせる》恋
物思《ものおも》へバほそりにけらし鳫首《がんくび》の長らうへくもなき命とて

物思へバ　恋心からあなたのことを考えて。**ほそりにけらし**　細りにけらし。痩せ細ってしまったようだとの意に、長い間使って来たために煙管の雁首《がんくび》が細くなってしまったようだとの意を掛ける。**鳫首**　煙管の火皿のある頭の所。形が雁《かり》の首に似るところからの称。**長らう**　命を長らえる意に長羅宇《らう》（煙管の羅宇竹が長いもの）の意を掛ける。

487

寄灰吹恋

四方《よも》あから

灰吹の青かりしより見そめこし心のたけをうちはたかばや

灰吹 煙管の灰（煙草の吸殻）を叩《たた》き入れる竹筒で、煙草盆の付属品の一つ。駿河国府中（静岡県静岡市）近郊の山吐月峰《とげつぽう》の竹が最も名品とされたため、吐月峰の異称もある。**心のたけ** 心の丈の意に煙管の竹の意を掛ける。**うちはたかばや** 煙管を灰吹に打ち叩《はた》いての意に心の内をすべて払い出してしまおうとの意を掛ける。

『狂歌若葉集』に同じ詞書で載る。「しぐれする稲荷の山のもみぢ葉は青かりしより思ひそめてき」（『袋草紙』四「賤夫歌」）を本歌とする。この歌は『古今著聞集』五に「和泉式部田刈る童に襖を借る事幷びに同童式部に歌を贈る事」として載り、江戸時代に大変親しまれた歌の一つであった。

488

寄火入恋

きゆるまで思ひいれてもあふ事ハ猶かた炭のいけるかひなし

火入 煙草の火種を入れて置く器で、煙草盆の付属品の一つ。**かた炭** 堅炭（焼きが堅く火力が強い炭）の意に逢い難い意を掛ける。**いける** 炭をいける（炭火を灰の中に埋めること）意に生きているとの意を掛ける。

寄紙入恋　　遊女たが袖《そで》

489 わすれんとかねていのりしかミ入のなとさら〳〵に人の恋しき

紙入　鼻紙や楊子《ようじ》などの日常的な小物を懐中するための用具。かミ入　紙入に神の意を掛ける。さら〳〵に　紙入の中が何もなくさっぱりとした様であるとの意に今更改めての意を掛ける。

「忘れなむと思ふ心のつくからにありしよりけにまづぞ恋しき」（『古今集』十四、よみ人しらず）を本歌とする。作者は吉原、京町二丁目の妓楼《ぎろう》大文字屋の昼三女郎で、天明四年中に土山孝之に身請《みうけ》されて評判となった。

寄酒恋　　紀定丸

490 胸ハいたみ袖ハいけたとなりにけりまたあふ事も涙もろはく

いたみ　痛む意に摂津の清酒の名産地伊丹《いたみ》（兵庫県伊丹市）を掛ける。いけた　涙に濡れて池のようになったとの意に摂津の清酒の名産地池田（大阪府池田市）を掛ける。もろはく　涙もろくなったの意に上等な酒であった諸白《もろはく》を掛ける。諸白はよく精白した米や麴《こうじ》を用いて醸造した酒で、伊丹諸白といわれるものが最上とされた。

「風をいたみ岩うつ波のおのれのみくだけて物を思ふころかな」（『詞花集』七、『百人一首』、源重之）を本歌とする。

491　寄鮓恋　卯雲《ぼううん》

蓼《たで》の葉もちよつとちきりし一夜《ひとよ》鮓《ずし》ひるハ人目のあれハつけ〱

蓼　真蓼、本蓼のこと。柳蓼の栽培変種で、夏期にその葉を鮓などに付けて食べるが、味は大変に辛い。**ちきりし**　細かにもぎ取ったの意に男女が契りを結んだとの意を掛ける。**一夜鮓**　作ってから一日ほどが食べ頃の鮓。鮓は今日のものと異なり、魚介類を塩蔵して自然発酵させたもので、近世初頭にこの発酵を早めるために飯を加えて漬けるようになり、のちさらに飯に酢を加えて一層発酵を早めるようになり、これが主流となった。これが一夜鮓で、早鮓ともいった。**つけ〱**　蓼の葉を鮓に付けてはとの意にずけずけと不遠慮に物をいう意を掛ける。

492　寄豆腐恋　藤本由己《ゆうこ》

名にしおふおかへのまくず葛たまりかけて思ひをすり生姜《しょうが》哉

名にしおふ　名にし負う。「し」は強めの助詞で、名に負う、有名だとの意。**おかへ**　豆腐の女房詞御壁に岡辺（岡のほとり）の意を掛ける。**まくず**　真葛《まくず》。葛の美称。葛の根からは澱粉《でんぷん》質に富んだ葛粉が取れる。**葛たまり**　葛溜。だし汁を醬油や砂糖などで調味し、これに葛粉を水溶きして加えてとろ火で熱したもので、豆腐などの餡《あん》掛け料理に用いる。葛餡。**すり生姜**　擂生姜の意に思いを磨《す》り減らしてなくしたとの意を掛ける。

『春駒狂歌集』に同じ題で載る。

493

寄菓子恋　　　　卯雲

行平の賞翫ありし松風を屑なりともと思ふひとり寐

行平　在原行平のこと。行平は平安初期の貴族で、『伊勢物語』などで有名な歌人在原業平の兄。罪を得て須磨に流されたとき、潮汲みの女松風《まつかぜ》・村雨《むらさめ》の姉妹を寵愛したと伝えられる。**賞翫ありし**　賞味なさったの意に寵愛されたとの意を掛ける。**松風**　行平の愛人松風に干菓子の一つの松風を掛ける。**ひとり寐**　添い寝する女がいないこと。

494

寄鰹恋　　　　から衣橘洲

君か名もわか名も棒にふるかつほあたりの人の口にかゝりて

ふるかつほ　古鰹《ふるかつお》に棒に振る（それ迄の苦心や努力を無にすること）の意を掛ける。古鰹は新鮮でないものをいい、午後に売られるような物はすでに古鰹で、これを刺身などにして食べると食中毒の恐れが多分にあった。**あたりの**　周辺のの意に鰹に当たる（中毒する）の意を掛ける。**口にかゝりて**　口に入れての意に噂をされてとの意を掛ける。

『狂歌若葉集』には「寄松魚《かつお》恋」の詞書で、第三句、第四句を「ふる松魚わたりの人の」として載せる。「君が名も我がなも立てじ難波なるみつともいふな逢ひきともいはじ」(『古今集』十三、よみ人しらず)を本歌とする。

495 かくまての心さしミをもちかつほさのミハ人もつらからしミそ

よミ人しらす

かくまての これほど迄のとの意に芥子《からし》を掻《か》く意を掛ける。**心さしミ** 志しの意に鰹の刺身の意を掛ける。**つらからしミそ** 辛かろうの意に芥子味噌の意を掛ける。芥子味噌は味噌に芥子を加え、酢で溶いたもので、鰹の刺身はこれを付けて食べた。

「かくばかりあふひの稀になる人をいかがつらしと思はざるべき」(『古今集』十、よみ人しらず)を本歌とする。

496 寄鰻鱺恋

あなうなきいつくの山のいもとせをさかれてのちに身をこかすとハ

四方赤良

鰻鱺 鰻《うなぎ》の異名の一つ。「まんれい」と音読みし、鰻鱺魚とも書く。**うなき** 鰻にあな憂(なんと辛いことか)の意を掛ける。**いもとせ** 山の芋の意に妹《いも》と背《せ》の意を掛け、さらに背中の意を掛ける。妹は男が女を親しんでいう語、背は女が男を親しんでいう語であり、妹背は夫婦約束を交わした男女をいう。**さかれて** 仲を割かれてはの意に鰻が背を裂き開かれる意を掛ける。上方と異なり、江戸では鰻を背から開くことを受ける。**身をこかす** 身を焦がす。恋の思いに身を焼く意に鰻が焼かれる意を掛ける。

『狂歌若葉集』には詞書を「鰻鱺」として収める。信じられないような事が起こるのがこの世の中であるという諺「山の芋鰻になる」を取る。

寄飼鳥恋　　一文字白根《ひともじのしろね》

497　**思ふ恋手をかへ品をかい鳥の一羽にはこのうちにせまりて**

かい鳥 飼鳥に諺「手を替え品を替え」の「替え」の語を江戸訛《なまり》で「替い」にして掛ける。**にはこ** 庭籠《にわこ》に二羽の意を掛ける。庭籠は庭先などに置く鳥籠をいう。

あらゆる手段を講じることをいう諺「手を替え品を替え」を取る。

498

寄虱恋　　藪本医止成《やぶのもとのいしなり》

かくとたにしのふ思ひを人しらミこほるゝものハ涙なりけり

虱《しらみ》　虱科の昆虫の総称で、人間には頭髪中にいる黒色をした頭虱と衣服などにいる白色をした衣虱などが寄生し、蚤《のみ》、蚊とともに代表的な害虫として嫌われていた。**かくとたに**　斯《かく》とだに。これほどまでにとの意に痒《かゆ》い所を掻く意を掛ける。**人しらミ**　人は知らないであろうとの意に虱の意を掛ける。**こほるゝ**　零《こぼ》るる。涙が零れる意に虱が落散る意を掛ける。

「かくとだにえやはいぶきのさしも草さしもしらじなもゆる思ひを」（『後拾遺集』十一、『百人一首』、藤原実方）を本歌とする。

499

寄百足恋《むかで》　　筑波根岑依《つくばねのみねより》

つばきはきしてつれもなき君なからむかての足のもゝ夜かよハん

百足　唇脚類の節足動物の蚰蜒《ゆうえん》類を除いた総称。歩脚が十五対以上もあり、俗に百本の足があるといわれる。古来、その異様な形から怪物視されて大百足の伝承が多く、また毘沙門《びしゃもん》天の使いといわれた。**つばき**　唾。唾は百足の大敵であるとの俗信があった。**つれもなき**　気が強くて他を寄せ付けないこと、無情であること。**むかての足**　百足の足。百足の脚が多いのを俗に百本あるというのを受ける。**もゝ夜かよハん**　百夜通わん。謡曲『通《かよい》小町』で知られる深草少将の百夜通いの故事に百足の足が百本あるとの意を掛ける。深草少将の百夜通いは、小野小町に恋した深草少将が、小町に「百夜通ったら御意に従いましょう」といわれて通い詰めたが、九十九夜目に深い雪のため小町の所へ赴く途次にこの世を去ったことをいう。

500

十五番虫歌合の中に寄蜂恋　　よミ人しらす

こゝろにハはりもちなからあふときハ口にミつある君そわひしき

十五番虫歌合　『虫歌合』。別名『虫十五番歌合』。木下長嘯子《ちょうしょうし》作で、伴者を藪本薹とし、蟋蟀《こおろぎ》、蜂など都合三十種の虫を作者とする。『四生の歌合』の内の一つで、寛永年中（一六二四〜四四）成立か。寛永古活字本『四しやうのうた合』、整版本風月宗智板『虫歌合』の他、写本で伝わるものが多い。**はり**　針。蜂の刺針の意に心が刺々《とげ》しいとの意を掛ける。諺「心に針」を取る。**ミつ**　蜜。蜂蜜の意に口の上手なとの意を掛け、心の陰険なことをいう諺「口に蜜あり、腹に剣あり」を取る。

南畝が何によったかは不詳であるが、宗智板系統の写本によるとみてよいだろう。架蔵の寛文六年（一六六六）筆写の『虫哥仙』（序題「虫哥仙」、内題「十五番哥合」）は系統が異なるようで、若干の異同があるが、これによれば、第一番で題はなく、蟋蟀作の左歌「中々に荒てもよしや草のいほりいつこうろきと君ハたのめす」に対し、その判に「左の哥、いつこうろきと君ハたのめすなと、我か名をいひなして人をうらみしこそ、作意ありて聞へ侍り。右の哥、くちにみつ有君といへるや、すこしいやしきやうにきゝなし侍れば、左をかちとや申侍らん」とある。左の歌は作者自身の名にいい掛けて、来ない恋人を恨むなど作意があってよいが、右歌は口に蜜があるなどと少し直接的で嫌らしいので、負けだというのである。相手に危害を加えようと心に思うことをいう諺「心に針」と、いうことは穏やかであるが内心は陰険そのものであることをいう諺「口に蜜あり、腹に剣あり」を取るが、後者は、中国、唐の玄宗皇帝のもとで絶大な権力を振るった宰相李《り》林甫《りんぽ》が、大変に陰険な人だったことによるものである。

次の二首も同じ『虫歌合』より採ったものである。

501

おなしうた合の中に寄芋虫恋

うらめしな君もわれにやならひけんふり〳〵としてつれなかりけり

芋虫　蝶《ちょう》や蛾の幼虫で体表に毛のないものの総称。**ふり〳〵**　ぶりぶり。太って弾力に富む様子の意に怒って不機嫌な様子の意を掛ける。**つれなかりけり**　すげなく薄情であることよ。

『虫哥仙』に、第五番、無題として収め、第四句を「ふりゝ〳〵と」とし、蝶作の右歌「おもかけハ花にねふれる夜もすから君にあふせの夢にさへなき」に対させ、その判に「左の哥、作者のすかたかゝりによく似あひ侍る。されと、ふりゝ〳〵と侍る下の句、耳にあたりきゝよろしからぬにや。右、面かけハ花にねと云へる君によそへ、ねふれるといひなされたり。されとも、是も作者のせんたちかたく侍れと、花にねふりといふ本文にてこそ侍らめ。さるによつて、右のおもかけ一心に引侍る」とある。左の歌は作者の姿形によく似合っているが、ふりり〳〵の語は耳障りではないだろうか。右歌は面影を花になぞらえてねぶれると表現しているので、これも作者の卑しさが感じられるが、本意は眠れるというところにあるだろうから、右歌に心を引かれるというのである。

502

おなし哥合の中に寄蚤恋

心にハとびたつばかりなけゝともわがくふほとも君ハかひなき

ある人のいハくこのうた合ハ長嘯子なりと

とびたつ 飛び立つ。感情が激しく揺れ動いて心が乱れる意に蚤が跳び跳ねる意を掛ける。**かひなき** 甲斐無き。それだけの価値がない、無駄である。**長嘯子** 近世初期の歌人。姓は木下。豊臣秀吉の北政所《きたのまんどころ》の甥で、若狭国小浜（福井県小浜市）の城主だったが、関ヶ原の戦い後所領を没収され、京都東山に閑居して風雅の道に没頭した。歌文集『挙白集』の著がある。慶安二年（一六四九）歿。八十一歳。

『虫哥仙』に、第十二番、無題として収め、結句を「君ハなひかす」とし、虱作の右歌「せく心君につけてもとにかくにいひしらみなる身の哀しれ」に対させ、その判に「左の哥、とひたつはかりといへる、右の作者ならハこそ、おもひ入たるこゝろねもあらめ。左の作者ハ、さらぬときくも立ものにて侍れハ、いかゝ侍らん。右、とにかくにいひしらみといへる面目こそ侍れ。よのつね、此作者の御名ハきゝいやしけなるを、言葉の下にいひ出されたる心さし、誠、勝に侍れハ、かちに定め侍る」とある。左歌の「とびたつばかり」というのは、右歌の作者ならば思い入れた心根もあるだろうが、左歌の作者はそうでなくても跳び立つものだから、どんなものだろうか。右歌の「とにかくにいひしらみ」というのは面白い。虱というのは世の常として卑しめられているが、これを言外にいい出したのが誠にすぐれているので、右歌の勝ちだというのである。

寄仁王恋

503 一応できかずにわうの返事まてあともうんともいハぬ君かな　一文字白根

仁王　仏教で、寺院の伽藍《がらん》の守護神とされ、門や須弥壇《しゅみだん》の両脇に安置される一対の金剛力士像をいい、一般には右の口を開いた阿形の像を金剛、左の口を閉じた吽《うん》形の像を力士というが、右を密迹《みっしゃく》金剛、左を那羅延《ならえん》金剛と分けていうこともある。**にわう**　二応（二通り、二回）の意に仁王の意を掛ける。**あともうんとも**　一声もいわない様をいい、仁王が阿吽《あうん》の形で立っているのを利かす。口を開けば阿を発し、口を閉じれば吽となり、この二字は字母の本であるとして、仏教では尊い声とする。

寄達磨《だるま》恋

504 手まくらにまつ間たるまのうきふしハとちめんへきとおきあがるかな　紀のつかぬ

達磨　南インド出身の僧。中国に渡り、梁《りょう》の武帝の尊信を受け、嵩山《すうざん》の少林寺に入って九年の間面壁座禅をし、禅宗の始祖となった。その座禅の姿を模した張子の玩具があり、底が重くしてあるのでひっくり返してもすぐに起き上がるので、起上がり小法師《こぼし》の称もある。願い事が叶った時に、この達磨に黒目を書入れる風習もある。**手まくら**　手枕。肘を曲げて枕の代わりとすること。**うきふし**　憂節。辛いこと、悲しいこと。**とちめんへき**　栃麺《とちめん》の意に面壁の意を掛ける。栃麺は栃麺棒の略で、慌てること、うろたえることをいう。

505

寄幽霊恋

よしやすかたきえすハありとも何かせん腰より下のなき身なる物　　樋口関月

幽霊　死者がこの世に恨みを残したりして、成仏出来ずにこの世に姿を現したもの。この頃には腰から下の部分が消えた形像で描かれるようになっていたが、これは俗に円山応挙（一七三三～九五）以来のことといわれる。**よしや**　たとえ、仮に。

『狂歌若葉集』には詞書を「幽霊をよめる」として載せる。

506

寄孟子恋

ほつそりと高いがせいハせんなりとむかしの人ももうし候　　馬蹄《ばてい》

孟子《もうし》　中国、戦国時代の思想家。名は軻。性善説を唱え、孔子の教えを祖述して『孟子』七篇を作ったが、本書は四書の一つとして儒教の聖典視されて来た。**せいハせんなり**　背丈が高いの意に孟子の主張した「人の性は善である」とする性善説の意を掛ける。**もうし候**　申し候。申しておりますとの意に孟子の意を掛ける。

寄山伏恋　　から衣橘洲

507　せめかけてとう〳〵いのりふせにけりいさ下紐をときん鈴かけ

山伏　修行のため山野を駆け巡る修験者で、兜巾《ときん》を被り、篠懸《すずかけ》の衣を着していた。一般には法印さんといわれ、江戸市中などでは怪しげな祈禱《きとう》を行い、その異様な風体とともに、庶民にとっては不気味な恐るべき存在であった。**せめかけて**　悪霊を責め苦しめて。**下紐**《したひも》　女の人の腰巻きの紐。**ときん**　兜巾に下紐を解いてとの意を掛ける。兜巾は山伏が被る黒い布製の小さな頭巾。**鈴かけ**　篠懸の意に女陰に鈴（男性性器の異称）を懸ける意を掛ける。篠懸は山伏が法衣の上に着ける麻の衣をいう。

『狂歌若葉集』にも同じ詞書で載る。

寄哥人恋　　へつゝ東作

508　いとはるゝ身ハうらめしき鏡山いさといふにもかほのくろぬし

いとはるゝ　厭《いと》わるる。嫌われる、敬遠される。**鏡山**　近江国の歌枕の地（滋賀県蒲生郡竜王町）。天日槍《あまのひぼこ》の日鏡を収蔵した所といわれ、これに鏡の意を掛ける。**かほのくろぬし**　顔の黒い人の意に大友（大伴）黒主を掛ける。大友黒主は平安前期の歌人で、六歌仙の一。伝説的人物で、その歌風は『古今集』の序に「そのさまいやし」と評され、その名の故か、謡曲や芝居では腹黒い野心家として登場することが多い。

『狂歌若葉集』にも同じ詞書で載るが、第四句、第五句を「いざといふても顔は黒ぬし」とする。「鏡山いざ立ち寄りて見て行かむ年経ぬる身は老いやしぬると」（『古今集』十七、大友黒主）を本歌とする。

寄儒者恋

509　あつめつる蛍にこかれ雪にきえ思ひにしミの家となる文

儒者　儒学を修めてそれを講じる人。**しミ**　紙魚《しみ》の意に思いに染みる（心を打ち込む）との意を掛ける。紙魚は原始的な昆虫で、紙や衣類を食害する害虫として嫌われた。**文**　文書、書物のこと。

『狂歌若葉集』にも同じ詞書で収める。中国、晋の苦学生車胤《しゃいん》が蛍を集めてその光で本を読み、同じく孫康が集めた雪を明りとして勉学に励み、ついに成功したという「蛍雪の功」の故事による。

寄鍛冶恋　　大原久知為《おおはらのくちい》

510　かハらじとたがひにきたへあいづちの末ハふいごのふうふとぞなる

あいづち　相槌《あいづち》に鍛え合うとの意を掛ける。相槌は鍛冶用語で、師が打つ間を抜って弟子が槌を入れることをいう。**ふいご**　鞴《ふいご》。火を起こすのに使用する送風機で、鉄や金銀などの精錬、加工に用いた。長方形の箱型で、中のピストンを手で押して往復させ、風を送り出すようになっているが、これは日本独自の方式という。**ふうふ**　鞴の音を写した擬声語で、これに夫婦の意を掛ける。

511　寄節季候《せきぞろ》恋　　佐倉はね炭

せつき師走しけき人目のせきそろをしのひて今宵こされ〳〵や

節季候　歳末に家々を回って、新年を予祝する歌を磨太鼓《すりだいこ》で拍子を取りながら歌って物乞をした人々。二、三人一組となり、歯朶《しだ》を挿した笠《かさ》を被り、赤い布で顔を覆い、前垂を着けて、「節季候ござれや〳〵」などと囃《はや》したてて歩いた。**せつき**　節季。盆、暮れの二度の決算期。**師走**　陰暦十二月の異称。**せきそろ**　節季候の意に人目の関の意を掛ける。人目の関は人の目が妨げとなって思うようにならないことをいう。**こされ〳〵や**　節季候の囃し言葉の捩《もじ》りで、お出《いで》なさい、お出なさいとの意。

512　寄舞楽恋　　へつゝ東作

君をわれゑてんらくとも思ハさるむかしの身こそごしやうらくなれ

舞楽　奈良時代以来、伝統的に行われてきた舞を伴う音楽の総称で、今日では雅楽の名で行われる。**ゑてんらく**　舞楽の曲名『越天（殿）楽』に得たいとの意を掛ける。**ごしやうらく**　舞楽の曲名『五常（聖）落』に後生楽の意を掛ける。後生楽は何の心配もない、暢気《のんき》な楽天家をいう。

「あひ見ての後の心にくらぶれば昔はものを思はざりけり」（『拾遺集』十二、『百人一首』、藤原敦忠）を本歌とする。

寄楽人恋　　　浜辺黒人《はまべのくろひと》

513 君ゆへにけふの試楽ものらくらと還城楽《げんじようらく》のへびつかふなり

楽人 舞楽の演奏者。**試楽** 舞楽で、公式演奏の前に行う予行演習をいう。**還城楽** 舞楽の曲名にお城を下がる楽しみの意を掛ける。**へびつかふ** 蛇を遣ふ。何もせず無為、怠惰にのらくらと過ごすこと。

『狂歌若葉集』にも同じ詞書で収める。

寄大工恋

514 たてまへに札をいれても落ぬ君ハ枕に塵のつもりちがひ歟《か》

たてまへ 建前。家を建てる際に棟や梁《はり》などの骨組みが組立上がることの意に、本来的な原則や表向きの方針などの意を掛ける。**札をいれても落ぬ** 仕事を請負うための入札をしても落札できないとの意に、恋人が自分になびかない意を掛ける。**枕に塵《ちり》** 工事で下から受け支えるものを枕といい、これに女が男の閨《ねや》の伽《とぎ》をすることをいう諺「枕の塵を払う」を踏まえて、寝道具の枕の意を掛ける。

つもりちがひ　積もり違い。当てが外れる意に見積もりの間違いの意を掛ける。

『狂歌若葉集』にも同じ詞書で収める。

515

寄土細工恋

いつしかに君か心のうちくもりちきりしこともうそのかハらけ　一文字白根

うちくもり　心の内が曇るとの意に内曇の意を掛ける。内曇は内側に薄黒い三星の模様のある土器をいう。**ちきり**　契りの意に千切る意を掛ける。**うそのかハらけ**　全くの嘘をいう成語「嘘の皮」の意に土器《かわらけ》の意を掛ける。土器は釉薬《ゆうやく》をかけない素焼きの陶器をいう。

『狂歌若葉集』には詞書を「寄土器恋」として収める。

516

寄川越恋

九十川《くじゅう》くよ〳〵物を思はせてなとあふ事のかた車なる　もとの木あミ

川越　大井川、安倍川、天竜川などの制度的に橋が架けてない大河を人足の肩や輦台《れんだい》（棒二本に板を渡したもので、これに客を乗せて数人で担ぐ）に乗って渡ること。**九十川**　大井川（または天竜川）の異称。増水時の肩車での川越賃が九十文だったことからの称という。**物を思はせて**　いろいろ考えさせての意に恋慕わせての意を掛ける。**かた車**　肩車の意に逢うことの難しいとの意を掛ける。肩車は川越人足が旅人を両肩に跨《また》がせて乗せること。

『狂歌若葉集』にも同じ詞書で載せるが、第五句を「かた車そも」とする。

寄米春恋《こめつき》

517　ちきりうすみ待《まつ》にこぬかと思ふ間につきしらけたる有明の空

米春　米搗《こめつ》きで生計を立てた人で、「越後米春、越前番太」の諺があるように越後（新潟県）出身者が多かったという。多くは屈強な若者で、杵《きね》を担いで往来し、出入り先や注文先の米を賃搗きした。**ちきりうすみ**　契りが薄いの意に米春の臼の意を掛ける。**こぬか**　来ないのかの意に小糠《こぬか》を掛ける。**つきしらけたる**　月白けたる（月が白っぽくなった）の意に春白げたる（米を精白した）との意を掛ける。**有明**　月が天にありながら夜明け頃になること。転じて、夜明けをいう。

ちゑの内子《ないし》

寄茶摘恋

518　つゝめともいつかほいろに出《いで》ぬるハあたし茶つみの極《ごく》ぞゝり哉

茶摘　茶の葉を摘む人。ほとんどが女性で、赤襷《あかだすき》、赤前垂に紅白に染め分けた手拭を被り、茶摘籠を赤紐で首から下げた。茶摘の最適期は八十八夜前後という。**いつかほいろに**　いつの間にか顔色に出てしまったとの意にいつか焙炉《ほいろ》に出るとの意を掛ける。焙炉は茶を炉にかざして焙《ほう》じること。
あたし 仇《あだ》し。実がない、誠意のない。**極ぞゝり** 極揃りにそそる（欲望を起こさせる）意を掛ける。極揃りは極上揃りともいい、葉の揃った上等な茶をいう。
・「しのぶれど色にでにけり我が恋はものやおもふと人のとふまで」（『拾遺集』十一、『百人一首』、平兼盛）を本歌とする。

寄汗恋

かくれん坊目隠《ぼうめかくし》

519 かしてやりし汗手拭をかへす時へにつきしより思ひそめてき

汗手拭 汗拭き用の小型の手拭。**へに** 紅。口紅や頰紅などの化粧品。**思ひそめてき** 恋心を抱き初めてしまった。「てき」は完了の助動詞つの連用形に、回想の助動詞きのついたもの。
「しぐれする稲荷の山のもみぢ葉は青かりしより思ひそめてき」（『袋草紙』四）を本歌とする。

浜辺黒人

520 われからとはちらふ汗ハ下にのミもゆる思ひのゆけにやあるらん

われから 我から。我とわが身で、我ながら。**はちらふ** 恥らう。恥ずかしがる、照れる。**もゆる**

思ひ　燃ゆる思い。情熱が盛んに沸き上がる激しい恋心。上がる水蒸気をいうが、ここは激情から発する汗のこと。**ゆけ**　湯気。湯や熱い食物などから立ち上がる水蒸気をいうが、ここは激情から発する汗のこと。

寄花火恋

521 物思《ものおも》へハ川の花火も我身よりほんと出《いで》たる玉やとそ見る　から衣橘洲

玉や　花火屋の玉屋に魂の意を掛ける。玉屋は鍵屋と並び称された江戸の花火屋で、その花火は両国や中洲の納涼には欠かせない景物として知られ、語調がよいためか「玉屋」の語は打ち上げられた花火の誉め言葉でもあった。

『狂歌若葉集』にも同じ詞書で収める。「物思へば沢の蛍も我が身よりあくがれ出る魂かとぞ見る」（『後拾遺集』二十、和泉式部）を本歌とする。

寄松餝《かざり》恋

522 かハらしと心のたけをしめかさりけふあふことをまつのうれしさ　川長《かわなが》

心のたけ　心の丈（思いのほど）に竹の意を掛ける。**しめかさり**　注連《しめ》飾りに心の丈を染む（染める）意を掛ける。注連飾りは清浄潔白を保つためや、災いをなす神の進入を防ぐために注連縄を張って飾ることをいう。**まつ**　松飾りの松の意に待つの意を掛ける。

寄松誓恋　　卯雲

523 姫松の姥《うば》となるまでかわらしなわれにふくりのあらんかきりハ

姫松　小さい松の意に姫（女子の美称）の意を掛ける。**姥**　老女のこと。**ふくり**　陰嚢。睾丸の意に松ふぐり（松かさ）の意を掛ける。

寄煎茶不逢恋　　藤本由己

524 しのふれと色にハ出はなせんし茶のあハてたつ名や釜の口おし

煎茶　茶葉を湯で煎じ出した茶。煎じ茶。**出はな**　出花の意に出ないとの意を掛ける。出花は茶葉に最初の湯を注いだばかりの茶で、味、香とも一番よい。煮花。**あハてたつ名**　泡立つ意に逢うことも出来ないのに立つ浮名（浮いた噂、ゴシップ）との意を掛ける。**釜の口おし**　浮名を立てる釜の口との意に口惜し（残念で悔しい）の意を掛ける。

『春駒狂歌集』には「煎茶によせて不逢恋を」の詞書で載る。「しのぶれど色に出にけり我が恋は物や思ふと人のとふまで」（『拾遺集』十一、『百人一首』、平兼盛）を本歌とする。

525

佐々木梶原先陣あらそひによせて待恋の心をよめと人のいひければ　卯雲

ふんどしかとけ候といふ声ハわれに夜這のふたりあるかも

佐々木梶原先陣あらそひ　寿永三年（一一八四）源義経が宇治川に木曽義仲を攻めた時、義経方の武将の梶原景季と佐々木高綱がそれぞれ源頼朝から拝領した名馬磨墨《するすみ》、池月《いけづき》に騎乗して川に乗入れ、先陣争いをしたことをいう。**ふんどし**　褌。男の陰部を覆い隠す布。**夜這《よばい》**　夜、目指す女（恋人）の寝間に忍び入ること。

宇治川の先陣争いの時、高綱が先行する景季に「馬の腹帯が延びている」といって勝ちをおさめた故事を取る。

526

阿房宮の賦のことはによせて里通ひの心をよめと人のいひければ　志水《しみずの》つばくら

客人ハ蜀山兀《こつ》とはげあたま三百余里を三枚の駕籠

阿房宮の賦　中国、唐の詩人杜牧之《とぼくし》作。秦の始皇帝の造営した豪華な宮殿阿房宮の盛衰を賦す。阿房宮は先王孝公の咸陽宮《かんよう》が手狭なのを嫌って建てられた宮殿で、渭《い》水の南、上林苑中にあったという、東西五百歩（約六八〇メートル）、南北五十丈（約一一三メートル）という壮大な規模を誇り、美女三千人を置いて、日夜、歓楽に耽《ふけ》ったと伝えられる。吉原が遊女三千人を擁したところから、これに見立てる。**里通ひ**　吉原通いのこと。里は吉原の異称。**蜀山兀**　『阿房宮の賦』冒頭の「六王畢ッテ四海一ナリ。蜀山兀トシテ阿房出ヅ。三百余里ヲ覆圧シテ天日ヲ隔離ス」を受ける。兀は木材が伐採されて緑豊かな蜀（今の四川省）の山々が禿山《はげやま》になってしまったことをさす。**三百余里**　『阿房宮の賦』の「三百余里を覆圧シテ」の句を受け、吉原の五丁町に当てた三百間（五丁に当たる間数）を利かす。**三枚の駕籠**　三枚肩の駕籠のこと。一挺《ちょう》の四つ手駕籠を三人で舁《か》ぐ（一人は交代要員）もので、急ぎのときや吉原通いの際などに羽振りの良さを誇示するために利用した。

巻第十四　雑歌　上

哥合の中に暁　　平郡実柿《へぐりのさねがき》

527　ねさめしてくびのまわりやうちまたをなつれバゆびにあかつきの空

哥合《うたあわせ》『堀川百首題狂歌合』。『堀川狂歌集』所収。**ねさめ**　寝覚。目覚めること、眠りから覚めること。**あかつき**　暁の意に指に垢《あか》が付くとの意を掛ける。

『堀川百首題狂歌合』には、左歌の「さもふかきよくあかつきの寝覚にはそのことゝなくおこる煩悩」に対し、その判に「左歌の寝覚は、十七八廿はかりのころは、誰もさこそ侍らめ。但なまとしよるまても、さある人もありとかや。それはまれなるへし。右のあかつきは、ふたしなみなる身に覚へて、かりそめにも丸薬十りうほとはなてあつめ侍る。今身におよはぬ事よりも、さしあたりて覚へ侍れは、右に心をよせ侍る」とあって、勝ちとなっている。若い頃ならばいざ知らず、今となっては右歌の方が実感的で好ましい、というのである。

528 窓の戸をおしあけ方の目ハさめて姿ハ床《とこ》に横雲の空　臍穴主《へそのあなぬし》

おしあけ方の　押し開けるの意に明け方の意を掛ける。**横雲**　床に横になる意を掛ける。横雲は横に棚引く雲をいう。

529 たかもゝのふしのねふとハ一夜にや雲の上まではれわたるらん　布留田造《ふるのたづくり》

哥合の中に山

哥合　『堀川百首題狂歌合』。**たかもゝ**　高股《たかもも》に高い意を掛ける。高股は股の上部をいう。**ふし**　不時（時ならぬ、思い掛けず）の意に富士山の意を掛ける。**ねふと**　根太《ねぶと》の意に富士の嶺《みね》の意を掛ける。根太は癰《よう》の一種で、赤く腫れ上がり、きわめて痛い。**雲の上**　雲のある高い所、天上の意に極めて高い場所の意を掛ける。**はれわたる**　腫れ渡る意に晴れ渡る意を掛ける。

『堀川百首題狂歌合』には、右歌の「ふし三里とつとさがりておつとりのくるぶしなれやあしからの山」に対し、その判に「左右の富士ともにおかしく侍る。但左は富士を腫物になされたり。右は富士のすそのなるあしたか山をくるふしになされたるは、題の正当也。今少まさるにや侍らん」とあって、負けとなっている。見立てはともに面白いが、右歌の方が題に似つかわしいので少しよい、というのである。

530

東歩《とうほ》八十五首の中に冨士　知真《ちしん》

真白にたけゆき長のきぬをきて雲の帯する冨士太郎殿

東歩八十五首　『南畝文庫蔵書目録』の「紀行」の部に『讃州紀行』（写）と一括して『東歩』とあるのがそれか。不詳。**たけゆき**　丈と裄《ゆき》が長いとの意に雪の意を掛ける。**きぬ**　衣。衣服のこと。**雲の帯**　富士山の中腹に棚引く横雲の見立て。**冨士太郎**　富士山を擬人化した呼称。太郎は最も優れたものや長大なものなどに付けていう。

531

信海翁《しんかいおう》

つゝたゝハ天にのぼらふふんのばす足高山やふじのねすがた

つゝたゝハ　突っ立たば。まっすぐに勢いよく立ち上がったならば。**足高山**　富士山の南東麓（静岡県沼津市）にある愛鷹《あしたか》山のことで、これを富士山の足に見立てて、踏み伸ばす足の意を掛ける。**ねすがた**　寝姿。富士山の裾野の広大なのを見立てたもの。

『豊蔵坊《ほうぞう》信海狂歌集』には詞書を「としことに東に下りけれは、富士の狂歌あまたよみ侍りけるうちに」とする一連の詠歌の一つとして収める。

532 **おふじさん雲の衣をぬがしやんせ雪のはだえが見たうこさんす**

よミ人しらす

おふじさん 富士山を若い女性に見立てての呼称。**雪のはだえ** 雪の肌。春の富士山に残る山肌一杯の雪を若々しい女性の雪のように白い肌に見立てる。**こさんす** 御座んす。「御座ります」の変化した近世語で、もと遊女が用いたが、この頃には一般化して、女性のみならず、男性も使用するようになっていた。

533 **東路にふしと名高きお山こそゆきゝの人のみとれぬハなし**

樋口関月《ひぐちかんげつ》

東路《あずまじ》 京都から東国へ赴く道筋の意で、東海道や東山道の国々をいうが、単に東国をいうことも多い。**ふし** 富士山（不二山とも書く）の意に不二（二つとない）の意を掛ける。**ゆきゝ** 往来の意に富士山が雪を着るとの意を掛ける。

534 **むかしたれたごに一はいくミし塩をやきてやふしの山となしけん**

嚢庵鬼守《のうあんのきもり》

たご　担桶《たご》。担って運ぶための桶で、水や牛馬の飼料を入れたりなどした。塩をやきて　塩を焼きて。海水を煮て塩を製造すること。

塩田では、塩尻といって、砂を円錐形にうずたかく積み上げ、これに海水を掛け、日に曝《さら》して塩分を濃縮、固着させるが、『伊勢物語』九に「富士の山を見れば、……なりは塩尻のやうに」とあるように、ふるくから富士山をこれになぞらえたことを受ける。

535

矢瀬にて弁慶石を見て　盤斎《ばんさい》法師

やせ法師弁慶石にせいひくしみこし入道くらべさせばや

矢瀬　八瀬のこと。八瀬は山城国愛宕《おたぎ》郡小野郷（京都市左京区八瀬）の一地区で、比叡山の西麓に当たり、洛北《らくほく》の仙境として知られた。弁慶石　八瀬の氏神天満宮の鳥居の前にある高さ八尺（約二・五メートル）ばかりの石で、もと比叡山西塔にあったものと伝えられ、背競石の名があるように通行の人々が背競べをした。やせ法師　痩法師の意に八瀬の意を掛ける。痩法師は痩せた法師、腹をすかした法師をいい、作者の自嘲的な自称でもある。みこし入道　見越入道。妖怪の一種。首が長く、非常に背の高い大入道で、山越しや塀越しに覗き見をし、人が見上げれば見上げるほど背、首ともに長くなるといわれていた。

536　よそになびく瓦の煙たつつゐつまた来ぬ人をまつち山姫　軽少《けいしょう》ならん

待乳山《(まっちやま)》

待乳山　浅草、今戸橋の南詰（台東区浅草七丁目）の小高い岡で、山上には聖天宮《しょうでんぐう》があり、隅田川の眺望にも恵まれていたため、江戸名所の一つでもあった。**瓦の煙**　今戸橋の北の今戸町（台東区今戸一～二丁目）の隅田川畔で名物の瓦を焼く煙。**たつつゐつ**　煙が立つ意に立ちつ居つ（立ったり座ったり）の意を掛ける。**まつち山姫**　待乳山を守り司《つかさど》る女神の意に人を待つの意を掛ける。

537　すみた川こきゆく舟の名をとハゞ梅若丸といふへかりけり　古せかつほ

隅田川

隅田川　関東山地の東北部（埼玉県秩父郡）に源を発する荒川の下流で、綾瀬川との合流点の鐘ヶ淵から河口迄《まで》をいい、墨田川、角田川とも書き、大川、浅草川、宮戸川などの称もある。三囲稲荷《みめぐりいなり》（墨田区向島二丁目）から木母寺《もくぼ》（墨田区堤通二丁目）辺迄の隅田川堤は隅田堤《すだつつみ》といい、桜の名所として知られたほか、恰好《かっこう》の物見遊山の地として多くの文人墨客を集め、墨堤《ぼくてい》と賞美された。**梅若丸**　謡曲『隅田川』に登場する人物で、これに「丸」の縁で舟の名とこじつける。梅若丸は京都の吉田少将の子で、人買いに誘拐されて東国に下り、隅田川畔で病死した。木母寺にはその遺跡の梅若塚があり、毎年三月十五日には梅若忌が行われ、この日に降る雨は「梅若の涙雨」といわれた。**いふへかりけり**　きっというに違いない。

『狂歌若葉集』にも同じ詞書で載る。梅若丸の辞世の歌といわれる「たづねきてとはばこたへよみやこ鳥すみだ川原の露と消えぬと」を本歌とする。

十二栗圃《りつぽ》

538 見わたせハすみた川原のうす煙たつた今戸を明かたの空

たつた今戸を　たった今、戸を明けたとの意に薄煙りの立つ今戸との意を掛ける。今戸は今戸橋の北詰から北の方の隅田川沿いの広い一帯の称で、河畔では、江戸名物の一つ、今戸焼きの名で知られた素焼きの人形や瓦を焼いていた。うす煙は今戸焼きを焼く煙りをいう。**明かた**　戸を開けたとの意に明け方の意を掛ける。

あけらかん江

539 名におハぬ東《あずま》のはての都鳥しろきハ雪とすミた川哉

名におハぬ　名に負わぬ。かねて聞いていたのとは違う、名前通りではない。**都鳥**　百合鷗《ゆりかもめ》の雅称に都の意を掛ける。百合鷗は小型の鷗で、江戸には秋に渡来したため、頭は白く、後頸、耳羽は褐色、雨覆は銀灰色の冬羽の姿で知られていた。**すミた川**　隅田川に墨の意を掛ける。「雪と墨」は正反対のことを譬《たと》える諺。

『狂歌若葉集』にも同じ詞書で載る。「名にしおはばいざこと問はん都鳥わが思ふ人はありやなしやと」（『古今集』九、『伊勢物語』九、在原業平《ありわらのなりひら》）を本歌とする。

540

浅茅原

池の名の鏡のいゐハふたもミもこれハあさちか原とこそミれ

軽少ならん

浅茅原《あさじがはら》　浅草、橋場の総泉寺付近一帯（台東区橋場）にあった野原の古称。隅田川の渡船場でもあり、西南部には謡曲『隅田川』のヒロインで、梅若丸の母である妙亀尼がわが子の死を知って、悲嘆のあまり入水して果てたという鏡が池があり、池畔に鏡池庵という小さな庵《いおり》があった。**鏡のいゐ**　鏡の家。鏡を納める箱。**ふたもミも**　蓋も実も。この頃の鏡は銅や鉄を磨き出して作ったもので、大小で一組となっていて、蓋と身を重ね合わせて納めるようになっていた。**あさちか原**　浅茅原の意に鏡の箱が浅いとの意を掛ける。

541

露をけさかれはあさちかはら〳〵とちるや鏡か池の水かね

あけら菅江《かんこう》

露をけさ　露を置くとの意に袈裟《けさ》の意を掛ける。**あさち**　浅茅の意に浅茅原の意を掛ける。浅茅はまばらに生えた茅《ちがや》、丈の低い茅をいう。**はら〳〵と**　木の葉が散る様《さま》に浅茅原の意を掛ける。**水か**

ね　鏡が池の水の意に水銀《みずがね》の意を掛ける。水銀は鏡の反射を高めるために鏡面に塗る水銀をいう。『狂歌若葉集』にも同じ詞書で載る。

すみた川のけしきをゑかきてふたまきとし両岸一覧と名つけ侍るとて　　鶴岡《つるおか》蘆水《ろすい》

542　両国のきしによる波よるひるや舟のかよひ路一目わからん

両岸一覧　正しくは『隅田川両岸一覧』という。鶴岡蘆水画。軸物二巻。天明元年（一七八一）刊。**両国**　隅田川に架かる両国橋（武蔵国と下総《しもうさ》国をむすぶ橋の意）の東西の橋詰一帯をいい、江戸屈指の盛り場であった。**よるひる**　波が寄せたり干たりするとの意に夜昼の意を掛ける。**わからん**　分からん。分かるであろう、分かるに違いない。

「すみのえの岸による波よるさへや夢の通ひ路人目よくらむ」（『古今集』十二、『百人一首』、藤原敏行）を本歌とする。南畝の日録風の漢詩集『南畝集』六によれば、天明二年初夏の一日、南畝がこの書を観て「両岸一覧図ヲ観ル」と題する一首を作ったことが知られる。

543

深川の洲崎に塩浜の出来たる時　よミ人しらす

深川ハ江戸よりちかの浦なれバ見にゆくとてもミちのくハなし

深川　隅田川河口の左岸一帯（江東区西部）の称で、富岡八幡宮の門前町として栄え、非公認ながら、公許の遊里たる吉原に匹敵する遊所も生まれ、江戸の岡場所筆頭として人気を集めた。**洲崎**《すさき》　深川の海岸に面した地（江東区木場六丁目）で、景勝地、潮干狩の名所として知られ、この頃には江戸随一の料理屋升屋《ますや》があって繁盛していた。**塩浜**　塩田。洲崎に塩浜ができたのは明和二年（一七六五）六月のことであったが、ほどなく廃止された。**ちかの浦**　陸奥国の歌枕の地千賀の浦（宮城県塩竈市）の意に近い浦（海辺）の意を掛ける。**ミちのく**　陸奥《みちのく》の意に道中が苦しいとの意を掛ける。陸奥は磐城、岩代、陸前、陸中、陸奥五ヶ国の古称。奥州。

「陸奥のちかの塩釜ちかながら遙けくのみも思ほゆるかな」（『古今六帖』、伊勢）を本歌とする。

544

哥合の中に松　平郡実柿

にはかなる雨をふせぎしから笠ハ大松たけやとつてかつきし

哥合　『堀川百首題狂歌合』。**から笠**《かさ》　唐傘。この頃は傘の字一文字で「からかさ」と読ませる例が多い。**大松たけ**　大きな松茸《まつたけ》の意に松の木の意を掛け、中国、秦の始皇帝が泰山からの帰途、俄雨《にわかあめ》に逢って松の木陰で雨宿りをし、その徳を表してこれに五大夫の位を授けたという故事を取る。

『堀川百首題狂歌合』には、左歌の「秘蔵してうへし庭木も公儀より御用の松といひてほらるゝ」に対し、その判に「左、秘蔵の松を公儀よりの御用にたてたるは、めんほくにてもや侍らん。右、松茸をしもよまれたるはいかにそや、[と]覚へ侍れと、松たけのなりはそのまゝからかさなれは、秦皇の小松のかけに立よりて雨をふせき給しは、小松にてはあらし、松茸にてやありつらん、とのこころなれは、松たけ難かるへきにや。又大国の松たけはからかさほとにもありつらん。但左は庭前の松也。右はみぬもろこしの松茸なすらへて、又持とや申へからん」とある。左歌の公儀に秘蔵の松を御用立てたのは名誉なことと思われ、右歌が松茸までも読み込んだのはどうしたものかと思われる。秦の始皇帝の雨宿りしたのは小松ではなく、大松茸ではなかったろうかとの推察であるから、これも難癖を付けるほどのことでもあるまい。左は庭の松、右は見たこともない唐土の松茸をなぞらえたものであるから、比較のしようもないという訳で、引分けだというのである。

545

百首哥の中に竹　　　　　　　　　　　　　　如竹《じよちく》

竹の子ハおしやお汁のミかわりにすつかりときる藪の仲光

百首哥　『如竹狂歌百首』。『堀川狂歌集』所収。**お汁**　味噌汁や吸物の丁寧語で、音通によりお主（御主君）の意をきかす。**ミかわり**　身代わりにお汁の身の意を掛ける。**すつかりときる**　すっぱりと切る。**藪《やぶ》の仲光**　藪の中の意に藤原仲光の意を掛ける。仲光は謡曲『仲光』の主人公として知られる。平安時代の武将多田満仲の家来で、満仲が学問嫌いのその子美女丸（後の源頼光）を怒りから手討ちにしようとしたとき、一子幸寿丸を身代わりにしてその首を満仲に見せたと伝えられる。

546　哥合の中に　　平郡実柿

あとさきへいきや出らんしつのめかしりほつたてゝふく火吹竹

哥合　『堀川百首題狂歌合』。**あとさき**　後先。前後のことで、火吹竹を吹く息と、息んだためについ落とす屁《へ》をいう。**しつのめ**　賤《しつ》の女。身分の卑しい女。**火吹竹**　息を吹いて火を起こす道具で、竹筒の節を一方の端だけを残して抜き、その節に息を吹き出す小穴を開けたもの。

『堀川百首題狂歌合』には同じ「竹」の詞書で、左歌の「いや高き天井ふちの竹とりをねやのすのこにたれかくやひめ」に対し、その判に「左歌、竹とりのかくやひめか、此世の人にけかされすして、つゐには富士の煙に立のほりし心たかさを思へる、尤なるへし。右、しつのめか火を吹くとて、あとさきへいきの出たらは、調子はくれにて、さこそいきれかのくさからん。雲泥のかはりにて侍れは、かくやひめにならふへくやは」とあり、負となっている。同じ竹でも、左歌のかぐや姫の気高さと、賤の女の後先に出る息とでは、品格に雲泥の差があるから比べ物にはならないので、左歌の勝ちだというのである。

547　哥合の中に関

大雪にゆきゝをふさくしなのちハ是そ日本のかんこくの関

哥合　『堀川百首題狂歌合』。**関**　関所。重要道路や国境に設けられた施設で、通過する人や荷物を検査し、また防衛の最前線としての任に当たった。**しなのち**　信濃路。信濃国（長野県）の道路、信濃国へ行く道。**かんこくの関**　中国、河南省北西部の交通の要衝で、戦国時代の智将孟嘗君《もうしょうくん》が鶏の鳴き真似によって夜明け前に通り抜けたことで著名な函谷関《かんこくかん》の意に、寒国の関の意を掛けるが、これは信濃国が寒い国として知られていたことによる。

『堀川百首題狂歌合』には同じ詞書で、左歌の「あふ坂の山かせひきて咳気するはなの穴にも関はすへけり」に対し、その判に「左歌、はなのあなのせきあたらしくこそ侍れ。右、信濃路の大雪を函谷の関になされたるは、寒国といふ心にや、たくみには侍る。さりなから、左は直に相坂の関をよめり。右は大雪を関にみなされたり。左は題の正当なれは、かちにて侍れかし」とある。左歌は鼻の穴のせきは新趣向、右歌が信濃路の大雪を寒い国という心から函谷関に見立てたのも巧みだが、題に即した点から見て、左歌の勝ちだというのである。

548　かまくらにて頼朝御所の跡を見れバ今ハ畑となりければ　樋口関月

あれはてし頼朝卿の古御所のあたりハ今もはたけ山なる

頼朝御所　鎌倉初代将軍源頼朝が相模国鎌倉の大倉郷（神奈川県鎌倉市雪ノ下三丁目）に開いた居所で、幕府を置いた。今も頼朝の墓所が残る。**はたけ山**　畠《はたけ》や山の意に頼朝の重臣で、仁慈の智将として数々のエピソードが伝えられる畠山重忠の意を掛ける。

549 人〳〵ともなひて茶弁当もたせすミた川木母寺へゆきて

茶弁当あつくハ水をうめ若の寺とて今もかどわかしゆく

茶弁当 茶道具一式と弁当を一緒に携帯するための用具で、外出の際などに重宝された。**木母寺** 武蔵国葛飾《かつしか》郡隅田村堤（東京都墨田区堤通二丁目）にある天台宗の寺。境内に謡曲『隅田川』で有名な梅若丸を記念する梅若塚があり、付近は桜の名所であったため、江戸市民の物見遊山の地としても知られていた。**うめ若** 梅若丸の意に水で湯をうめる意を掛ける。**かどわかしゆく** 拐《かどわか》す意に門《かど》茶《ちゃ》を沸かす意を掛ける。門茶は門口で湯を沸かし、寺詣での善男善女に振舞うことをいう。

550 自画の像に 三千風《みちかぜ》

女房なし若衆ハおかずこしもとゝ思ふかゆミにとゞくまごの手

若衆 身近の世話をさせるために置く元服前の前髪立ちの若者で、時として男色の相手ともした。**こしもと** 身近の世話をさせる女の召使いの腰元の意に腰の辺りの意を掛ける。**まごの手** 孫の手の意に孫の意を掛ける。孫の手は麻姑《まこ》のことで、長さ一〜二尺（三十〜六十センチ）の杖《つえ》状の一端に手首様のものを付け、背中など手の届きかねる所を掻《か》く用具をいう。

作者は前代の俳人で、本姓三井氏。伊勢国射和《いざわ》（三重県松阪市）の富裕な家に生まれ、全国を周遊して俳業を積み、晩年は相模国大磯（神奈川県中郡大磯町）に鴫立庵《しぎたつあん》を再興した。宝永四年（一七〇七）歿《ぼっ》。六十九歳。

河太郎の画に　　よミ人しらす

551 世の人のおのれと水におぼれてハとかを汝にあひせるそうき

河太郎　河童《かつぱ》の異称。河童は水陸両棲《りようせい》の怪獣で、大きさは四、五歳の子供ほどあり、全身鱗《うろこ》で覆われ、顔は虎に似て嘴《くちばし》が尖《とが》り、頭には僅かな頭髪とお皿と呼ぶ凹《へこ》みがあって水を貯め、この水がある間は陸上にあっても怪力を発揮し、人や小動物を水中に引き入れて血を吸うといい、子供が水に溺れるのはそのためだといわれた。**とか**　咎《とが》、科。他人が非難する欠点、過ち。

兼行法師の像に　　もとの木あミ

552 かきたてゝミぬ世の人をともしひの影とならひの岡のつれ〳〵

兼行法師　南北朝時代の歌人。本姓卜部《うらべ》、俗名兼好《かねよし》。和歌四天王の一人で、二条派の歌人として著名であったが、名随筆集『徒然草《つれづれぐさ》』の著者として最も名高い。**かきたてゝ**　文を書き立てての意に灯火を掻き立てて明るくする意を掛ける。**ミぬ世の人**　逢うことも出来ない昔の人。**ともしひ**　燈の意に友の意を掛ける。**ならひの岡**　兼好の住んでいた双《ならび》が岡（京都市右京区御室）の意に並ぶとの意を掛ける。**つれ〳〵**　所在なさ、退屈の意に『徒然草』冒頭の「つれ〳〵なるまゝに」の文段の意を掛ける。

『徒然草』十三段の「ひとり燈のもとに文をひろげて、見ぬ世の人を友とするぞ、こよなうなぐさむわざなる」による。

553 **盧生《ろせい》の夢のかたかきたる画をかりて久しくかへさでおきけるをとりにおこしければ**

栄花《えいが》なるろせいが夢をおこせとのつかひにあハのいひわけそなき

盧生の夢 人生に於ける栄枯盛衰がいかに儚《はかな》いかをいう諺で、「邯鄲《かんたん》の夢」ともいう。中国、唐の沈既済《しんきせい》の『枕中記《ちんちゅうき》』にある伝説で、盧生という青年が出世を夢みて都に赴く旅の途中で、趙《ちょう》の邯鄲に宿を取った時、呂翁という道士から栄花が思いのままになるという枕を借りて眠るうち、夢に富貴を極めた一生を見るが、目覚めてみれば、眠る前に宿の主人に頼んで置いた粟粥《あわがゆ》もまだ炊きあがっていなかったという故事により、謡曲『邯鄲』、この頃では特に恋川春町の黄表紙『金々先生栄花夢』によって広く知られていた。**おこしければ** 使いを寄こしたので、送って来たので。**おこせ** 起こせの意に使いをおこす意を掛ける。**あハのいひ** 粟飯《あわいい》の意に合わす言い訳の意を掛ける。

墨絵松 一文《ひとも》字白根《じのしろね》

554 **さら〱と書おろしたるすみの江の外にたくひもあられ松原**

すみの江 墨絵の意に住江の意を掛ける。住江は住吉の古称で、摂津国の歌枕の地として知られた所で、現在の大阪市住吉区を中心に堺市の北部を含む一帯をいい、国家鎮護の神、航海守護の神として著名な住吉神社（現住吉大社）がある。**あられ松原**　住吉の歌枕の地安良礼《あられ》松原（住之江区安立《あんりゅう》）に類のないとの意を掛ける。

555

たけくまやくまとる松の一筆に上手の手きハみきといハまし

から衣きつ洲《しゅう》

たけくま　武隈。陸前国の歌枕の地（宮城県岩沼市）。陸羽街道と陸前浜街道の分岐点で、日本三稲荷の一つとされる武隈神社、平安中期の歌僧能因法師の開いた竹駒寺があり、近くに二本の松の大木があってこれを武隈の松といっている。**くまとる**　隈取る。絵に立体感を出すために、墨や絵具の濃淡によって境目をぼかすこと。**みき**　見たことだった。「き」は話手（書き手）の直接経験の回想を表す助動詞。

「武隈の松はふた木を都人《みやこびと》いかがと問はばみきと答へむ」（『後拾遺集』十八、橘季通）を本歌とする。

556

西行法師のゑに

ゆく水にうつる一樹のかけ法師これそ他生《たしょう》のゑんゐ上人《しょうにん》

西行法師　平安末期の歌人。俗名佐藤憲清。『千載集』時代を代表する歌人の一人で、自然礼賛の人生観と滅び行く王朝への思慕とによって中世的精神の具現者とされ、漂泊の歌人としても名高く、後の宗祇《そうぎ》や芭蕉らの詩人に大きな影響を与えた。**かけ法師**　影法師の意に一樹の影の意を掛ける。一樹の影は「一樹の影一河の流れも他生の縁」の略で、偶然に同じ木の下に宿り、たまたま同じ川の水を汲んで飲むのも、みんな他生(前生)からの因縁によるものだから、おろそかにすることは出来ないとの意。**ゑんゐ上人**　西行の尊称円位上人に他生の縁の語を掛ける。

「道のべに清水流るる柳かげしばしとてこそ立ちどまりつれ」(『新古今集』三、西行)を本歌とする。

557

弁慶の讃　　　　　　　　　　　　　　　　　　　　　　　　　碩賢《せきけん》　信州

長刀《なぎなた》をつきに名高きむさし坊いくさより出ていくさにそ入

弁慶　平安末期の荒武者。比叡山学頭の西塔桜本僧正について修行した学僧で、伝説多く、鬼若丸といった幼少時から女嫌いで知られたが、播磨国《はりま》(兵庫県姫路市)書写山円教寺で修行中、一生に一度だけ、無名の女と契ったと伝えられる。勇猛で名高く、京都の五条大橋で夜な夜な武士を襲って千本の太刀を集めようとし、牛若丸(源義経の幼名)に敗れて以来その腹臣として多くの合戦に活躍、義経が兄頼朝との不和から奥州落ちした際も行をともにして藤原秀衡《ひでひら》のもとにいたが、頼朝の命を受けた秀衡の子泰衡《やすひら》に討たれ、衣川《ころもがわ》で長刀を杖に、いわゆる弁慶の七つ道具を背にして仁王立ちで死んだと伝えられる。**長刀**　反りの強い、幅広の長い刀に長柄を付けた武器で、平安時代には盛んに使われたが、江戸時代には武家方の女性の武器となった。**つき**　長刀を突く意に月の意を掛ける。**むさし坊**　弁慶の坊号の武蔵坊に武蔵国の歌枕の地で、月や薄《すすき》、萩などの草の名所として知られた武蔵野の原（東京都・埼玉県）の意を掛ける。**いくさ**　戦の意に草の意を掛ける。

「武蔵野は月の入るべき山もなし草より出でて草にこそ入れ」（古歌、出典不詳）を本歌とする。

558

猿猴《えんこう》のゐに　　　よミ人しらす

木末から猿か三疋三下《さんさが》りそのあいの手ハてとてとてとてと

猿猴　猿類の総称であるが、古くは手長猿をいった。**三下り**　手長猿が三匹ぶら下がっているとの意に三味線の調絃法で、本調子の三の糸を一音（二律）低い調子にすることの意を掛ける。**あいの手**　手長猿が手と手をつなぎ合う様に三味線の合の手（唄と唄との間に楽器だけで演奏される短い曲）の意を掛ける。**てとてとてとてと**　早口言葉を捩《もじ》り、手と手が沢山つながり合った様子を表す。

早口言葉「山王の桜に猿が三下り合の手と手と手々と手と手と」をとる。作者はよみ人しらずとあるが、南畝の歿後に編集された遺文（狂歌、狂文）集『巴人《はじん》集拾遺』によれば、自詠と思われる。

559

安宅のゐに　　　蛙《あ》面房《めんぼう》

義経もとがしある身のあたかにて勧進帳をつくり山伏

安《あ》宅《たか》　加賀国能美郡の梯《かけはし》川沿い（石川県小松市）の集落で、鎌倉初期に新しく関所が設けられて人々の通行を改めた。兄源頼朝に追われる義経が山伏姿に身をやつしてこの関を通った際、関守富《と》樫《がし》に見《み》咎《とが》められたが、弁慶の奇計で無事通り抜けたという伝説で名高い。**とがし** 咎に強意の助詞「し」の付いた語に安宅の関守富樫の意を掛ける。**あたか** 安宅の意に身の仇《あだ》（身に害をなすこと）の意を掛ける。**勧進帳** 社寺の建立、像の修復などのため人々に金品の寄付を募集するという趣旨を記した文書。**つくり山伏** 作り物（偽物）の山伏の意に偽物の勧進帳を作る意を掛ける。

560

竹の林よりとらの出る画に　卜養《ぼくよう》

よをこめて竹のふしとや出《いで》つらんわれと時しるとらの一てん

よをこめて 夜を籠めて。まだ夜が明け切らない、まだ夜が深い。**ふしと** 臥所《ふしど》。寝床、閨《ねや》。**とらの一てん** 虎に寅《とら》の刻の一点（最初の四半時、今日の午前四時に当たる）の意を掛ける。

『卜養狂歌集』（延宝年間刊）に詞書を「竹の林より虎の出る所を、絵に書て歌よめといふ」として載る。

561

田鼠《でんそ》うづらになりかゝりたるゑに　卯雲《ぼううん》

ちゝつくハいちい〳〵くハいとなくならん田鼠うつらになりかゝる時

田鼠うづらになりかゝり 中国の古書に「三月、田鼠化シテ鴽ト為リ、八月、鴽化シテ田鼠ト為ル」などとあるのによった語句で、田鼠は土竜《もぐら》の異称、鴽は斑なし鶉《うずら》のこと。**ちゝつくハいちい**

くくハい　鶉の鳴き声の擬声語。

中国の経書の一つ『礼記』「月令」などに「季春の月、田鼠化シテ鴽《うずら》トナル」などとあるのにより、春三月になると土竜が変じて鶉になるというのである。この頃は鶉の鳴き声を楽しむためにその飼育が盛んで、諸書に鶉の鳴き声を「ちちつくわい」と表記するが、ここはまだ春も浅く、土竜もまだ鶉になりきっていないので、鳴く音も幼く片言であろうとの見立てとなっている。

562

肖柏老人の讃　　四方赤良《よものあから》

一日に一巻《ひとまき》つゝの古今集花のもとにて伝授しやうはく

肖柏《しょうはく》　室町時代の連歌師。内大臣中院通秀の弟。牡丹花《ぼたんか》などと号した。宗祇に師事して古今伝授を受け、これを奈良の饅頭屋《まんじゅうや》林宗二に伝えた。これを世に奈良伝授という。宗祇、宗長と『水無瀬三《みなせさん》吟百韻《ぎんしゃくいん》』を賦し、宮中の連歌の席に列するなど名声が高く、晩年は和泉国堺（大阪府堺市）に住み、宗訊《そうじん》ら堺の人々に古今伝授を授けた（堺伝授）。花、香、酒を愛して『三愛記』を著わし、しばしば牛の背に乗って外出したことでも知られた。家集『春夢草』がある。大永七年（一五二七）歿。八十五歳。**古今集**　最初の勅撰《ちょくせん》和歌集。延喜五年（九〇五）醍醐天皇の勅命で紀貫之らが撰進、二十巻、約千百首の歌を収める。後世、歌の規範とされ、その影響するところは大きい。**花のもと**　連歌師の称号の花の本に桜の花の下でとの意を掛ける。花の本の称は、もと宮中の桜の花の下で催す連歌会に、地下《じげ》の者（清涼殿に昇殿を許されない人）で列席を許された名人に与えられたもので、後土御門《ごつちみかど》天皇の時、宗祇に賜ったのに始まり、以後、一代一人の連歌宗匠にこれを許した。**伝授しやうはく**

伝授しようとの意に肖柏の意を掛ける。

南畝は狂文集『四方《よも》のあか』（天明八刊）上巻にも「肖柏賛」の一文を収めているが、これも天明初年に成稿したものと考えてよく、短い文章ではあるが、散文だけに、肖柏の一代記的事柄が一層複雑に詰め込まれている。

563

両国橋のほとりなる淡雪豆腐をくひて　静観房《じようかんぼう》

両国の橋から冨士の山かけてあハ雪しろく見えわたるかな

両国橋　隅田川下流に架けられた最初の橋で、万治二年（一六五九）十月に足掛け二年の歳月を掛けて完成した。西の吉川町（東京都中央区東日本橋）と東の本所元町（墨田区両国一丁目）を結ぶ橋で、江戸元、本所が下総国に属していたことから、両国の名が出来たといい、この頃、橋の東西の両詰は江戸屈指の盛り場として知られた。**淡雪豆腐**　豆腐料理の一種で、辛目に煮た豆腐に擂卸《すりおろ》した山芋を掛けたもの。両国では回向院《えこういん》前の明石屋、日野屋の二軒が江戸屈指の店として有名であった。**山かけて**　富士山にかけての意に山掛け（とろろ芋を卸して掛けた料理）の意を掛ける。**あハ雪**　淡雪。淡雪豆腐の意に富士山に残る僅かな雪の意を掛ける。

564

芝きり通し長井町のしるこもちをくひて　よミ人しらず

長井町とをくの人もミなしりてなミ〴〵もりの餅のよき哉

芝きり通し長井町　芝切通し長井町。増上寺の裏門通りにあった永井町（港区芝公園）のことと思われるが、たびたび召し上げられ、代地もいろいろな所に出来たので詳しいことは分からず、汁粉屋に至っては知るところがない。**しるこもち**　汁粉餅。餅入りの汁粉。**なミくもり**　満々として溢れんばかりに盛りがよいとの意に並々（行列するほど）との意を掛ける。
新春の縁起物の宝船の絵に書かれていた廻文歌《かいぶん》「長き夜のとをの眠りのみな目覚め波乗り船の音のよきかな」を本歌とする。

565

中村屋和泉掾出店《（いずみのじょうでだな）》に安井といへる暖簾《（のれん）》をかけてしるこもちを
ひさきけるに　隅田中汲《すみだのなかくみ》

尻もちハあしこしつよきいづミまへ人もしるこハ安井とそいふ

中村屋和泉掾　元飯田町（千代田区富士見一丁目）にあった菓子屋で、尾張徳川家の御用を務めていた。**出店**　本店から分かれて出した店。別家。この出店がどこにあったかは未詳。**暖簾**　商店の軒先や店先に日除《ひよ》けのために張る布で、多くは屋号や商標などを染抜いてあったため、その店の格式、信用を表すものでもあった。**ひさきける**　売っている、商っている。**尻もち**　尻《しり》持（後押しする）との意に尻餅の意を掛ける。尻餅は江戸風俗の一つで、幼児が初誕生日の前に歩くと搗《つ》いた餅。**あしこしつよき**　幼児の足と腰が強いとの意に足が強い（餅に粘りけがあること）と後押しが強いとの意を掛ける。**いづミまへ**　和泉屋の前の意に籠《いずみ》（幼児を寝かせるための竹や藁《わら》で作った籠）の前の意を掛ける。**しるこ**　汁粉の意に評判を聞き知るとの意を掛ける。**安井**　店名に安価との意を掛ける。新しく別家した安井の店をよちよち歩きを始めた幼児に見立て、その商い物の汁粉餅の縁で尻餅によって予祝する。

566　**酒百薬長**　から衣橘洲

百薬の長どうけたる薬酒《くすりざけ》のんでゆら〳〵ゆらく玉の緒

酒百薬長　酒を適度に呑《の》むのは百の薬による養生よりも勝るとの諺《ことわざ》「酒は百薬の長」を受ける。**長どうけたる**　百薬の長の意に「ちょうど」を掛ける。ちょうどは酒盃のやり取りの際の語で、十分とかたっぷりとの意を表す。**薬酒**　薬草などを入れた薬用酒。**玉の緒**　玉を貫く緒の意で、命の別称でもあるが、ここは気力や生命力が活発化するというほどの意である。

『狂歌若葉集』にも同じ詞書で載る。「初春の初子《ね》の今日の玉ははき手にとるからにゆらぐ玉の緒」(『万葉集』二十、『新古今集』七、大伴家持)を本歌とする。

567　**大工酒盛**　三畳たゝ見

酒のミて足もよろ〳〵まかりかねさす盃のミつ四つめ錐

まかりかね　曲がりかねる意に曲尺《かねじやく》（さしがね）の意を掛ける。**さす**　盃を差す意に曲尺で長さを測る意と錐《きり》を刺す意を掛ける。**四つめ錐**　すっかり酔いが廻《まわ》って盃が四つに見えるとの意に四つ目錐の意を掛ける。

568　さかもりなかばにもちをくへと人のいひけれは　青陽《せいよう》

酒のミかこれもちくへとしいられてもみちしなからたいらけにけり

もち　餅は酒の飲めない下戸の好物とされた。**しいられ**　強《し》いられ。相手の意向を無視して、勝手に物事を押付けること。**もみち**　紅葉。すっかり閉口して顔を赤らめる意。

569　酒もうつはにより侍るとて茶わんを出しこれにてとありければ

ありあひのちいさく見えし茶碗より盃ばかりよきものハなし

ありあひ　有合。ありあわせ、持ち合わせ。**盃**　酒器の一つで、古くは土器であったが、この時代には木製漆塗り、金属製、鮑貝《あわび》の殻などが用いられた。今日一般的な、陶磁器製の小型で上開きの猪口《ちよこ》が普及するのはやや時代が下がる。

「有明のつれなく見えし別れよりあかつきばかりうきものはなし」（『古今集』十三、『百人一首』、壬生忠岑《みぶのただみね》）による。

570

看売生酔《なまえい》　酒上《さけのうえの》ふらち

はつさけに赤ゑひまきれひらめかす尾ひれやはらをたちの魚うり

肴売《さかなうり》　魚を売る人。肴は酒の席に興趣を添える料理や芸能、遊びなどを総称するが、酒席の料理に魚が多く用いられるようになったところから魚の総称ともなった。この頃の魚売りは行商人が多く、天秤棒《てんびんぼう》で魚を入れた盤台《はんだい》を担ぎ、町々を忙しく回って歩いた。**生酔**　正体なしに酔っぱらってしまうこと、またその人。泥酔。**はつさけ**　初鮭の意に初めての酒の意を掛ける。初鮭は初鰹《はつがつお》に次いで江戸ッ子が珍重した初物であった。**赤ゑひ**　赤鱏《えい》に酔って赤くなる意を掛ける。**まきれ**　紛れ。入り交じって分からなくなる、弁別し難くなる。**ひらめかす**　平目の意に刃物を閃《ひらめ》かす意を掛ける。**尾ひれ**　尾鰭《おひれ》。尾と鰭。**たちの魚うり**　腹を断つの意に太刀魚の意を掛け、さらに魚売りの意を掛ける。

571

ある人のもとにて大盃にて酒たうへて　算木有政《さんぎありまさ》

いたゝくや三合四合七合と段々のほるふじのさかつき

大盃　大きな盃。酒量を誇るために古くから使用されたが、安永末年（一七七〇年代末）浅草駒形に大盃を売り物にした料理屋浮瀬《うかむせ》が出来て以来、ちょっとした大盃ブームを招来した。因《ちな》みに、この店が看板とした大盃浮瀬は鮑貝の殻で、七合五勺《しゃく》入りであった。**たうへて**　食《とう》べて。飲む、食うの謙譲語で、食べてと同義。**ふじのさかつき**　富士山を盃の伏せた形に見立て、これに不時（時ならぬ）の盃の意を掛ける。**三合四合**　酒の量を表す合数の意に富士山の高さを示す合数の意を掛ける。『狂歌若葉集』には詞書を「やんことなき御方にて富士を画三組の大盃をつゝけさまにたうへて」とし、第二句を「三合五合」として載せる。

572　四方赤良かもとに酒肴をおくるとて　けい少ならん

酒一つあけはのてうしひら〳〵と君があたりにとんだお肴

酒肴《しゆこう》　酒と肴（馳走《ちそう》）。**あけはのてうし**　銚子《ちようし》を上げる意に揚葉蝶《あげはちよう》の意を掛ける。**とんだ**　飛ぶの意にとんでもないの意を掛ける。

573　題しらす　へつゝ東作《とうさく》

冨貴とハこれを菜漬に米のめし酒もことたる小樽ひと樽

冨貴　富栄えて地位の高いこと。**菜漬**　菜の漬物の意に名付ける意を掛ける。**ことたる**　事が足りる、十分だ。

『論語』「述而」の「不義ニシテ富ミ且ツ貴キハ、我レニ於テ浮カベル雲ノ如シ」を取る。

574

しなのものをめしつかひけるにことに大食なりければ　　もとの木あミ

しなのもの大めしくらふそのはらをはゝ木々ならハあんしもやせん

しなのもの　信濃者。冬の農閑期などに信濃国（長野県）から集団で江戸に出稼ぎに来ていた人の称で、一般に大飯食らいと決めつけられていた。**そのはらを**　その腹をの意に信濃国の歌枕の地薗《その》原《はら》（長野県下伊那郡阿智村）を掛ける。薗原は御坂峠の東麓に位置し、木曽街道が開かれる以前、中山道が御坂峠越をした頃の交通の要地であった。**はゝ木々**　薗原の山上にあった伝説的な樹木の帚《はは》木《ぎ》に、母が聞いたならとの意を掛ける。帚木は遠くからは見えるのに、近付けばその姿がないといわれた。

『狂歌若葉集』には詞書を「信濃もの丶大めしをくふをみて」として載せる。

575

水戸より塩からを竹の筒にいれて給りければ　　藤本由己《ゆうこ》

塩からを一筒われにくれ竹のよゝのねさゝの肴にやせん

水戸　常陸《ひたち》国東茨城郡の町（茨城県水戸市）。徳川御三家の一つ水戸藩の城下町として栄えた。**塩から**　塩辛。烏賊《いか》や魚の肉、腸、卵などを塩漬にして発酵させたもの。**くれ竹の**　世、夜、節《よ》に掛かる枕詞「呉竹《くれたけ》の」にくれたとの意を掛ける。**ねさゝ**　竹の縁による根笹《ねざさ》の意に寝酒の意を掛ける。

「ささ」は酒の異称。

『春駒狂歌集』には詞書を「水戸より塩からを竹の筒に入て給りけるかたへ」として載せる。作者はしばしば水戸公の許《もと》へ出向いているので、この賜り人は水戸藩主であったかも知れない。

576 とのゐのかハり番に人をおこしてもおきかね侍りけれは目ざましにとて
あめおこし米など出しおかれけるに

かハらんとおこし米でもおきぬ時あめんほうをやくらハしてミん

とのゐ　宿直《とのい》。役所などに宿泊勤務して警戒の任などに当たること。**かハり番**　代り番。交替すべき順番に当たること。**目ざまし**　目覚し。子供などが目覚めた時に与える菓子などをいう。**おこし米**　米を原料とした菓子のおこしの意に起こす意を掛ける。**あめんほう**　飴《あめ》の棒の意に棒をくらわす（棒で叩《たた》いたり、打擲《ちようちやく》すること）意を掛ける。

577 茶めしをたきて人をとゝむるとて　五風《ごふう》

なら茶とハあし久保思ひ給ふなよ君をうかしてはなしたきまゝ

茶めし　茶飯。塩味を付けた茶の煎じ汁で炊いた飯。**とゝむる**　留《とど》むる。引留めること、押さえて行かせないこと。**なら茶**　奈良茶。奈良茶飯の略で、茶飯に大豆、小豆、栗、慈姑《くわい》などを入れたもので、奈良の東大寺や興福寺で始めたのでこの名があるという。**あし久保** 駿河国安倍郡の茶産地として知られた美和村足久保（静岡県静岡市葵区）の意に悪しく思わないで下さいとの意を掛ける。足久保産の茶は足久保茶の名で通り、幕府への献上品として著名であった。**うかして** 浮かして。茶に酔わせて陽気にさせて。

578

宇治の川辺をゆくにことなう腹のへりけれハ

むかしはるび今ハわが帯のび候夫《それ》ハ梶原これハ杉はら　　樋口関月

宇治 山城国の歌枕の地（京都府宇治市）。大和と近江を結ぶ交通の要地で、宇治川の急流や宇治橋の橋姫伝説などで知られるほか、王朝貴族たちが競って別荘を構えた景勝地としても名高く、宇治川の先陣争い（木曽義仲との合戦で源頼朝方の武将梶原景季と佐々木高綱が一番乗りを競った）など源平合戦にもその名をとどめている。**ことなう** ことのほか、甚だ。**はるび** 昔のある春の一日の意で宇治川の先陣争いのあった寿永三年（一一八四）一月を受け、これに腹帯の約語の「はるび」を掛ける。腹帯は馬のそれで、鞍橋《くらぼね》を置くために腹に巻く帯をいい、布や麻縄で作る。遅れを取った高綱が景季に、「馬の腹帯が伸びていて危険だ」と牽制《けんせい》し、勝ちを収めたと伝えられるのを受ける。

『狂歌若葉集』には詞書を「宇治の川辺をゆくにことなう腹のへりぬれば」として載せる。源平合戦の傍系の戦いの一つ、京都を占拠した木曽義仲を源頼朝の軍勢が討った宇治川の戦いのエピソードの先陣争いを踏まえ、「梶原と今もそれがし二度のかけそれは高名これは名号」（『古今夷曲集』九、頓阿）を本歌とする。

579　鴨の涼のころ御手洗川《（みたらし）》の辺に納涼して鯉屋助六か生簀《（いけす）》の鯉を料理させて

こいよしと御手洗川にせし味噌煮けふハ生簀もへりにける哉

鴨《かも》の涼　六月十九日より晦日《みそか》まで、下鴨神社の境内にある末社御手洗社の前の池で行われる夏越祓《なごしのはら》えの参詣を兼ねて、多くの人々がこの辺一帯の河原（糺《ただす》河原）で納涼し、建ち並ぶ茶店などで遊宴に興じたことをいい、糺納涼、河合納涼の名もあった。**御手洗川**　水源を御手洗社の社殿の下の湧水に発する細流で、下鴨神社の境内を流れて賀茂川に注ぐ。参拝者はここで手を洗い、口をすすぐなどして身を清めた。**鯉屋助六**　糺河原にあった川魚料理屋と思われるが、未詳。**生簀**　料理に使う魚を生かして置くために、川や池の中に竹垣を結い回したもの。**こいよしと**　鯉が逸品であるといって。**味噌煮《みそに》**　鯉を味噌仕立てで煮た物をいい、禊《みそぎ》の捩りとなっている。

「恋せじと御手洗川にせしみそぎ神は受けずぞなりにけらしも」（『古今集』十一、『伊勢物語』六十五、よみ人知らず）を本歌とするが、いい掛けの言葉によってこれを忠実に写すところに面目がある。

580　ある人にながいもをやくそくし置けるか程へてたよりなけれは　卯雲

やくそくのぬらりくらりとながいもハもはやうなぎになりぬへらなり

ながいも　長芋。山芋科の植物で、山野に自生するほか、畠で栽培する。食用とする根茎は細い円筒状で、長さ三尺（約一メートル）にも達し、とろろ汁などにして食す。**たより**　便り。訪れ、音信。**ぬらりくらり**　約束のなかなか果たされない様子に鰻の手に取り難い様を掛ける。ありえべからざることが起こり得るのがこの世であるという諺「山芋が鰻になる」を取る。

581

あなにえやうましおとめのよいお子と手をうちたへる深大寺そば
そばをふるまハれけるに　坂上竹藪《さかのうえのたけやぶ》

あなにえや　あなに美哉《えや》。ああなんたる美しいことか。**うまし**　美しい意に旨い意を掛ける。**手をうち**　余りの旨さに思わず手を叩いてしまうとの意に手打蕎麦の意を掛ける。**深大寺《じんだいじ》そば**　深大寺蕎麦。武蔵国多摩郡深大寺村（東京都調布市）の古刹《こさつ》深大寺の名物で、その名声は近在ばかりか江戸にも鳴り響いていた。

582

うちよする客にそはやのいとまなみきりし手きハのふとうこそあれ
波きり不動の堂のまへなるそば屋にてそばをたうへて　酒上ふらち

波きり不動　海上の風波を鎮め和らげるとして信仰される不動明王で、和歌山県伊都郡高野町の高野山五之室谷南院のものや千葉県山武市の不動院のものなどが知られるが、ここは江戸北郊の大塚（東京都豊島区）の通玄院にあったものとみてよい。**いとまなみ**　暇がないの意に波切りの意を掛ける。**きりし**　波切りの意に蕎麦を切る意を掛ける。**ふとう**　太いの意に不動の意を掛ける。忙しいのでついつい太くなるのであろうが、余り太い蕎麦は江戸っ子の好みには合わない。

583

まらうとのあるしまうけし侍りし頃四方赤良のもとに申遣しける　祝阿弥《しゅくあみ》

この時ハかならす君をまつの宿ゐふて子《(ね)》の日ハとにもかくにも

まらうと　客。稀《まれ》に来る人、客人。**あるしまうけ**　饗設《あるじもうけ》。主人として客を迎えもてなすこと。**まつ**　待つ意に新年の松飾りの松の意を掛ける。**子の日**　新年最初の子の日の意に酔っぱらって寝延《ねのび》するとの意を掛ける。寝延は寝ながら手足を伸ばすことをいうが、ここは長々と酔い臥《ふ》す意とみたい。

584

文月十二日の朝あけかたに雪級《せっきゅう》あるしの田町の別荘にふと蓮見にまかりけるにゆくりなきあるしまうけにれいの酔侍りて　あけら菅江

もてなしハ露をたまちの水うまや濁《(にごり)》にしまぬさらさはちすば

文月　陰暦七月の異称。**雪級**　不詳。吉原、中の町の茶屋尾張屋の主人太郎兵衛（雪久と号した）のことか。**田町**　田町に玉のような露の意を掛ける。田町は浅草田町のことと考えられ、日本堤の南側一帯（東京都台東区浅草五・六丁目）を総称した。**ゆくりなき**　思いがけない、何気ない。**れいの**　例の。いつも通りの、お定りの。**たまちの水**　田町の水の意に待ち焦がれた水の意を掛ける。水は勿論《もちろん》、酔い醒めの水である。**しまぬ**　染まぬ。付着しない、影響を受けない。**さらさはちすば**　露に染まることなく、入り交じって更紗《さらさ》のようになった蓮《はす》の葉の意に、恥を曝《さら》す意を掛ける。「蓮葉《はちすば》の濁《にごり》にしまぬ心もて何かは露を玉とあざむく」（『古今集』三、僧正遍昭）を本歌とする。愛酒家として知られ、またそのための失敗も多かった作者の面目躍如たる歌であるが、いささか懸詞が多過ぎて意味のつながりに難がないでもない。

返し　　雪級《せつきゆう》

585 にこりにハしまぬ蓮見の御馳走も何かな露を玉のさかつき

何かな　何がな。なにか最適なものはないか。「がな」は副助詞。**玉のさかつき**　玉の盃。玉（宝石の類《たぐい》）で作った盃、美しい盃の意に蓮に置く露の玉の意を掛ける。

前の歌と同様に遍昭の歌を本歌とする。

酢《す》吸《すい》の三聖　　中台翁《ちゆうだいおう》

586 子ハあまく親仁《おやじ》の口ハにかけれと女郎はかりハすいとのミこむ

酢吸の三聖　画題の一。三人の聖人が桃花酢を吸って、互いに眉《まゆ》をしかめ合っている図をいい、南畝の随筆『南畝莠言』（文化十四刊）に「世に酢吸の三聖の図といふものありて、老子、孔子、釈迦のかたちを画けり。按ずるに、趙子昂《ちょうすごう》が東坡《とうば》黄懿蹟《こういせき》の図といふもの一巻あり。その中に云。東坡黄門、黄魯直とゝもに仏印《ぶついん》をとひし時、仏印いはく、吾桃花醋を得たり。甚美なり、とてともになめて、その眉を顰《ひそ》む。時の人称して、三酸とす。然れば、東坡、山谷、仏印をあやまりて、老子、孔子、釈迦といふなるべし」などとある。

作者は葛烏石《かつらうせき》に学んだ書家河原保寿《ほうじゅ》で、中台はその号。天明三年歿。七十歳。

587

放蕩なるはかせの壁にかいつけける

三両の質も仁義も色にかへ師ののたまくにこまる門人

放蕩《ほうとう》　酒や女に溺れて品行が修まらないこと。**はかせ**　博士。学問やその道によく通じた人。**壁にかいつけける**　壁に書付けける。壁書きにした。壁書きは壁に直接書き付けたり、板や紙に書いて壁に張ることをいう。**三両の質**　漢学の師に弟子入りする際、三両の金子《きんす》を束脩《そくしゅう》として納めたことを受ける。束脩は入門時に師に贈呈する礼物をいうが、後には入学時に納める金銭をいう。**仁義**　仁と義。この二つは儒教で最も重視する徳目で、仁は最高位の徳である博愛、義は人間の踏み行う道理をいう。**色にかへ**　『論語』「学而」の「賢ヲ賢トシテ色ニ易エ」（賢者を賢い人として素直に尊敬し、いつも顔色を穏やかにし）を捩り、女色に溺れて全てをこれに注ぎ込む意を掛ける。**師ののたまく**　『論語』の各段の文章が「子《し》曰《のたまわく》」で始まっているのを受け、これに宣《のた》巻《ま》く（勝手な、訳の分からぬことをくどくどということ）の意を掛ける。

588　新吉原ふしミ町の茶屋玉屋かもとにてふくろく寿のゑを見侍りて　へつゝ東作

御存《ごぞんじ》のあたま勿論このやどハしりの長いもふくの神なり

新吉原　江戸唯一の公許の遊廓《ゆうかく》吉原が、明暦三年（一六五七）に日本橋から浅草田圃《たんぼ》へ移転してからの称で、これに対し、以前のものを元吉原といった。**ふしミ町**　伏見町。新吉原になって出来た町で、吉原で只《ただ》一つの入口大門を入ってすぐの左側の一郭をいう。**茶屋**　吉原で客を女郎屋へ案内したり、ちょっとした遊興をさせたりした家。引手茶屋。**玉屋**　安永年間の「吉原細見」に、伏見町入口左側として載せる玉屋喜十郎、または金十郎とあるのがそれか。**ふくろく寿**　福禄寿。中国の南極星を神格化したもので、短軀《たんく》、長頭で髭長く、杖を突き、鶴を従えた姿で表される。七福神の一。**御存**　存じの尊敬語。よくお分かりの、よく知っていらっしゃる。**やど**　宿。家と同義。**しりの長い**　尻の長い。長居をすること、またその癖がある人をいう。**ふくの神**　福の神。福徳を招来する神。

『狂歌若葉集』には詞書を「ふしみ町玉屋にて福禄寿の讃」として載せる。

589　冨本豊前大夫か弟子豊ミつ豊きく豊くに豊松といへる四人のいらつめの名をたていれて　地口有武《じぐちのありたけ》

豊みつか浄瑠理きくも国の花はままつ風の音ハさゝんさ

冨本豊前大夫　浄瑠璃語り。富本節の二代目。幼名午之助。十歳頃初代豊前太夫の父を失い、その高弟斎《いつき》宮太夫の扶助を受けて大成、安永六年（一七七七）二代目を継ぎ、松江藩主松平不昧《ふまい》から桜草の紋所を賜った。天性の美声で富本節の全盛時代を築き、両国柳橋に住んでいたので柳橋の太夫、顔が長かったので馬面豊前《うまづらぶぜん》といわれて親しまれた。文政五年（一八二二）歿。六十九歳。**いらつめ**　郎女《いらつめ》。若い女の子を親しみを籠めていう語。**たていれて**　立入れて。立入れは和歌、俳諧などで、ある言葉を詠み入れることをいう。**浄瑠理**　浄瑠璃のこと。中世の平曲（『平家物語』を琵琶《びわ》の伴奏で弾き語りするもの）や謡曲を源とする近世の音曲語り物で、『浄瑠璃姫物語（十二段草子）』が好評だったためにこの名があり、のち近松門左衛門と組んだ竹本義太夫の義太夫節が行われるようになってからは、特に義太夫節の称となったが、ここは原義による。**きく**　聞く意に豊菊の名を掛ける。**国の花**　その国が誇りとするものの意に豊国の名を掛ける。ここは江戸の栄誉、精華の意とする。**はままつ風**　浜松風の意に豊松の名を掛ける。浜松風は浜辺に生えた松に吹付ける風をいう。**さゝんさ**　ざざんざ。浜松風の擬声語であるが、ここは祝宴などの席上で唄われた小歌の一節「浜松風の音はざざんざ」を取る。

これら四人はいずれも豊前太夫の有名な女弟子だったようで、南畝の黄表紙『此《こ》奴和《いっは》日本《にっぽん》』（天明四刊）にも豊三津、豊菊、豊国の三人が登場する。

590 春秋音楽　針口いたき

春秋もその時々をゑてんらく花ハちいるら月ハてゑるら

ゑてんらく　時を得るの意に舞楽の曲『越天楽《えてんらく》』を掛ける。**ちいるら**　花が散るであろうとの意に舞楽の囃子《はやし》を掛ける。「ら」は推量の助動詞。**てゑるら**　月が照るであろうとの意に舞楽の囃子を掛ける。

『狂歌若葉集』にも同じ詞書で載るが、初句と第二句を「春秋のその折々を」とする。

591 商人弾琴　竹杖すかる

いとまなミ二十五桁の玉ことにねも高〳〵とはしく爪おと

いとまなミ　暇無み。忙しくて、ひっきりなしなので。**二十五桁《けた》**　算盤《そろばん》の玉の桁数に二十五絃《げん》（一般的には十三絃）の琴の意を掛ける。**玉こと**　玉琴（琴の美称）の意に算盤の玉毎の意を掛ける。**ね**　値の意に琴の音の意を掛ける。**はしく**　弾《はじ》く。算盤を弾く意に琴を弾く意を掛ける。**爪おと**　算盤を弾く音の意に琴爪で琴を弾く音の意を掛ける。

題しらす　風来山人《ふうらいさんじん》

592

この調子きいてくれねは三味線のちりてつとんとひいてしまふそ

ちりてつとん　三味線のゆっくりとした音を表す擬声語「ちりてちりて」「ちりてれ」に、はずみを付けて打ち叩くように弾く時の音を表す擬声語「とん」を合わせた合成語と思われ、初心者の心ない乱暴な弾き方をいったものとみられる。

南畝の随筆『一話一言』巻五に「鍾子期《しようしき》死て伯牙《はくが》琴を破りしは世に耳の穴の明たる人なきを知ればなり」との詞書きで、他に二つの狂歌とともに載る。鍾子期、伯牙はともに中国、春秋時代の楚の人で、子期は、生涯、琴の名人として知られた伯牙の音楽を愛し、伯牙は子期が死ぬと「この世に自分の才能を理解する者はもういない」といってただちに弦を断ち、その後は琴を弾くことがなかった、と伝えられる。作者は多芸多才で知られた本草学者、江戸文学の祖ともいうべき平賀源内で、風来山人はその号の一つである。

593

時計を見て　観流斎原冨《かんりゆうさいはらとみ》

跡へとハかへらぬ時計一分《いちぶ》つゝきさむこのミをミるも物すき

時計　いわゆる和時計で、西洋伝来の定時法による機械時計を、江戸時代の不定時法に合うように工夫、改良したもの。このほかに尺時計といって日本人の創案した独自の物差しのような目盛りを付けたものがあり、時刻表現に尺・寸・分を用いている。**一分**　時間の単位に大きさの単位を掛ける。江戸時代の時間の単位は大変に複雑で、大別して、天文や暦関係で使用する定時法の一日を百刻に分け、更にその一刻を百分に分ける方法と、一般社会での実用時刻である不定時法の一昼夜を十二等分して一辰刻とし、これを十等分して零分から九分の名を付ける方法とがあった。長さの単位としての一分は一寸の十分の一で、約三ミリに当たる。**きさむ**　刻む。時計の針が文字盤を細かく区分しながら時を刻む意に生身をきざむ（非常な苦労や心労をすること）意を掛ける。

作者は三絃の名手として知られた原武太夫盛和で、安永五年（一七七六）七月、八十歳の高齢で歿している。作者の見た時計は、案外、尺時計であったかも知れない。

594

代物《だいもつ》のうら見わたせハ一もんの新中納言波にたゝよふ　　よミ人しらす

四文銭

四文銭　明和五年（一七六八）五月一日より通用の新鋳の黄銅銭。裏面に巴浪《ともえなみ》の紋様があったため波銭の称があったが、この紋様は長刀《なぎなた》を振り回す形ともいわれていた。鋳造当初は不評であったが、物価が四の倍数をとるものが多かったこともあり、次第に重宝がられるようになった。**代物のうら**　代物（四文銭のこと）の裏面の意に、鎌倉時代の摂津国の要港大物《だいもつ》の浦（兵庫県尼崎市）を掛ける。大物の浦は源平合戦の古戦場の一つで、また源頼朝に追われて都落ちした義経がここから西国へ下った地として知られる。**一もん**　平家一門の意に一文銭の意を掛ける。**新中納言**　平知盛の通称に新《しん》鋳《ちゅう》（新しく鋳造された）の意を掛ける。知盛は平清盛の四男で、治承四年（一一八〇）源頼政を宇治に滅ぼしたのを初めとして源平合戦の勇将として名高く、寿永四年（元暦二年。一一八五）壇の浦の合戦に敗れて叔父《おじ》教盛と船中に自害した。俗説では、この時、知盛は碇《いかり》を胴に巻き付けて海中に身を投じたといい、謡曲『船弁慶』では、大物の浦で亡霊となって義経の乗った船に現れ、義経に斬り掛かったが、弁慶に調伏されて望みを果たせなかったとされる。

四文銭新鋳時の落首「代物のうらうち返し詠れば新中納言波にただよふ」に基づく歌であるが、詩句の僅かな変更で落首の趣が一変した点に注目したい。なおこの落首を、随筆『寝ものがたり』（鼠渓著、安政三序）に、「野ぶせりの乞食に狂歌よみあり……四文銭通用のはじめ、これにて一首といわれ」として紹介する。

595

ねつきといふはいかい師宗匠のひろめに発句ときぬをおこすへきに発句
はかり来りしかハ　百菴《ひやくあん》

ねつきとのしたからよめバきつねとのほつ句ばかしてきぬハこん〳〵

ねつきといふはいかい師　不詳。俳諧師は俳諧を職業とする人で、投稿された俳諧の点料（選句の報酬）で生計を立てていた。**宗匠**　和歌、連歌、俳諧、茶の湯などの師匠。**ひろめ**　広め。広く知らせること、披露すること。**発句**　俳諧連歌（連句）の初句。**きぬ**　絹。景品としての絹織物のこと。**おこす**　寄こす、送って来る。**ばかして**　ばかりしての意に化かしての意を掛ける。**こん〳〵**　来ん（来ない）の意に狐の泣き声の擬声語を掛ける。

596　山家靏　　梅旭《うめのあさひ》

山里ハゆたかな梅のりん和靖人も千人靏も千年

りん和靖《わせい》　中国、宋の文人林和靖に梅の林の意を掛ける。林和靖、名は逋《ほ》、和靖はその諡《おくりな》で、仙人のような暮しをした隠君子、梅の木と鶴をたいへんに愛した人として知られ、「梅妻鶴子」の称があった。**靏も千年**　鶴の齢《よわい》が千年であるとの意で、長寿でめでたいことの諺「鶴は千年亀は万年」を受ける。

597　春章《しゅんしょう》か俳優のにづらの画をミて　　菊の声色《こわいろ》

あめつちの壺屋かかける花鳥にいさ声色をそへてミせばや

春章　浮世絵師勝川春章。宮川春水の門人で英一蝶《はなぶさいっちょう》の画風に私淑して独自の画風を開き、勝川派の祖となった。個性的な描写で役者絵にもっとも優れ、美人画にも佳品を残す。寛政四年歿。六十七歳。**にづら**　似面。肖像画のこと。**あめつちの**　天地の。枕詞で「共に」や永遠の意に掛けていうが、ここは天上天下に名高いというほどの意か。**壺屋**　勝川春章の異称。印が壺形に林の字であったことによる。**花鳥**　花や鳥の意で、役者の似顔絵を艶《あで》やかな花や鳥に見立てたものをいうが、これを音よみにして、花や鳥、虫などを主題とする絵画の意を掛ける。**声色**　身振声色のことで、歌舞伎役者の声帯模写を身振り入りで行った。似面の対語として用いている。

598

ミつから家の内を掃除し侍りて

万《よろず》の千里《ちさと》

われもけふ自身に口をたゝきばきおひげの塵ハとりあきもせず

口をたゝき　大口を叩く意に叩き掃きとの意を掛ける。**おひげの塵《ちり》**　媚《こ》びへつらうことをいう諺「お髭の塵を取る（撫《な》でる）」の略。

常日頃は威張りくさっていて、掃除などといった家事には一切見向きもしないのに、今日は珍しく大口を叩いて掃除をしてみせたが、人にはいえないものの実の所をいえば、心の中では御機嫌取りにやったのだ、というのである。

599

さかもりの席にて

大黒屋庄六
俵の小つち

盃をさすかいなにハあくまよりうき世のちりをまつはらひけり

かいな　腕。一般に肩から肘迄の間（二の腕）をいうが、ここは腕全体をいう。**あくま**　悪魔。仏道を妨げる魔神をいうが、転じて悪人や災厄をいう。**うき世のちり**　浮世の塵。浮世（俗世間）にいるために生じてくる種々の煩わしい思いや災厄を塵に譬えたもの。**はらひ**　悪魔を祓《はら》う意に浮世の塵を払うとの意を掛ける。

600

田舎興花道《はなみち》つらね

五代目市川三升

たのしミハ春の桜に秋の月夫婦中よく三度くふめし

春の桜に秋の月　春秋の風流韻事の代表的な事例で、風雅の道を総称する。

「たのしみは夕がほ棚の下涼み男はてゝら妻は二布《ふたの》して」（典拠、作者ともに不詳）を本歌とする。『巴人集拾遺』に「一家和合」の詞書で載るので、もともとの作者は四方赤良かと考えられる。

巻第十五　雑歌　下

題しらす　　よミ人しらす

601　あふミにも鞍にもならず焼すてよようなき人のまがりこんじやう

此うたある人のいハく山崎宗鑑かなりと

あふミ　鐙《あぶみ》。馬具の一つで、鞍の両脇に吊《つ》り下げて足を踏み掛けるもの。**鞍**　馬具の一つで、馬の背に人や物を乗せるためのもの。**ようなき人**　用無き人。無用の人物、詰まらない人。**まがりこんじやう**　曲り根性。捻《ねじ》くれ、歪んだ本性。**山崎宗鑑**　室町時代末期の連歌師、俳人。滑稽洒脱《しゃだつ》な俳諧連歌に縦横な奇才を発揮し、晩年には『犬筑波集』を編集して、俳諧の素地を作った功績は大きい。天文二十二年（一五五三）歿《ぼっ》。八十九歳。

602
何となく人にことばをかけ茶碗おしぬくひつゝ茶をものませよ　　よミ人しらす

此うたある人のいハく利休居士かなり

かけ茶碗　欠け茶碗に言葉を掛ける意を掛ける。**おしぬくひ**　押拭い。拭き取り、清める。押は強意の接頭語。**利休居士**　近世初頭の茶人で、侘茶《わびちゃ》の完成者、千家流茶道の創始者として知られる千宗易の雅号。織田信長、豊臣秀吉に仕えて寵遇《ちょうぐう》されたが、天正十九年（一五九一）秀吉の怒りに触れて自害した。七十一歳。居士は、出家しないで在家のまま仏道修行に志す男子が、法号の下に付ける称号。

『醒睡笑』八の「茶の湯」に、この歌と「花をのみ待つらん人に山里の雪間の草の春を見せばや」の歌を上げ、「利休はわびの本意とて、この歌をつねに吟じ、心がくる友にむかひては、『かまへて忘失せざれ』となん」とあるによる。但し『醒睡笑』では第四句を「おしのごひつつ」とする。

603
百首哥の中に山家　　よミ人しらす

杣《そま》の代わかたつる家ハあのくたら三百ばかり入にけるかな

百首哥　『道増俳諧百首』。『堀川狂歌集』所収。**杣**　材木を伐り出す山、またその材木。「代」は代償として支払う金銭をいい、「杣立つ」は杣を伐り出すための作業小屋を立てることをいう。**あのくたら三百**　阿耨多羅三藐三菩提《あのくたらさんみゃくさんぼだい》（仏の悟りの智恵の意で、この上なく優れ、正しく円満であること）の捩《もじ》りで、これに、僅かな事をいう「くたら」「三百」の語を掛ける。「あのくたら三藐三菩提の仏たちわがたつ杣に冥加あらせたまへ」（『和漢朗詠集』下、『新古今集』二十、伝教大師）を本歌とする。南畝《なんぽ》はこの歌をよみ人知らずとするが、作者は京都の聖護院門跡の道増大僧正で、伝教大師最澄が開宗した天台宗の僧であった。

大根太木《おおねのふとき》

604　**借銭の山にすむ身のしつかさハ二季より外にとふ人もなし**

百首哥　不詳。**借銭の山**　あちこちから借りた小額の借金が山のように溜《た》まってしまったとの意に奥深い山中との意を掛ける。**二季**　盆と歳暮の節季仕舞（貸し借り勘定の清算期）のこと。『狂歌若葉集』には「山中隠家」の詞書《ことばがき》で、第三句を「しづけさは」として載せる。「八重葎《やえむぐら》しげき宿には夏虫の声より外に訪ふ人もなし」（『後撰集』四、よみ人しらず）を本歌とする。

605　**こもりくのこたつに足をふミこみてふとんの山に身ハのかれつゝ**

こもりくの　隠国の。大和国の歌枕の地初瀬（奈良県桜井市初瀬）に掛かる枕詞。ここは籠る（中に入って出ない）との意から炬燵《こたつ》に掛ける。

臍穴主《へそのあなぬし》

606
中〳〵に山の奥こそ真柴垣うき世をとんとのきの松風

面楫似足《おもかじのにたり》

真柴垣 柴で組んだ垣の意にましだ（他よりまさっている）との意を掛ける。**とんと** すっかり、まるで。**のき** 軒の意に退《の》く（引退する）との意を掛ける。

607
さゝかにの糸のしらへも音高く雲井にひゝく山彦の声

山家三味線

さゝかにの 細蟹の。蜘蛛《くも》、「い」「と」に掛かる枕詞。細蟹は蜘蛛の異称で、また蜘蛛の網をいう。**糸のしらへ** 糸の調べ。三味線の調子、三味線で奏でる音楽。**雲井** 遙《はる》かに遠く高い所、また宮中、皇居のこと。**山彦** 山や谷などで音や声が反響することで、これに、当時、三味線の名手として著名な山彦源四郎（その愛器も山彦といった）の意を掛ける。

608青山にかくれし口すさみに百か味噌二百か薪二朱か米一分自慢の年のくれ哉

懶翁《らんおう》

青山　作者の隠棲《いんせい》地であった青山百人町（港区北青山・南青山）の妙有庵をいう。**口すさみ**　思い付くままに吟じた歌の意。**百か味噌**　銭百文が味噌の代金であるとの意に、百文もあるのが大自慢だとの意を掛ける。**二朱**　金二朱で、銭およそ六百文ほどに当たる。**一分自慢**　自分で自分を誇り褒める意に、金一分の意を掛ける。金一分は金四朱に当たる。

一休独居用意の歌という「山居せば上田三反味噌醬油男一人薪沢山」を本歌とする。作者は南畝が漢詩文の師とし、長く親交のあった耆山《きざん》和尚で、懶翁はその号である。元増上寺の僧で、山門第一の秀才といわれたが、寛延二年（一七四九）三十八歳の時、栄達を嫌って妙有庵に隠棲した。寛政六年（一七九四）歿。八十三歳。南畝の随筆『仮名世説』（文政八刊）上巻に「耆山和尚十二にして縁山に入り、……三十二にして母を携て青山百人町にかくる。其時の歌とて」としてこの歌を揚げ、また写本で伝わる随筆『一話一言』（「大田南畝全集」巻十六所収の「補遺参考篇二」）には「寛延二年己巳、耆山上人三縁山を出て青山の草堂に隠れ給ふ口ずさみに」としてこの歌を揚げ、「頊々タル鄙語一転シテ大雅ニ入ル」と評している。また『仮名世説』にも同趣の記事を補足して載せる。

609

かしらおろし侍りし時　山岡明阿《みょうあ》

けふからハころり坊主になりひさこ人にかゝりて世をわたらはや

かしらおろし　頭下し。頭髪を剃《そ》り落として出家すること。作者が出家したのは明和八年（一七七一）、四十六歳の時のことである。**ころり坊主**　ころりと僧になったの意で、俄《にわか》坊主のこと。ころりは瓢簞《ひょうたん》の縁語でもある。**なりひさこ**　坊主になるの意に生瓢《なりひさこ》（瓢簞のこと）の意を掛ける。**人にかゝ**

りて　人の世話になっての意にぶら下がっての意を掛ける。

すミた川のほとりなるある山寺にてかしらおろし侍りける時ほとゝきすのなくをきゝて　　もとの木あミ

610 わか年もほとゝき過ぬさらハとててつへんかけてそりこほつなり

すミた川　隅田川。秩父を源流とする荒川の下流で、綾瀬川との合流点から河口迄《まで》の称。**ある山寺**　不詳。山寺は山林の中の寺というほどの意。**ほととき過ぬ**　時鳥《ほととぎす》が鳴きながら通り過ぎて行ったとの意に、ほどよい時は過ぎて老年になってしまったとの意を掛ける。**さらハ**　それならば。**てつへんかけて**　時鳥の鳴き声の擬音語「てっぺんかけたか」に、頭の天辺《てっぺん》にかけての意を掛ける。**そりこほつ**　剃《そ》り毀《こぼ》つ。髪や毛を剃り落とすこと。

『狂歌若葉集』には詞書を「卯月はじめつかた、としごろの本意とげて、すみだ川のほとり何がしの寺に行て、かしらおろし侍るとて」とし、「けふよりぞ衣は染つすみだ川ながれわたりに世をわたらばや」とある歌に続けて、この歌を「おなじとき郭公をきゝて」の詞書で収める。木網が法体になったのは天明元年(一七八一)のことであった。

とし頃のほゐとけてまろきかしらになりけるにも好物の味ハ猶わすれかたくて　　へつゝ東作《とうさく》

611

黒髪をおろし大根のりの道仏のそばや近つきぬらん

ほゐ　本意。**まろきかしらになり**　剃髪《ていはつ》して出家の身となること。東作の出家を絵馬屋主人の『東作伝』は安永七年（一七七八）秋のこととするが、実は安永八年秋で、これを機に名を嘉穂《かすい》と改めている。**おろし大根**　大根おろしの意に髪を下ろして出家の身となる意を掛ける。**のりの道**　法《のり》の道（仏法の道）の意に海苔《のり》の意を掛ける。**そば**　蕎麦《そば》の意に側（傍ら、近く）の意を掛ける。

『狂歌若葉集』には詞書を「安永やつのとしの秋、剃髪し侍りける。世のほだしもたらぬ身にも、空の名残こそといひしやさしき心にはあらで、年頃の本意とげてまろき頭になりにけるにも、なほ好物の味は忘れがたくや、剃髪の吟いかになど問ひける友達のもとへ、申し贈りける」として載せる。

612

かしらおろし侍りて名をあらたむるとて　　婆阿《ばあ》

むすほれし婆阿のすさみの麻糸もうむの二ツをはなれやハする

むすほれし　結ぼれ心（晴れ晴れとしない屈託した心）の意に糸や紐《ひも》などが結ばれて解け難くなる意を掛ける。**婆阿**　作者自身の狂名に老女を意味する婆々を掛ける。**すさみ**　もてあそび、慰み。**うむ**　有無の二見の意に麻糸を績《う》むの意を掛ける。有無の二見は、仏教で宇宙や人生の一切を有と無の二相でみる偏見をいい、有はすべてが常住不変であることを固執する立場、無とはすべてが空《くう》に帰するものとする立場に立つ考えをいう。績むは麻や苧《お》を細く裂き、それを長く繋《つな》ぎ合わせて撚《よ》ること。

作者が剃髪して、名を「錦江」と改めたことによる詠である。

613 四十に八二とせたらさりけるとしかしらおろし侍るとて　荘夢《そうむ》

紅葉さへちりて立田に名をのこす我名のこらし人もおしまし

立田　大和国の歌枕の地（奈良県生駒郡斑鳩《いかるが》町）で、竜田とも書く。この地にある竜田山や竜田川は、奈良の西にある紅葉の名所として知られ、特に竜田山は東の佐保山が春の女神に擬せられるのに対して、竜田姫の名で秋の女神とされる。

「嵐吹く三室の山の紅葉ばは立田の川の錦なりけり」（『後拾遺』五、『百人一首』、能因）などを本歌とする。

614 相撲取遁世　腹可良秋人《はらからのあきんど》

わけて猶淋き庵のすまひとりもはや浮世の塵ハつかまし

遁世《とんせい》　俗世間との関係を絶つために出家や隠居をすること。**すまひとり**　住まいの意に相撲取りの意を掛ける。**浮世の塵《ちり》**　俗世間にいるために生じる煩わしい思いや事件を塵に譬《たと》えたもの。「塵」は土俵上の土や砂をいい、「塵を切る」「塵手洗」などの語もある。「塵は付かまじ」は塵も汚れも付かないであろうとの意で、今後は非難されるような僅かな欠点も汚点もないであろうと予測していう。

615

述懐

前の世に無間《むけん》の蛭《ひる》もくハぬ身の此世ハかねにせめられにけり

紀野《きのや》暮《ぼ》輔《すけ》

無間の蛭　八熱地獄の最も底にあるとされる無間地獄に付属する別所十六地獄の一つの蛭の地獄に充満するという虫。本来は嬢《ひ》矩《く》吒《た》といい、五逆罪の大罪を犯してここに落ちる人に、針のような嘴《くちばし》で食いつき、その体の中に入って骨髄を食うといわれる。**かね**　金銭の意に無間《むけん》の鐘の意を掛ける。無間の鐘は遠江《とおとうみ》国の歌枕の地小夜《さよ》中山（静岡県掛川市）にある無間山観音寺の梵鐘《ぼんしょう》のこと。これを撞《つ》けばこの世では富豪になれるが、来世には無間地獄に堕ちるとの伝説があり、演劇の趣向として喜ばれ、『ひらかな盛衰記』の梅が枝《え》の手洗鉢《ちょうずばち》の所作事が最も知られる。

616

かゝる時何とせん里のこま物屋伯楽もなし小つかひもなし

風来山人《ふうらいさんじん》

かゝる時　このような時、こうした時。**何とせん里のこま物屋**　どうしようとの意に千里の駒の意を掛け、さらに小間物屋と続けてこれにも千里の駒の意を掛ける。千里の駒は一日に一千里を走る名馬をいい、転じて最も才能の豊かな優れた人物をいう。小間物屋は女性用の櫛《くし》、白粉《おしろい》などの細々とした化粧品を売る店をいい、作者平賀源内が仕事の間口を広げ過ぎて、櫛や財布などまでを創案、細工したことを世間が悪評し、自身もそれを自嘲的に受け止めた語でもあった。**伯楽**　中国、春秋時代の人で、馬の鑑定の名人といわれた。転じて、馬の良否をよく見定める人物をいう。
『放屁論後編追加』に、木室卯雲が「酔て来て小間物見せのおて際は仕出しの櫛もはやる筈なり」の歌を贈ったのに対する返歌として、「去る申の歳、菅原櫛といへるを工み出し、世に行はれける時、好人より狂歌を給ひしその返歌幷に序を爰にしるす」との詞書で狂文の末尾に載る。申の歳は安永五年丙申《ひのえさる》の年(一七七六)に当たり、この頃の源内は神田大和町(千代田区岩本町二丁目)に住み、経済的にも余り恵まれなかったようで、白壁町(千代田区神田鍛冶町二、三丁目)に住んでいた明和の頃のさっそうたる覇気に欠け、ひどく落ち込んでいたのである。南畝は後にもこの歌を『一話一言』巻五に、詞書を「いかなる時にか」として書留めている。

617

から猫のミすぢの糸につなかれて何の因果にばちあたる身そ

きねや仙女

から猫　唐猫。猫の異称で、猫が中国渡来のものであることによる称といわれるが、新しく伝来した中国産の猫の意としても使われた。また猫の語は芸者の異称でもあったが、これは三味線が芸者の表道具であり、その胴を猫の皮で張るからだという。**ミすぢの糸**　三味線の異称に猫をつなぐ糸の意を掛ける。**因果**　不運な回り合わせ。**ばち**　三味線の撥《ばち》の意に神仏の罰の意を掛ける。
作者は日本橋米沢町(中央区東日本橋二丁目)に住む長唄の師匠の娘で、親譲りの芸をもって芸者をしていたかと思われ、その身の境涯を縁の深い三味線の縁語で巧みに綴《つづ》っている。

618

面影のかハらで酒のつのれかし終《つい》にハ下戸《げこ》の赤くなるとも

玉簾小亀《たまだれのこがめ》

面影　顔付き、顔形。**つのれかし**　募れかし。ますます激しくなる、一層酒量が捗《はかど》る。**下戸**　酒の吞《の》めない人。上戸《じょうこ》の対。

619

顔による波の音かハ耳もなり歯もこゆるぎのいそぢすぐれバ

寿角《じゅかく》

顔による波　顔に寄る皺《しわ》の意に寄せ来る波の意を掛ける。**こゆるぎの**　相模国の海浜の景勝地で歌枕の小余綾《こゆるぎ》の磯（神奈川県小田原市国府津から中郡大磯町にかけての海岸）に小揺るぐ（少々ぐらつく）意を掛ける。**いそぢ**　五十路（五十歳という年齢）の意に磯路（磯辺の道）の意を掛ける。

620 いたつらに過る月日もおもしろし花見てばかりくらされぬ世ハ　四方赤良《よものあから》

いたつらに　徒《いたずら》に。用事がないままに、無益に。**花見てばかり**　花見をしてばかりいては。花は桜の花で、四季折々の風流韻事の代表として提示されている。

「いたづらに過ぐす月日は思ほえで花見てくらす春ぞ少き」(『古今集』七、藤原興風)を本歌とする。

寄刀述懐　早稲田の翁《おきな》

621 さすが又のかれかたなのふるミにハやきばもしるく翁さびたり

さすが　流石《さすが》(やはり、本分に違わず)の意に刺刀《さすが》の意を掛ける。刺刀は刀の鞘《さや》の裏差で、小柄《こづか》のこと。**のかれかたな**　刀の意に逃れがたいの意を掛ける。**ふるミ**　刀の古身(古刀)の意に年を経る身(老人)の意を掛ける。**やきば**　焼刃。刀の刃の上に現れる波紋のような模様で、その形状によって直刃、乱刃、のたれなどの別がある。**しるく**　著《しる》く。きわだっている、判然としている。**翁さび**　老人らしく振舞う意に刀が錆《さ》びる意を掛ける。

とし頃劔弓槍の術にあそふといへともいまた真理を得るとしも

622　なけれは　　吉田氏

弓断《ゆだん》なくやりてみるほと奥ふかしいつあきらむる事やあり劔

弓断　油断（気を許すこと）の当て字で、弓の意を掛ける。**やりてみる**　実行してみるとの意に、槍《やり》の意を掛ける。**奥ふかし**　深遠で認識し難い。**あきらむる**　明らむる。物事の奥義を極め明らかにする。**劔**《けん》　剣に過去の認識不足を改めて驚嘆する助動詞けんを掛ける。

623　百首哥の中に懐旧　　如竹《じよちく》

祖父祖母《じじいばば》すくミかゞんてつふやくハミなこしかたの物語かな

百首哥　『如竹狂歌百首』。『堀川狂歌集』所収。**すくミかゞんて**　竦《すく》み屈《かが》んで。小さく体を折り曲げて。**こしかた**　越方（過ぎ去った昔）の意に腰と肩との意を掛ける。

『如竹狂歌百首』に同じ詞書で載る。

624

哥あハせの中に

形見こそ今ハあたなれなき親のゆつりおかれし貧乏の神

布留田造《ふるのたづくり》

哥あハせ 『堀川百首題狂歌合』。『堀川狂歌集』所収。**形見** 別れた人や死んだ人を思い出す種となる遺品、記念品。**あた** 仇《あだ》。自分に害を与えるもの、恨み、敵。**貧乏の神** 貧乏神。人を貧乏にさせる神で、痩せ細った貧相な老人で、手に渋団扇《うちわ》を持つ形象で表される。

『堀川百首題狂歌合』に同じ「懐旧」の詞書で、次首の歌を右歌としてともに収め、その判に「左歌、代々すりきりと見へたり。何とそして、わか子にゆつらぬ分別あるへきにや。右、十人酬和九人無といへる詩を思へるこそ、あはれに侍れ。尤可為勝」とある。左歌は、代々のすりきり（無一物）は気の毒だが、これを子に譲らぬ方法はなんとかありそうなもの、右歌の友達のほとんどがいなくなった悲しみには及ばない、というほどのことである。「かたみこそ今はあだなれこれなくば忘るる時もあらましものを」（『古今集』十四、よみ人しらず）を本歌とする。

625

いにしへの酒友たちをかそふれハ十人のしうハ九人ないそん

平郡実柿《へぐりのさねがき》

十人のしうハ九人ないそん 中国、唐の詩人白楽天の詩句「十人酬和九人無シ」を取り、十人の衆のうち九人は内損《ないそん》であるとの意を掛ける。酬和は詩文の作や言葉などで応酬する意であるが、ここは酒での付き合いをいい、これに十人の衆（多くの人に対する尊敬語）はの意を掛ける。内損は飲酒などで内臓を傷めること。

白楽天の七言律詩「感旧詩巻」の「夜深ケ吟ジ罷ミテ一タビ長吁ス、老涙灯前ニ白髪ヲ湿ス、二十年前ノ旧詩巻、十人ノ酬和ハ九人無シ」の結句を取る。

626　祖父ハ山へしはしかほとに身ハ老てむかし〳〵のはなし恋しき　油煙斎《ゆえんさい》

しはしかほとに　山へ柴刈にの意にちょっとした間にの意を掛ける。**むかし〳〵のはなし**　過ぎ去った遠い昔の思い出の意に昔話の意を掛ける。

由縁斎貞柳の家集『家つと』に「稀年の齢になりて」の詞書で載る。作者名を由縁斎ではなく油煙斎とするのは、奈良の製墨所古梅園が宮中に大墨を献上して評判になった時、旧知の間柄であった古梅園の主人松井元泰（法号道恵）に貞柳が「月ならで雲の上まですみのぼるこれはいかなる湯ゑんなるらん」と詠んで贈り、これが大評判となって以来のことといわれる。

627　てん〳〵をうちしあたまも赤本のむかし〳〵となりにける哉　臍穴主

てん〳〵　幼児語で頭をいうが、ここは幼児をあやす時に「手打ち手打ちあわわ、掻《か》い繰《ぐ》り掻い繰りとっとの目、おつむてんてん」の文句で自分の頭を叩《たた》かせたのを受ける。**赤本**　江戸の草双紙の一つで、延宝（一六七三〜八一）頃に始まり、享保年間（一七一六〜三六）に最も盛行した幼童向けの絵本。**むかし〳〵**　赤本の書き出しが多くこの文句で始まるのを受ける。

『狂歌若葉集』にも同じ詞書で収めるが、作者名を古鉄見多男とする。

628　題しらす　柏筵《はくえん》

生て居て心の駒をせむるかなのりうりはゝと花うりはゝと

此うた世にしるものまれなり此集をあめる折から花道のつらねか物かたりをきゝて書《(かき)》くハヘ侍り

心の駒　心の馬と同じで、人間の情意の制御し難いことを譬えていう。意馬心猿。**せむる**　責むる。咎《とが》める、悩ます、急《せ》きたてる意に馬を乗り慣らす意を掛ける。**のりうりはゝ**　糊《のり》売婆。洗濯用の姫糊を手《て》桶《おけ》に入れて売り歩いた老女。花売婆とともにつまらない商売の代表とされた。**花うりはゝ**

花売婆。仏前や墓に供える花を売り歩いた老女。**あめる**　編める。編集する。

629
いやな物といへる心を　　　　よミ人しらす

直《すぐ》になき国の奉行と蠅のミ蚊癩瘡佞人《ねいじん》とれもいやなり

此うたある人のいハく秋の丶道場にすめる音阿弥のよめるなりと

直になき　まっすぐでない、不正直な。**奉行**　武家の職制の一つで、事の担当者をいい、軍奉行、町奉行など多数があった。**蠅のミ蚊**　蠅と蚤《のみ》と蚊で、当時の生活害虫の三悪であった。**癩瘡《らいそう》**　癩と瘡《かさ》。当時の「癩」という疾病を表す言葉は、ハンセン病を主に指しながら、外観に著しい変化が現れるその他の皮膚病も含んでいる可能性がある。ハンセン病は癩菌による感染症であるが、往時は悪性の遺伝病と考えられ、またその病状が筋肉を萎縮させ、顔付きが変わったりするので、最も恐ろしい病気とされていた。瘡は腫《は》れ物のこと。**佞人**　口先ばかりで心の正しくない人。**秋の丶道場**　秋野道場。京都の二条河東（京都市中京区）にあった時宗の寺、称名寺の異称。初め秋野々町（京都市中京区）にあったのでこの名があるが、豊臣秀吉の都市改造で寺町通丸太町に移り、宝永五年（一七〇八）の大火で焼失、その後更に移転した。**音阿弥**　伝不詳。

630
発斑《はっはん》といふものをやミて　から衣橘洲《きっしゅう》
顔も手もかのこまだらになり平《(ひら)》のうたてやてうとふじ三里まで

発斑　蚊や虻《あぶ》が刺したような赤い斑点が全身に出来る病気。熱が胃に蓄積して肌肉に薫発して起こるという。斑毒。**かのこまだら**　鹿の子斑《まだら》。鹿の毛色のように茶褐色の地に白い斑点が散在するもの。**なり平**　在原業平に斑になるの意を掛ける。**うたて**　嫌で気に染まない意に「いやはや、何としたことだ」の意を掛ける。**ふじ三里**　富士山の意に経穴《けいけつ》（灸《きゅう》を据えたり針を打ったりする適所）の三里の意を掛ける。三里は膝頭の下、外側にある凹《へこ》みで、ここに灸を据えると万病に効き、特に足の疲れを取るのに卓効があるという。

『狂歌若葉集』には詞書を「発斑をわづらひて」として載せる。「時知らぬ山は富士の嶺いつとてか鹿の子まだらに雪のふるらん」（『伊勢物語』九、『新古今集』十七、在原業平）を本歌とする。

631
歯をなやめる時　嚢庵鬼守《のうあんのきもり》
今ハたゝぬかんと思ひきり〳〵すなく〳〵露のおく歯かゝえて

きり〳〵す　きりぎりす（こおろぎの古称）の意に思い切る意と歯がきりきりと痛む意の二つを掛ける。**なく〳〵**　歯が痛いので泣く意にきりぎりすが鳴く意を掛ける。**おく歯**　奥歯に露の置く葉の意を掛ける。

632 病にふしゐける頃玉川といふ所より友たちの来てとひけれは　四交《しこう》

ねていれハおいしゐものもあけられすたま〳〵川のお客なれとも

玉川　多摩川。歌枕で名高い六玉川の一つで、調布《たつくり》の玉川をいう。甲斐国の笠取山（山梨県甲州市）に水源を発し、武蔵国多摩、荏原《えばら》、橘樹《たちばな》の三郡を東流して江戸湾に注ぐ。**たま〳〵**　時折逢《あ》う珍客の意に玉川の意を掛ける。

633 世の中しはふきやミいたうはやりけるにその頃世にならひなきすまひに谷風梶之助といふありこの頃の風つよけれハとてミな人谷風といひけれは　あけら菅江《かんこう》

水はなのたれかハせきをせかさらん関ハもとよりつよき谷風

しはふきやミ　咳病。咳の出る病気。**いたう**　激しく、甚だしく。**谷風梶之助**　安永・天明期の名力士で、安永七年（一七七八）から六十三連勝、四年間無敗の記録を作ったが、大関となった天明二年（一七八二）二月の浅草蔵前八幡社境内での興行で、新鋭の小野川喜三郎に敗れている。**水はな**　水洟《みずはな》。水のように薄い鼻汁。水っぱな。**たれ**　水洟が垂れる意に誰との意を掛ける。**せきをせかさらん**　関を塞《せ》き止めずにはいられないとの意に、咳を咳《せ》かないではいられないとの意を掛ける。関は相撲の番付で最高位に位置する大関の異称で、谷風梶之助を指す。

風邪が大流行して谷風邪と呼ばれたのは、何時のことかはっきりしないが、谷風と菅江や南畝とが交遊しはじめたのは、早くとも安永末年であること、また天明二年春には常勝谷風が小野川に苦杯を喫していることなどを考えれば、安永九年か天明元年冬のことかとも考えられる。

634

としころそひ侍りけるめのいたくわつらひける折ふし鶏の宵に鳴ければ　　白駒《はつく》

にハとりのそらねにあらぬよひなき八病と福をとつけこうしよう

としころ　年頃。数年来、多年。**め**　女。妻のこと。**いたくわつらひける**　いたく患いける。重い病気にかかった。**そらね**　空音。鳴き声を真似して鳴くこと。**よひなき**　宵鳴。明け方に鳴くはずの鶏が夕方に鳴くこと。例のないことなので、悪い事が起こったり、人が死んだりする前兆とされて嫌われた。**とつけこ**　鶏の鳴き声の擬声語に取り替える意を掛ける。

中国、戦国時代の智将孟嘗君《もうしょうくん》が、鶏の鳴き声に巧みな家来の空音によって、開門時間前なのに門を開かせて、無事に函谷関《かんこくかん》を脱出したという故事を踏まえ、この故事によった「夜をこめて鳥のそらねははかるとも世にあふ坂の関はゆるさじ」(『後拾遺集』十六、『百人一首』、清少納言)の意を取る。

ある人遺精を月に六七度ツヽゆめミて心地あしけれはあるくすしの

635

すゝめにて熊膽丸《ゆうたんがん》日ことに三たひつゝ服すれとしるしなしといふをきゝて

栗山《りつざん》

すゝめられくまのゐ三度まいれともまためくらぬかいせい七たび

遺精　睡眠中に精液を漏らすこと。**くすし**　薬師。医者のこと。**熊膽丸**　熊の胆嚢《たんのう》を干して丸薬としたもので、苦味強く、胃腸薬、気付け薬、強壮薬などとして用いられた。**くまのゐ三度**　俗謡などで知られる諺《ことわざ》「伊勢へ七度《ななたび》、熊野へ三度、愛宕《あたご》様へは月参り」を受ける。「くまのゐ」は熊膽の意に、江戸方言で「へ（え）」の音が音韻変化で「ゐ（い）」の音となりやすいことを受けて、熊野への意を掛けたもの。**めくらぬ**　巡らぬの意に快復しないの意を掛ける。**いせい七たび**　遺精の意に「伊勢へ七度」を掛ける。

636

春過てとこよにつきし鳫かさもはや薬にあきや来ぬらん

鳫かさをうれふる人のもとへ

さくらのはね炭

鳫かさ　雁瘡。痒疹《ようしん》性湿疹の俗称。慢性で治りが悪く、雁が渡来する頃から出来、雁が帰る頃に治るのでその名があるという。**うれふる**　愁うる。悲しみ嘆くこと、患い悩むこと。**とこよ**　常世の意に床につく意を掛ける。常世は永遠に不変であること、永遠に続くものをいう。永久、永遠。**あきや来ぬ**　飽きが来たの意に秋がやって来たとの意を掛ける。

歯をいたみてうちふしけるにある老女のまめやかに柳のやうじに梅若とかきてくハへよとすゝめけれはおかしけれとさすかにもたしかたくそのごとくせしにはやいたミのやハらきたらんなとせハしくたつねけれは　樋口関月《ひぐちかんげつ》

637

梅若とかきし柳のしるしにてけにつかのまハいたみわする丶

柳のやうじ　柳の楊子《ようじ》。柳で作った歯垢《しこう》を取り除き清潔に保つ道具（今日の歯ブラシ）の意に、梅若塚にあった「印の柳」の意を掛ける。**梅若**　謡曲『隅田川』などに登場する人物。京都の吉田少将の子で、人買いに誘拐されて東国に下り、隅田川の畔で病死した。隅田村堤の木母寺（墨田区堤通二丁目）境内に記念の梅若塚があり、後これに柳を植えて「印の柳」といった。**もたしかたく**　黙《もだ》し難く。黙っていられなくて、放って置かれずに。**しるし**　験。霊験《げ》（祈誓によって現れる霊妙な効験）。**けに**　実に。眼《ま》のあたりに、誠に。**つかのま**　束の間の意に梅若塚の意を掛ける。

『狂歌若葉集』には詞書を「予が歯を痛みて打臥けるに、世話やきなる老女来て、柳の楊枝に梅若と書きてくはへよと進めけるに、流石《さすが》にもだしがたくてその通にいたしぬ。はや痛の和らきたるらんと、彼老女せはしく尋ねければ」とあり、第四句を「実つかのまに」とする。

ある人品川に遊びて痳病をうれへけるときゝて　四方赤良

638

行やらてとまるゐきろの鈴口のゐんにふれてやりんとなるらん

品川　東海道の江戸から第一番目の宿場で、歩行新宿《かち》、北品川、南品川の三地域に分けられていた。江戸の南郊に当たり、宿場女郎（飯盛女）が置かれていたので、江戸の人を主な遊客として繁盛した。**麻病**《りん》　性病の一つで、主に性交によって伝染する。尿道粘膜に炎症をおこし、激しい痛みとともに膿《う》み状の粘液を分泌する。**うれへける**　憂えける。患った。**行やらて**　行遣《ゆきや》らで。行かせずに、行くことも出来ずに。**ゐきろ**　駅路。旅行のための馬や人夫などを常備する施設（駅）を備えた道路。**鈴口**　亀頭の意に駅路の鈴の意を掛ける。駅路の鈴は駅鈴のことで、駅子や駅馬を徴発する時に振り鳴らした。**ゐん**　縁。ゆかり、縁故の意にへり、ふちの意を掛ける。**りんとなる**　鈴の音の擬声語りんに麻病となる意を掛ける。

639

花道のつらねのもとにて神並周全といへるくすしにあひ侍りしか狂歌の名をこひ侍りけるに折ふし雨しきりにふりけるをミて風早のふり出しとやよふへきとあるしのたハふれけれは　　四方赤良

風早のふり出す雨のおやミなくはやるハ君か福の神並《かみなみ》

花道のつらね　歌舞伎俳優五代目市川團十郎の狂名。**くすし**　薬師。医者のこと。**風早**　風早（風が激しく吹くこと）に風邪の意を掛ける。**ふり出す雨**　降出す雨の意に風邪用の振出し薬の意と双六《すごろく》の振出しの意を掛ける。振出し薬は布の袋に入れて湯に浸し、振り動かして薬の成分を浸出させる薬剤をいう。**おやミ**　小止み。雨が少しの間止むとの意に道中双六で雨の描かれたところが一回休みとなるのを掛ける。**はやる**　流行《はや》るの意に気が逸《はや》る意を掛ける。**福の神並**　福の神と同じとの意に福神双六の意とこの医者の苗字《みょうじ》を掛ける。

640

返し　　　　　　　　　　　　風早《かざはや》ふり出し

雨ふりて地かたまる名もあらたまるよい風早のふつき万福

返し　返歌。**雨ふりて地かたまる**　雨降りて地固まる。諺で、いざこざなどの後に、かえって物事が落着いてよい方向に進むことをいう。**ふつき万福**　富貴万福。徳福に恵まれ、高い地位に付いて多くの幸福を得ること。

641

儒者逢雨　　　　　　　　　　　腹可良秋人

肱(ひじ)をまけてまくつて走る俄(にわか)雨傘さす人も其中にあり

肱をまけて　肱を曲げて。『論語』「述而篇」の章句「肱ヲ曲ゲテ」を取り、これに俄雨に逢って肘《ひじ》で頭を覆い笠《かさ》代わりにすることをいう肘笠の意を掛ける。**まくつて**　捲《ま》くって。腕まくりして。**傘さす人も其中にあり**　『論語』の「肱ヲ曲ゲテ」に続く章句「楽シミ其ノ中ニ在リ」の捩り。

『論語』「述而篇」の「疏食ヲ飯ヒ、水ヲ飲ミ、肱ヲ曲ゲテ之ヲ枕トスルモ、楽シミ亦其ノ中ニ在リ」（菜

も涌き出てくるものだ）を取る。飯を食べ、水を飲み、肱を曲げて枕として寝るというような、そんな貧窮な暮しをしていても、楽しみはその中から

642

屁ひりの弓術　竹杖《たけつえの》すかる

ひいふつとすいはの征矢《そや》の高なりハぶゐさかんなる響なりけり

屁《へ》ひり　放屁《ほうひ》の意にこれを「屁っぴり」と促音化して、無芸無能の者を罵る意を掛ける。**ひいふつ**　矢が放たれて的に当たるまでの擬声語に一、二の意と屁の音ぴい、ぶっ（ぶう）の擬声語を掛ける。一般に、屁は「ぶう」「すう」「ぴい」の三種に分類され、音の高低、大小の順によって臭いが強いとされる。**すいはの征矢**　水破の征矢に屁の音のすい（すう）を掛ける。水破は鷲の黒羽を矢羽とした矢で、山鳥の羽で矧《は》いだ兵破の矢と一対でいわれる。征矢は戦陣で用いる矢をいう。**高なり**　高鳴り。大きく高い音で鳴ること。**ぶゐ**　武威（武力の威勢）の意に屁の音ぶい（ぶう）を掛ける。

643

猿引　よミ人しらす

たらぬ毛の三筋の糸に引あハせ人にまさるの芸をするかも

猿引　猿にいろいろな芸をさせて見せ物とする人。猿回し。**たらぬ毛**　猿は人間より毛が三本足りないから知恵が浅いという俗説を受ける。**三筋の糸**　三味線の異称で、これに人間より毛が三本足りない猿の意を掛ける。**引あハせ**　三味線を弾くのに合わせてとの意に猿が浅知恵であることを比

べ合わせてみるととの意を掛ける。

644

梓ミこ　山手白人《やまてのしろひと》

よりもこぬ梓の弓をひきいれて百一升ハ高ゑぼし哉

梓ミこ　梓巫子《あずさみこ》。梓弓の弦を弾き鳴らして霊魂の口寄せをする巫子。市子《いちこ》。**よりもこぬ**　寄も来ぬ。神霊や物の怪《け》などが乗り移って来ないとの意に寄っても来ないとの意を掛ける。**梓の弓**　梓巫子の意に梓の木で作った丸木の弓の意を掛ける。梓の弓は梓弓ともいい、古代人が狩猟に用いたものが原型で、梓巫子はその小型のものを用いて口寄せをしたり、悪魔払いを行った。**ひきいれて**　引き入れる意に弓を引き射る意を掛ける。**百一升**　梓巫子の口寄せ代であった銭百文と米一升に、百一升が一石一升に当たるのをきかして一国一城の意を掛ける。**高ゑぼし**　梓巫子の被《かぶ》る高烏帽子《えぼし》に高望みの意をきかす。

645

題しらす　寿徳《じゅとく》

おもてにハ伏義神農《ふつきしんのう》かざれとも内ハ張介《はりすけ》ひんな藪医者

伏義　中国、古代伝説上の三皇の一。人頭蛇身で、燧人《すいじん》氏に代わって帝王となり、初めて八卦、琴《きん》瑟《しつ》などを作り、民に庖厨《ほうちゅう》を教えて嫁娶《かしゅ》の制度を定めたという。これに富貴の意を掛ける。**神農**　三皇の一。人身牛頭で、伏義に代わって帝王となり、五絃の瑟を作り、八卦を重ねて六十四爻《こう》を作るなどし、民に耕作を教えたといい、また百草を嘗《な》めて薬を作ったことから医薬の祖とされ、医家では冬至の日に神農祭を行う。**張介**　音読みして結句の「ひん」に賓の字を当て、張介賓《ちょうかいひん》と続ける。張介は虚勢を張ることを擬人化した語。張介賓は中国、明の名医で、景岳と号し、熟地黄《じゅくじおう》をよく用いたので張熟地と異名をとった。**ひんな**　貧な。財産や収入の少ない、貧乏な。

646

仙道不用　　山岡元隣《げんりん》

古語にいハく命ながけれハはぢ多しよくまなひても何かせん術

仙道　仙人の方術、神仙術。**古語にいハく**　中国、戦国時代の思想家荘周の『荘子』を指す。**命ながけれハはぢ多し**　『荘子』「天地篇」に「男子多ケレバ則チ懼《おそ》レ多ク、富メバ則チ事多ク、寿ナレバ則チ辱《はじ》多シ。是三者ハ徳ヲ養ウ所以ニ非ズ」とあるによる。**何かせん術**　何が仙術であろうかの意になんの役にも立たないとの意を掛ける。

647

世の中百首哥の中に　　荒木《あらき》田《だ》守武《もりたけ》

とらにのりかたハれ舟にのれるとも人の口はにのるな世の中

世の中百首哥　『世中百首』。**とらにのり**　虎に乗り。非常に危険なことの譬え。「虎の尾を踏む」という語句さえ大変に危険なことをいう諺なのであるから、この危うきことは言語を絶するものといわなければならないだろう。**かたハれ舟**　片割舟。朽ち割れて役に立たない舟。**人の口はにのる**

人の口端に乗る。口端は噂、評判の意で、噂の恐ろしいことを譬える「人の口恐ろし」「人の口に戸は立てられぬ」などの諺を踏まえる。

648 天下一大事のものをぬすまれて日々におしさのます鏡かな
ある人鏡をぬすまれしとき、て
藤満丸《ふじのまんまる》

天下一 鏡の異称。天下一は、本来、名人をもって任ずる者が作品に打つ銘をいうが、ここは鏡の裏に作者の銘を「天下一何々」と彫ったことによる。**ます鏡** 真澄の鏡（澄み渡って明るい鏡）の意に惜しさの増す意を掛ける。

649 かんりやくに千早ふるぼねもちひしハかみ屋もきかぬためしなり平
ふるき骨もてつくれる扇に
石部《いしべ》金吉《きんきち》

かんりやく 簡略。倹約しての意。**千早ふる**「神」「氏」などに掛かる枕詞に古骨の意を掛ける。**かみ屋** 扇の地紙を売る紙屋の意に神代以来の意を掛ける。**ためしなり平** 例であるとの意に在原業平を掛ける。

「千早ぶる神代も聞かず竜田川からくれなゐに水くくるとは」（『古今集』五、『伊勢物語』百六、『百人一首』、在原業平）を本歌とする。

650

晴天傘　　から衣橘洲

下駄の音もかんらからかさ玉ほこのみちかへ日和(ひより)さすかはつかし

かんらからかさ　下駄の音の擬声語に傘を掛ける。**玉ほこの**　玉鉾の。道に掛かる枕詞。**みちかへ**　見違える意に道の意を掛ける。**日和**　空模様、天候。**さすか**　さすがにの意に日が射してきて傘をさすのがの意を掛ける。

『狂歌若葉集』にも同じ詞書で載る。

651

甲斐の国鏡中条といふ所にて菊の花ゑかきたる扇をひろひて　亭々《ていてい》

よい事をきくにつけても末ひろく思ふ心のかゞみ中条

甲斐の国　旧国名。東海道の一国で、現在の山梨県に当たる。**鏡中条**《なかじょう》　巨摩《こま》郡鏡中条村（山梨県中巨摩郡若草町）。**きく**　聞くとの意に菊の意を掛ける。**末ひろく**　扇の異称の末広の意に未来の展望が広がる意を掛ける。

652
題しらす　兎十《とじゆう》
京草履大坂あしだ江戸へ来ててりふり町の中のわるさよ

京草履　淡竹《はちく》の皮で作った草履で、京都の特産品であったのでこの名がある。**大坂あしだ**　大坂足駄。雨天用の高い差歯の二枚歯の下駄で、大坂製のものをいう。**江戸へ来て**　京都や大坂から江戸へ到来する品物は下物《くだりもの》といって珍重する風があったことをいう。**てりふり町**　照降町。江戸橋の北、伊勢町堀に架けられた荒布《あらめ》橋から親父橋迄の道筋（中央区日本橋小舟町、小網町辺）の俗称。傘問屋や下駄、草履などの履物問屋が軒を並べていたのでこの名があるという。

653
紀のうら人
ゆるむともよもやぬけしのかハ鼻緒かしばのあしたあらんかぎりハ

かハ鼻緒　皮鼻緒。皮製の下駄の緒。**かしばのあした**　樫《かし》歯《ば》の足駄。足駄の台は桐材、歯は堅い樫や欅《けやき》を材料として用いた。

常陸国鹿島郡の名社鹿島の神（茨城県鹿嶋市）の神徳を歌った「ゆるぐともよもや抜けじの要石《かなめ》鹿島の神のあらん限りは」を本歌とする。

足駄の歯入　四方赤良

654　世わたりのやすきもよしや難波江のあしだのひとはいるゝばかりハ

歯入　下駄の歯入れを業とした人。**世わたり**　世渡り。生計を立てること。**難波江**　大坂周辺の海面の古称。**あしだのひとは**　足駄の一歯の意に葦《あし》の一葉の意を掛ける。

655　明和九年卯月の頃浪花より来りてかつほぶしあきなふ人にかハりて人のもとへよミてつかハしける　久敬《きゆうけい》

かりねせし宿ハあしひの烟《けむり》にて何かなにはの一ふしもなし

明和九年　西暦一七七二年に当たり、十一月十六日改元あって安永と元号が改められた。**卯月**　陰暦四月の異称。**浪花**　現在の大阪市とその周辺部の古称。難波、浪速とも書く。**あしひの烟**　葦火の烟。干した葦を燃料として焚《た》く火とそれに伴う煙の意で、粗末な暮しをいう。**何かなにはの**　何がな（何か恰好《かっこう》なもの）の意に浪花のとの意を掛ける。

作者は戯作者朋誠堂喜三二《ほうせいどうきさんじ》、狂名手柄岡持《てがらのおかもち》の兄。「難波江の芦のかりねのひとよゆゑみをつくしてや恋ひ渡るべき」（『千載集』十三、『百人一首』、皇嘉門院別当）を本歌とする。

656

家のかまちにてかしらをうちて

大家裏住《おおやのうらずみ》

此家ハたとへのふしの火うち箱かまちてうつて目から火が出る

かまち 框。家の上がり口や床の間など一段高くなった所の前縁に渡す装飾用の横木。**たとへのふし** 譬えの節。譬事をいい、狭くて小さな家を嘲っていう諺「火打箱のよう」を受ける。節は框の縁語。**火うち箱** 火打石、火打鎌、火口《ほくち》など火を切る道具を入れる箱。**かまちてうつて** 框で打って。框に打ち付けての意に火打鎌の意を掛ける。**目から火** 顔や頭を打ったときなどに、目の裏に光が走ったように感じられることを「目から火が出る」というのを受ける。

南畝の随筆『仮名世説』(文政八刊)「賞誉」の条に「大屋裏住は古き狂歌師也。〔白子屋孫右衛門。江戸金吹町に住す〕狭き裏店に唐机をすへて書をみしなり。あるとき棚にて頭をうちて」とあってこの狂歌を載せるが、初句を「我やどは」とする。

657

ある方のこしかけにやすみゐける下部《しもべ》のねいりて陰嚢のあらハにミへけるに

樋口関月

きん玉よぬしハたれともしらねともぶらりといでし下がへの妻

こしかけ 腰掛。城中や大名屋敷などにしつらえられた供廻りの者たちの控え所。**下部** 身分の低い、雑事に使われた者。**陰嚢《いんのう》** 金玉、睾丸《こうがん》。**下がへの妻** 下交の褄。衣服の前を合わせた時に下になる方をいう。下前。

「嘆きわび空に乱るる我が魂を結びとどめよ下がひのつま」（『源氏物語』「葵」、六条御息所の生霊）を本歌とする。

658

樋口関月にハか雨にあひて傘かりにとて人をこしけれとたゝ一ツある傘をはや人にかしけれは　秋山玉山《ぎよくさん》

かる人にこれハ一本させましたされハ二本ハもたぬ傘とて

傘　唐風の笠の意で、柄付の差し笠をいう。**をこしけれと**　寄こしたけれども。**かる**　借る。借りること。**させました**　傘が差せたとの意に、一本の語と併せて騙したり罵ったりしてやり込められた意を掛ける。**されば**　そんな訳ですから。

作者は肥後熊本藩士で、藩主に従って江戸に出、大学頭林鳳岡や服部南郭に学び、藩校時習館の開校に当たって、初代の教授となった。宝暦十三年（一七六三）歿。六十二歳。

返し　　　　　　　　　　樋口関月

659 さしつけて御無心まうす傘《からかさ》のほね折ぞんになるそかなしき

さしつけて　差し付けて。いきなり、だしぬけに。無心　心ないこと、遠慮なく物をねだること。
ほね折ぞん　骨折り損。努力の仕甲斐のないこと。骨は傘の縁語。
太田道灌の故事で知られる「七重八重花は咲けども山吹のみの一つだになきぞ悲しき」（『後拾遺集』十九、兼明親王）の意を取る。

かつさの国山の辺の郡《こおり》のあるみてらに赤人の像ありとき丶ていきて見けるにその像閻魔王のかたちし給ふあまりに興さめてその夜同しくともなひ侍りける広沢翁のもとに申つかハしける　　　　東里《とうり》

660 赤人の借銭すます折なれやのこすすがたのゐんま顔なる

広沢翁返しハなくてその哥のかたハらに抹香《まっこう》々々と
かいつけ侍りしよし自筆の書に見えたり

かつさの国山の辺の郡　上総《かずさ》国山辺《やまべ》郡。現在は千葉県山武《さんぶ》郡の一部をなしている。赤人　『万葉集』

第三期（奈良時代の最初期）の歌人山辺赤人をいう。**閻魔王**　仏教で説かれる地獄の王で、死者の生前の罪悪を裁くとされ、憤怒の形相を持つ。閻魔顔はこうした閻魔に似た恐い顔をいう。**広沢翁**　江戸中期の書家として著名な儒者細井広沢のことで、測量術にも優れており、作者はその方面での弟子であった。**抹香々々**　香の一種で、沈香《じんこう》や栴檀《せんだん》などを調合して作り、仏前の焼香などに用いる。閻魔の縁で、言外に、無愛想で渋い顔付きをいう諺「抹香嘗めた閻魔のよう」の意を掛ける。**自筆の書**　『広沢翁和歌』をいい、大田南畝はこの書を小松百亀より借覧し、安永二年（一七七三）季冬《きとう》（陰暦十二月の異称）十二日に書写していたことが知られる。

借りる時には笑顔で、返済時には不機嫌な恐ろしい顔付きになるという諺「借る時の恵比須顔、済《な》す時の閻魔顔」による。『広沢翁和歌』に記載される壬寅《みずのえとら》（享保七年）四月二日の日記によれば、この寺は千葉県東金《とうがね》市の法光寺であり、作者の東里はこの地の代官の一人石川伝兵衛であったことが知られる。

むさしの国芝のはまへに柳屋とて小刀鑷《けぬき》などあきなふ家ありある日旅僧の来りて鼻けぬきをかハんとて手にとりこれハよくくふかととふにあるし本来空なりとこたへけれは

661　くうならハたゝくれないのはな毛抜やなぎかミせハみとりなりけり

むさしの国芝　武蔵国芝。現在、東京都港区の一部となっている。**鑷**　毛抜のこと。**鼻けぬき**　鼻毛抜。鼻毛専用の毛抜。**くふ**　食う。毛抜がしっかりと毛を噛《か》み、くわえることをいう。**本来空なり**　禅問答の文句「一切空」を用い、毛抜がよく食う意を掛ける。**くれない**　紅の意に与えないとの意を掛ける。「花は紅、柳は緑」は自然や物事には自《おの》ずからなる理《ことわり》のあることの譬えで、最も親しまれていた禅語の一つでもあった。**はな毛抜**　鼻毛抜に紅の花の意を掛ける。**ミとり**　柳屋の見世の品物は見取りであるとの意に禅語の「柳は緑」の意を掛ける。見取りは目で確かめて多くの中から選択することをいう。

この問答については、根岸鎮衛《やすもり》の『耳袋《みみぶくろ》』巻一の冒頭にも「禅気狂歌の事」として載るが、この柳家の主人は禅学を嗜《たしな》み、家業の暇にこれをよく修めていたとある。寛永年間（一六二四～四四）刊の『醒睡笑』八の「頓作」にも類話を載せる。

662

といひてかのけぬきをもちて出ゆきぬるよしをきゝてそのあるしにかハりて　　卯雲

あの坊主ちやんが一物《いちもつ》ないと見えくれないけぬきみどりにそする

ちやんが一物　たった一文の銭。「ちゃん」は銭の宋音「ちぇん」の訛《なま》りで、銭のこと。

663

狂歌袋を製してかけ侍るとて　　もとの木あミ

はちあへすこれもかハつのうた袋はしらのつらへかくる水引

狂歌袋　和歌の詠草を入れて置く歌袋にならったもので、檀紙や綾錦などで製し、水引で柱などに掛けて座敷の飾りなどとした。**はちあへす**　恥敢へず。恥ずかしいことだと思い通すことが出来ずに。**かハつのうた袋**　蛙の歌袋。自分の狂歌の技量を蛙のそれと卑下するとともに、蛙の喉のふくれあがった声嚢の意を掛ける。**はしらのつら**　柱の面の意に蛙の面の意を掛ける。**かくる水引**　狂歌袋に水引（細い紙縒《こより》に水糊を通して乾し固めた紐様のもので、進物などの包装に用いる）を通して柱へ掛ける意に、諺の「蛙の面に水」を援用して、蛙の面に水をかける意を掛ける。

『狂歌若葉集』には詞書を「狂歌袋を水引にて柱へかけるとて」とし、「恥あへず蛙のたはれ哥袋はしらのつらへかける水引」として収める。『古今集』の「序」で蛙が歌詠みの端に加えられていることを受け、どんな仕打ちにも平然としていられることをいう諺の「蛙の面へ水」を取る。

664

つけ木をかりの枝折にして

あと先に心つけ木を枝折にて硫黄《いおう》の花のことのはもミん

つけ木　付け木。杉や檜《ひのき》の薄板の一端に硫黄を塗付けたもので、火を移すのに用いる。**枝折**　栞《しおり》。読みかけの本に目印として挟むもので、古くは木や竹などの切れ端も用いた。**硫黄の花**　硫黄華（粉末状の硫黄）の意に、次句とともに以往《いおう》の花のことのは（昔の花のように美しい言葉）の意を掛ける。

665 和泉式部の寺に開帳ありける頃さそハれけれどさハる事ありてことハり申《もうし》つかハすとて　樋口関月

無遠慮に男ハどうもゆかれまじ和泉式部のお開帳にハ

和泉式部の寺　京都市中京区にある誠心院《じょうしんいん》の俗称。和泉式部は恋多き女流歌人として知られていた。**開帳**　寺社などが常には公開しない秘仏などを拝観させる行事をいい、これに女人が着物の前をはだけて陰部を見せる意を掛ける。

『狂歌若葉集』には詞書を「和泉式部の寺に開帳ありける頃誘はれけれど障る事ありて申遣すとて」として載せる。

666 ある人のもとへ碁うちにまかりけるにかねてのやくそくたかへて留主なりけれハ　小祐《しょうゆう》

碁をうちに居るへき筈をけふよそへゆくハりくつにたがひせん哉

うちに　碁を打ちにの意に内に居るとの意を掛ける。**たがひせん**　違いはしないかの意に碁の用語の互先《たがいせん》（技量伯仲の者同士が互いに先手を取ること）の意を掛ける。

667

ある人三番叟《さんばそう》のけいこし侍りしにはかに雨のふりけれハ　から衣橘洲

三番叟ふるハすゞしき雨ながらもとの天気にお直り候へ

三番叟　能の『翁』の後半部をさす呼び名、またその役。**ふる**　雨が降る意に鈴を振るの意を掛ける。**すゞしき**　涼しいの意に鈴を振る意を掛ける。**お直り候へ**　『三番叟』の詞句「もとの座敷へお直り候へ」を取る。直るは座ること。

『狂歌若葉集』には詞書を「六月のころある人のもとにて三番叟の稽古見侍りしに雨の降出けれは」として載せる。

668

灸をすゆるとて　子子孫彦《このこのまごひこ》

ちりけよりけんへき七九十一のきうな飛脚ハ三里一ツ時《いっとき》

ちりけ　身柱《ちりけ》。灸穴の一つで、項《うなじ》の下をいう。**けんへき**　痃癖《けんぺき》。頸から肩へかけて筋がつったり、凝ったりすること。**七九十一**　当時の生活百科事典ともいうべき『大雑書』などに「月に七日ずつ三里に灸すべし。七火か九火ずつ毎日すゆれば、逆上を下げ、気血廻りて、無病壮健うたがひなし」などとあるによるか。**きうな**　急なの意に灸の意を掛ける。**飛脚**　手紙や金銭、貨物などを送り届けることを業務とした人で、江戸時代に通信機関として定置されるようになり、急速に発展整備され、大名飛脚、町飛脚などがあった。**三里**　灸穴の一つ。膝頭の下、少し外側の凹《へこ》んだ所で、ここに灸を据えれば万病に効くという。**一ツ時**　一日を十二等分した時間の単位で、今日の二時間に相当する。

669
京祇園の百合女かかける杜若《かきつばた》のゐに
京染の姫ゆりなれと赤からて江戸紫のかきつはた哉
よミ人しれ多《た》

京祇園　京都の八坂神社（京都市東山区）の旧称で、その付近一帯の地名となり、京都の代表的な遊里として知られる。**百合女**　祇園の遊女と思われるが、伝不詳。**杜若**　菖蒲科の水辺に生える植物で、五、六月頃に濃紫の大きな花を付ける。**よミ人しれ多**　牛込御門前に住む医官、大膳亮河野元貞の狂名。「読み人知らず」をかする。**京染**　京都特産の友禅染などの染物の意に京都の水に染まって育ったとの意を掛ける。**姫ゆり**　姫百合。百合の一種で、葉も茎も華奢《きゃしゃ》で、夏に赤色または黄色の花を付ける。これに百合女の意を掛ける。**江戸紫**　紫色の藍色の勝った色合いのものをいう。武蔵野にゆかりの紫草を染料として江戸で染めたのでこの名がある。

江戸と京都の染物の特徴や色の好みをいう諺「江戸紫に京紅」「江戸紫に京鹿《が》の子」を取る。

670
題しらす
わきざしのつばきもちまで手をかけて生酔《なまえい》かすてらようかんにする
坂東五十夢《ばんどういそむ》

わきざし　脇差。武士が腰に差した大小二刀の小さい方をいう。**つばきもち**　椿餅の意に脇差の鍔《つば》の意を掛ける。椿餅は道明寺やしん粉で餡《あん》を包み、その上下を椿の葉でくるんだ餅菓子。**手をかけて**　脇差に手を掛ける意に餅に迄手を付ける意を掛ける。**生酔**　正体なく酔っぱらった人。泥酔者。**かすてら**　ヨーロッパ人が伝えた西洋菓子カステラのこと。**ようかん**　和菓子の羊羹《ようかん》の意にカステラを刀と間違えて腰間《ようかん》にする（腰に差すこと）意を掛ける。

671

虱百首哥の中に　　もとの木あミ

筒いつゝいつも虱ハあり原やはひにけらしなちと見さるまに

筒いつゝ　筒井筒。筒型に掘った井戸の筒型の井桁をいうが、序詞として何時も、何時かなどの「いつ」と同音の語に掛かる。**あり原や**　何時も虱がいるとの意に在原業平の意を掛ける。『狂歌若葉集』には詞書を「虱百首の中雑」として載せる。「筒井筒ゐづつにかけしまろがたけ過ぎにけらしな妹見ざる間に」（『伊勢物語』二十三）を本歌とする。

672

四方　　星屋《ほしや》光次《こうじ》

弥陀たのミ薬師もたのミ猶も又無垢世界にて千とせたもたむ

四方　東西南北のこと。**弥陀**　西方極楽浄土の主阿弥陀如来《あみだにょらい》のこと。**薬師**　東方瑠璃光浄土の主薬師如来のこと。**無垢世界**《むく》　南方無垢世界のこと。娑羯羅《しやから》龍王の娘の龍女《りゆうにょ》が成仏したという浄土。**千とせたもたん**　千歳保たん。千年の寿命を保ちたいものだ。
四方といいながら、北方浄土が欠けているが、北国、北里といわれ、この世の極楽浄土と異名を取った吉原を自明のこととしてのことか。

673
南枝よりひらくる梅の春くれバ匂ひ北野と西陣の沙汰
塵毛《ちりげ》あた多《た》

春　平安前期の詩人菅原文時の詩句「春ノ色ノ東従到ル」により東の意とする。**北野**　京都市上京区の地名に来たの意を掛ける。**西陣**　京都市上京区の地域名。**沙汰**　評判、噂。
「五嶺蒼々トシテ雲往来ス、タダ憐レム大庾《たいゆうばんちゆう》万株ノ梅、誰カ言ツシ春ノ色ノ東従到ルト、露暖カニシテ南枝ニ花始メテ開ク」（『和漢朗詠集』上、菅原文時）による。

674
金に花さかす相撲の土俵入勝負ハ火水見てハ木になる
五行　冨士鷹《ふじのたか》なす

五行　中国で、古来、説かれてきた五行説で、天地の間を常に循環する木、火、土、金、水の五つの元気をいい、万物はすべてこれらから成るとする。**金**　貨幣、金銭。**花さかす**　花咲かす。華やかにする、賑《にぎ》やかにする。**火水**　勝負の熱気を火に譬え、勝負の決しない大取組みを水入りというのに掛ける。**木になる**　気になる、気に掛かるとの意を掛ける。

675

金のなる木のおふる土もたぬ身ハ火に入水に入てかせかん

星屋光次

金のなる木　諺。金の実る木の意で、いくら使ってもなくならない財源をいう。**火に入水に入て**　火中にも水中にも入って。火に焼かれ、水に溺れるほどの苦痛も物ともしないで働くことをいう諺「水火を辞せず」「たとえ火の中水の中」をきかす。

676

五色

青漆《せいしつ》の重に赤飯つめさせて胡麻塩つゝミ黄菊一えた

節藁中貫《ふしわらのなかぬき》

五色　五種の色をいい、特に青、赤、黒、白、黄の五色をいう。**青漆**　青緑色をした漆。**重**　重箱の略。重箱は木製、箱型の漆塗りの食器で、いくつも積み重ねられるようになっているもの。**赤飯**　小豆をその煮汁とともに糯米《もちごめ》に混ぜ、蒸籠《せいろう》で蒸した強飯。おこわ。小豆は大豆より小型の豆で、実は暗赤色をしていて、赤飯のほか餡や和菓子などの材料として用いられる。**胡麻塩**　炒胡麻《いりごま》に塩を混ぜたもので、赤飯に掛ける。その色合いから白と黒の入り交じったものをいう。

677 青豆や黒豆あつきうるミせの葛やきなこもミな一ッ升　星屋光次

青豆　大豆の一品種。緑色の大きな実で、枝豆や豆粉とする。元来、日本人の色彩感覚では緑色も青色も青といって来たことに留意したい。**黒豆**　大豆の一品種。実の皮の色が黒いのでこの名があり、正月料理などに用いる。**あつき**　小豆。**葛**　葛粉のこと。葛の根から取った粉で、色が白く澱《でん》粉《ぷん》質に富み、水に溶いて葛湯や餡掛料理などに用いる。**きなこ**　黄粉。大豆を炒って粉にしたもので、砂糖を混ぜて御飯や餅にまぶして食用にする。

678 大つゞミ大こばんとう番がしらひものかんぶつとうしからかみ

題しらす　寿徳

大つゞミ　大鼓。大型の鼓で、左膝の上に載せて打つ。**大こばんとう**　大番頭と小番頭の意に大鼓を音読みしてその意を掛ける。番頭は商家の雇人の頭で、店の一切を預かって取り仕切った。大小はその格の順位による別。**番がしら**　番頭。武家の殿中や営中で宿直勤番して雑務や警護の任に当たった番衆（番士）の長をいうが、ここは番頭と同義。**かんぶつ**　乾物、干物。干椎茸《しいたけ》、鰹節《かつおぶし》など乾燥して貯蔵する食品の総称。**ひもの**　干物、乾物。魚介類を乾燥して貯蔵するものをいうが、ここは乾物と同義。**とうし**　唐紙。中国製の輸入紙で、脆《もろ》く裂けやすいが、墨をよく吸うので書画用または表装などの裏付けに使用した。「からかみ」はその訓読み。漢字を音と訓で読むことの面白さを趣向とする。

679

万載集をゑらひ給ふとき丶て　紀野暮輔

わが哥も万載集にもしいらバまことにめてたうさふらひにけり

めてたうさふらひにけり　目出たう候ひにけり。三河万歳の祝詞を取る。「候ふ」は居る、あるの謙譲語、丁寧語で、「お目出とう御座います」というほどの意。

680

万載集の板《はん》なりける時　板元伊八《はんもとのいはち》

小法師の筆に硯《すずり》の池のはた山のさくらハ板もとの株

板　整版印刷のための彫り上がった板木。整版は活字版に対するもので、一枚の桜の板や瓦に字や絵を彫りつけて印刷面としたものをいう。**小法師**　京都の筆師。**池のはた**　上野不忍《しのばず》の池池畔一帯の総称池の端（台東区上野二丁目、池之端二丁目他）の意に硯池の意を掛ける。硯池は硯の水を貯えるためにくぼませてある所をいう。硯の海。**山のさくら**　花見の名所の上野の山の桜の意に版を彫る桜の板の意を掛ける。**板もとの株**　出版元の持ち物。

雑体

短歌

鼠物語のおくに　　　　　　　　　　　よミ人しらす

681
ねすミめが　心ハやミに　あらねはや　くるゝをまちて
むはたまの　夜にたになれハ　くらけれと　ミちもまよハす
はしりいてゝ　よろつの物を　あつさ弓　ひきもてありく
うたてさは　いふはかりこそ　なかりけれ　さりと思へは
子を思ふ　ミちにやまよふ　ミちもなし　かきねをくゝり
あらかねの　つちのなかへも　ほりいりて　巣をつくりてハ
子をそたて　また久かたの　空にゆき　けたうつはりを
ありきつゝ　ものをほち〳〵　かふるにくさよ

）**鼠物語**　『揚鴫暁筆《とうでんぎようひつ》』末尾の第二十三巻所収。「奥に」とあるは、南畝《なんぽ》所見のものでは同物語の末尾に記載されていたためと思われるが、内閣文庫本では「序」に続いて記載される。**むはたまの**　烏《ぬば》玉《たま》の。「射《ぬ》干《ば》玉《たま》の」と同じで、黒、夜、月、闇などに掛かる枕詞《まくらことば》。射干玉は檜扇《ひおうぎ》の実で、黒く丸い。**あつさ弓**　梓弓《あずさゆみ》。枕詞で、引く、射る、張るなどに掛かる。梓弓は梓巫子《みこ》が持つ祈禱《きとう》用の小弓。**うたて**　転。心に染まぬ嫌なこと、情けないこと。**あらかねの**　粗金の。枕詞で土に掛かる。粗金は鉱山から掘り出したまま精錬のしてない金属。鉱石。**久かたの**　久方の。枕詞で天、空に掛かり、また天空に関する月、雨などにも掛かる。**けたうつはり**　桁梁《けたうつばり》。桁と梁のこと。桁は柱の上に横に渡して垂木を受ける材を、梁は棟と直角に架けられた横臥《おうが》材をいう。**ほち〳〵**　小さな物が落ちる音、物を細かく嚙《か》み砕く音の擬声語。**かふる**　齧《かぶ》る。物を嚙み食うこと、齧《かじ》ること。

682

反哥

子を思ふ心のやミにねすミめハまよハねハこそよるありくらめ

此うた揚鴫暁筆《とうでんぎようひつ》に見えたり

反哥《はんか》　長歌の後に詠み添える短歌。長歌の歌意を反復または補足したり、要約する。**揚鴫暁筆**　随筆。写本で伝わり、内閣文庫本は大本二冊、二十三巻よりなる。著者、成立とも不詳であるが、仏教色の濃い話柄が多い。

「人の親の心は闇にあらねども子を思ふ道にまどひぬるかな」（『後撰集』十五、藤原兼輔）を本歌とする。

683

儒者述懐

よミ人しらす

きんまくや　士はかせの身の　はかなさハ　あしたに道を
きゝはつり　夕に死ぬも　可なりなと　いひつゝ後世《ごせ》も
ねかハれす　しのゝたうまく　しのにのミ　人しらぬ気を
はるの野に　あさるきゝすの　けん〳〵を　色にかへよと
はちしめて　となりのむすか　袖をたに　ひくにひかれす
けつげきも　きるにきられぬ　内弟子の　わかしゆの顔の
むさくろし　ましてやよそに　ミつふとん　おやすミなんし
きなんしに　ま見えんことハ　かたいとや　口三味線の
天たゝん　天とたまらす　鳶とんて　魚さへふちに
おとり子の　舟行ハまた　夢にだも　見ぬ世の人の
友はかり　もとより貧に　なりひさこ　水ものまれぬ
顔淵《がんえん》か　かひしおかへの　からうたや　ミそしひともし
ひとよりも　思ひあかれと　わつかなる　礼義三百

店《たな》かりの　晦日《みそか》のやミを　いかんせん　あハれ冨貴の
もとめられは　馬の鞭とり　屁もかごと　くしもいはれし
ためしあり　とてもはやらぬ　道しはの　露のかことを
となへあけ　いかたにのりて　あら海の　そこともなしに
うかれ出ん　佐渡の金山　とこにあらんかも

きんまく　語義未詳。金覓《ま》ぐ（金を求める）意か。**士はかせ**　士博士。学問を広く修め、道徳を身につけた立派な人。**あしたに道を**　朝に道を。『論語』「里仁」の章句「朝《あした》ニ道ヲ聞カバ、夕ニ死ストモ可ナリ」を取る。**きゝはつり**　聞きはつり。聞きかじり、一端を聞く。**後世**　死後の世、来世。**しのゝたうまく**　『論語』の章句が「子曰《のたまわく》」で始まるのを受け、これに宣巻《のたま》く（酔っぱらって勝手なことをいうこと）の意を掛ける。子は孔子のこと。**しのにのミ**　しきりに酒を呑み。**きゝす**　雉子《きぎす》。雉《きじ》の古称。**けん〳〵を**　雉子《きじ》の鳴く音の擬声語「けんけん」に『論語』「学而《がくじ》」の章句「賢ヲ賢トシテ色ニ易エ」を捩《もじ》る。**はちしめ**　恥しめ。恥ずかしめる、戒める。**むす**　娘の略。**袖をたに**　袖だけでも、袖すらも。**けつげき**　穴隙。穴、隙間。「穴隙を鑽《き》る」は塀や垣に穴を開けてこっそり覗《のぞ》くことをいい、男女が私に結ばれることをいう。**内弟子**　師の家に住込み、家事などを手伝いながら教えを受ける弟子。**わかしゆ**　若衆。元服前の前髪立ちの少年、男色を業とする少年。**むさくろし**　むさくるしいと同じで、汚らしい、だらしがなくて不潔だ。**ミつふとん**　三つ布団。吉原の高級な遊女の用いる敷布団のこと。三枚重ねであったことによる。**おやすミなんし**　「お休みなさいませ」の吉原語。**きなんし**　「おいでなさい」の吉原語。**ま見えん**　お目に掛かる、謁見する。**かたいと**　片糸。縒《より》合わせる前の細い糸の意にお目に掛かり難いとの意を掛ける。**口三味線**　口で三味線の音を真似すること。**天たゝん**　三味線の音の擬声語。**天とたまらす**　てんと堪まらず。とんと堪えられずに。**鳶とんで魚さへふちに**　『詩経』「旱麓」の詩句「鳶ハ飛ンデ天ニ戻リ、魚ハ淵ニ躍ル。豈《あに》弟ノ君子遐《なん》ゾ人ヲ作《な》サザランヤ」を取る。**おとり子**　踊り子。吉原や深川などの遊里に属さず、市中に居住し、宴席に招かれて遊芸を行うことを業とした振袖姿の女性。早く享保期に始まり、明和頃には芸者の名で呼ばれるようになった。**舟行**　吉原や深川に舟に乗って出かける意に周公旦の意を掛ける。周公旦は中国、周の人で、儒教の理想的人物の一人。兄の武王を助けて殷《いん》の悪王紂《ちゅう》を滅ぼし、魯《ろ》に封じられた。武王亡き後もその子成王を助けて天下を治め、文武の業を修めて礼楽制度を整えた。周の礼楽を中心とした諸制度は周公によってその大半が定まったといい、俗に『周礼《しゅらい》』は周公の手によって成ったといわれる。この語に続く「また夢にだも見ぬ」の章句とともに、『論語』「述而」の「甚ダシイカナ、吾ノ衰エタルヤ、久シイカナ、吾ハ復タ夢ニ周公ヲ見ズ」を受けて、夢の意を表す。**見ぬ世の人**　『徒然草』十三段の文句「ひとり灯のもとに文をひろげて、見ぬ世の人を友とするぞ、こよなうなぐさむわざなる」を取る。**なりひさこ**　貧乏になりの意に生《なり》瓢《ひさご》（瓢箪《ひょうたん》）の意を掛ける。**水ものまれぬ**　田畑を所有しないで小作や日庸取りで暮しを立てる貧しい農民を水呑百姓というが、水さえ呑めぬ貧乏暮しだとの意。**顔淵**　中国、春秋時代の魯の賢人。名は回、子淵はその字《あざな》。孔子の弟子で、陋巷《ろうこう》にあって貧しい暮しをしていても天命を楽しみ、徳行をもって知られ、孔門十哲の第一とされる。**かひしおかへ**　買ひし御壁。買って来た豆腐。**からうた**　唐歌（漢詩）の意に豆腐の殻（おから）の意を掛け、元禄期の儒者で、蘐園《けんえん》学派の祖として知られる荻生徂徠《おぎゅうそらい》が、無名の修行時代に食に窮しておからを食べたとの巷説《こうせつ》を取る。**ミそしひともし**　三十一文字。「みそひともじ」と同義で、一首が五、七、五、七、七の三十一文字よりなる短歌の異称。**礼義三百**　謝礼が三百文。三百は僅かな額をいう。**店かり**　店借。借家に住むこと。店借人は納税の義務はなく掛かりが少なくて暮しやすかったが、町人としての諸権利を認められなかった。**晦日のやミ**　晦日が月の出ない闇夜であることの意に借金の返済期であるのに全く返す当てのないとの意を掛ける。**馬の鞭とり**　馬に鞭を打って速く走らせること。**屁《へ》もかごと**　屁も嗅ごうとの意に託言《かごと》（口実、不平）の意を掛ける。**くし**　孔子《くじ》。中国、春秋時代の思想家。孔子の異称。孔子は魯の人で、古来の思想を大成し、仁を理想の道徳として儒家の祖となった。『論語』はその言行録。「験《ためし》あり」との典拠は未詳。**道しは**　道芝の意に儒学の道の意を掛ける。道芝は道端に生えている芝のこと。**露のかこと**　道芝に置く露の意に露ほどの僅かな託言の意を掛ける。**いかた**　筏《いかだ》。木材や竹を並べて蔓《つる》などで結び付けて水上に浮かべ、舟の代わりの交通手段にしたり、木材運搬の手段とする。**あら海**　波の荒々しい海をいい、佐渡に掛かる。**佐渡の金山**　江戸時代初期から佐渡の相川に江戸幕府が開いた金山で、金や銀を産出した。**あらんかも**　あるに違いないんだがなあ。「かも」は疑問の「か」に詠嘆の「も」が添った終助詞。

反哥

684 世の人をくそのことくに見くたして屁つひり儒者と身ハなりにけり

くそ　糞。大便のことで、役に立たない物や事柄を譬《たと》える。**見くたして**　侮り見る、蔑む。**屁つひり**　屁放。「へひり」の促音で、人を罵っていう語。つまらない奴、くだらない奴というほどの意で、糞の縁語として用いる。

伊豆の国天城といへる山中にて花を見てよめる　へつゝ東作《とうさく》

685 やまとにハ　いさまたしらす　もろこしの　とらふす野への

けしきをも　かくやと思ひ　いつのうみ　なミのたつミや
むまひつし　さるのこのミと　なりいてし　大しまミやけ
あけくれに　見れハこそあれ　おそろしき　くますむ山の
あなたうと　ミことかしこミ　おほかミの　はこふミわけて
たゝひとり　すミのかまとの　夕けふり　心ほそさを
もろともに　あハれと思へ　さくらあめ　あまきのたけに
つもるゆき　はるもきつねの　尾さきより　かのこまたらに
きえぬれハ　きこりのしつも　あさきぬの　いとまありけに
まかり出て　花見しらミの　うハはひに　うさきの耳の
長き日を　のめくりまハる　さハうなき　さんしやう魚の
つけやきに　やまめのなます　やまのいも　ほりしゐ茸を
かきあつめ　酒ハ目に見ぬ　鬼ころし　あるハ熊坂諸白《もろはく》の
名さへおそろし　長範《ちょうはん》か　かけつぼさらに　ごす茶わん
むさゝび声や　ねすなきに　ましるたぬきの　はらつゝみ
うたふもまふも　さハかしき　いたちミめよし　むらおさの
はこいりむすめ　山の神　そゝなかしざほ　とり出して

ならすひなふり　ふりしやりと　はねまハらぬも　世の中よ
やほこそなけれ　思ひいる　山のおくにも　しかあれは
すミよかりけり　炭よかれと　いはふて三度　めくるさかつき

伊豆の国天城　伊豆半島中央部（静岡県田方郡）にある一群の天城連山のこと。**もろこし**　唐土。わが国における中国の古称。この頃では唐《とう》、唐《から》というのが一般的であった。**とらふす野へ**　人跡稀《まれ》な辺境をいう諺《ことわざ》「虎伏す野辺、鯨寄る浦」（猛虎が棲《す》む原野や鯨の泳ぎ寄る浦）の略。**いつのうみ**　伊豆の海の意に思い出《い》づの意を掛ける。**なミのたつミや**　年老いて皮膚に皺《しわ》が波のように寄る身であるとの意に十二支の辰《たつ》、巳《み》の意を掛ける。**むまひつし**　辰巳を受けて午《うま》、未《ひつじ》と続ける。**さるのこのミ**　猿の木の実の意にこの身との意を掛け、羊を受けて申《さる》と続ける。**大しまミやけ**　伊豆大島の土産の意に三宅島の意を掛ける。**くますむ山**　熊棲む山。人跡稀な深い山中をいう。**あなたうと**　熊の穴の意にあな尊と（ああ、なんと尊いことか）の語を掛ける。**ミこと**　御言、命。神や天皇の御言葉、仰せ。**おほかミの**　狼のとの意に大神（神を敬っていう語）の意を掛ける。**はこ**　箱。廁《かわや》の大便を受けるために用いた箱、転じて糞、大便をいう。**すミのかまと**　山中に設けられた炭を焼く竈《かまど》の意に民の煮炊きをする竈の意を掛け、さらに身代の意を掛ける。**心ほそさ**　心細いことの意に竈から立つ煙がか細い（暮しが貧しいこと）との意を掛ける。**もろともに**　以下の句々は「もろともにあはれと思へ山桜花より外に知る人もなし」（『金葉集』九、『百人一首』、行尊）を取る。**さくらあめ**　桜雨。桜の花の咲く頃に降る雨。**あまきのたけ**　天城の岳。天城連山の峰々。**はるもきつね**　春もやって来たとの意に狐の意を掛ける。**かのこまたら**　鹿《か》の子斑《こまだら》。鹿の毛色のように茶色の地に白い斑模様があるものをいう。**きこりのしつ**　木樵《きこり》の賤《しつ》。賤《いや》しい身分の木樵。**あさきぬ**　麻衣。麻布で作った着物。**花見しらミ**　花見虱《しらみ》。桜の花の咲く頃、動きが活発になって着物の表などに出て来る虱。**うハはひ**　上這ひ。虱などが着物の表面に出て這い歩くこと。**のめくりまハる**　滑り回る、浮かれて歩き回る。**さハうなき**　沢鰻《さわうなぎ》。渓流に棲息《せいそく》する鰻で、伊豆名物の一つであった。**さんしやう魚**　山椒魚。山間の渓流や湿地に棲息する両棲類有尾目の動物の一種で、山間の地では食用や薬用に供される。**つけやき**　付焼。魚肉を醤油《しょうゆ》を塗り付けながら焼いたもの。**やまめ**　山女。桜鱒《さくらます》の陸封魚で、伊豆辺では山間の渓流にのみ棲息する。**なます**　膾《なます》。生魚料理の一つで、魚肉を細かく切って酢に浸したもの。**やまのいも**　山の芋。山野に自生する蔓草で、細く長い円筒状の根茎や蔓になる実(むかご)を食用にする。**ほりしゐ茸《たけ》を**　椎茸の意に山芋を掘りとの意を掛ける。**目に見ぬ**　目には見えない。**鬼ころし**　鬼殺し。鬼を殺害するとの意に味がきつく悪酔いのする粗悪な酒の意を掛ける。**あるハ熊坂**　あるいは熊坂。熊坂は平安末期の大盗賊熊坂長範のことで、奥州に向かう金売吉次を美濃国不破郡赤坂(岐阜県大垣市)に襲い、牛若丸(後の源義経)に討たれたと伝えられる。転じて熊坂の語は大泥棒を意味し、熊坂心(盗み心)などの語もある。**諸白**　よく精白した米の麹《こうじ》と蒸米で醸造した上等な酒。**長範**　熊坂長範の意に博奕《ばくち》の一種の丁半賭博の意を掛ける。**かけつぼさら**　欠けた壺《つぼ》や皿の意に丁半賭博で用いる賽子《さいころ》を振る壺皿の意を掛ける。**ごす茶わん**　呉須《ごす》焼きの茶碗の意に期す(予《あらかじ》め時間を設定して置く、覚悟する)意を掛ける。呉須茶碗は中国、明代から製造された陶磁器の一種で、藍や赤の顔料で染付けたもの。**むさゝび声**　鼯鼠《むささび》の声の意にむささ声(むさく、汚らしい声)の意を掛ける。**ねすなき**　鼠鳴。鼠の鳴き声、鼠に似た鳴き声をいい、男女が逢引《あいびき》をしたり、遊女が客を呼び入れたりする際の合図として用いられた。**はらつゝみ**　腹鼓。世の中が平穏で民心が安定している様の意に狸が腹を叩《たた》いて鼓の真似をするという意を掛ける。**いたちミめよし**　諺「鼬《いたち》眉《み》目《め》佳し」に器量がよいとの意を掛ける。「鼬眉目佳し」は鼬に出会った時に唱える呪文で、本来は器量がよくない鼬であるが、これを逆さまにして褒めることによって、火災や凶事の前兆として鳴くという鼬の不吉さから逃れる手段としたのである。**むらおさ**　村長。村を治める役職の長。

はこいりむすめ　箱入娘。大切にして外出などもほとんどさせない娘。**山の神**　山を守り司《つかさど》る神の意に妻の異称の意を掛ける。**そゝなかしざほ**　唆《そそのか》すとの意に樫の竿《さお》の意を掛ける。**ひなふり**　狂歌の異称の一つ夷振《ひなぶり》の意に火弄《ひなぶり》（火をもてあそぶこと）の意を掛ける。**ふりしやり**　腹を立ててすねる、ぶりぶりと怒る様をいう。**やほ**　野暮《やぼ》。世情や風雅の道、遊里の事情などに通じていないことをいう。**思ひいる**　山に入る意を掛ける。**しかあれは**　そうであるからとの意に鹿あれば（鹿がいれば）との意を掛ける。**炭よかれ**　よい炭であって欲しいとの意に住みよくあって欲しいとの意を掛ける。**いはふて三度**　祝ふて三度。手打ちの儀式などで用いる祝辞の一節。

686

酔しなは桜にうつめわかからのくつるやこゝも小野のすミかま

反哥

から　むくろ、遺骸。**小野**　山城国愛宕《おたぎ》郡の歌枕の地。京都市左京区の洛北《らくほく》から八瀬、大原に及ぶ一帯で、惟喬《これたか》親王幽棲の地として知られる。惟喬親王は文徳天皇の第一皇子であったが、第四皇子の惟仁親王との皇位争いに敗れて、剃髪《ていはつ》して小野の里に隠栖《いんせい》した。

「炭がまの畑ばかりをそれと見て猶道遠く小野の山里」（『風雅集』八、平貞時）を本歌とする。

旋頭哥

687

一の谷にて

平家武者さひたる小手のてつかいが峯をおとす八九郎判官殿《ほうがん》なりけり

岩手宗也《いわてそうなり》

〈

一の谷　摂津国八部郡の鉄拐《てつかい》山と鉢伏山とが明石海岸にせまる地域（神戸市須磨区一ノ谷町）をいい、北に難所として知られた鵯越《ひよどりごえ》があり、東に千鳥川、西に界川があって天然の要害をなしていた。寿永三年（一一八四）、源義経が播磨国福原（兵庫県神戸市兵庫区）に依《よ》った平家一門を討たんとして、鵯越の逆落しといわれる奇襲で勝ちを収めた地として知られる。**さひたる**　荒れ寂れて衰えたとの意に手入れが悪くて鎧《よろい》の金具が錆《さび》たとの意を掛ける。**小手**　鎧の付属品の一つ。肩先から腕を覆う物で、本体を布で作り、肩、肘、手首などの要所を鎖や鉄製の金具で仕立てる。**てつかいが峯**　鉄拐山の異称の鉄拐峰の意に鎧の小手の鉄の意を掛ける。**おとす**　落とす。平家武者の小手を落とす意に鵯越の逆落しの意を掛ける。**九郎判官**　源義経の俗称。義朝の第九子であったため九郎といい、判官（左衛門少尉）に任官されたのでこの名がある。

688

寄謡祝　から衣橘洲《きつしゅう》

よい時にあふむ小町やその玉たれのかゝる世にすむやうれしきすむそうれしき

あふむ小町　謡曲の曲名『鸚鵡《おうむ》小町』によい時に逢うの意を掛ける。『鸚鵡小町』は三番目物、季三月、作者不詳。年老いた小野小町が大内へ参ったのを女房たちが見て不審がり、その真偽を試そうとして「もとの身のありしすみかにあらねども此玉だれの内や恋しき」との歌を与え、返歌を待ったところ、小町がその歌の結句の一字「や」を「ぞ」に改めただけで返したという、いわゆる鸚鵡返しの歌を詠んだ小町の物語を題材とする。**玉たれ**　玉垂。玉飾りの付いた簾《すだれ》をいうが、簾の美称でもある。珠簾。**かゝる世**　こうした世の中との意に玉だれの掛かるとの意を掛ける。

『狂歌若葉集』には詞書を「寄諷祝」として載せる。『阿仏鈔』に伝える鸚鵡返しの歌を取った『鸚鵡小町』の詞章を本歌とするが、この鸚鵡返しの歌を鎌倉末期の説話集『寝覚記』には、中納言重範のこととして、初句を「雲の上は」として載せる。

折句哥　藤本由己《ゆうこ》

小幡何かしの和哥の会にいくよもちの出けれハそれを句の上におきて

689　いかい事くハるゝ物じやよい風味物もいはずにちぎり〳〵て

おめでたいといふ五文字を句の上におきて農業の心をよめと人のいひければ

四方赤良《よものあから》

小幡何かし　不詳。いくよもち　幾世餅。焙《あぶ》った大きな切餅に餡《あん》を付けたもので、元禄の末頃（十八世紀初頭）江戸、両国広小路の小松屋喜兵衛が妻の名を取って売出し、好評を得た。いかい事　甚だしく、随分に。ちぎり〳〵て　小さくちぎっての意に夫婦が契りを重ねての意を掛ける。『春駒狂歌集』には詞書を「小幡正信歌の会に、いく代餅といふか出けれは、それを句の上にをきて」として収める。

690　おとにきゝめにミいりよき出来秋ハたみもゆたかにいちがさかへた

ミいりよき　実入りがよい、豊作だとの意に目に見る意を掛ける。出来秋　秋の稲がよく稔《みの》った頃、収穫の秋。いちがさかへた　市が栄えた。物語や昔話、お伽《とぎ》話などの終わりの決まり文句で、目出たし〳〵の意。

物名

りうたん　あけらかん江《こう》

691 こと草ハかるたとみれと小六月七八九十きりうたんかも

りうたん　龍胆。龍胆《りんどう》のこと。山野に自生する草で、笹《ささ》に似た葉を付け、秋に紫色の鐘状の花が咲く。**こと草**　異草（他の種類の草）の意に言種（口癖、口実）の意を掛ける。**かるた**　骨牌《かるた》の意に枯れたとの意を掛ける。骨牌は読み骨牌をいい、この頃大流行の「めくり骨牌」を簡略化したもので、三十六枚の札に鬼札一枚を加え、親が手札を一、二と切れば、次の人はこれに続く三以下の手札を三、四、五、六などと切り、手持ちの札が早くなくなった者が勝ちとなる。**小六月**　陰暦十月の異称の一つで、小春ともいう。これに骨牌の六の札の意を掛ける。**きりうたん**　切りを打つ（最後の札を切り、勝ちを収めること）の意に龍胆の意を掛ける。

木名五　へつゝ東作

692 かさもなし《梨》ぼくり《栗》もも《桃》たぬひとり身のつらさよ時雨《（しぐれ）》とくは《桑》れねかし《樫》

ぼくり　木履。台の底をえぐり、踵《かかと》を丸型に削り、爪先《つまさき》を前下がりにした下駄。**ひとり身**　独身。身よりのないこと、配偶者のいないこと。**時雨**　秋の終わりから冬の初めにかけて断続的に降る小雨。**はれねかし**　晴れねかし。是非とも晴れて貰《もら》いたいものだ。「ね」は願望の、「かし」は強意の助詞。

693

紀定丸《きのさだまる》

きり《桐》もなくしぐるゝころもミ《楓》しかき《（柿）》日これて天気にあすなら《檜》ふかや《栢》

きりもなく　ひっきりなしに、絶え間なく。**しぐるゝころも**　時雨るる頃も。時雨が降る頃だというのに。**ミしかき日**　短き日。短日のことで、冬の日の短いことをいう。**天気**　好天、晴天。**あすならふかや**　翌檜《あすなろう》と栢《かや》の意に明朝はなるであろうか、なりはしないとの意を掛ける。

『狂歌若葉集』には詞書を「時雨　木名五ッ」として載せる。

694

木名十

浜辺黒人《はまべのくろひと》

見よかし《樫》とち《椽》ぎり《桐》しひ《檜》くれ《榑》まつ《松》さかや《栢》おどりくり《栗》出せしゐ《椎》てさハら《椹》じ

見よかし　是非とも見なさい。「かし」は強意の助詞。**まつさか**　伊勢国松坂（三重県松阪市）の意に日暮れを待つ意を掛ける。**おどり**　松坂踊り。伊勢の盆踊りの伊勢音頭が全国的に広まったもので、その歌詞に「松坂越えて」というのがあったための呼称。**さハらじ**　障らじ。差し障りはない、邪魔にならない。

廻文哥

宝舟のうた　よミ人しらす

695 ながきよの十のねふりのミなめざめなみのりふねのおとのよきかな

ある人のいハくこの哥全浙兵制附録日本風土記に見えたり
日本の琴譜なりと

宝舟　宝を満載したり、七福神が乗り込む帆掛船を描いた一枚絵で、この回文の歌が書き込まれてあった。正月の縁起物で、よい初夢を見るために枕の下に敷込む風があった。**全浙兵制附録日本風土記**　不詳。宝永五年（一七〇八）刊の『国名風土記』をいうか。**琴譜**　琴の楽譜。

摘草によせて廻文哥よめと人のいひけれは　もとの木あミ

696 むらしはでみつゝみ草名ハしらし花さくミつゝつミてはしらん

摘草　春の野に出て若草を摘むこと。**むらしは**　叢芝《むらしば》。群らがり生えている雑草。

巻第十六　釈教歌

授戒し侍りし頃ある人の来りて汝か釈門に入りしもまたれいの狂言にて
まことの道をしたふにハあらしなとあさみ侍りけれは名取川の狂言を思
ひいてゝ答へ侍りける　祝阿弥《しゆくあみ》

697　かゝる時すくハせ給へ名とり川今よりあミに入りし身なれハ

授戒　仏門に入る者に戒を授けることで、この戒を受けなければ正式の僧にはなれなかった。**釈門**　釈迦《しやか》の教えの門に入ることで、仏門に入ることをいう。**狂言**　能の狂言の意にざれごと、嘘を仕組んで人を欺くことの意を掛ける。**あさみ**　浅み。驚き呆《あき》れる、あなどることをいう。**名取川**　能狂言の曲名。京都に出て授戒した遠国の僧が、新しく付けて貰《もら》った名を通りかかった名取川で滑って忘れ、所の人と滑稽なやりとりの後、ようやくその名を思い出すというもの。名取川は宮城県を東流する川。**すくハせ給へ**　網ですくう意に身を救う意を掛ける。**あミ**　網の意に阿弥陀《あみだ》号を付けて阿弥陀仏の弟子となった意を掛ける。

南畝《なんぽ》の写本で伝わる随筆『俗耳鼓吹《ぞくじこすい》』（天明八成稿、歿年《ぼつねん》に至る迄《まで》加筆）に、天明二年（一七八二）三月五日の洲崎逍遙《すさきしょうよう》のことに触れた条の傍註《ぼうちゅう》で、祝阿弥は「遊行上人の弟子となりて」とある。この授戒は、諸種の記事から、安永末年（一七七〇年代末）中のことと考えてよいだろう。

698

すくせのゑにし深かりける人にや誓《ちかい》の海に帰入してしきりに宗門の沙弥《しゃみ》戒《かい》をうけたもたん事をねかひし人の需《もとめ》に応し祝阿弥といへる法号をさつけて長く師資《しし》の契をむすひ侍りければ　師《し》の坊《ぼう》

世を救ふ御名をなのりて法の舟ともにさしゆくあミの衣手

すくせのゑにし　宿世の縁。この世に生まれる以前の前世からの因縁をいう。**誓の海**　仏が衆生（一般大衆）を済度《さいど》（救済）しようとする誓願の広大さを海に譬《たと》えたもの。**帰入**　帰依《きえ》と同義で、仏の教えを受けてその真実に深く従うことをいう。**宗門**　仏教内での分派のことで、宗派、宗旨というも同じ。**沙弥戒**　沙弥十戒の略。沙弥、沙弥尼《しゃみに》として受持《じゅじ》（遵守）しなければならない十条の戒律で、在家の守るべき不殺生、不偸盗《ふちゅうとう》などの五戒に不塗飾香鬘、不蓄金銀宝などを加えた禁戒をいう。**法号**　授戒の時に師が授ける称号。**師資の契**　師弟の契約。**法の舟**　仏教の教えが広大で深いことを海に譬えたもの。**さしゆく**　指し行く。阿弥陀仏の極楽世界を目指して行くの意に網を刺して繕《つくろ》う意を掛ける。**あミ**　阿弥の意に網の意を掛ける。阿弥は浄土教系の宗派で僧や仏師、能役者などが用いた阿弥陀号をいい、祝阿弥というのもこれにならったものである。**衣手**　僧尼が着用する法衣をいうが、和歌などでは衣服の袖や袂《たもと》の意としても用いる。

作者は南畝の随筆『俗耳鼓吹』傍註の記事から、時宗の総本山、相模国藤沢（神奈川県藤沢市）の清浄光《しょうじょうこう》寺《じ》住持、第五十三世もしくは第五十四世の遊行上人とみてよいだろう。

自画の像に　　よミ人しらす

699 目ハミえす腰ハかゝまる歯ハかける南無あミとうふたへるはかりそ

南無あミとうふ　念仏の六字の名号「南無阿弥陀仏」の訛《なま》り「なむあみだーぶ」に音通で豆腐の意を掛ける。

題しらす　　拙堂《せつどう》法師

700 ほうろくと同し火宅《かたく》の人心気をいるもありほうずるもあり

ほうろく　焙烙。底が平らで浅い素焼きの土鍋で、物を炒《い》ったり、蒸焼きにするのに用いる。**火宅**　火事にあって燃え盛る家の意で、仏教では現実のこの世界を譬える。**人心**　悟り切れずに私利私欲に覆われた心。**気をいる**　仏道修行に気を入れる意に気を炒る（気を熱し焦がされてちりちりすること）意を掛ける。**ほうずる**　仏教を奉ずる（熱心につとめる）との意に焙ずる（火に当て焼かれてじりじりすること）の意を掛ける。

『狂歌真の道』（明和八刊）の冒頭に、焙烙の一筆画とともに載る。

701 ほとけもとわしの山よりいてし故か今の法師のつめの長さよ　から衣橘洲《きつしゅう》

ほとけ　仏陀。仏教の開祖釈迦牟尼《しゃかむに》のこと。**わしの山**　霊鷲山《りょうじゅせん》。印度、摩掲陀《まがだ》国の首都王舎城の東北にある霊山。釈迦はここで『法華経』などを説法されたという。**法師**　仏法に通じてよく人に説法の出来る人。転じて僧をいう。**つめ**　詰めに爪を掛け、説経僧の話が長いという意に欲の深い（爪が長い）意を掛ける。

百丈禅師の画に

702 七条や九条の袈裟の和尚をも直下に見なす百丈禅師　卯雲《ぼううん》

百丈禅師　中国、唐の禅僧。『百丈清規《しんぎ》』などによって禅院規定を作り、禅僧集団の自給自足の生活を実行させる端緒を築いた。**七条や九条の袈裟**　僧が個人で所有することを許された三種の衣服（三衣《さんね》）のうち、七条は礼拝や聴講などの際に着し、九条は王侯の前へ出たり外出したりするときに着用する正装衣であった。袈裟は、本来、三衣をその色（カシャーヤ。壊色《えじき》と訳される）から呼んだ名であったが、中国や日本では儀式用の装飾的な法衣をいう。**和尚**　大衆の師たりうる高徳の僧。転じて弟子僧が師の僧を呼ぶときの称となり、さらに僧の一般的な称となった。

703

布袋《ほてい》

経山寺《きんざんじ》ミそかしらすのたのしみハ本来くうてねたりおきたり

花道《はなみち》つらね

布袋　中国、唐末の僧。肥え太った腹（布袋腹）をし、子供好きで、日用品の一切を入れた大きな袋を肩に、杖《つえ》を突いて市中を徘徊《はいかい》して物を乞い、よく吉凶、晴雨を予知したという。円満な相が喜ばれて画題となり、日本では七福神の一となっている。**経山寺**　中国、浙江《せっこう》省の天目山の東北峰径山にある臨済宗の名寺。正しくは径山《きんざん》寺で、径山寺味噌の製法はここから伝わったといわれる。**ミそかしらす**　晦日《みそか》知らずに径山寺味噌を掛ける。晦日知らずは、月末にお定まりの借金の清算などの俗事に、何の心配もない境涯をいう。**本来くうて**　禅語の「本来空」に、食うて寝ての意を掛ける。本来空は「本来無一物」と同じく、この世には本来空があるのみで、執着すべき何物もないはずだとの意。

704

その中ハ有無《うむ》をはなれし布ふくろ子《こ》煩悩《ぼんのう》こそ即菩提なれ

から衣橘洲

有無　仏教で、存在するもの一切を有（存在）と無（非存在）との対立関係で捉える考え方で、有無のどちらかに極端に偏った見方をすることを「有無の二見」といい、誤った考え方として退ける。また「有無を離れる」の語句はこの二見を離れることを意味し、悟りを開くことをいう。これに子を産むの意を掛ける。**布ふくろ**　布製の袋の意に布袋《ほてい》を掛ける。**子煩悩こそ即菩提《ぼだい》**　子煩悩に仏語の煩悩即菩提を掛ける。煩悩は悟り（菩提）の実現を妨げる一切の精神作用をいうが、その本体は真実不変の真如《しんにょ》（真理）であるから、それを離れて仏法はないので、これもまた悟りだとする。『狂歌若葉集』には「布袋の画に」の詞書《ことばがき》で、「ぬの袋中は本来空にして子煩悩こそ即菩提なれ」として載せる。

705　本来ハ一物もなき布ふくろあけぬうちこそ宝なりけれ　山手白人《やまてのしろひと》

本来ハ一物もなき　仏語で諺化している「本来無一物」の語句を取る。本来無一物は、世界の万象は実有ではなく、仮の物（本来空）であるから、この現世に執着する何物もないとの意で、すべてを脱却した心境をいう。これに一つの品物すらないとの意を掛ける。**布ふくろ**　布袋。布製の袋の意に字面から布袋《ほてい》の意を掛ける。**宝なりけれ**　正体を知って失望することをいう諺「明けて悔しき玉手箱」などの連想による語法であるが、布袋が七福神の一であることにもよっている。

706　題しらす　橘貞風《たちばなのていふう》

まん中にきつとすハらせ給ふのが行基《ぎょうぎ》ぼさつの御作なるへし

きつと　おごそかに厳しい姿での意に、間違いなく、必ずの意を掛ける。**行基ぼさつ**　行基菩薩に行儀のよい意を掛ける。行基は奈良時代の僧で、諸国を行脚《あんぎや》して多くの仏像を刻んで寺を建てたほか、社会福祉に尽力、世に文殊菩薩の化身といわれ、聖武天皇の帰依を受けて東大寺の建立に協力し、日本最初の大僧正となった。菩薩は仏陀になることを目指して修行する在家の信者をいい、また、朝廷から高徳の僧に与えられる称号でもある。

末得《みとく》

707　清水《きよみず》にまいりの人ハ観音の堂といふより馬とゝめ哉

清水　京都の東山にある名刹《めいさつ》清水寺のこと。本尊は十一面千手観音で、山号を音羽山といい、延暦十七年（七九八）坂上《さかのうえの》田村麻呂の助力により創建され、観音信仰の流行で尊信を集めた。**観音の堂**　観音堂の意に馬を止める時の掛け声「どうどう」を掛ける。**馬とゝめ**　馬留。寺社などで、乗って来た馬を繋《つな》ぎ止めておく所をいい、門の近くにあった。

『吾吟我集《ごぎんわが》』九に、「釈教」の詞書をもつ一連の詠歌の一つとして収める。馬とどめの語は南畝もよくは知らなかったようで、後日、南畝が問い、それに屋代輪池《やしろりんち》（弘賢）が答えた書『畝問池答』に、「古き狂歌に、清水へ……といへるは、今の下馬のやうにみゆ。いかが」と南畝が問い、輪池が「馬とどめのこと再案に、清水の馬とゞめ、今は二王門前に在。一宇の堂屋をかまへて、これを車やどり、馬とゞめといふ。されどもゆやの拾柴抄《しゆうさいしよう》に、車やどり、馬留、西門の下刻階の北にあり、と注したれば、二王門の内に有しとみゆ。しかれば、今とは内外の違あり。さりながら、むかしとても、堂の近辺まで馬にのるべき事はあるまじきなり。此狂歌は、馬とゞめ清水に名高ければ、馬を叱するドウといふ声を、観音の堂にそへて、その詞の縁までにてよみしなるべし。いづれにも、馬とゞめといふ留は、車宿のごとく、馬を引入てをく義なるべし。下馬のことにあらざるべし」と答えたことを書留めているが、一首の意もこの解に尽きるといってよいだろう。

708 むさしの国目黒の不動尊にて　貸本人和流《かしもとのひとわる》
この瀧のなかれの身とて不動尊ふたりかぶろのせたかこんがら

目黒の不動尊　武蔵国荏原《えばら》郡（東京都下目黒区）にある泰叡《たいえい》山瀧泉寺《りゅうせんじ》の俗称。本尊は不動明王で、境内には不動の瀧《たき》があり、早くから江戸人士の遊山を兼ねた霊場として崇敬を集めた。**この瀧のなかれの身**　この瀧に川竹と語呂を合わせ、川竹の流れの身（遊女の身の上）の意を掛ける。**ふたりかぶろ**　二人禿《かぶろ》。禿は吉原の高級遊女に仕えた童女で、禿を二人使うのは最高級の遊女であった。**せたかこんがら**　制吒迦《せいたか》・矜羯羅《こんがら》。ともに八大童子の一で、不動明王の脇立として左右に侍すが、これら三者を遊女と二人禿に見立てる。

709 西国札所四番の観世音にまふて侍りて　内匠半《たくみのは》四郎《しら》
九重《ここのえ》の守《まもり》の縁起くり返し又まきのおの寺の宝物

西国札所　近畿地方を中心とする三十三所の観音霊場。札所は巡拝者が参詣した印としての納札を奉納する寺院や仏堂をいい、三十三所観音や四国八十八所の霊場のことともする。**四番の観世音**

槇尾《まきお》山施福寺（大阪府和泉市）のこと。本尊千手千眼観音。仏教伝来当初に欽明天皇の勅願で行満が創建したといい、寺宝として『槇尾山大縁起』が伝わる。**九重の守**　皇居の守り。欽明天皇の発願《ほつがん》であることを受ける。**縁起**　社寺の起源、沿革、霊験などの伝説をいい、『槇尾山大縁起』の伝えるところをいう。**まきのおの寺**　槇尾寺に管を巻く（くどくどと繰り返しいうこと）の意を掛ける。

710

江戸六阿弥陀に一日のうちにまふてはへらんとてむまの貝ふく頃あつき日をしのきつゝ沼田のみたのミまへにぬかつきて　沢辺帆足《さわべのほたる》

日を背負《しよい》て重きあし間をゆく沼田くたひれし身に南無あミた笠

江戸六阿弥陀　江戸近郊の阿弥陀仏を本尊として祭った六か所の寺。第一番が豊島郡豊島村（北区豊島二丁目）の西福寺、二番が足立下沼田村（足立区江北）の応味寺延命院、三番が豊島西ヶ原村（北区西ヶ原一丁目）の無量寺西光院、四番が同田畑村（北区田端一丁目）の与楽寺、五番が江戸の下谷広小路（台東区上野）の長福寺常楽院、六番が葛飾郡亀戸村（江東区亀戸四丁目）の常光寺で、本尊はいずれも行基が熊野の大杉で作った一木六体の阿弥陀仏だという。全行程六里二十三丁（約二十五キロ）で、春秋二季の彼岸の日に巡拝して後生を願えば、大いに利益があるといって賑《にぎ》わった。**むまの貝**　午の貝。午の刻（正午）を告げるために吹く法螺《ほら》貝。**沼田のみた**　沼田の弥陀。延命院のこと。**ぬかつき**　額衝き。額を地に付けて礼拝する意で、心を籠めて丁寧に礼拝することをいう。**重きあし間**　足取りの重い意に葦間《あしま》の意を掛ける。**沼田**　地名に泥深い田の意を掛ける。**南無あミた笠**　念仏の南無阿弥陀仏に阿弥陀笠（仏の後光のように笠を後頭部に被《かぶ》ること）の意を掛ける。

711
善光寺如来開帳の時朝参りの人をミて　婆阿《ばあ》
挑灯《ちようちん》の数ハ田ごとの月ふけてあけやしなの丶開帳の庭

善光寺如来　善光寺の本尊仏である阿弥陀如来のこと。善光寺は信濃国水内《みのち》郡善光寺（長野県長野市）の天台、浄土の二宗を兼ねる大寺院で、本尊の阿弥陀如来は閻浮檀金《えんぶだんごん》（インド産の砂金）の尊像で、推古天皇十年（六〇二）に本田善光が難波の堀江の中から拾い上げ、のちここに安置したものという。**開帳**　寺院で厨子《ずし》の扉を開いて秘仏を善男善女に拝ませること。ここにいう善光寺の開帳は、安永八年（一七七九）六月一日より閏《うるう》七月十七日迄、両国の回向院（墨田区両国二丁目）において行われたものを指し、江戸中の大評判であった。**朝参り**　朝早く参詣すること。七ツ時（午前四時）頃から、棹《さお》の先に多くの提灯《ちようちん》を灯《とも》し、声高に念仏を唱えつつ多くの人々が参詣した、と諸書に伝えられる。**田ごとの月**　田毎の月。同国更級郡の冠着山《かむりき》（姥捨山《おばすて》とも）山腹の小分けにされた水田の一つ一つに映る月影をいい、提灯の数の多いのを譬える。**あけや**　明や。一夜明けたならとの意。やは強意の助詞。**しなの**　信濃。旧国名。東山道の一国で、今日の長野県をいう。**庭**　物事を執り行う場所。

712
真乳山《まつちやま》歓喜天にまふて侍りて　あけら菅江《かんこう》
わに口をならせハまつち山彦にこたへてひ丶く丶ハん〳〵き天

真乳山歓喜天　浅草観音の東北、聖天《しようでん》町の今戸橋の南詰にある小高い岡、待乳山（台東区浅草七丁目）に祭られる聖天宮のこと。歓喜天はその本尊で、聖天ともいい、仏教守護の神で、象頭人身の男女が抱き合った形象で表されている。隅田川の眺めがよい景勝の地であったため、福徳自在、夫婦和合を祈願する参詣者が多かった。**わに口**　鰐口《わにぐち》。神殿や仏殿の軒先に吊《つ》り下げる銅製の鳴り物。偏平、中空の円盤状で、参詣者はその前に下がる太い緒を引いてこれを打ち鳴らす。**山彦**　前の句を受けて真乳山の意を表し、山に響くこだまの意を掛ける。**くハんくき天**　鰐口の鳴る音の擬声語に歓喜天の意を掛ける。

『狂歌若葉集』には「待乳山」の詞書で、第四句を「とられてひゝく」として収める。

713

はやり男か気も石尊《せきそん》のつかミ合中を直してはや納《おさめ》太刀

大山参喧嘩　　算木《さんぎ》有政《ありまさ》

大山　相模国中郡（神奈川県の厚木・秦野《はだの》・伊勢原の三市に跨《またが》る）の山。別名を雨降《あふり》山といい、山頂に阿夫利《あふり》神社の奥社があり、大山祇《おおやまつみ》神を祭るが、御神体は石の剣だという。俗称を石尊大権現ともいい、別当寺の大山寺《たいさんじ》は真言宗の巨刹として知られた。常には一般人の登頂を許さなかったが、六月二十七日から七月十七日迄の例祭には女人を除いてこれを許したので、江戸ッ子の大山参りが年中行事化し、人々は大山講を作って出掛けた。出発前に東両国の大川端の垢離《こり》場で身を清め、納太刀といって木刀を持参し、以前に他の人が納めた木刀と取り替えて持ち帰り、これをお守りとした。もっとも、この大山参りは盆前の決算期でもあったので、大山詣でを口実に家を明けて借金取りの攻勢を逃れる者も多かったといい、また物見遊山の気分で集団で出掛けるところから、喧嘩《けんか》の多いことでも有名であった。**はやり男**　逸雄。血気盛んな若者。**石尊**　石尊大権現の意に気も急《せ》く意を掛ける。**納太刀**　喧嘩を納める意を掛ける。納太刀は長さや大きさを競う風もあった。

文月十三日新吉原にまかりけるにあまたあそびともの朝日の如来にまふつるを見侍りて　文莫女《ぶんばくじょ》

714

うかれめのつミもあさ日のかけ頼む二世の願にみせの苦ハなし

文月　陰暦七月の異称。この月の十三日は盂蘭盆《うらぼん》の入りの日で、先祖の魂を迎えるために、各戸ごとに門口で迎え火を焚《た》いた。朝日如来が遊女で賑わったのは、盂蘭盆と十三夜に開帳があったからである。**あそび**　遊女のこと。**朝日の如来**　京町二丁目の丸屋甚右衛門の家にあった阿弥陀如来の尊像。この尊像は、平安中期の僧で、浄土教の基礎を築いたことで知られる恵心僧都《えしんそうず》が、宇治の平等院にいた時、欄間に映った朝日の影の中に阿弥陀三尊の来迎《らいごう》を見、その姿を自ら写して彫り上げたものといい、のち同所北側の裏通りに一堂を建て安置されることとなった。**うかれめ**　浮かれ女。遊女の異称の一つ。**あさ日のかけ**　罪も浅いの意に朝日如来の御蔭《おかげ》（功徳）の意を掛ける。**二世の願**　あの世にあっても心変わりせずに、仲のよい夫婦でありたいとの願望。二世は現世と来世をいい、夫婦約束を「二世の契り」といった。**みせの苦**　見世の苦。遊女勤めの苦労のこと。「みせ」は二世を受けた言葉の洒落《しゃれ》の三世（前世・現世・来世）でもあり、「苦」は遊女勤めを苦界《くがい》といったことを受ける。

むさしの国羅漢寺にあらたに右繞三匝《（うにようさんそう）》の堂をたてヽ百の観音さつたを安

715

置せしかその堂ののぼりはしさゞえににたれば人ミな栄螺《さざえ》堂とよひ侍りしを　四方赤良《よものあから》

観音に魚籃《ぎょらん》もあれハなまくさき栄螺堂とハいはしにた鍋

羅漢寺　本所五ツ目の俗称羅漢通（江東区大島四丁目）にあった黄檗《おうばく》宗の寺。本堂に等身大の五百羅漢の像が安置してあった。**右繞三匝の堂**　寛保元年（一七四一）に羅漢寺の境内、総門を入って左方に建てられた三階の高殿で、安永九年（一七八〇）に再建、落成した。中に秩父、西国、坂東の三十三所観音を写して百観音を祭ってあった。右繞三匝とは三回右に巡る意で、栄螺の殻のような構造になっていて、右廻《まわ》り三回で自然と上り下りが出来るというので、俗に栄螺堂と呼ばれた。**観音さつた**　観音薩埵《さった》。観音菩薩というに同じ。薩埵は菩提薩埵の略で、菩薩というも同意。**のぼりはし**　登梯《のぼりはし》。梯子段のこと。**魚籃**　魚を入れる籃。びく。羅漢寺の本尊の一つに魚籃観音があったことを受ける。**いはしにた鍋**　鰯《いわし》煮た鍋。諺で、鰯を煮た鍋は鰯の生臭い匂いが移って同じ臭みがする、というところから、遠縁の親族をいう。

716

木魚　山田僧都

うろくすもつミをのこらすたゝかれて仏のまへにうかミいてたり

木魚　読経の時に叩き鳴らす仏具。木造で中空の球形をしていて、表面に魚の鱗《うろこ》を彫りとった装飾が付いている。**うろくす**　鱗。転じて魚類をいう。**たゝかれて**　木魚が叩かれて音を出す意に、罪を払い尽くす意を掛ける。

717

旦那寺より仏餉《ぶっしょう》こひにおこしけるかあまりに大きなれハその袋にかきつけ侍りける　大根太木《おおねのふとき》

すくなしとミよの仏やミますらん後生《ごしょう》のためににしやうつむれバ

旦那寺　その家が帰依して、先祖の菩提を弔ったりした寺。江戸時代の檀家制度では、必ず旦那寺を持ってその檀家とならなければならず、旦那寺は檀家がキリシタンでないことを証明するなど、日常生活にも大きく関与した。**仏餉**　仏に供える米。**おこしける**　遣しける。人を派遣した。**ミよの仏**　三世の仏。前世、現世、来世の三世にわたって現れる一切の仏の意で、仏の総称。**後生**　死後の世界である来世のこと、またそこでの安楽をいい、これに米五升の意を利かす。**にしやう**　二升。

718

ある法師の説経するをきゝて　よミ人しらす

らう竹のすくな教《おしえ》にやにもなくのミこみやすきのりの一ふし

法師　仏法に精通し、人にその教えを授ける資格のある者の称で、一般に僧侶をいう。**説経**　経典の意義や仏の教えを衆生（一般大衆）に説き、仏道に導き入れること。説法。**らう竹**　羅宇竹。単に羅宇ともいい、煙管《きせる》の火皿と吸口とをつなぐ細い真直《まっす》ぐな竹の管をいう。ラオスから渡来した黒斑竹を用いたから、この名があるという。**すくな教** 直な教。真直で正しい教え。**やに** 脂《やに》。煙草の燃えかすの粘液（タール）の意に、説経が脂こい（しつっこく、しち難しい）意を掛ける。**のり** 法《のり》の意に乗《のり》の意を掛ける。法は仏法で仏の教えをいい、乗は「乗が来る」などというそれで、調子付く、つり込まれることをいう。

719

日光のやしやひしやくといへる木に慈悲心といへる鳥のとまり居る画に　卯雲

内心の如夜叉《(によやしや)》びしやくもおれぬへしこの慈悲心の声を聞なハ

日光 下野《しもつけ》国都賀郡（栃木県日光市）の町。徳川家康を祭る東照宮の門前町として栄えた。**やしやひしやく** 夜叉柄杓《びしやく》。ユキノシタ科の小灌木《かんぼく》で、深山の大きな木などの上に生える。**慈悲心といへる鳥** 慈悲心鳥。小型の鷹に似た鳥ジュウイチの異称で、その鳴き声が慈悲心〳〵と聞こえるところからの名といい、「日光の奥五里ほどの栗山に多い」と南畝がその随筆『一話一言』巻二十三に記している。慈悲はヨーロッパ語のアガペとエロスを合わせた概念で、仏や人間の愛情一般をいう。**内心の如夜叉** 『大智度論』などで、女性の容貌が菩薩の優しさをもっているのに似ず、その心根は夜叉のように醜悪で恐ろしいものであるという諺「外面似《げめんじ》菩薩、内心如夜叉」を取り、これに夜叉柄杓を掛ける。

720
可信仏道といふことを　伊田《いだ》可竹《かちく》

あふくへしのりのをしえのなかりせハ坐禅ふすまもつゞられましや

可信仏道　仏道を信心すべしとの意。**のりのをしえ**　法《のり》（仏法）の教えの意に糊《のり》を押す（糊付けして張り付けること）意を掛ける。**坐禅《ざぜん》ふすま**　坐禅衾《ぶすま》。坐禅する時頭からすっぽりと被り着る衣。**つゞられましや**　綴《つづ》る（継ぎ合わす）ことがどうして出来ようか、出来るはずがないとの意。

721
おしゑをつくるとてのりをおすを見侍りて　蛙《あ》面坊《めんぼう》

もとよりも米の菩薩と思しめしをしえののりをときのへ給ふ

おしゑ　押絵。厚紙を形に切り、それに裂《きれ》を糊で張り付けて絵のように仕立てたもの。**のりをおす**　糊付けして張り付ける。**米の菩薩**　方言で米を菩薩という。菩薩は仏たらんと志して仏道修行に励む者をいう。**思《おぼ》しめし**　思召しに飯の意を掛ける。**をしえののり**　教えの法の意に押絵の糊の意を掛ける。**ときのへ**　仏法を説き述べる意に糊を溶き延べる意を掛ける。

722
放屁百首哥の中に　四方赤良

おろかなる人ハぶつとも放屁ともしらてはかなき世をやへひらん

ぶつとも放屁とも　仏法（仏の説いた教え）を少しも信じようとしないことや慈悲心のないことをいう諺「仏とも法とも知らぬ」を取り、仏に放屁の音を掛けて擬声語とする。**はかなき世**　物事が変転して定まりのない世の意で、無常の現世をいう。**へひらん**　屁をひるであろうの意に世を経る（過ごす）であろうとの意を掛ける。

723

大津絵の鬼を見て

南無阿弥陀ふつとさとりし発心《ほつしん》に鬼もさつそく滅無量罪《めつむりようざい》　あけら菅江

大津絵　近江国大津（滋賀県大津市）特産の絵。滑稽な略画体の戯画で、「鬼念仏」「瓢箪鯰《なまず》」などの図柄が知られるが、ここは「鬼念仏」の絵をさす。**ふつとさとりし**　阿弥陀仏を讃《たた》える六字の名号「南無阿弥陀仏」に、ふっと偶然に仏道を悟ったとの意を掛ける。**発心**　仏道に志すこと。**滅無量罪**　浄土教で、一念弥陀の心によって、この世で犯した量り知れない莫大《ばくだい》な罪もすべて許されることをいう。

巻第十七　神祇歌

724　世の中百首の哥の中に　荒木田《あらきだ》守武《もりたけ》

世の中にふとかるへきハ宮柱ほそかるべきハ心なりけり

世の中百首の哥《うた》　『世中百首』。**ふとかるへき**　太かるべき。太くあって欲しいとの意で、太しく（太敷）の捩《もじ》り。太敷は、宮殿などが揺るがないように、その柱をしっかりと大地に打ち込むことで、宮殿を壮大に構築することをいい、祝詞《のりと》にも「宮柱太しき立て」などとある。**宮柱**　皇居や宮殿の柱。**ほそかるべき**　細かるべき。感受性が繊細で穏やかであって欲しい。

725　むさしの国神田の社にて神酒《（みき）》徳利をふり見て　六位大酒官　地黄坊《じおうぼう》樽次《たるつぐ》

当世ハ神もいつハる世なりけりかんだといへとひや酒もなし

神田の社《やしろ》　江戸の総鎮守神田明神（千代田区外神田二丁目）のことで、大己貴命《おおなむちのみこと》と少彦名命《すくなひこなのみこと》、平将門を祭り、五月十五日に行われる本祭は神田祭といって、永田馬場（千代田区永田町二丁目）の日吉《ひえ》山王社の本祭（六月十五日）と隔年に行われ、江戸第一の豪華な祭として知られた。**神酒徳利**　神前に供える御酒を入れる一対の徳利。**かんだ**　神田に燗《かん》をした酒だとの意を掛ける。

地黄坊樽次作の仮名草子『水鳥記』（慶安元刊）の巻四「樽次道行の事」の神田明神に詣でる段による。作者は『水鳥記』の主人公としても登場するが、本名を茨木春朔《いばらきしゅんさく》といい、酒井雅楽頭《うたのかみ》に医官として仕えた人で、文事を好んだが、酒豪として最も知られた。寛文十一年（一六七一）歿《ぼっ》。五十八歳。

726

おはらひの箱をはりぬる神わさにそくいをおしのひまもなけなり　　未得《みとく》

神祇

おはらひの箱　御祓《おはらい》の箱。災厄を除くための大麻を入れる箱で、毎年、暮から正月にかけて、伊勢の御師《おし》（下級の神職）などがこの箱に入れた大麻を、諸国の家々に配って歩いた。**神わさ**　神業。神様のなさる仕事の意に、人並ではない神技のような早さの意を掛ける。**そくい**　続飯《そくい》。飯粒を潰し練った糊《のり》。**おしの**　糊を押す（付けて貼る）の意に御師のの意を掛ける。御祓の箱を作るのは神職の仕事であった。

『吾吟我《ごぎんわが》集』九では、同じ詞書をもつ一連の詠歌の冒頭に収める。

百首哥合の中に　　平郡実柹《へぐりのさねがき》

727

神もさそきゝて心地やよかるらんみことときねとかよかくらの音

百首哥合　『堀川百首題狂歌合』。『堀川狂歌集』所収。**みこ**　巫子。神に仕えて神意や神託などを伝えたり、祈禱《きとう》や神楽を行う者で、未婚の少女が多かった。**きね**　巫覡《きね》。「ふげき」ともいう。神に仕える者の称で、男女ともにいう。**よかくら**　夜神楽。夜分に奏される神楽をいうが、ここは男女の情事の意を掛ける。神楽は神を祭り、神慮を慰めるために演奏される舞楽をいう。

『堀川百首題狂歌合』には「神楽」の詞書で、第四句を「みことねきとの」として、左歌の「おかくらのみこのひやうしはそろへ共まふにちかふといふはいつくそ」に対し、その判に「左歌、かくらみこのまふにちかふ所は、右のねきとの夜かくらにしらるへし。神のいさむるみちならねは、納受あらんか。歌躰同等たるへし」とあって、持となっている。左歌が、神楽を舞う巫子の拍子は揃ってはいるが、舞に違いが出るのは、右歌がいうように、禰宜《ねぎ》との前夜の情事にあったようだ。そうはいっても、男女の道は神が禁じ改めるものでもないので、お納めになるであろう。歌躰にも違いがないので勝負なし、というのである。神は仕える者の一存で、どのようにも扱えるという諺「神は巫覡が習わし」を取る。

728

御代なれや古《ふる》かけまても酉《とり》のとしいかな家にも御はらひが有

これハ宝永二年酉の閏四月いせ参宮ぬけまいり多き時に

ある人のよめるとなんかたりつたへたる

よミ人しらす

古かけ　古掛。古い売掛け金のこと。**酉**　酉年の意に取る意を掛ける。**御はらひ**　御祓の意に古掛の払いの意を掛ける。御祓は伊勢神宮で頒布する大麻のこと。**宝永二年**　西暦一七〇五年に当たり、干支は乙酉《きのととり》であった。**いせ参宮**　伊勢参宮。伊勢神宮に参詣すること。**ぬけまいり**　抜参り。お蔭《かげ》参りともいい、奉公先の主人や父兄の許しを得ずに伊勢参宮することで、途中を金銭や食糧の施しを受けながら道中し、また、このための家出は咎《とが》められることがなかった。周期的に爆発的な流行をみたといい、この年の抜参りは近世史上に特筆される盛大なものであった。

729

三めくり稲荷社奉納に夏神祇

から衣橘洲《きっしゅう》

ほとゝきすＴ田をミめくりの神かけて雨のふる句をふり出てやなく

三めくり稲荷《いなり》　三囲《みめぐり》稲荷。武蔵国葛西郡小梅村（東京都墨田区向島二丁目）にある神社で、元禄六年（一六九三）、俳人其角《きかく》が本社の社頭で雨乞の一句を詠んで以来、文人墨客の集まる所となったという。また裏参道の鳥居が隅田川の土手の下にあり、その笠木《かさぎ》（鳥居の上に渡す横木）と額ばかりが見えるのも評判となっていた。**雨のふる句**　雨の降る句。其角の雨乞の句「夕立や田を見めぐりの神ならば」を指し、今も境内にはその句碑が残る。

『狂歌若葉集』には「三囲稲荷社頭会にて夏神祇といふ事を」の詞書で載る。『栗花集』によれば、この奉納狂歌は天明二年（一七八二）四月二十日のものであったことが知られ、橘洲、赤良、菅江、東作、木網、智恵内子らが参加して『団扇《うちわ》狂歌合』も作っている。

730
みめくりに早苗とりゐの乙女子かかさきそ夏のしるしなりける
四方赤良《よものあから》

早苗とりゐの　早苗を取っているとの意に鳥居を掛ける。**かさき**　笠を着るの意に鳥居の笠木の意を掛ける。

「風そよぐならの小川の夕ぐれはみそぎぞ夏のしるしなりける」（『新勅撰集』三、『百人一首』、藤原家隆）を本歌とする。

寄米春《こめつき》神祇　もとのもく網

731 立臼に米つきよミの神なれハまゝになるのもきねかならハし

米春　米搗《こめつき》を職業とした人で、杵《きね》を持って得意先を回って歩いた。**立臼**　地上に置いて米や餅を搗く臼。**米つきよミの神**　米春に月読神を掛ける。月読神は天照大神の弟で、月の神として夜の国を治めた。**まゝになる**　ご飯になるとの意に思うまま自由になるの意を掛ける。**きねかならハし**　神慮は奉仕する者の意向でどうにでもなるとの諺「神は巫覡《きね》が習わし」を取る。

『狂歌若葉集』にも同じ詞書で載る。

むさしの国目黒大鳥明神にて　四方赤良

732 此神にぬさをも鳥の名にしおハヽさそ大きなるかごありぬべし

目黒大鳥明神　江戸の西郊、武蔵国荏原《えばら》郡下目黒村（東京都目黒区下目黒三丁目）にある神社で、目黒村の鎮守。**ぬさ**　幣《ぬさ》。神を祈るための捧物《ささげもの》で、麻や木綿《ゆう》、紙などを切って作る。**鳥**　大鳥明神の意に取るとの意を掛ける。**名にしおハヽ**　名にし負はば。実体を伴った名であるならば。**かご**　鳥籠の意に加護（神仏の護《まも》り）の意を掛ける。

「此のたびはぬさも取あへず手《た》向《むけ》山《やま》紅葉の錦神のまに〳〵」（『古今集』九、『百人一首』、菅原道真）を本歌とする。

むさしの国三田といふ里の三笠山といへる社にまふて侍りて欄干によりて海辺を眺望し侍りしに社僧の心ありてたはこ盆を出し侍りしかハ　　から衣橘洲

733　たはこ盆出してかすかの宮柱ふとまいりしもゑんのはしゐ歟《か》

三田　武蔵国荏原郡の一郷（東京都港区三田を中心とする一帯）。**三笠山**　神宮寺門前（港区三田二丁目）にあった春日明神社をいい、別当寺を三笠山神宮寺といった。**社僧**　別当寺の僧で、春日明神の神官を兼務した。**心ありて**　気を利かして。**かすかの**　春日明神の意に貸す意を掛ける。**ふと**　社殿の壮大なることを讃《たた》える「宮柱太しく」に何気なくの意を掛ける。**ゑんのはしゐ**　縁の端の意に縁の端居（端に座る）の意を掛ける。

『狂歌若葉集』には「芝浦の春日の社にまうて縁側にこしうちかけ海面の眺望し侍りしに社僧のこゝろありて多葉粉《たばこ》盆出しけれは」の詞書で収める。

734 村社笛太鞁

笛たいこはやしの中の神祭とつは日よりをいのる一むら

村社 例祭などに村で幣を奉った神社をいうが、ここはあまり有名でない村の神社というほどのものとみたい。はやし 林に囃子《はやし》を掛ける。とつは日より 囃子の太鼓と笛の音の擬声語「とっぱひやらり」に日和《ひより》(豊作が期待出来る穏やかな天候)の意を掛ける。

『狂歌若葉集』には「村社」の詞書で収める。

735 競馬 卯雲《ぼううん》

埒《らち》もない見物事に引かへて競馬ハ何もかものりゝしさ

競馬《くらべうま》 古来、五月五日に京都の賀茂神社で行われるものが名高い。埒もない 埒を回らしてないとの意にとりとめもない、つまらないとの意を掛ける。埒は馬場の回りに結い回した柵をいう。見物事 見物しがいのあるもの、みもの。何もかも 何も彼も。なにごとも、すべての意に賀茂神社を掛ける。りゝしさ 凛々《りり》しさ。きりりとしている、勇ましい。

くさやのもろあぢ

736
今ハとて汗をミたらし加茂の宮あぶミあやふミのりくらへ馬

今ハとて　今となってはというので。**汗をミたらし**　汗を垂らしてとの意に御手洗《みたらし》の意を掛ける。御手洗は神社の社頭にある設備で、参詣者はここで手水を使い、口を漱《すす》ぐなどして身を浄める。**加茂の宮**　賀茂神社のこと。**あぶミあやふミ**　鐙《あぶみ》危ぶみ。鐙を踏むのが危なっかしいと気に掛ける意で、語調の面白味を狙った表現である。**のりくらへ馬**　乗るの意に乗鞍《のりくら》（乗馬の際に用いる鞍）、競べ馬（競馬）の意を重ねて掛ける。

737
神主も世を中臣のはらひすて今ハあたまにかミと丶まらす

神主遁世　から衣橘洲

神主　神社に仕える最高位の神職。**遁世**　俗世間を嫌って仏門に入ること。出家。**世を中臣のはらひすて**　世の中を払い捨ての意に中臣の祓の意を掛ける。中臣の祓は大祓のことで、古来、六月と十二月の晦日《みそか》に宮中や神社で、天下万民の罪穢《つみけがれ》を祓うために行った神事をいう。**かみ**　髪の意に神の意を掛ける。

『狂歌若葉集』にも同じ詞書で載る。

むさしの国江戸麻布しら山といへるに稲荷の宮居あり神木とて大きなる木のあるにあらしはけしき夜いかなるものゝしたるにやあらん白き紙に人の目を書てそれかたゝ中へ大きなる釘をうちいれたり見るにおそろしさむねもとゝろきてかゝるさかしらしきわさをして人をのろふことのあさましさよとてかの釘をとりすつる時ミやつこのよめる　小鍋のみさうづ

738　目を書てのろハゝはなの穴二ツみゝてなけれハきくこともなし

麻布　江戸南部の地域名の一（港区の中央部）。**しら山**　不詳。話柄から曖昧にしたかとも思われる。**稲荷の宮居**　稲荷神社のある所。**神木**　神社の境内の木で、特にその神社と縁深い木として祭られるもの。**むねもとゝろき**　胸の鼓動が激しくなること。**さかしら**　賢《さか》しら。賢ぶって振舞うこと、差出がましい言動をすること。**ミやつこ**　宮つ子。神官、神主。**のろハゝはなの穴二ツ**　他人を呪って殺そうとすれば、結果は自分も殺される、墓の穴を二つ用意しなければならないことになるとの諺「人を呪わば穴二つ」を掛ける。**きく**　利き目があるとの意に耳で聞く意を掛ける。

とかきてかの木におしはりておきけるに又の夜れいのものゝ来りてみけるにやまた耳をかきて釘をうちけるにこたひもとりすてしときゝて　　ちゑのないし

739

めをミ、にかへす〳〵もうつ釘のつんほうほとも猶きかぬなり

かへすく　返す返す。なん度も繰り返しての意に変える意を掛ける。きかぬ　釘が利かぬ意に聞かぬ意を掛ける。

かく書てまたはりけるにいかにしうねきのろひ人なりとも思ひよはりなんとおもふにそれより三日四日も過し頃わらをもて人のかたちをつくりつゝれいの釘あまた所にうちてやしろのまへにたておきけるをミ侍りて　もとの木あミ

740

いなり山きかぬいのりにうつ釘もぬかにゆかりのわらの人かた

かゝることたひことにきゝけるゆへにやそのゝちハせさりけるとなん

しうねき　執念《しゅうね》き。執念深い。うつ釘もぬか　手応《てごた》えがなくて効き目のないことをいう諺「糠《ぬか》に釘」を受ける。わらの人かた　藁《わら》の人形。藁で作った人形で、呪いを掛ける人の身代わりで、これに傷を付けたりして恨みを晴らす。

741

福神里通　紀定丸《きのさだまる》

人目をハいつも頭巾にかくれ里数のこがねをまかきやらの神

福神　福徳を授ける神。福の神ともいい、大黒天はその第一とされる。**里通**　遊里に通うこと。**頭巾**　防寒や顔を隠すため頭に被《かぶ》る袋様の布で、種類が多く、大黒天は大黒頭巾といわれるベレー様のものを被っている。**かくれ里**　頭巾に隠れるとの意に隠里（未公認の遊里。岡場所）の意を掛ける。**まかきやら**　黄金を撒《ま》く意に大黒を梵語《ぼんご》で摩《ま》訶《か》迦羅《きやら》というのを掛ける。大黒は仏教の守護神の大黒天の略で、日本では大国主神と習合して民間信仰の神となり、七福神の一に数える。大黒頭巾を被り、左肩に大きな袋を背負い、右手に打出の小槌《こづち》を持ち、俵を踏まえた形象で表される。

『狂歌若葉集』にも同じ詞書で載る。

742

大黒　地口有武《じぐちのありたけ》

大黒のをしへを守る人ならハつちもたからも手のうちにあり

つちもたからも　槌も宝も。大黒天の持物である打出の小槌（望みの物を打ち出すという）も、背負っている袋の中身の財宝も。**手のうち**　手の内。握った掌《てのひら》の中。

『論語』「衛霊公」の「学ブトキハ、禄其ノ中ニ在リ」を捩る。

743

福禄寿

星定《ほしさだ》つぐ

福禄寿ミとせかうちに南極の星を守らハ長者なるらん

福禄寿　七福神の一。背が低く、長頭で髭《ひげ》長く、経巻をくくり付けた杖《つえ》を持ち、鶴を従えた形象で表されることが多い。幸福、封禄、長寿の象徴といわれ、中国では、南極星の化身とされる。**ミとせかうちに**　三歳が内にの意に身と背が内にとの意を掛けるか。**南極の星**　南極星。天の南極に位置する星で、龍骨座のα星カノープスをいう。古代中国の天文学では老人星といい、人間の寿命を司るとされ、またこの星が見える時は天下太平であるともいわれた。**長者**　福徳に恵まれた人、一門一族の統率者。

宵の明星を早く見つけた者は幸福になるとの俗信をいう諺「一つ星を見付けたら長者になろうな」を取る。歌意はいささか解しがたいが、福禄寿が三年間にわたって南極星を護持したならば、天下に太平の世が招来するので、その名の通りの徳と併せて、福神の中で第一等の地歩を占めることが出来ように、というほどのことか。

744 題しらす　　　　　　　　　　　　　　　　星直《ほしなお》つぐ
心をハまことの道にいれおきていのらハ猶も神や守らん

まことの道　真の道。人として守るべき道理。**猶も**　やはり。
「心だにまことの道にかなひなば祈らずとても神やまもらむ」（『金玉抄』、菅原道真）を本歌とするが、この道真の歌は天神様の御歌として、寺子屋の手習い子などといった初学者に、大変親しまれた歌であった。

745 恵比寿　　　　　　　　　　　　　　　　大経師《だいきょうじ》文《ふみ》しろ
神の徳いは、なにたゞ西のミや東に南まふて北〳〵

恵比寿　七福神の一。夷、戎とも書き、夷三郎《えびすさぶろう》の名でも知られ、福徳の神、商売繁盛の神として信仰される。風折烏帽子《えぼし》を被り、狩衣《かりぎぬ》、指貫《さしぬき》を着け、鯛を釣り上げる形象で表される。蛭子《ひるこ》神ともいい、三歳迄《まで》足が立たなかったので、舟に乗せて流されたという。**西のミや**　恵比寿を祭る神社とし て、中世以来、信仰の篤い西宮神社をいい、これに西だけではないの意を掛ける。西宮神社は摂津国菟原《うはら》郡西宮（兵庫県西宮市）にあり、西宮戎《えびす》の名で親しまれた。**南**　皆の意を掛ける。**北〳〵**　参詣して来た〳〵との意を掛ける。
雑体の物名の一首で、東西南北の語を隠し詠むが、歌意には少々無理があって理解し難い。

746
いのりてハさらに昼夜もわかゑひす千たひもゝたひあきなひの神　長《なが》つく

わかゑひす　若恵比寿に分かず（夜昼なしに）との意を掛ける。若恵比寿は、江戸で一月二十日（本来は一月十日であったが、徳川五代将軍綱吉がこの日に歿したため、日を改めたもの）に行われた若夷講の略。**千たひもゝたひ**　千度百度。繰り返す回数がきわめて多いこと。夷講は商家で恵比寿神を祭る行事で、十月二十日にも行われ、親戚や顧客を招いて宴席を設け、縁起付けのため、その場に供された食事や物品などに千両万両といった現実離れのした値付けをし、競売りを模したことを受ける。**あきなひ**　商売の意に飽きないとの意を掛ける。

747
和歌三神　かね女
住吉と明石と和歌の浦波に願をかけてミつの御神

和歌三神　和歌の守護神とされる三柱の神。諸説があるが、ここでは住吉明神、柿本人麿、玉津島神（衣通姫《そとおり》）を取る。**住吉**　摂津国住吉郡住吉（大阪市住吉区住吉）の住吉神社（現住吉大社）の祭神。**明石**　播磨国明石郡明石（兵庫県明石市）の柿本神社の祭神柿本人麿。**和歌の浦**　紀伊国海部《あま》郡和歌山（和歌山県和歌山市）の歌枕の地和歌の浦に、同地にある玉津島神社の祭神の衣通姫を掛ける。**浦波に願を**　和歌の浦の意に、浦に立つ波の意を掛ける。これらの三社はいずれも海に近く、ために浦波と続けるが、波にははかないものの意が込められていて、「願を」と続ける。**ミつ** 見つ（見た）の意に三社の祭神の意を掛ける。

748

玉つしまミかく人丸住吉の名もおもしろき和歌の三神

ぬい女

玉つしま 玉津島。紀伊国の玉津島神の意に玉の意を掛ける。**ミかく人丸** 玉を磨く人の意に柿本人麿の意を掛ける。**住吉** 住吉神の意に住みよいとの意を掛ける。

夫レ徳若ノ五万載ハ称シ二君ン栄ヘテ而在マシンマスト焉一、尉殿ノ之三番叟ハ祝セリ二我等モ千秋将侍《サフラハント》一。故ニ鳴レスノ鼓ヲ之謡ハ毎年之福大夫ニメ而、振ルレ鈴ノ之舞ハ今日之御祈禱也。新玉ノ年始ニ探リ二李少君ガ之玉ノ不レ可レ得、古鋲店《ルカネノ》端ニ選フ二日無借シノ之銭不レ可ラレ入ル、裏白之紙屑籠随テ拾ニ随テ満、神馬之藻《ホダハラノ》塩草以テ書キ以集ル。皆忘レ二串柿之本ヲ一尽遊ブ二檮栗《カチ》之下ニ一。発スルレ口謳歌ハ繁ク二於五葉之松ノ一、湧レ臍ヨリ笑語スニ甚シ二於大福之茶ヨリモ一。蓋七百余首、為レ巻十七、為レ類十二。一日春、二日夏、三日秋、四日冬、五日離別、六日羇旅、七日哀傷、八日賀、九日恋、十日雑、十一日釈教、十二日神祇。板行已ニ成テ、巻数維レ新也。虎狼、漏殿《モル》ノ之雨不レ湿サ二寸紙ヲ一、風吹《フケ》匆吹《ナフケノ》之風不レ散サ二一枚ヲ一。長不レ乗ラ二柳原筵《ノムシロニ》一、幸ニ免レ為ルコトヲ二浅草紙ト一、随テ武蔵野之末広ニ遍ク二於四里四方ニ一、因テ二筑波山之御蔭ニ一満ン二于八百八町ニ一。誠ニ目出度ク侯哉《フカナ》。万載々々万々載ト云レ爾。

時天明三年歳次癸卯　　四方山人等序

尉　能で老翁をいい、ここは『三番叟』に登場するそれをいう。**三番叟**　能の『翁』の後半をさす呼称で、歌舞伎では幕開けの祝儀に舞う舞をいう。**千秋将侍**　千年もの長い間居りましょう。侍《さぶら》うは「居り」「あり」の謙譲語。**福大夫**　三河万歳の太夫のこと。**御祈禱**　神仏に祈ること、ここはそのための儀式をいう。**李少君**　中国、漢の方士（仙術家）。**古鋲店**　屑鉄《くずてつ》など使いふるしの金属を売買する店。**日無借**　高利貸の一つの日済貸《ひなし》で金を借りること。毎日少しずつ借金を返済するのでこの名がある。**裏白**　羊歯《しだ》植物の一種。葉の表面は鮮やかな緑色であるが、裏面は白色なのでこの名があり、葉は正月飾りに、葉柄は箸や籠などの材料とする。**神馬**　神馬藻ほんだわらのこと。褐色をした三メートルにも達する海藻で、新年の飾り物や食用、肥料とされる。**藻塩草**　塩を作るために搔《か》き集められた海藻をいい、また搔き集めの意を書き集めの意に転じて、和歌の詠草や随筆、筆記などをいう。**串《くし》柿之本**　和歌を模範として優雅な有心《うしん》連歌に興じた柿本衆を捩《もじ》る。串柿は渋柿の皮を剝き、串に刺して干したもの。**檮栗《かちぐり》之下**　滑稽を主とした無心連歌をもっぱら作って楽しみとした栗本衆の捩り。檮栗は干し栗の殻と渋を剝き去ったものをいい、祝勝時や正月に縁起物として食べた。**謳歌**　一斉に声を揃えて褒め讃《たた》えること。**五葉之松**　五枚の葉がまとまって生える姫小松、這松《はいまつ》などの松類の総称。**湧臍**　おかしくてたまらないこと、大笑いをすることをいう諺《ことわざ》「臍《へそ》が茶を沸かす」の略。臍茶。**笑語**　笑い話、おかしい話。**大福《おおぶく》之茶**　お茶に梅干し、黒豆、山椒《さんしょう》などを入れたもので、元日に、一年中の悪水を祓《はら》うためといって飲む。**板行**　書籍や文書を印刷、出版すること。刊行。**維新**　いろいろと改革されてすべてが新しくなること。**虎狼漏殿之雨**　大事な秘密を口外することを戒めた諺「虎狼《ころう》より漏るが怖い」を取る。「漏る」は、本来、思わず口走ることをいうが、この頃にもすでに、「雨漏り」の意となっている点に注目したい。**寸紙**　紙の切れ端。**柳原筵**　江戸の神田柳原にあった床見世《とこみせ》（露店のことで、干見世ともいう）で商売物を置くために敷いた筵。柳原は神田川の筋違《すじかい》橋下流南側の岸一帯をいい、古着や古道具などを商う古物商の床見世が集まっていた。**浅草紙**　還魂紙。古紙を再生したもので、色黒く質が悪いため、主に落し紙として使われた。最初浅草辺で作られたのでこの名がある。**武蔵野**　武蔵国（東京都・埼玉県）に広がる広大な原野。**筑波山**　常陸《ひたち》国の名峰で筑波、新治《にいはり》、真壁の三郡の境にある。**八百八町**　江戸の町数が多いことをいう語で、江戸の異称でもある。**歳次**　年廻《としまわ》り、年。**癸卯《きぼう》**　天明三年の干支。**四方山人**　大田南畝《なんぽ》の号の一つ。

ならの葉の名におふ宮の古《ふる》ことならて、松のはのときはの陰にさへつる万歳をもて名とせるこそ、かゝるたのしき御よにはらをつゝみうつたはれをのともか、ちりうせぬ言のはなりけれ。この巻のおくに其ことわり書てよとこはるゝを、ゆつる葉のゆつりなむも中々なれはとて、橘のやちまたかのふる事しかり。

ならの葉　楢《なら》の葉。楢に同音の地名「奈良」を掛け、葉を音読みして同音の「代」を掛けて奈良時代をいう。**名におふ宮**　名に負う宮。奈良という名にふさわしい宮、奈良の宮のことで、平城宮をいう。**古こと**　古事。日本最初の和歌集『万葉集』をいう。**松のはのときはの陰**　松の葉の常盤《ときわ》の陰。松の葉が永遠に変わらぬ若々しい緑色をしているその下でとの意に、徳川の治世のお蔭でとの意を掛ける。**万歳**　歌い囃《はや》す三河万歳の意に『万載狂歌集』の意を掛ける。**はらをつゝみうつ**　腹を鼓打つ。人民が太平の世を楽しむ光景をいう諺「鼓腹撃壌《こふくげきじよう》」の略で、食が足りて安楽な様をいう。**たはれを**　戯男。放蕩《ほうとう》な男の意であるが、ここは戯歌（狂歌）を詠む男、滑稽な事が好きな男の意。**ことわり**　理。道理、理由。**ゆつる葉**　譲葉の古名。**ゆつりなむ**　譲りなむ。辞退してしまうのも。**中々なれは**　中々なれば。中途半端でよくないので。**橘のやちまた**　橘八衢《やちまた》。歌人、国学者として知られた加藤千蔭《ちかげ》の戯号。千蔭は枝直の子で、賀茂真淵《かものまぶち》に師事して江戸派の代表的歌人となり、書にも優れて優美な千蔭流を開いた。文化五年（一八〇八）歿《ぼつ》。七十四歳。

参考文献

本文

林若樹解題『狂文狂歌集』（日本名著全集刊行会「日本名著全集」第十九巻）昭和四年刊。
野崎左文校『万載狂歌集』（岩波文庫）昭和五年刊。
幸田露伴校『狂歌』（「新群書類従」第十巻）明治四十一年、国書刊行会。昭和五十一年、第一書房再版。
野崎左文校『徳和歌後万載集』（岩波文庫）昭和五年刊、平成元年再版。
狂歌大観刊行会編『狂歌大観』第一〜三巻、昭和五十八〜六十年、明治書院刊。

注釈書

濱田義一郎校註『川柳　狂歌集』（岩波「日本古典文学大系」第五十七巻）昭和三十三年刊。
濱田義一郎評釈『川柳集　狂歌集』（筑摩「古典日本文学全集」第三十三巻）昭和四十二年刊。
水野稔他校注『黄表紙・川柳・狂歌』（小学館「日本古典文学全集」第四十六巻）昭和四十六年刊。

概説・研究書

小池藤五郎他編『川柳・狂歌』（角川「日本古典鑑賞講座」第二十三巻）昭和三十三年刊。

濱田義一郎他編『川柳・狂歌』（角川「鑑賞・日本古典文学」第三十一巻）昭和五十二年刊。

狩野快庵編『狂歌人名辞書』昭和三年、文行堂・広田書店刊。昭和五十二年、臨川書店再版。

菅竹浦撰『狂歌書目集成』昭和十一年、星野書店刊。昭和五十二年、臨川書店再版。

菅竹浦著『近世狂歌史』昭和十五年、日新書院刊。

玉林晴朗著『蜀山人の研究』昭和十九年、畝傍書房刊。

濱田義一郎著『大田南畝』（「人物叢書」第百二）昭和三十八年、吉川弘文館刊。

万載狂歌集作者略歴

朱楽菅江（あけら　かんこう）
本名山崎景貫。朱楽館、淮南《わいなん》堂などと号した。「あっけらかん」の捩《もじ》りで、漢江とも書く。下級の幕臣で、牛込二十騎町に住み、若くして俳諧に親しみ、和歌にも堪能で、大田南畝《なんぽ》とは早くから交友があり、詩文、狂歌、洒落《しゃれ》本などの戯作《げさく》を通して天明文壇の盟友でもあった。寛政の改革で南畝が文壇を引退した以後も、妻の節《ふし》松嫁々《まつのかか》とともに朱楽連を率いて狂歌壇に活躍、狂歌に『狂言鶯蛙《おうあ》集』、前句付に『川傍柳《かわぞい》』の撰《せん》があり、洒落本に『売花新駅』『大抵御覧』などがある。寛政十年（一七九九）歿《ぼっ》。六十一歳。

油杜氏ねり方（あぶらのとうじ　ねりかた）
通称は不詳であるが、屋号を宇の丸屋といい、数寄屋橋外に住して煉油《ねりあぶら》を商っていた。狂名はその職業に因《ちな》み、京都の油小路に音を合わせて公家《くげ》めかしたもので、スキヤ連に属して、天明初年から狂歌を詠んだ。生歿年不詳。

蛙面房（あめんぼう）
諺《ことわざ》の「蛙の面に水」を捩り、蛙面房懸水ともいう。通称を深津秀安といい、市ヶ谷三番町に住み、医を業とした。明和の頃から橘洲《きっしゅう》、南畝らと会して狂歌を詠み、『明和十五番狂歌合』には秀安の名で載る。生歿年不詳。

荒木田守武（あらきだ　もりたけ）
通称薗田長官《ちょうかん》。伊勢内宮《ないくう》の禰宜《ねぎ》で、宗祇《そうぎ》や肖柏《しょうはく》らに和歌や連歌を学んだが、雅俗を問わない用語を取入れて、俳諧が独立する機運を確立した。代表作に『守武千句』があり、平易に人の道を説いた和歌集『世中百首』には、俳諧に通じる狂歌的な要素が強い。天文十八年（一五四九）歿。七十七歳。

梅旭（うめの　あさひ）
「ばいきょく」とも読み、のち梅旭子と改めた。五代目市川團十郎（狂名花道つらね）の娘で、名をすみといい、堺町の芝居茶屋和泉屋の女主人であった。父の影響で狂歌を詠み、その職業がらから南畝ら文人との交遊も深く、堺町連の影の実力者であったとみられる。七代目團十郎はその子。生歿年未詳。

雲楽斎（うんらくさい）

通説では通称を朝倉源之助といい、牛込逢坂に住み、朱楽連に属したとするが、この朝倉の弟で、長坂忠七郎といい、神田神保小路に住んだとする説もある。幕臣と思われ、南畝や菅江と親しく、初め狂名をくも野たのしともいい、狂歌を詠んだほか、天明初年には雲楽山人の名で『無陀もの語』などの洒落本を書いた。生歿年不詳。

大根太木（おおねの　ふとき）

流行語「大木の根っこで太いのね」を取ったもの。松本氏。俳名雁奴《がんぬ》。通称を山田屋半右衛門といい、飯田町中坂下で辻番《つじばん》を業とした。早く明和年中より南畝と狂歌会などに行を共にすることが多く、狂歌の歳旦摺物《さいたんすりもの》を始めた人として知られる。安永八年（一七七九）五月歿と推定される。享年不詳。

大家裏住（おおやの　うらずみ）

久須美氏。大屋とも書く。萩の屋と号した。寛延年間（一七四八～五一）卜柳に師事して狂歌を始め、初名を大奈《だいな》権厚紀《ごんあつき》といったが、二十余年の中断の後、明和頃から再び狂歌に親しみ、天明狂歌壇の最長老の一人となった。通称を白子屋孫左衛門といい、日本橋金吹町に住む大家で、腹可良秋人とともに本町連の中心として活躍した。文化七年（一八一〇）歿。七十七歳。

かべの仲塗（かべの　なかぬり）

加陪仲塗とも書く。通称を河田安右衛門といい、幕臣で、赤坂に住んだ。安永末年から浜辺黒人の芝連に参加して狂歌を詠み、のち赤坂連の中心人物として活躍した。書に優れ、滕秉彝《とうへいい》の名で知られたが、狂名はこの特技によるか。天保三年（一八三三）歿。六十四歳。

加保茶元成（かぼちゃの　もとなり）

通称を村田市兵衛といい、新吉原京町一丁目の妓楼《ぎろう》大文字屋の主人で、狂名は奇行家で有名な先代の仇名《あだな》を加保茶といったのに因み、元成はその一番子といったほどの意である。別宅の逍《しょう》遙楼《ようろう》で狂歌会を主催するなど吉原連の総帥として活躍した他、古銭の収集家としても知られた。文政十一年（一八二八）歿。七十五歳。

唐衣橘洲（からころも　きっしゅう）
本名小島謙之《けんし》。別に酔竹庵と号した。田安の家臣で、四谷忍原《おしはら》横町に住した。早くから南畝とは詩文の友人で、和歌を得意とし、二十歳頃より狂歌を詠み、初名を橘実副《みさえ》といったが、師の内山椿軒《ちんけん》にその才を認められて唐衣橘洲の狂名を与えられた。明和五、六年頃から盛んに狂歌会を主催し、四谷連の総帥として天明狂歌の基礎を確立したが、穏健老実な性格で、放胆機知な南畝とはそりが合わず、『狂歌若葉集』の撰集をめぐって決定的な不和となり、一時狂歌壇に孤立した。しかしその古典的な着想と巧みな技巧で、大衆受けはしないものの、南畝の文壇引退もあって、再び狂歌界に重きをなした。家集に『酔竹集』『金声集』などがある。享和二年（一八〇二）歿。六十歳。

紀定丸（きの　さだまる）
本名吉見儀方《のりかた》、通称儀助。初め野原雲輔《くもすけ》と号した。南畝の姉の子。幕臣で、牛込に住した。若くして狂歌を作り、橘洲に賞賛されたほどの才人で、黄表紙などにも筆を執った。幕臣としても能吏で、旗本に出世している。天保十二年（一八四一）歿。八十一歳。

暁月房（ぎょうげつぼう）
本名冷泉為守《れいぜいためもり》。別に商珍と号した。父は藤原為家、母は阿仏尼で、定家の孫に当たり、歌才に恵まれたが、奇行家としての伝多く、特に狂体の和歌に巧みで、狂歌師の祖とされることが多く、『狂歌酒百首』が伝えられる。嘉暦三年（一三二八）歿。六十四歳。

くさやの師鯵（くさやの　もろあじ）
本名細井八郎治。狂名は伊豆七島の名産師鯵のくさやをとったもので、天明三年冬に橘洲の最初の狂名橘実副を継いだ。京橋弥左衛門町に住み、干し魚を商った人かと思われる。元木網《もとのもくあみ》門下でスキヤ連に属し、兄の算木有政同様に漢詩の作もある。文化元年（一八〇四）歿。享年不詳。

業寂僧都（ごうじゃく　そうず）

伝不詳。京都の北山に住した僧で、狂名は歌舞伎などで知られた平安初期の悪僧恆寂僧都《ごうじゃくそうず》を捩る。狂詩をよくし、南畝とその才を競って東西の人気を二分した狂詩家銅脈先生畠中頼母《たのも》の処女作『太平楽府《がふ》』（一七六九）に、業寂僧都の名で序文を書いている。天明初年に江戸に下り、隅田川河畔で南畝らと酒を酌み交わしたことが知られる。生歿年不詳。

子子孫彦（このこの　まごひこ）

本名村岡孫右衛門。神田小川町の御書院番士佐久間六左衛門の家臣で、小川町連と称して狂歌会を主催し、天明二年（一七八二）頃、南畝の四方連に加わり、南畝撰の狂歌集に多く入集するが、寛政以後は狂歌壇を離れた。生歿年不詳。

酒上熟寐（さけのうえの　じきね）

本名島田友直、通称を左内といい、市ヶ谷左内坂の草分け名主で、最初に狂名を名乗った人として知られる。酒豪としても知られ、狂名はそれに因み、のち瓢空酒と改めた。南畝とは早くからの詩文の友で、安永二年（一七七三）牛込原町で催された宝合には幹事役を務めている。天明四年（一七八四）歿。六十一歳。

酒上不埒（さけのうえの　ふらち）

本名倉橋寿平。駿河小島《おじま》藩士。勝川春章に私淑して浮世絵を学び、藩邸が小石川にあったので、恋川春町と名乗って戯作の挿絵などを描いていたが、『金々先生栄花夢』（安永四刊）の作で黄表紙の祖として知られる。天明初年には狂歌会を主催し、南畝も参加している。寛政の改革で筆禍を蒙《こうむ》り、寛政元年（一七八九）歿、自殺か。四十六歳。

沢辺帆足（さわべの　ほたる）

通称を信沢重次郎といい、高松藩士で、小川町の高松侯の中屋敷に住した。節藁仲貫、星屋光次ら同藩の狂歌愛好家とともに赤松連を称して活躍した。生歿年不詳。

算木有政（さんぎ　ありまさ）

羽倉氏。狂名の算木は中国伝来の計算機で参議を捩り、公家めかした。数寄屋橋外に住み、魚を商った人かと思われる。スキヤ連に属して活躍、狂詩にも堪能であった。くさや師鯵はその弟。寛政六年（一七九四）歿。享年不詳。

鹿津部真顔（しかつべの　まがお）

鹿都部とも書き、別に狂歌堂、四方歌垣などと号し、恋川好町《すきまち》の名で黄表紙なども書いた。通称を北川嘉兵衛といい、数寄屋橋外で汁粉屋を営み、大家を業とした。スキヤ連を結成して、持ち前の才気でめきめきと頭角を現した。寛政以後には狂歌師を職業化し、化政期には全国的に多数の門人を擁したこと、また国学に親しんで、狂歌の称を俳諧歌と改めた人として知られる。文政十二年（一八二九）歿。七十七歳。

地口有武（じぐちの　ありたけ）

通称を星野瀬兵衛といい、文竿と号した。狂名は駄洒落の名人というほどの意か。幕臣で、神田駿河台に住み、南畝と親しく、『狂歌若葉集』上の軽少ならん（土山孝之）の歌の詞書《ことばがき》に「世にめでた男といひてもてはやす」とあり、天明初年には土山ともしばしば行をともにしている。生歿年不詳。

志水つばくら（しみずの　つばくら）

通称を鈴木庄之助といい、幕臣で根津清水町に住んだ。絵を鳥山石燕に学び、志水燕十《えんじゅう》の名で戯作にも筆を執って、洒落本『大通俗一騎夜行』『山下珍作』『滸都《こと》洒美撰《じゃみせん》』、黄表紙『啌多《うそしつかり》雁取帳《がんとりちょう》』などの著作を残す。天明六年（一七八六）歿。六十一歳。

信海翁（しんかいおう）

山城国男山（京都府）の豊蔵坊の住僧。名は孝雄、字《あざな》を子寛といい、覚華堂、玉雲翁などと号した。狂歌を貞徳に学び、その門下からは貞柳や黒田月洞軒が出たことが注目される。元禄元年（一六八八）歿。五十四歳。

拙堂法師（せつどう　ほうし）

俗称を新右衛門といい、狂名を如雲舎紫笛、山果亭と号した。大坂の人。初め狂歌を木端に学んだが、暁月房や信海の風を慕って一派を立てた。後出家して臨済宗の僧となり、拙堂の法号で教訓歌的な狂歌を詠んだ。安永八年（一七七九）歿。六十二歳。

竹杖為軽（たけつえの　すがる）
本名森島中良。初め森羅万象と称し、万象亭、風来山人（二世）、築地善交（好）などと号した。幕府の医官桂川甫周の弟で、築地に住んだ。平賀源内に師事して物産学を学び、安永末年から戯作に筆を執り、黄表紙『夫従以来記《それからいらいき》』、洒落本『田舎芝居』などの佳作を残したほか、『紅毛雑話』などで海外知識を紹介し、蘭学の普及に貢献した。文化七年（一八一〇）歿。五十七歳。

橘貞風（たちばなの　ていふう）
通称不詳。風斎、夷曲庵とも号した。市ヶ谷に住した。早くから狂歌を詠み、天明狂歌壇での別派ともいうべき結社の総師であるが、伝、生年ともに不詳。寛政十二年（一八〇〇）歿。

智恵内子（ちえの　ないし）
元木網の妻。狂名は智恵のない子の意で、宮中の女官の役職の内侍《ないし》を捩る。木網同様に国文学に造詣深く、早くから狂歌も詠み、菅江の妻節松嫁々とともに女流狂歌人の筆頭として活躍、世話内子、ひま内子とともに江戸の三内子の一人に数えられた。文化四年（一八〇七）歿。六十三歳。

貞徳（ていとく）
松永氏。名は勝熊。逍遙軒、長頭丸などと号した。京都の人。松永弾正久秀の縁戚で、儒家の藤原惺窩《せいか》とははとこの間柄であった。父永種は宗養に学んだ連歌師で、貞徳はこの父の訓育と幼時から仕えた九条稙通《たねみち》の薫陶を受けるとともに、細川幽斎や里村紹巴《じょうは》らの当時第一級の歌人、連歌師に学んで第一人者となり、堂上家の占有物であった学問を民間に移すことに努めた。この啓蒙的な姿勢は、中年頃から次第に滑稽、卑俗な俳諧を主とするようになり、『御傘《ごさん》』などでその法式を定め、いわゆる貞門派の俳諧を確立、また余技として狂歌も詠み、『貞徳百首』などを残した。承応二年（一六五三）歿。八十三歳。

手柄岡持（てがらの　おかもち）

本名平沢常富。秋田佐竹藩士で、代々留守居役として江戸下谷の藩邸に住んだ。狂名は釣り好きだったことに因む。俳名を雨後庵月成といい、朋誠堂喜三二の名で黄表紙などを書き、寛政の改革政治を揶揄《やゆ》した黄表紙『文武二道万石通』で筆禍にあい、藩侯から止筆を命じられたという。家集に『我おもしろ』がある。文化十年（一八一三）歿。七十九歳。

婆阿（ばあ）

通称を桑名屋与左衛門といい、牛込原町に住んで薬種屋を業とした。狂名を婆阿上人ともいい、剃髪《ていはつ》して号を錦江、道甫といい、春日部自在門を称し、天明初年に浅草の橋場に居を移したかと思われる。南畝と親しく、安永八年（一七七九）南畝が主催した高田馬場の月見の宴には五夜連続で出席し、春日部左衛門の名で感状を受けている。生歿年不詳。

馬蹄（ばてい）

飛塵《とぶちり》馬蹄ともいう。本名咲山六郎右衛門。田安の家臣で、市ヶ谷に住した。橘洲と親しく、天明狂歌草創期から活躍した人物の一人で、四谷連の中心的存在でもあった。生歿年不詳。

花道つらね（はなみちの　つらね）

五代目市川團十郎。白猿と号し、俳名を三升といった。四代目の子で、明和七年（一七七〇）襲名し、市川代々の荒事を得意芸とした。早くから狂歌を詠み、堺町連の中心人物として南畝ら文人との交際も広かった。文化三年（一八〇六）歿。六十六歳。

浜辺黒人（はまべの　くろひと）

通称を三河屋半兵衛といい、狂名は住所と色黒で歯を染めていたことに因む。本芝二丁目で書《しょ》肆《し》を営み、天明以前から狂歌を詠み、芝連の総帥として活躍、狂歌会に入花料（点料）を取った最初の人物として知られる。その撰になる『初笑不琢玉《みがかぬたま》』『栗の下風』は天明狂歌初の撰集である。寛政二年（一七九〇）歿。七十四歳。

腹可良秋人（はらからの　あきんど）
腹唐秋人とも書く。本名中井敬義、通称は嘉右衛門、董堂と号した。日本橋本町二丁目の紙屋の番頭で、大家裏住とともに本町連の中心人物として活躍、島田金谷の名で洒落本『彙軌本紀』などを書き、漢学を修め、狂詩もよくしたほか、書家としても知られた。文政四年（一八二一）歿。六十四歳。

樋口関月（ひぐち　かんげつ）
生歿年、閲歴ともに不詳。『万載狂歌集』や『狂歌若葉集』収載の狂歌の詞書によれば、京都の人と思われ、江戸に下向して漢学者の秋山玉山や能役者の宝生九郎らと親交があり、明和の頃に橘洲や南畝とも親交があったとみてよいだろう。

一文字白根（ひともじの　しろね）
本名草加環、通称を作左衛門といい、無端斎と号した。狂名は葱《ねぎ》（女房詞）の白根の意に一文字も知らぬ無学者との意を掛ける。常盤橋北の番所、曲淵甲斐守《まがりぶちかいのかみ》の公邸に住し、本町連に属したが、浜辺黒人の『栗の下風』の跋《ばつ》を書いている。生歿年不詳。

藤本由己（ふじもと　ゆうこ）
松庵、のち理庵、春駒翁と号した。由己は字。京都の人。儒学と医学を学び、水戸家に仕えた後、柳沢吉保に医をもって仕え、主家の転封で大和郡山《やまとこおりやま》に移った。和漢の学識深く、文才に恵まれて詩文や和歌に長じ、狂歌にも時代を超えた佳作を残し、家集に『春駒狂歌集』がある。享保十一年（一七二六）歿。八十歳。

古せ勝雄（ふるせの　かつお）
本名松本保固、通称亀三郎。狂名は古瀬とも書き、新鮮でない季節外れの鰹《かつお》の捩り。田安の家臣で、四谷に住した。橘洲と親しく、『狂歌若葉集』の撰にも加わったが、天明期には南畝の四方連とも親しい交流があった。生歿年不詳。

布留田造（ふるの　たづくり）
本名池田正式《まさのり》。大和郡山藩士で、貞徳に師事して俳諧を学ぶうち、師の感化で狂歌を詠み、布留田造、平郡実柿の狂名で歌合の形式をとった狂歌集『堀川百首題狂歌合』を作った。生歿年未詳であるが、寛文年間（一六六一〜七三）に相当な高齢で歿したといわれる。

臍穴主（へその　あなぬし）

牛込赤城下の名主で、通称を渡瀬庄左衛門といい、俳名を川鯉といった。早くから南畝らと交遊があり、安永三年（一七七四）の宝合にも古金見倒の名で参加している。生歿年不詳。

平秩東作（へずつ　とうさく）

本名立松懐之。新宿の煙草屋で、通称を稲毛屋金右衛門といい、東蒙と号した。天明文壇の長老格で、和漢の学に広く親しみ、戯作を愛した。交遊も広く、若き南畝らの才能の発見者として知られるが、広範な事業に手を染め、各地に旅行するなど、世間的にはとかくの噂も多かった。古く明和頃から狂歌を作り、戯作に『当世阿多福仮面』、随筆に『莘野《しんや》茗談《めいだん》』などがある。寛政元年（一七八九）歿。六十四歳。

卯雲（ぼううん）

木室氏。通称を七左衛門といい、白鯉館《はくりかん》と号し、俳名を二鐘亭半山といった。幕臣で、下谷に住んだ。初め御普請方であったが、「色黒くかしらの赤き我ならば番の頭になりさうなもの」との狂歌を詠んで、広敷番の頭に昇進したという。天明狂歌以前から大坂の木端、京都の鈍永らと交遊して狂歌、俳諧に名高く、南畝の敬愛する先人の一人で、安永五年（一七七六）家集『今日歌集』を作った。天明三年（一七八三）六月歿。七十六歳。

木端（ぼくたん）

俗称不詳。大坂の浄土真宗の僧で、栗柯亭と号した。由縁斎貞柳の高弟で、のち一家を立てて栗派《りつは》の祖となり、師の遺訓を奉じて混沌軒国丸（貞右）らの丸派《がんは》と対峙《たいじ》し、浪花の狂歌壇に一大勢力を誇った。安永二年（一七七三）歿。六十四歳。

卜養（ぼくよう）

本名半井《なからい》慶友。通称を宗松といい、奇雲などとも号した。和泉国堺の人。連歌師の牡丹花肖柏の孫で、医を業とし、幕府の医官として江戸の鉄砲洲に移った。貞徳に俳諧を学び、江戸の五俳哲の一人に数えられ、和歌や連歌にも才を発揮したが、狂歌で最も知られ、家集に『卜養狂歌集』がある。延宝六年（一六七八）歿。七十二歳。

未得（みとく）
本名石田又左衛門。未得の他、乾堂とも号した。江戸の人。貞徳に師事して俳諧を学び、江戸の五俳哲の一人に数えられ、また半井卜養とともに江戸の狂歌二大家といわれた。家集に『吾吟《ごぎん》我《わが》集』がある。寛文九年（一六六九）歿。八十三歳。

もとの木網（もとの　もくあみ）
元木網とも書き、狂名を初め網破損針金といい、落栗《おちぐり》庵と号した。渡辺氏。通称を大野屋喜三郎といい、初め京橋北紺屋町で湯屋を営み、天明中に剃髪して芝西久保土器《かわらけ》町に住み、晩年は向島の水神の森に閑居した。天明狂歌壇の最古参者の一人で、国学の素養が深く、平易な詠みっぷりで狂歌を大衆化した功績は大きい。庵号に因んでその門下を落栗連といったが、『狂歌師細見』が「江戸中半分は西のくぼの門人さ」というほどの勢力であった。狂歌作法書『浜のきさご』などの著書多く、また嵩松の名で絵も描いた。智恵内子はその妻。文化八年（一八一一）歿。八十八歳。

物事明輔（ものごとの　あけすけ）
数寄屋橋の両替屋で大坂屋甚兵衛といい、滄洲楼と号し、後に狂名を馬場金埒《きんらち》と改めた。真顔らとスキヤ連を結成し、狂歌四天王の一人に数えられたが、後年は狂歌壇を離れたと伝えられる。文化四年（一八〇七）歿。五十七歳。

山岡明阿（やまおか　みょうあ）
名は浚明《まつあけ》、通称を佐次右衛門といい、狂名を大蔵千文といった。明阿は剃髪、隠居後の号。博学で最も和文をよくし、『類聚名物考』『逸著聞集』などの著がある。安永九年（一七八〇）旅先の京都で歿した。五十五歳。

山手白人（やまての　しろひと）

本名布施胤致《たねよし》、通称弥二郎。狂名は山部赤人を捩り、南畝らの山手連に属する素人の意を掛ける。小石川の三百坂に住む幕臣で、御勘定から評定所留役になった。国学に造詣深く、天明初年ころから南畝と親しく交遊した。天明七年（一七八七）歿。五十一歳。

雄長老（ゆう　ちょうろう）

名を永雄、字を英甫といい、京都の建仁寺の塔《たっ》頭《ちゅう》如是院に住した臨済宗の僧で、天正十四年（一五八六）同寺の長老となり、雄長老と呼ばれた。若狭の豪族武田氏の出で、母は細川幽斎の姉宮川尼で、永雄もその血を受けて狂歌を詠み、この叔父《おじ》、甥《おい》によって近世初頭の狂歌は確立されたといってよい。慶長七年（一六〇二）歿。享年不詳。

由縁斎（ゆえんさい）

本名永田良因、のち言因などと称した。榎並氏。由縁斎はその号で、貞柳、珍菓亭、油煙斎などと号した。大坂南御堂前の禁裏御用の菓子司で、鯛屋山城掾といい、通称を善八といった。信海に狂歌を学び、浪花《なにわ》ぶり狂歌を唱導して人気を博し、貞佐、木端ら一千余の門人を擁して狂歌中興の祖と称された。浄瑠璃作者紀海音はその弟。享保十九年（一七三四）歿。八十一歳。

四方赤良（よもの　あから）

本名大田直次郎。南畝の他多くの号を名乗ったが、晩年の蜀山人の号が最も知られる。狂名は日本橋新和泉町の酒屋四方屋久兵衛で売った名物の赤味噌《みそ》をかすり、味噌を揚げる（自慢すること）との意を掛けたものであるが、初めは四方赤人といった。代々の幕臣で、軽微な徒士《かち》の任にあったが、寛政八年（一七九六）支配勘定となり、以後勘定方の能吏としても活躍した。十九歳の時、平賀源内に認められて文名を上げ、狂詩、洒落本、黄表紙など戯作全般にわたって活躍、中でも狂歌にその頓知縦横の才を発揮して、天明狂歌壇の第一人者となった。穏健で保守的な橘洲とそりが合わず、一時仲違《なかたが》いして『万載狂歌集』の撰となったが、その庶民的な隔てのなさと滑稽を解する奇才によって、多くの信奉者を得、狂歌壇に四方連を結集して重きをなしたほか、天明文壇の盟主として活躍した。寛政の改革により、文壇から離れ、幕吏としての仕事に精励したが、晩年は文壇に復帰し、当代最高の文化人として諸分野に大きく影響した。交遊関係が広く、著書は諸分野にわたって極めて多いが、その優れた編集癖もあって、特に随筆類には見るべきものが多く、数多い俊秀を世に出した功績も大きい。文政六年（一八二三）歿。七十五歳。

栗山（りつざん）
本名野呂栗山。もと大坂の人で、木端について狂歌を学び、幕府の医官となって江戸に出、本所に住した。生歿年不詳。

万載狂歌集作者索引

＊印は作者名に「よみ人しらず」とあるが、作者の分明なもの。
数字は歌番。

〔ら行〕

〔わ行〕

万載狂歌集初句索引

句の配列は表音的仮名つかいによる五十音順。
記載は本文の通りとした。数字は歌番。

〔あ行〕

〔さ行〕

【た行】

〔な行〕

〔は行〕

〔や行〕

文庫解説――天明狂歌研究の現在

一九九〇年に本書が刊行されて以来、三十五年近くが経つ。江戸狂歌が社会現象とさえいえるほどの大流行となるきっかけをつくった『万載狂歌集』所収のすべての狂歌に対してはじめて注釈を施した本書は、待望の企画であった。五〇～六〇年代にかけて刊行された『日本古典文学大系』（岩波書店）の狂歌の巻がとりあげたのは『徳和歌後万載集』。『万載狂歌集』が古今の狂詠を集大成したのに対して、続編にあたる同書は、比較的、編纂《へんさん》当時の作者を優先し、天明狂歌流行の質的な最盛期の様相を伝える作品として収めるにふさわしいという判断が岩波の古典大系にはあったと思われるが、本書はなにより歴史的な意義の大きい『万載狂歌集』の全注釈としていまだにその価値を失っていない。

天明狂歌黎明期の様相を伝える『万載狂歌集』は、いまだ職業、属性や性格、身体的特徴などを擬人名とした狂歌人たちの珍妙な「狂名」が定着しきっていないその形成過程にあって、俳諧の号や遊里で名のった表徳らしき名で詠まれた歌をも数多く収めている。それだけに、ここに至る狂歌の歴史を考えるうえで重要な作品であることは疑いない。これに詳細な注釈を施した本書は、その意義をあきらかにするうえで重要な手がかりを数多く提供している。さらに本書が『万載狂歌集』所収の多くの中世末から近世初期以来の狂歌の出典をあきらかにしたことによって、大田南畝《なんぽ》が多くの書物を参照し、歴代のさまざまな書き手が口ずさんだ狂歌を拾いだして編纂したことが浮かびあがった。天明狂歌の史的位置づけを考えることに資する重要な功績である。

本書の刊行は、著者解説でも触れられているように、南畝と天明狂歌の研究をリードされた濱田義一郎先生が『大田南畝全集』（岩波書店）の刊行が始まって間もない八六年に亡くなられ、その遺志を継ぐかたちで『江戸狂歌本選集』（東京堂出版、九八年刊行開始）の企画がもちあがったかどうかの時期のことであった。私事ながら、稿者が天明狂歌の勉強を始めたのが九〇年代なかば、著者解説の末尾にいう「フロッピー・ディスク」でデータ化した本文を授受していたことが懐かしい。宇田敏彦先生はわが業界でいち早くテキストのデータ化を進めた研究者のひとりで、後進にも快くデータをわけ与えてくださる気前のいい方だった（ご出身地、東三河の豊川あたりは天領だったからねと、江戸っ子風の歯切れのいい愉快な口調でおっしゃっていたのも思い出深い）。そのテキスト・データを生かして各句を五十音順に一覧にし、あの時代に『天明五大狂歌集総句索引』（若草書房）を作られたのも、そんな宇田先生ならではのお仕事であった。本書において、唐衣橘洲《からころもきつじゅう》を中心に同時期に刊行された『狂歌若葉集』と双方に採られた歌がその異同とともに示されているのもデータ化の成果で、たんなる指摘にとどまらない大きな意義がある。作者たちから集めた元の歌に、南畝が添削を加えていることはまちがいなく（拙著『大田南畝　江戸に狂歌の花咲かす』所論、本書と同じく角川ソフィア文庫に収録）、橘洲もおそらく同じくで、それぞれがどのように手を加えたかを比較できる、貴重な両者の接点を提示してくれているのである。

本書刊行の頃まで、濱田先生、宇田先生と、四方赤良《よものあから》こと大田南畝を中心にすえた天明狂歌像が描きだされてきたが、その後三十年余の研究の進展で見えてきたことも多い。ここではご学恩に報いるつもりで、天明狂歌の研究状況をアップデートしつつ、未来の研究者のたまごたちをこの道に誘うために、今後の課題を示しておきたい（本稿の性質上、敬称を付けるのをお許しいただきたく、また個別の論考は著者名のみ挙げることとする）。

『万載狂歌集』刊行とかかわってもっとも重要なのは、橘洲を中心にした『狂歌若葉集』の刊行計画を知った南畝が、ともにそこから疎外されていた朱楽《あけら》菅江《かんこう》とこれに対抗して『万載狂歌集』を急いで編み、同じ年月に刊行したという理解についての修正である。この構図は橘洲の視点から再検討がなされ、橘洲と南畝の間になにがしかの行き違いがあったことは『狂歌師細見』の記述から事実としても、二人の詠風、方針にかかわるような深刻な対立ではなかったことを、石川了先生が論じられている。いまだグループらしきものをもたなかった橘洲が自身の居住地四谷近隣で協力を募り、さらにこの頃に最多の門人を抱えていた元木網《もとのもくあみ》に依頼して成ったのが『狂歌若葉集』であって、その撰歌《せんか》も一定の客観的な公平性を備えているというその指摘はもっともと思われる（石川了『江戸狂歌壇史の研究』汲古書院、第一章第三・四節）。

この延長線上で、天明狂歌壇を多元的にとらえる研究も進んできた。右の唐衣橘洲だけでなく、元木網一門の動向については拙著（『天明狂歌研究』汲古書院、第三章第一〜三節、ついでに記せば「落栗連《おちぐりれん》」の称は当時の文献にはみえない）、朱楽菅江の門下についても前掲の石川著、および渡辺好久児《よしくに》、牧野悟資《さとし》各氏の論考、また拙著『天明狂歌研究』でその大きな影響力と広がりについて解明が進められてきた。すべての狂歌連が「南畝を盟主として仰」（解説、15頁）いだわけではなかったのである。またこれら有力狂歌人は必ずしも詠風や志向において一致していたわけではなく（この頃はまだ真剣に議論するようなものでもなかったともいえるが）、必然的に和歌との距離感もまちまちで、一概に「歌人たちやこれに憧れを持つ人々の余技などではな」（解説、14頁）いとはいいがたい。それは「運動」と呼び得るほど一枚岩ではなかったことになる。狂歌連のあり方についても、これら有力な人びとを指導者とする複数のいわば個人連と、地縁に根ざした各地の地域連とが重層する構造になっていたことも指摘されている（前掲石川著第一章第五節）。

狂歌史における位置づけについても再考が迫られている。南畝をはじめとする天明狂歌の諸作品のもつ、三十一文字に勢いよくめいっぱいにつめこまれた技巧の醸し出す独特の昂揚感《こうよう》は、たしかに「上方の影響を受けた前代のそれとは無縁」（解説、12頁）と言いたくなる。しかし一方で、さきに述べたように『万載狂歌集』は多数の歴代の狂歌を載せている、つまり編者南畝がそれらを収録に値する名歌と捉えたことはどう考えるのか。この疑問から、稿者も南畝がそのうち藤本由己《ゆうこ》の技法を少なからず摂取していることを論じたことがあるが（拙著『天明狂歌研究』第二章第一節）、本書に南畝が採録したものを中心に、歴代の狂歌と天明狂歌の関係はさらに考えるべき課題であろう。

前の時代だけでなく、天明狂歌以降の時代の狂歌の評価についても認識が改められてきた。戦前から行われてきた、寛政以降を「狂歌界の衰退」（解説、18頁）とする見方も過去のものとなりつつある。南畝のもっとも有力な門人であった宿屋飯盛《やどやのめしもり》こと和学者石川雅望《まさもち》とその一門については、宇田先生と同世代の粕谷宏紀先生が総合的な調査を行って例外的に早くから研究が進められてきた。その後も、牧野悟資氏が雅望を中心に、さらに、南畝より四方姓を継承して飯盛と競合した鹿都《しかつ》（津）部真顔《べのまがお》らも含め、その後の時代の詠風やその理論について幅広く追究している。稿者も真顔がほぼ全国に門葉を拡大し得た要因について分析したことがあるが、天明から寛政、文化・文政への詠風の変化は、狂歌人口の地域的・階層的拡大にともなって、狂歌が知識人の余技から、多くの人びとの、いわば自己実現の方途となったことによって、求められるものが変わったことから起きたものと考えられる。それは詠風の変容ではあっても、単純に質の低下と片付けてよいものではなかろう。この点もさらに幅広い検討が求められよう。

本書の著者解説も触れている出版、とりわけ新しい動向を捉えて一時代を築いた蔦《つた》屋重三郎《やじゆうざぶろう》が狂歌壇の発展に果たした役割については、なにより鈴木俊幸『新版　蔦屋重三郎』（平凡社ライブラリー）ほか、同氏の一連の著作によってあきらかにされてきた。寛政以後、狂歌集の編者が参画する狂歌人たちの出資を募る私家版的な刊行方法を採ることが多くなってゆくこともあって、商業出版の役割の探究はそれほど進められていないが、この点もさらなる見直しが可能かも知れない。

個別の狂詠の読み直しも見逃せない。天明狂歌の主調として「めでたさ」があることは久保田啓一「「めでたさ」の季節　天明狂歌の本質」の発表以来、定説となっているが、なかでもこれを代表するつぎの詠《うた》（本書198番）について重要な指摘がなされている。南畝が和歌の百の組題をすべて「めでたい」と謳《うた》いあげてみせた『めでた百首夷《えびす》歌』から採られたもので、なかでも名高い一首である。

かくばかりめでたく見ゆる世の中をうらやましくやのぞく月影　四方赤良

もちろん本書が指摘するように「かくばかり経がたく」（生きづらく）みえるこの世から、澄んだ月を羨んで見つめるという古歌を反転したことはまちがいない。とはいえ、実は漢詩文の世界で行われ、南畝自身も愛用した「月、人を窺《うかが》う」という表現を狂歌の世界にとりいれたものでもあるという（池澤一郎『江戸文人論　大田南畝を中心に』汲古書院、第一部第三章）。出典は字面に表れたものだけではないこと、漢籍を視野に入れることの重要性を如実に示す一例といえる。

この驥尾《きび》に付して、稿者もその『めでた百首夷歌』を出典とする詠から、ささやかながら読み直しを試みたい。本書385番、

あいた口戸ざゝぬ御代のめでたさをおほめ申もはゞかりの関　四方赤良

「申すもはばかり」（あり）に陸奥《むつ》の歌枕「憚《はばかり》関」に掛けた趣向であることは本書の指摘どおり。ただし、諺《ことわざ》「人の口に戸は立てられぬ」（なお、「あいた口に戸〜」のかたちは『俚言集覧《りげんしゅうらん》』などを参照する限り近世には確認できないか）だけでなく、もう一つ「開いた口へ餅」の諺も下敷きとなっているのではないか。これを重ねて読むことによって、泰平という僥倖《ぎょうこう》が、この時に生まれあわせた幸運でたまたま降ってきたもの

だという「御代のめでたさ」への感謝の情が深まる。平和のあまり戸締まりも不要な「戸ささぬ御代」と謳われる今のご時世にたまたま逢《あ》うことができた、この幸せを得て、そのめでたさを褒めずにはいられませんが、かえって私のような者がわざわざ褒めますのも歌枕「はばかりの関」、憚られますよ、と。

こうした個々の歌についての再検討はさらに多くの例において可能であろう。本書はその土台を提供してくれている。そうした読み直しのさきに何が見えてくるのか、『万載狂歌集』は天明狂歌研究の原点として、あらたな視野を切り拓《ひら》く未来の研究を求めている。

小林ふみ子（法政大学文学部教授）

本書は、一九九〇年に社会思想社より刊行された『万載狂歌集』（上下、宇田敏彦校註）を再編集のうえ、文庫化したものです。

万載狂歌集《まんざいきようかしゆう》

江戸《えど》の機知《きち》とユーモア

大田南畝《おおたなんぽ》＝編　宇田敏彦《うだとしひこ》＝校注

令和6年 12月25日　初版発行

発行者●山下直久

発行●株式会社KADOKAWA
〒102-8177　東京都千代田区富士見2-13-3
電話　0570-002-301(ナビダイヤル)

角川文庫 24474

印刷所●株式会社暁印刷
製本所●本間製本株式会社

表紙画●和田三造

◎本書の無断複製（コピー、スキャン、デジタル化等）並びに無断複製物の譲渡および配信は、著作権法上での例外を除き禁じられています。また、本書を代行業者等の第三者に依頼して複製する行為は、たとえ個人や家庭内での利用であっても一切認められておりません。
◎定価はカバーに表示してあります。

●お問い合わせ
https://www.kadokawa.co.jp/（「お問い合わせ」へお進みください）
※内容によっては、お答えできない場合があります。
※サポートは日本国内のみとさせていただきます。
※Japanese text only

©Toshihiko Uda 1990, 2024　Printed in Japan

ISBN 978-4-04-400827-7　C0192